Onde mora o amor

O ARQUEIRO

GERALDO JORDÃO PEREIRA (1938-2008) começou sua carreira aos 17 anos, quando foi trabalhar com seu pai, o célebre editor José Olympio, publicando obras marcantes como *O menino do dedo verde*, de Maurice Druon, e *Minha vida*, de Charles Chaplin.

Em 1976, fundou a Editora Salamandra com o propósito de formar uma nova geração de leitores e acabou criando um dos catálogos infantis mais premiados do Brasil. Em 1992, fugindo de sua linha editorial, lançou *Muitas vidas, muitos mestres*, de Brian Weiss, livro que deu origem à Editora Sextante.

Fã de histórias de suspense, Geraldo descobriu *O Código Da Vinci* antes mesmo de ele ser lançado nos Estados Unidos. A aposta em ficção, que não era o foco da Sextante, foi certeira: o título se transformou em um dos maiores fenômenos editoriais de todos os tempos.

Mas não foi só aos livros que se dedicou. Com seu desejo de ajudar o próximo, Geraldo desenvolveu diversos projetos sociais que se tornaram sua grande paixão.

Com a missão de publicar histórias empolgantes, tornar os livros cada vez mais acessíveis e despertar o amor pela leitura, a Editora Arqueiro é uma homenagem a esta figura extraordinária, capaz de enxergar mais além, mirar nas coisas verdadeiramente importantes e não perder o idealismo e a esperança diante dos desafios e contratempos da vida.

Jill Mansell

Se você não tem um segundo a perder, descubra...

Onde mora o amor

Título original: *Don't Want to Miss a Thing*
Copyright © 2013 por Jill Mansell
Copyright da tradução © 2019 por Editora Arqueiro Ltda.

Todos os direitos reservados. Nenhuma parte deste livro
pode ser utilizada ou reproduzida sob quaisquer meios existentes sem
autorização por escrito dos editores.

tradução: Regiane Winarski
preparo de originais: Rachel Rimas
revisão: Pedro Staite e Rayssa Galvão
projeto gráfico e diagramação: DTPhoenix Editorial
imagem de capa: Kat Heyes
adaptação de capa: Renata Vidal
impressão e acabamento: Bartira Gráfica

CIP-BRASIL. CATALOGAÇÃO NA PUBLICAÇÃO
SINDICATO NACIONAL DOS EDITORES DE LIVROS, RJ

M248o   Mansell, Jill
        Onde mora o amor / Jill Mansell; tradução de Regiane
Winarski. São Paulo: Arqueiro, 2019.
        368 p.; 16 x 23 cm.

        Tradução de: Don't want to miss a thing
        ISBN 978-85-306-0018-1

        1. Ficção inglesa. I. Winarski, Regiane. II. Título.

19-58147   CDD: 823
                                    CDU: 82-3(410.1)

Todos os direitos reservados, no Brasil, por
Editora Arqueiro Ltda.
Rua Funchal, 538 – conjuntos 52 e 54 – Vila Olímpia
04551-060 – São Paulo – SP
Tel.: (11) 3868-4492 – Fax: (11) 3862-5818
E-mail: atendimento@editoraarqueiro.com.br
www.editoraarqueiro.com.br

Para papai, Paul e Judi, com todo o meu amor.

Capítulo 1

ERA QUASE MEIA-NOITE E DEXTER YATES estava na cama com a namorada quando o telefone tocou. Com um reflexo ultraveloz, ela o pegou na mesinha de cabeceira antes que ele tivesse a chance de alcançá-lo.

Sério, algumas pessoas eram desconfiadas *demais*.

– Laura. – Ela semicerrou os olhos ao ler o nome na tela. – Quem é Laura?

O ciúme nunca é atraente.

– Pode devolver meu celular, por favor?

– Quem é *essa*?

Num esforço heroico, Dexter não respondeu "Alguém muito mais legal do que você", apenas estendeu o braço e esperou que a namorada lhe passasse o aparelho, o que ela acabou fazendo com uma irritação ofendida que deixava bem claro que ele não a veria mais depois daquela noite.

– Oi, Laura.

– Ah, Dex... Me desculpe, sei que está tarde. Acordei você?

Ele sorriu; só mesmo Laura para achar que ele estaria dormindo antes da meia-noite.

– Claro que não. Como estão as coisas?

– Está tudo... ótimo. – A alegria na voz dela foi se irradiando pela linha, e, naquele momento, ele soube o que tinha acontecido. – É uma menina, Dex. Ela chegou! E é linda, você não vai acreditar. Três quilos e meio. É a coisa mais maravilhosa do *mundo*!

O sorriso dele ficou ainda maior.

– Uma menina! Que fantástico! E como é que ela não seria linda? Quando vou poder conhecê-la?

– Bem, não hoje, obviamente. O horário de visitas é de dez da manhã ao meio-dia ou das sete às nove da noite. Você acha que consegue vir amanhã depois do trabalho?

– Vou dar um jeito – prometeu Dex. – Estarei aí. Ela se parece comigo?

– Seu ridículo, ela só tem uma hora de idade. Você tem 28 anos. E barba.

– Olha, você deveria mesmo pensar em fazer uns shows de stand-up.

– Depois do tanto que sofri de gases hoje à noite, tenho certeza de que não conseguiria fazer show nenhum. Bem, a bateria está acabando. É melhor eu desligar. Quer que eu mande uma foto ou prefere esperar para vê-la amanhã?

– Não se preocupe, pode deixar que eu espero. Ei – a voz de Dex ficou mais suave –, parabéns.

Ele desligou, recostou-se no travesseiro e olhou para o teto. *Uau*.

– Correndo o risco de parecer repetitiva, quem é Laura? – A atmosfera no quarto já tinha ficado gélida. – E que curiosidade é essa de saber se o filho dela se parece com você?

– Vamos. – Dexter se levantou e pegou a calça jeans e a camiseta. – Está ficando tarde. Vou levar você em casa.

– Dex...

– É sério isso? Tudo bem. Laura é minha irmã. E ela acabou de dar à luz minha sobrinha.

Laura estava cochilando quando a enfermeira bateu à porta e a abriu.

– Oi! Está acordada?

Laura abriu os olhos; agora que era mãe, teria que se acostumar ao sono interrompido.

– Mais ou menos. O que foi?

– Você tem visita – sussurrou a enfermeira.

– Mas *agora*?

– Pois é. E de fato não é permitido, mas quando ele explicou a situação… bem, o que eu poderia fazer? Não tinha como mandá-lo embora.

Pelo tom e o brilho nos olhos da enfermeira, Laura entendeu tudo. Sentou-se (*ai, que dor*) quando a porta se abriu mais e o visitante noturno entrou.

– E aí? Qual é a situação?

– Tenho que estar no aeroporto daqui a três horas, vou para Nova York. – Dex se virou para a enfermeira. – Muito obrigado. Você é maravilhosa.

Laura esperou a garota, encantada, sair do quarto para então fazer uma cara de desdém.

– Em uma escala de 1 a 10, o quanto essa história é verdade?

– Ah, mas me ajudou a entrar aqui, não? – O famoso charme de Dex era uma piada antiga entre os dois. – Não consegui esperar. Fiquei agitado demais para dormir. Isso é para você, aliás. Estão meio murchas, me desculpe.

Ele tinha parado no supermercado 24 horas em West Kensington e comprara um buquê de rosas de um tom laranja horrivelmente berrante, um Toblerone gigante, um polvo de brinquedo e muitos saquinhos de minhocas de gelatina. Era o que qualquer um faria.

– São lindas – disse Laura quando ele colocou tudo na cama.

– Se você vai ficar por aí tendo bebês no meio da noite, é bom saber que as opções de flores à venda são limitadas. Mas enfim, vem cá. – Ele deu um abraço na irmã e um beijo estalado na sua bochecha. – Garota esperta, mandou muito bem. Cadê a coisinha?

– *Coisinha?*

– Desculpa, *a bebê.* – Dex deu de ombros, sem arrependimento. – Mas a gente chama de coisinha há meses. Onde ela está escondida? Você a deixa em uma gaiola embaixo da cama?

– Se ficar falando desse jeito, não vou mostrar minha filha para você.

Mas Laura não estava falando sério; de onde ele estava, o bercinho ficava fora do campo de visão. Ela inclinou a cabeça para a esquerda, indicando que Dex deveria ir para o outro lado da cama.

Então viu o irmão se apaixonar, provavelmente pela primeira vez na vida.

Foi inacreditável. Deu para ver tudo acontecer. Em um minuto ele estava interessado, e no instante seguinte estava totalmente hipnotizado. Logo depois, como se a importância da ocasião tivesse ficado clara, a mais nova integrante da família se remexeu e abriu os olhos.

– O nome dela é Delphi – declarou Laura.

– Ah, meu Deus – disse Dex, com um suspiro. – *Olha só* para ela.

A irmã sorriu.

– Está olhando para você.

– Ela é linda. Sério: linda *mesmo*.

Ele estava petrificado. Será que era possível explodir de orgulho?

– Eu falei que era – observou ela.

– Posso pegá-la no colo?

– Desde que você não a deixe cair no chão.

O cabelo escuro de Dex caiu para a frente quando ele se inclinou e passou as mãos com delicadeza por baixo dos ombrinhos de Delphi. Ele parou e olhou para Laura.

– Não sei fazer isso.

Dex sempre fora uma pessoa relaxada e confiante; era fofo vê-lo admitir uma fraqueza. Laura o incentivou:

– Você consegue. Só não se esqueça de manter a cabeça dela apoiada. Assim. – Ela demonstrou com as próprias mãos e o viu fazer o mesmo. – Isso, assim.

Ele a pegou no colo.

– Ela parece um girassol de caule molenga. Uau, Delphi Yates, olha só você. Olha suas mãos. – Ele balançou a cabeça, maravilhado. – E essas unhas? E os cílios! Olha, ela está *piscando*…

O sorriso de Laura aumentou. Ele estava mesmo apaixonado. Ela observava enquanto ele levava Delphi para passear pelo quarto, parando na frente do espelho. Depois de acomodar a sobrinha na dobra do braço, Dex admirou o reflexo dos dois juntos.

– Oi, Delphi. É você, isso mesmo! Vai, dá um tchauzinho. Ah, não, não faz essa cara, é seu aniversário, você não pode chorar… Nãããoo, olha o espelho, vamos dançar!

– Talvez ela esteja com fome – disse Laura.

– Tudo bem, vamos dar uma minhoca de gelatina para ela. Ei, Delph, quer uma minhoca de gelatina? Qual é sua cor favorita?

– Não pode dar doce para ela!

Dex a encarou, e ela se deu conta de que era brincadeira.

– Não? Que bom, sobra mais para a gente. Pronto, ela não vai mais chorar. Relaxa, *mãe*.

Mãe. Depois de tanto tempo, com todas as dificuldades, finalmente acontecera. Quando ela tinha perdido as esperanças. Uma gravidez milagrosa aos 41 anos, e agora Delphi estava ali.

– Eu sou mãe – disse Laura. – Dá para acreditar?

– E esta aqui é forte. – O indicador de Dex estava preso na mãozinha de Delphi; ele fez uma careta de dor. – Acho que vai ser lutadora quando crescer.

– Venha, vamos tirar uma foto. – Laura pegou o celular e fez sinal para o irmão aproximar o rosto do de Delphi.

– E aí, o parto doeu? – Ele fez outra careta. – Não precisa entrar nos detalhes nojentos.

– Foi fácil – garantiu Laura. – Moleza. Dor nenhuma.

– Boa menina. – Feliz com a mentira, Dex assentiu com aprovação para Delphi. – Espere só até você ficar mais velha. Vou te ensinar todos os truques. Como manter os garotos sob controle, como partir o coração deles… – Delphi o encarava muito séria, com seus olhos enormes, enquanto ele falava. – Vou ter que dar uma conferida neles primeiro, para ver se são dignos de um encontro com Delphi Yates. Se forem aprovados, aí, sim, você vai poder sair com eles. E vão se ver comigo se lhe fizerem algum mal.

Dá para imaginar? Ela vai ser adolescente – disse Laura, maravilhada. – Vai usar roupas horríveis, beber vinho vagabundo e falar mal da gente pelas nossas costas. Mais uma foto.

Ele levantou Delphi de novo, tomando o cuidado de aninhar a cabeça da bebê na palma da mão, e Laura sentiu como se o próprio coração estivesse tirando a foto. Havia uma ligação evidente entre os dois; quando eles se olhavam, era como se estivessem compartilhando o segredo mais incrível do mundo. Isso sem contar as semelhanças físicas: o formato dos olhos, o ângulo das sobrancelhas escuras… Dava para ver que Delphi ficaria parecida com Dex. Laura apertou o botão do celular e capturou o momento para sempre. Como num passe de mágica, a imagem deles agora estava guardada no aparelho.

– Depois me manda a foto – pediu Dex.

– Pode deixar. Mas não vá mostrar a qualquer um. Pode manchar a sua reputação.

– Verdade. – Ele sorriu para Delphi. – É isso que você vai fazer, é? É esse o plano? Minha nossa, você é *perigosa*.

– Como vai a namorada nova?

Laura não lembrava o nome da garota, mas não fazia a menor diferença. Dex trocava tanto de namorada que não esperava mais que ela lembrasse.

– Terminamos. – Dex fez uma cara triste. – Estou sozinho e solteiro de novo. Coitadinho de mim.

Até parece.

– Eu sei, você vai acabar um solteirão triste e solitário – comentou Laura.

A porta foi entreaberta e a enfermeira entrou.

– Desculpe – sussurrou ela –, mas você vai ter que ir embora agora, senão vou ter problemas.

– E isso não pode acontecer – disse Dex na mesma hora. – Muito obrigado por me deixar entrar. Você foi um anjo, eu agradeço.

– Tudo bem. – As bochechas dela formaram duas covinhas de prazer. – Pelo menos você pôde ver a Delphi.

– E com ela são duas pessoas novas que estou feliz de ter conhecido hoje. Meu Deus, que brega, esquece o que eu falei. – Depois de colocar Delphi com cuidado nos braços de Laura, Dex beijou as duas. – Está na hora de dormir. Aliás, sabe se essa enfermeira, Alice, tem namorado?

Atrás dele, Alice ainda estava meio para dentro e meio para fora do quarto. Ela corou ao compreender que ele tinha visto seu nome no crachá.

– Engraçadinho – comentou Laura. – Não cheguei a perguntar. Eu estava meio ocupada parindo um bebê.

– Bom, ela não está de aliança – disse Dex. – Já é um bom começo.

– Não tenho namorado – comentou Alice. – Por quê?

Ele se virou para ela.

– Eu só queria saber quando é sua próxima noite de folga. Porque, se você quiser, eu adoraria sair para tomar um drinque.

Laura ficou só assistindo; ele era incorrigível. Para Dexter, flertar era tão natural quanto respirar. As cantadas saíam espontaneamente ou ele tinha um roteiro ensaiado?

Enquanto isso, a vítima da cantada da vez estava vermelha de satisfação.

ressacas épicas de Graham os fizera faltar a um churrasco. E duas semanas antes ele conseguira lançar uma rolha de champanhe no próprio olho, em um casamento. O hematoma, que ficou enorme, tinha acabado de sumir.

E agora isso. Para piorar, ela estava tendo um sonho lindo quando o telefone a acordara.

– Oi, Molly, te amo, sou eu. – A voz dele estava arrastada. – Você não vai acreditar no que aconteceu. Acabei de quebrar o pé. Não consigo *andar*...

– Meu Deus, cadê você?

Ela se sentou de repente, já imaginando Graham caído num barranco, agonizando. É isso que acontece quando despertam você subitamente de um sonho em que esquia nos Alpes Suíços com Robert Downey Jr. e pães amarrados nos sapatos.

– Estou na emergência do hospital. Já cuidaram de mim, mas não tenho como ir para casa. Tive que gastar o dinheiro do táxi vindo para cá. E não consigo andar – disse Graham, com tristeza. – Ah, Molly, eu *amo* você. Pode vir me buscar?

– Meu Deus...

– Se eu estivesse com o meu cartão de crédito, não precisaria pedir.

Molly suspirou; ela é que tinha dito para ele deixar os cartões em casa, depois que ele os perdera em uma noitada.

Era óbvio: ele estava tirando vantagem dela. E *ainda* não podiam ir embora.

Felizmente, a mãe da criança estava certa e eles foram chamados em questão de minutos. Quando entraram, Graham estendeu as mãos para Molly.

– Pronto, ele vai ficar bem. Vamos nessa?

Ela teve que ajudá-lo a se levantar. O sapato direito dele estava no bolso do casaco, o pé exposto e sujo de sangue seco. Havia esparadrapo em volta dos dedos.

Molly estranhou.

– Se você quebrou o pé, não deveria estar de gesso?

– Bem, não quebrei o *pé*. Foram os dedos – explicou Graham. – O pequenininho e o outro do lado. Não colocam gesso nos dedos. Só prendem um no outro. Mas está doendo muito. Ai. – Ele se apoiou pesadamente no ombro dela, deu um passo e fez uma careta. – *Ai*, AI.

Quando percebeu isso, Graham a encarou sem entender.

– O que aconteceu com o seu cabelo? E com o seu... bom, seu *rosto*? – Ele fez um gesto com a mão, dando a entender que ela estava toda amassada. – Por que você está tão... diferente?

– São três da manhã – declarou Molly, com a voz firme. – Para sua surpresa, eu estava dormindo quando você ligou. E sou assim sem maquiagem. Da mesma forma que *você é assim* depois de uma noitada com seus amigos do rúgbi. Vamos?

– Ah, não, vocês não podem ir embora tão cedo – protestou uma mulher sentada em frente com uma criancinha de colo. – O Timmy vai começar a chorar. – Ela se virou para Molly. – Ele ama música. Seu marido está salvando minha vida, distraindo meu filho.

– Ele não é meu marido – retrucou Molly, e na mesma hora o menininho, como se aproveitando a deixa, começou a choramingar.

– Bom, ele foi um enviado de Deus – reiterou a mulher. – E já vão nos chamar. Vocês podem ficar só mais um pouco?

Por quê? Por que aquelas coisas sempre aconteciam com ela? Graham voltou a cantar (as canções do Elvis eram a especialidade dele) e Timmy, que parou de choramingar, ficou olhando com verdadeira adoração. Todos na sala de espera, por mais incrível que pareça, davam a impressão de estar gostando do show. Ao perceber que levá-lo embora naquele momento a faria parecer uma estraga-prazeres, Molly se sentou em uma cadeira de plástico e pegou uma das revistas amassadas na mesa à frente.

Três meses: esse era o tempo que eles estavam namorando. Conhecera Graham em uma fila de cinema, e, em diversos aspectos, ele parecera ter potencial para ser um excelente namorado. Era inteligente – ótimo. Era gentil – ótimo. Não era um conquistador barato – *maravilha*. Durante o dia, trabalhava como revisor oficial de contas, o que a deixou muitíssimo impressionada. E não tinha hábitos irritantes, como fazer barulho ao mastigar, fungar sem parar ou rir como um porco.

Mas ninguém é perfeito, e o hábito irritante de Graham acabou sendo a paixão pelo rúgbi. Ou, mais precisamente, a paixão por sair com os amigos do rúgbi *mesmo depois que a temporada tinha acabado* e encher a cara.

Na verdade, ela não se importaria se isso não a afetasse, mas estava chegando ao ponto em que *estava* incomodando. No mês anterior, uma das

Capítulo 2

 NO EXATO MOMENTO EM QUE DEXTER YATES saía de um hospital no meio da madrugada, Molly Hayes parava em frente a outro, a 160 quilômetros de distância.

Perguntando-se como tinha ido parar ali.

Só que havia uma resposta para isso, uma resposta que a incomodava como uma pedra pontiaguda dentro do sapato. Porque havia um limite tênue entre ser legal e ser explorada.

E ela estava começando a achar que tinha ultrapassado esse limite.

O lado bom era que pelo menos o estacionamento tinha vaga àquela hora da noite – se bem que, pelo som, havia muitos outros pacientes embriagados, determinados a não deixar que nada estragasse a diversão. Ao sair do carro – não, *não ia* pagar para estacionar –, Molly passou pela máquina de tíquete do estacionamento e foi para o pronto-socorro. Ao se aproximar da entrada, viu seu reflexo no vidro, o cabelo louro totalmente desgrenhado. Bem, que pena.

Logo ficou claro que o paciente bêbado que fazia mais barulho era justamente o que ela tinha ido buscar.

Que alegria.

– Ei, ela chegou!

Ao vê-la, Graham interrompeu de repente sua interpretação de "Return to Sender" e começou a cantar "The Most Beautiful Girl in the World". O que foi ainda mais constrangedor do que o esperado, considerando que ela estava parecendo um espantalho.

– Ah, bem, estarei de folga amanhã à noite...

– Fantástico!

– Mas não faz diferença, né? – Alice balançava a cabeça. – Porque você vai estar em Nova York.

Dex bateu na têmpora.

– Isso mesmo. Acho que o fuso horário já está me afetando. Mas é só um bate e volta. Estarei aqui em dois dias.

– Estou livre na quinta – comentou Alice, com certa ansiedade.

– Vamos fazer assim: me passa o seu número e eu te ligo. Juro que não sou um assassino. – Ele pegou o celular e digitou o número que ela ditou. – Agora, tenho que ir, antes que você leve uma bronca. Este lugar é um labirinto, né? Não sei como vou encontrar a saída.

Visivelmente mexida, Alice disse:

– Venha, vou mostrar onde ficam os elevadores.

– Tchau. – Laura acenou da cama quando eles estavam saindo e então completou, com malícia: – Não se esqueça de trazer um bom presente de Nova York!

Graham pesava 90 quilos e ela, 50. Daquele jeito, acabaria dando mau jeito nas costas.

– Não podiam te dar muletas? – perguntou Molly.

– O quê? Ah, sim, eles deram. O que aconteceu com elas? Estavam aqui agorinha mesmo. Esqueci!

As muletas estavam embaixo da cadeira de outra pessoa.

Finalmente era hora de ir embora. Quando estavam saindo, um rapaz se aproximou. Estava no fim da adolescência e tinha o braço em uma tipoia.

– Cara, não consigo pegar um táxi e a minha namorada está furiosa porque eu deveria ter chegado em casa um século atrás. Vocês podem me dar uma carona para Horfield? – pediu o garoto.

– Desculpe, não podemos. – Molly tentou evitar contato visual.

– Ah, Moll, não diga isso! Mas é claro que podemos dar uma carona para ele. – Graham não era só um bêbado chato, mas um bêbado chato e generoso. – Não tem problema, cara, vem com a gente. Horfield não fica longe do nosso caminho. A gente deixa você em casa!

Quando todos estavam acomodados no carro, Molly abriu a janela para dispersar o cheiro de álcool.

– E como você conseguiu quebrar os dedos do pé? – perguntou ela a Graham.

– Caí de uma mesa.

Ele deu de ombros, como se fosse culpa da mesa por não conseguir mantê-lo sentado.

– E de onde veio esse sangue todo?

– Derrubei o copo quando caí. Foi vidro pra todo lado. Você tinha que ver as mãos do Steve, ficaram todas cortadas quando ele caiu em cima de mim!

– Então, no fim das contas, a noite foi um desastre.

– Tá brincando? – Graham soltou uma gargalhada incrédula. – Foi incrível, a melhor noite de todas!

Assentindo lentamente, Molly decidiu, pelo bem deles, se concentrar na rua à frente. E pensar que tinha ficado tão animada no mês anterior, quando ele a ajudara a fazer a declaração de imposto de renda.

Contador ou não, Graham não era o homem dos seus sonhos.

Era hora de ele sair da sua vida.

Capítulo 3

DEXTER ESTAVA GOSTANDO DA COMPANHIA DE ALICE. Ela era legal e tinha um corpo bonito e belos olhos cinzentos. Com certa doçura, ela se recusou a dormir com ele depois do primeiro encontro, anunciando, com orgulho, que não era aquele tipo de garota.

Aconteceu no segundo encontro.

Agora, quinze dias tinham se passado e, para sua eterna vergonha, Dexter já sentia o entusiasmo começando a diminuir. Ele não queria ser assim, mas sempre acontecia. A emoção era a caça, o processo de sedução. Assim que essa parte acabava, a empolgação perdia a força, o brilho sumia. Ainda se divertia com as mulheres, aproveitava sua companhia, gostava de estar com elas, mas nunca *tanto* quanto antes.

Na manhã seguinte à primeira noite em que dormiram juntos, Alice dissera:

– Não pense que faço isso normalmente. Eu nunca tinha feito.

Elas também sempre diziam isso.

Pobre Alice, merecia coisa melhor do que ele.

Dex fez café, e ela entrou na cozinha usando o enorme roupão atoalhado dele. No tempo em que ele ficou fora do quarto, ela correra para pentear o cabelo, escovar os dentes e passar um pouco de gloss labial, como de costume.

– Tome. – Ele passou uma xícara para ela. – A que horas você tem que estar no trabalho?

Ela desviou o olhar.

– Está tentando se livrar de mim?

– Claro que não. É só que tenho alguns compromissos mais tarde.

– Sei… – disse Alice, em tom brincalhão.

Ela se sentou em um banco de aço e pegou um dos folhetos ao lado da cafeteira. Bateu com o dedo nos horários e datas anotados no alto de cada um.

– Vi isso ontem à noite. São para você?

– Bom, não todas. Mas uma, sim, provavelmente.

Aquela história tinha começado como um capricho. Um amigo do trabalho por acaso mencionou o quanto ansiava por sair de Londres nas tardes de sexta para passar fins de semana de preguiça em seu chalé no campo. A ideia chamou a atenção de Dex, que se cadastrou em alguns sites de imobiliárias. Os livretos de papel brilhoso foram logo chegando, e seu interesse foi crescendo. Um refúgio, um lugar aonde poderia ir para se afastar de tudo, começou a parecer uma ideia realmente interessante. Não seria tão caro comprar uma propriedade pequena. E, mesmo que acabasse não gostando, era só escolher bem e o dinheiro não seria jogado fora. Seria um investimento.

– São lindas. Tão… *bucólicas*. – Alice alinhou os chalés em cima da bancada de aço. – Principalmente se comparadas com isto aqui.

Dex tomou um gole de café. *Isto aqui* era um apartamento de sexto andar em um condomínio ultramoderno com vista para o Tâmisa e para o Canary Wharf. Ele o tinha comprado uns dois anos antes, ciente de que era o clichê máximo do homem solteiro. A vista impressionava qualquer um. A sala tinha uma parede espelhada espetacular que refletia a luz e se abria em uma varanda de aço e vidro. Todos os eletrodomésticos eram de última geração. Ele não fazia ideia de como o forno funcionava, mas isso não importava; sempre comia fora. E, graças à sua faxineira, cada centímetro do apartamento estava sempre impecável.

– Pensei em escolher uma coisa diferente – disse ele, dando de ombros.

– De qual você gostou mais?

– Não faço ideia, ainda não fui visitar nenhum.

– Moreton-in-Marsh. – Enquanto ela lia os nomes dos locais, o roupão se abriu um pouco. – Stow-on-the-Wold. Briarwood. – Ela fingiu um desmaio. – Parece que esses lugares saíram de uma novela de época. Talvez todo mundo lá use saias longas e toucas.

– Toucas não ficam bem em mim – disse Dex.

– Se quiser, eu posso ir com você. Para ajudar a escolher. Só vou trabalhar à noite.

Dex hesitou. Quando contara a Laura sobre as visitas, ela se oferecera para acompanhá-lo. Em teoria, era uma ótima ideia, mas não tão prática agora que Delphi fazia parte do pacote. Para começar, o carrinho de bebê não caberia no Porsche. Quando ele observou isso, Laura disse com tranquilidade: "Isso não é problema, podemos ir no meu carro!"

Mas, falando sério, se pudesse escolher, quem *preferiria* ir até Costwold em um Escort velho? Além disso, por mais que ele amasse Delphi, bebês não tinham botão para abaixar o volume. Quando começava a berrar, não era fácil fazê-la parar.

Pior ainda, havia o risco sempre presente do MFP (momento da fralda-pesadelo), ao qual ele tinha sido sujeitado na semana anterior, quando Laura lhe pedira que cuidasse de Delphi por vinte minutos, enquanto ela tomava banho. Acabaram sendo vinte minutos que ele não esqueceria tão cedo. E se *aquilo* acontecesse na estrada, dentro de um Escort velho...

Tudo bem, estava deliberando demais; ele já sabia a resposta.

– Ótimo, vamos sair daqui a uma hora.

– Oba! – exclamou Alice.

Dex disfarçou uma pontada de culpa. Era um dia de sol; eles se divertiriam juntos. E, ao contrário de Delphi, Alice não berraria como uma criatura selvagem durante todo o caminho até Gloucestershire.

Ligaria para Laura mais tarde. Ela entenderia.

Depois que deixaram Londres para trás, o trânsito ficou tranquilo e a paisagem foi ganhando cada vez mais beleza. Quando chegaram a Stow-on-the-Wold, Alice estava encantada. Encontraram a imobiliária e seguiram o corretor até o chalé que tinham planejado visitar. A dona os recebeu calorosamente, com chá e um bolo de limão caseiro, e fez questão de embrulhar o resto da sobremesa para eles levarem.

O chalé em si tinha uma bela decoração e era bem cuidado. Infelizmente, os detalhes da imobiliária não mencionaram que ficava ao lado de um depósito. A trilha sonora quase ininterrupta de caminhões chegando, sendo carregados e apitando ao darem ré para sair do pátio, dificultou a negociação.

– Isso começa a que horas da manhã? – Dexter teve que falar alto para ser ouvido.

– Ah, só às sete. – O tom do corretor foi tranquilizador.

– E às nove da noite já acabou – acrescentou a dona, com uma alegria exagerada.

Então era a isso que os corretores se referiram quando incluíram na descrição que a casa ficava "perto de serviços locais".

Dex sentiu pena da mulher, que estava claramente desesperada para fechar a venda, mas o chalé era tão perto do depósito que os ossos dele tremiam com o rugido dos motores. Nem todo bolo de limão do mundo compensaria a barulheira.

A propriedade seguinte era em Moreton-in-Marsh. Uma localização perfeita, com uma vista linda, sem nenhum depósito por perto. Havia até botões de rosas crescendo em volta da porta de entrada.

– Meu Deus. – Alice juntou as mãos ao vê-la. – Essa é *perfeita*!

Parecia mesmo. Até o corretor abrir a porta e eles entrarem.

Dex soube na mesma hora que não poderia morar lá. A atmosfera dentro da casa era totalmente diferente da sensação que as fotos do livreto passavam. Foi como conhecer um estranho e de primeira não ir com a cara dele. Os livros na estante de carvalho não eram de verdade, só capas de plástico com os nomes dos clássicos nas lombadas falsas. Havia um cheiro forte de aromatizador barato no ar. As paredes eram pintadas com tons sufocantes de rosa e os quadros nas paredes exibiam uma banalidade sem tamanho.

Nada daquilo importava, claro. Ele sabia disso. Quem compra uma casa não precisa aguentar as escolhas de decoração de outras pessoas; o lugar é seu e você faz o que quiser. Mas quando o sentimento de repulsa era extremo, não se podia superar. Dex sabia que não suportaria morar em uma casa que tinha abrigado anteriormente alguém com um senso estético tão errado.

– Vamos dar uma olhada lá em cima? – O corretor barbudo fez um gesto para eles o seguirem e disse para Alice, com toda a simpatia: – O terceiro quarto está sendo usado como depósito, mas daria um lindo quarto de bebê.

Ah, caramba…

Dex balançou a cabeça.

– Desculpe, não adianta. Não gostei daqui.

– Por quê? – Alice parecia perplexa. – É linda. Adorei tudo!

Dex não tinha como evitar; o fato de Alice ter amado aquela casa fez seu entusiasmo por ela cair mais alguns pontos.

Não deveria, mas foi o que aconteceu.

Por outro lado, aquela era a história da vida dele.

Tinha *sempre* alguma coisa.

Capítulo 4

 ERA SEMPRE CONSTRANGEDOR TERMINAR com alguém que não queria o fim da relação. Molly não gostava de ser a pessoa que causava tristeza.

E, ainda que de seu jeito machão e desajeitado de fã de rúgbi, Graham *ficou* triste quando ela lhe deu a notícia de que o relacionamento deles tinha acabado. Nem os dedos quebrados ajudaram; o fato de ele só conseguir apoiar o calcanhar direito no chão e de estar mancando de um jeito dramático só serviu para aumentar a culpa que ela sentia. E que teria sentido mesmo se tivesse sido ele a tomar a iniciativa.

Assim, ela terminou, mas ele estava se esforçando ao máximo para convencê-la a mudar de ideia.

Por isso o peixe.

– É... lindo.

– Eu sei.

Graham parecia um labrador ansioso oferecendo à dona uma bola de tênis coberta de saliva. *Se bem que saliva seria menos repugnante do que isto.*

– É para você – acrescentou ele, todo orgulhoso.

– Para mim? – *Ah, Deus.* – Por quê?

– Porque eu sei que você gosta de peixe. E eu mesmo pesquei. Vim para casa com três, mas esse é o maior. Tem 3,5 quilos. É bem grande.

– Uau.

Três quilos e meio... Eca, era o peso de um bebê. Mas como ela poderia recusar o presente sem ferir os sentimentos dele? Molly disse com hesitação:

– Mas não sei o que fazer com ele.
– É uma carpa. É para cozinhar!
Graham estava começando a parecer ofendido.
– Certo, tudo bem.
Com cuidado, ela puxou as beiradas da sacola e deu outra espiada. Um único olho de carpa a encarava de forma sinistra. Ou melhor: *não* encarava, já que a carpa estava morta.
– Vou fazer isso. Obrigada.
– Lembrei que você gosta muito de peixe – repetiu Graham.
Isso era verdade. Empanado e frito, acompanhado de batata frita. Mas seria cruel explicar que aquele estava embrulhando seu estômago. Ele tinha saído de carro lá de Bristol para encontrá-la. Era um *presente*.
– Gosto mesmo.
– Posso limpar, se você quiser. Ou ficar e te ajudar a cozinhar – disse ele, com a voz esperançosa.
– Não, tudo bem. Pode deixar que eu limpo. Vou botar na geladeira...
– Molly, já falei que sinto muito. E que eu *mudei*. – Ah, socorro, ele estava voltando ao modo suplicante. – Estou sem beber há quinze dias. Falei que ia parar e parei! Por favor, me deixe ficar e preparar a carpa com você...
– Ah, Graham, não fale isso. – Ela balançou a cabeça e esticou a mão com a sacola pesada. – Não vou mudar de ideia. Talvez você devesse levar o peixe.
Ele levantou as mãos, derrotado, e saiu mancando na direção da porta.
– Não, não vou levar, eu peguei a carpa para você. É *sua*.

– O quê? Uma *carta*? – Do outro lado da linha, Frankie parecia intrigada. – Por que você está tentando me dar uma carta?
– Não uma carta, uma carpa. O Graham foi pescar hoje de manhã e trouxe para mim, mas não quero.
– Meu Deus, não me surpreende. Carpa é nojento! Mas por que ele faria isso?
Molly olhou para o peixe morto com aquelas coisas estranhas penduradas nas laterais da boca. Frankie tinha razão, era nojento.

– É o jeito dele de tentar ser legal. Está tentando me reconquistar.

– Sinceramente, será que ele nunca ouviu falar de diamante? É bem mais bonito. Só um segundo, estou procurando no Google. – Ela ouviu teclas de computador ao fundo. – Aqui. O pessoal do Leste Europeu come carpa no Natal... e o jeito de preparar é: pregue o peixe em uma tábua e asse sobre fogo aberto... a carpa tem um gosto lamacento... alguns acham intragável... eca, é pior do que eu pensei. Nem tenta cozinhar esse troço – decretou Frankie. – Joga isso fora.

– Então a primeira casa era barulhenta demais – dizia Alice enquanto seguiam para Briarwood. – E a segunda era muito...?

– Errada em todos os aspectos imagináveis.

Dex desacelerou quando passaram pelo pub cor de marfim à esquerda. Essa era outra coisa que ele teria que verificar; não faria sentido se mudar para uma cidade com um bar ruim.

– Vamos torcer para que a terceira seja a certa! Como a Cachinhos de Ouro e os três ursos.

Seu entusiasmo por ela diminuiu mais alguns pontos. Ela era legal, mas nunca daria certo.

– Ou, se não for boa – prosseguiu Alice, cheia de alegria –, vamos ter que continuar procurando. Talvez seja melhor passar o fim de semana no campo da próxima vez.

– Hum – murmurou Dex vagamente, porque ela estava esperando que ele dissesse alguma coisa.

"Você chegou ao seu destino", declarou o navegador.

– Na verdade, acho que não quero que você goste dessa de agora. – Alice apoiou a mão no joelho dele, em um gesto ousado. – Passar um fim de semana fora parece uma ideia maravilhosa.

Ah, caramba. Teria que falar com ela ainda naquela noite.

A corretora era loura, robusta e passava um ar profissional. Explicou que o chalé estava vazio havia quatro meses, por isso o cheiro de mofo, mas isso não queria dizer que havia problemas com umidade, porque com certeza *não havia*.

Dexter não ligava se havia um problema de umidade ou não. Gostara do chalé. Tinha uma atmosfera boa, havia alguma coisa especial nele. Os aposentos podiam estar vazios, mas dava para imaginá-los mobiliados. A cozinha era grande, com bastante sol entrando pelas janelas voltadas para o sul. Havia um fogão a lenha, coisa que ele nunca tinha visto na vida, mas sabia que as pessoas consideravam um item desejável. As portas da sala davam para um jardim nos fundos. E no andar de cima havia três quartos de bom tamanho e um banheiro necessitando seriamente de uma reforma.

Ah, sim, tinha gostado. Parecia o lugar certo. Podia ser aquele.

– Por que está vazio há quatro meses? – Dex concluiu que até gostava do cheiro.

– A venda anterior não deu certo. A pessoa que ia vender queria encontrar outra propriedade, mas não achou, então a cadeia de vendas se desfez. O chalé voltou ao mercado na semana passada. E tenho que dizer que vai ser comprado rapidinho.

Claro. Clássico papo de corretor.

– Aposto que já tem outras pessoas interessadas – comentou Dex.

– Sem dúvida. Atraiu *muito* interesse.

– E como são os vizinhos?

A mulher nem hesitou:

– Ouvi dizer que são ótimos.

– Que sorte. O melhor tipo.

Os olhos dela brilharam.

– Isso quer dizer que você talvez faça uma proposta?

– É uma possibilidade – disse Dex. – Entro em contato em breve. Preciso fazer uma pesquisa primeiro.

– Aonde vamos agora? – perguntou Alice quando ele entrou com o carro no estacionamento do Saucy Swan.

Como se a resposta pudesse ser "Pensei em escalarmos o Kilimanjaro".

– Fazer nossa pesquisa. – Dex se arrependeu do "nossa" assim que falou, porque dava a entender que ela estava incluída nos planos. – Venha, vamos ver se os moradores são simpáticos.

Ele logo teve sua resposta. Não eram. A tentativa de iniciar uma conversa com o pessoal no bar foi totalmente malsucedida. O trio, que passava da meia-idade e era mal-humorado, estava bem mais interessado na cerveja; era como tentar entrar de penetra em uma festa VIP cheia de celebridades de primeira grandeza. Só a piscadela atrevida da atendente mostrou a ele que nem todo mundo era tão fechado quanto os três patetas.

Depois de desistirem, Dexter e Alice foram beber em uma mesa de madeira em frente ao pub.

– Bem, encantadores – comentou Alice.

Quando a atendente saiu para pegar os copos vazios das mesas em volta, Dex fez sinal para ela.

– Posso fazer uma pergunta?

– Claro que pode, querido. E a resposta é sim, eu *sou* solteira. Isso é uma boa notícia, né?

Ele sorriu. A mulher devia ter uns 30 anos, mas usava roupas de adolescente e brincos brilhantes do tamanho de um pires.

– Excelente notícia. Mas a outra pergunta é: o que eu fiz para incomodar aquela galera lá dentro?

– Os velhos rabugentos? Ah, não leve para o lado pessoal, meu bem. Eles odeiam todo mundo, especialmente gente como vocês.

Alice ficou chocada.

– Gente como nós? Como assim?

– Gente da cidade grande, mocinha. Que chegam com seus carros chiques em busca de um cantinho no interior para visitar a cada dois meses se o tempo estiver bom.

– Como você sabe que somos assim? – perguntou Alice.

– Ali está seu carro chique. – A atendente ergueu uma sobrancelha pintada na direção do Porsche. – Vocês estacionaram na frente do Chalé do Gim, visitaram a casa por vinte minutos e agora vieram ao pub dar uma olhada, para saber se a gente vale a pena. Não é difícil deduzir, querida.

Dex estava gostando cada vez mais daquela mulher.

– E eles não aprovam?

– Temos sorte aqui em Briarwood, não há muitos moradores de fim de semana. Mas alguns vilarejos vizinhos sofrem muito com isso, sabe? Tem muita casa que fica vazia por semanas… e isso suga a vida da comunidade. Não queremos isso aqui, se pudermos evitar.

– É justo – disse Dex. – Por que você chamou a casa de Chalé do Gim?

– Ah, era a casa da Dorothy. Reparou nos zimbros crescendo no jardim? Ela fazia gim na cozinha e vendia para o pessoal daqui. Era letal. Deixou algumas pessoas cegas.

– Sério? – Alice arregalou os olhos, apavorada.

– Não. – A atendente achou graça. – Mas era uma bebida forte, e é por isso que todo mundo chamava a casa de Chalé do Gim. Agora vocês sabem.

– Obrigado. – Dex baixou a voz quando a porta se abriu e um dos aposentados mal-humorados saiu do bar: – E podemos não mencionar essa conversa para os velhos rabugentos?

– Tudo bem. Eu sou um poço de discrição. Ei! – gritou ela para o outro lado do estacionamento. – Adivinha só, pai. Este aqui acabou de chamar você de velho rabugento!

– Muito obrigado – disse Dex quando o homem parou e balançou a cabeça com repulsa antes de seguir em frente.

– Foi um prazer. Você não foi o primeiro nem vai ser o último. E o que acharam? – Ela apoiou no outro lado do quadril a bandeja com copos empilhados. – Vocês vão comprar o Chalé do Gim ou não?

Vocês.

– Talvez. – Dex percebeu que estava gostando ainda mais dela. – Talvez não. Qual é seu nome, aliás?

Os olhos brilhantes exageradamente maquiados cintilaram de satisfação.

– O meu? Lois.

Capítulo 5

 — A LOIS GOSTOU DE VOCÊ.

Alice colocou a mão possessiva na dele, a caminho do estacionamento.

— Acho que ela só estava sendo simpática.

— Ah, pare com isso, ela foi descarada. — Ela pareceu surpresa quando ele passou direto pelo carro. — Ué, para onde vamos?

— Gostei da ideia dos zimbros — respondeu Dex. — Quero ver como eles são antes de irmos embora.

De volta ao Chalé do Gim, eles seguiram o caminho para a lateral da casa. O jardim já devia ter visto dias melhores: a grama estava alta demais, a horta coberta de dentes-de-leão junto ao muro, uma bela roseira precisava ser podada e flores e arbustos coloridos dividiam o espaço com uma explosão de mato.

Tiveram que procurar os zimbros no Google para identificá-los. E ali estavam, separando aquele jardim do quintal do vizinho, três árvores com troncos retorcidos, folhas em forma de agulha e amontoados de frutinhas escuras com uma flor azulada.

Dex puxou um dos galhos, tomando cuidado com os espinhos. Algumas das frutas menos maduras estavam menores e ainda com um tom esverdeado. Ele pegou uma das maiores, preto-azulada, e a apertou entre o polegar e o indicador, inspirando o aroma. Tinha um odor de pinheiro, uma mistura de árvore de Natal e gim. Não resistiu: mordeu a fruta para sentir o sabor.

Alice o observava.

– Tem gosto de quê?

– Não sei descrever. Não tem gosto de nada que eu já tenha experimentado. É ácido e seco... – Ele inclinou a cabeça para trás e se concentrou nos sabores desconhecidos. – Meio estranho, um gosto de pinheiro.

Foi nessa hora que Dex viu o peixe girando no ar na direção dele, vindo do nada. Ele pulou para trás e puxou Alice; o peixe caiu no caminho pavimentado, fazendo um ruído gosmento.

– Aarrgh! – gritou Alice. – O QUE É ISSO?

– Ah, *merda*! – exclamou uma voz feminina do outro lado do muro de árvores.

– Está tudo bem – disse Dex para Alice.

Claro que o peixe não tinha vindo do nada; tinha sido jogado por cima das árvores por alguém que agora soava seriamente arrependida do que tinha feito.

– Como assim, tudo bem? Eu poderia ter morrido com aquela coisa!

– Mas não morreu.

– Eu não estou nem um pouco bem. *Eca.* – Alice tremia de repulsa e esfregava os braços. – Você viu o líquido que jorrou? Tem água de peixe na minha pele *toda.*

– Fui eu. Me desculpem, eu não vi vocês. Não sabia que tinha *alguém* aí.

Molly queria morrer. Por mais tentador que fosse voltar correndo para casa e se esconder no armário, sabia que tinha que ficar e enfrentar o problema.

E, ao se aproximar, descobriu que pelo menos uma parte do problema estava bem irritada.

– Então você jogou um peixe no jardim do vizinho? Um peixe *enorme*, pelo amor de Deus! – Os olhos da garota estavam em chamas quando ela apontou para a criatura no chão. – E *respingou* em mim. Que nojo!

– Eu sei, me desculpe. A casa está vazia há meses. Vi vocês parando de carro mais cedo, com a corretora, mas depois todo mundo foi embora. – O rosto de Molly formigava de vergonha. – Eu não sabia que vocês voltariam.

– Não se preocupe, foi um acidente. Poderia ter acontecido com qualquer um.

O marido ou namorado da garota parecia bem menos incomodado.

– Para você é fácil dizer – retrucou a garota com rispidez.

E era verdade, Molly tinha que admitir. Não era ela quem estava toda suja de água de peixe.

– Venha até a minha casa e tome um banho – pediu ela. – Por favor, você precisa aceitar.

– Não quero tomar banho. Mas vou lavar os braços. Você pretende deixar o peixe ali? – perguntou a garota quando eles saíram andando pelo caminho. – Vai feder horrores!

– Eu sei. Foi por isso que joguei no vizinho – disse Molly.

Depois de mostrar o banheiro para a convidada inesperada, Molly desceu a escada e se juntou ao marido dela do lado de fora.

– Olha, lamento muito, muito mesmo…

– Shh, não precisa ficar pedindo desculpas. E não precisa se preocupar com a Alice. Ela é enfermeira, está acostumada a ter contato com coisas nojentas.

Ele abriu um sorriso enquanto falava, os olhos escuros formando pequenas rugas nos cantos, e Molly percebeu, com um baque, como ele era bonito. Mais cedo, no calor do momento, estivera afobada demais para perceber.

– Bom, obrigada. Talvez ela tivesse achado que não precisaria encarar nada nojento no dia de folga.

– Verdade. Meu nome é Dex, a propósito.

– Molly.

– Posso perguntar uma coisa? O peixe já estava morto quando você o catapultou por cima das árvores?

Molly gostou do jeito direto dele.

– Estava, juro. E não usei uma catapulta. – Ela juntou as mãos e as esticou. – Foi mais a técnica de arremesso.

– Você vai ter que me contar por quê. – Dex puxou uma das cadeiras do jardim. – Senão, vou ficar curioso para sempre.

Era um pedido razoável.

– Meu ex-namorado me deu esse peixe de presente. E eu preferiria cortar minhas orelhas a tentar cozinhar uma coisa dessas. Mas eu não sabia como me livrar desse negócio. Faltam doze dias para a próxima coleta de lixo. Achei que assim as raposas o comeriam, talvez... Bem, na hora pareceu uma boa ideia.

– E as pessoas visitando a casa?

– Não vem ninguém aqui há quatro meses.

– Bom, isso é porque uma proposta tinha sido aceita e a venda já estava quase fechada – disse Dex. – Mas foi tudo por água abaixo semana passada.

Molly balançou a cabeça.

– Nenhuma proposta foi feita. A corretora disse isso?

– Disse. E ela falava como se estivesse afastando os compradores com uma vara. – Ele franziu a testa. – Mas não tem nada de errado com o chalé. Por que ninguém está interessado?

– Está falando sério? – Em que tipo de mundo ele morava? Se bem que, pela cara dele e pelo carro, ela tinha um palpite. – O preço está acima do valor de mercado. Muito acima. Depois que a Dorothy morreu, a filha dela esvaziou a casa e a pôs à venda, mas está pedindo demais. Uns 50 mil a mais. – Ela fez uma pausa. – Não acha que é muito dinheiro?

Dex não pareceu abalado.

– Para ser sincero, não. Em comparação com os preços de Londres, tudo parece uma barganha.

– Bem, mas não é, pode acreditar. Você ficaria com raiva de ter pagado tanto. Está pensando em comprar a casa?

– Talvez. – Os olhos dele brilharam de satisfação. – Você odiaria se eu comprasse?

– Por que eu odiaria?

– Os velhos no bar estavam reclamando de gente que vem só nos fins de semana. Seria o meu caso.

Molly deu de ombros.

– Bom, obviamente você não *moraria* aqui. Mas acontece. Se você ficar meses sem vir, só me prometa que não vai colocar um daqueles alarmes contra ladrões que disparam sempre que um rato faz qualquer barulho.

– Prometo – respondeu Dex, em um tom solene. – Mas, fora isso, você não se importaria muito?

– Eu não me importaria. Você parece legal. Você é do tipo que faz festas barulhentas que duram a noite inteira e perturbam a paz da vizinhança?

– É uma possibilidade.

– Ai, que bom – disse Molly. – E será que a sua esposa me perdoaria por eu quase matá-la com um peixe?

– Não se preocupe com a Alice. E ela não é minha esposa.

O jeito como ele balançou a cabeça, de forma quase imperceptível, indicava que o relacionamento não seria duradouro. Molly já tinha adivinhado como ele era: o jeito relaxado, os olhos castanhos brilhantes, o ar de quem tem dinheiro… Ele era claramente alguém acostumado a conseguir qualquer coisa ou pessoa que despertasse seu interesse.

Mas, sinceramente, o carro era meio exagerado. A maioria das garotas não acharia perturbador saber que ele ficava feliz em dirigir por aí uma coisa que era ao mesmo tempo amarelo-canário *e* um Porsche?

Molly resolveu mudar de assunto.

– O que fez você voltar para dar uma segunda olhada? – Com malícia, acrescentou: – Gosta de jardinagem, é?

– Eu soube que a casa é chamada de Chalé do Gim. Eu queria ver como eram os zimbros. – Ele balançou a cabeça e fez uma careta. – Aqueles zimbros têm um gosto estranho.

– Ai, meu Deus, você *comeu*? – Molly soltou um grunhido de horror. – É sério, você *engoliu* algum?

– Só um. – Ele parecia alarmado. – Mas… as pessoas usam na culinária.

– Na culinária, sim! Depois que são *cozidas*, as frutas ficam boas. Mas, cruas, são intragáveis!

– Merda, eu não sabia que eram venenosas.

– Tudo bem. – Molly abriu um sorriso e aliviou o sofrimento dele. – Não são.

– O que está acontecendo?

Era Alice de volta, os braços rosados de tanto serem esfregados.

– Primeiro, quase morremos com um peixe. Depois, essa mulher quase me causou um ataque cardíaco. – Dex levou a mão ao peito. – Acho que é parte de um plano para proteger o vilarejo de larápios.

– Ah, eu amo essa palavra – disse Molly com entusiasmo. – Larápio. É tão… *cardápio*.

– Telescópio.

– Caleidoscópio!

Alice ficou olhando para os dois como uma criancinha que não queria compartilhar o brinquedo favorito. Puxou a manga de Dex, dizendo:

– Já vimos o jardim. E eu acabei. Vamos?

Não houve resposta; não precisava. Pela expressão de Dex, Molly percebeu que ele estava ciente do comportamento possessivo de Alice e não achava nem um pouco encantador. Em outras palavras: se o aniversário de namoro fosse dali a algumas semanas, ela não deveria ficar muito ansiosa por um presente.

– Acho que está na hora. Bem – ele se virou para Molly –, obrigado por deixar a Alice usar seu banheiro.

Alice fez um "tsc", o que foi muito surreal e inesperado.

– Não foi nada. – Molly manteve a seriedade.

Com os olhos cintilando, Dex disse:

– Foi... interessante conhecer você.

Como homem, ele caía na categoria dos Tremendamente Perigosos. Qualquer uma que fosse boba o suficiente para se envolver com alguém assim sabia que a decepção era questão de tempo. O lado bom era que, se você *não estivesse* romanticamente envolvida, seria muito divertido ficar com ele.

– Digo o mesmo. – Molly imaginou se ele compraria o chalé. – E não esqueça o que falei: o preço que estão pedindo é absurdo.

Capítulo 6

A FESTA SERIA EM UMA CASA em Notting Hill que pertencia a alguém cujo nome Dex tinha esquecido, mas isso não importava. Aos 60 e tantos anos, o dono da residência tinha a expressão permanentemente sobressaltada de alguém cujos olhos ainda não desincharam por completo depois da última plástica. Mas a casa era espetacular, e ele teve a sacada de convidar muitas mulheres bonitas.

Dex pegou mais uma bebida; a música estava alta e todos dançavam animadamente. Ele não estava muito a fim, mas Rob e Kenny, colegas do trabalho, o convenceram a ir.

– Você não pode ficar em casa! – disse Kenny, incrédulo. – Senão, nunca vai saber o que perdeu. Pode ser a festa do ano.

– Pode ser a noite em que sua vida vai mudar *para sempre* – acrescentou Rob.

Não era provável, para falar a verdade, mas foi mais fácil ceder do que continuar argumentando. Como Kenny concluíra, no mínimo ele podia acabar na cama com alguém.

Enfim, mais uma hora e algumas bebidas, e ele talvez começasse a ficar mais no clima de festa.

Dito e feito: uma hora depois, o álcool fazia sua mágica, amenizando o dia longo e estressante no trabalho e melhorando o humor de Dex. Os níveis de tolerância tinham subido; uma garota incrivelmente bonita chamada Bibi passou um tempo explicando como soletrar seu nome. Ele ouviu calado, sentindo uma satisfação secreta em vez de demonstrar qualquer descrença.

– Não é com E duplo, como em Bruce Lee. – Ela imitava golpes de kung fu enquanto falava. – É bê i bê i, como uma buzina. Olha. – Ela fez gesto de mão na buzina de um jeito encantador. – Viu? É assim que se buzina! E é assim que você vai lembrar como se escreve meu nome!

– Genial. – Dex assentiu. – A gente aprende uma coisa nova todos os dias. E com que você trabalha?

– Adivinha!

– Não consigo adivinhar. Me surpreenda.

Ele definitivamente ficaria surpreso se ela contasse que era neurocientista. Ou professora de matemática. Ou pastora de cabras – ah, isso seria *maravilhoso.*

– Eu trabalho com promoção? – Bibi terminava a maioria das frases com inflexões interrogativas. – E também faço vários trabalhos de modelo? Você não acha que tenho um corpo lindo?

– Claro que acho.

Ela usava um vestido de cetim azul-claro grudado em todas as curvas; além disso, só garotas que sabiam que eram incrivelmente lindas fariam aquela pergunta.

– E os meus peitos?

– Oi?

– Você gosta?

Bom, aquelas inflexões interrogativas estavam fugindo ao controle. Dex respondeu hesitante:

– Parecem… ótimos.

– Não acha grandes demais? Eu não queria que ficassem, tipo, enormes. – Bibi fez um gesto como se segurasse duas melancias. – Fica muito vulgar, né? Então, escolhi esses. – Ela projetou o peito com orgulho. – É 46 bojo D duplo. Perfeito, né? Foram feitos em novembro para ficarem prontos para o Natal.

Eles estavam mesmo tendo aquela conversa?

– Bem – disse Dex –, que sorte do Natal.

– São muito melhores do que os últimos. Ficaram estranhos e meio encaroçados, sabe? Mas esses são bem macios. – Bibi fez um gesto indicando a suavidade, com as mãos finas cheias de anéis, e disse com alegria: – Pode botar a mão, se quiser!

O perfume dela era sufocante e a sala estava quente. Ciente de que as pessoas estavam indo para o terraço da casa para fumar, Dex disse:

– Obrigado, mas acho que vou sair para tomar um pouco de ar fresco. – Levantando as mãos antes que ela pudesse oferecer sua companhia, ele acrescentou: – A gente se vê depois, certo?

Para ser sincero, o ar do terraço estava um pouco frio demais. Era inverno, e os telhados em volta cintilavam com gelo. Os convidados estavam amontoados para se esquentarem enquanto fumavam com pressa, para receberem sua dose de nicotina antes de voltarem para dentro.

Dex, que não fumava, ficou junto ao parapeito contemplando a vista. As estrelas brilhavam no céu e uma lua crescente as acompanhava. Janelas sem cortinas revelavam vislumbres da vida de outras pessoas. Do outro lado da rua, uma mulher de roupão rosa ninava um bebê. Será que a música da festa o teria acordado? Em outra casa, uma família parecia ver TV, embora na realidade cada um estivesse digitando em seu celular ou laptop. Na janela ao lado, um homem acima do peso estava parado na frente da geladeira aberta, comendo colheradas de alguma coisa em uma tigela e olhando furtivamente para trás. Mais para a frente na rua, em um quarto, uma garota secava o cabelo fazendo caretas para seu reflexo no…

– Surpresa!

Pulseiras tilintaram e um par de mãos cobriu os olhos dele. Dex sabia que não era Bibi; o perfume não era tão forte e os peitos pressionando suas costas eram menores.

– Já sei quem é – mentiu Dex, sorrindo enquanto tirava as mãos dos olhos e se virava para…

Carla.

Calma aí, é Carla mesmo? Ou Carina?

Não, tinha acertado de primeira. Carla.

Provavelmente.

– Querida, como você está? Não nos vemos há meses. – Ele lhe deu dois beijos nas bochechas. – Está linda, como sempre.

No exato instante em que as palavras saíram da sua boca, ele se odiou um pouco por dizê-las. Mas era o que as garotas gostavam de ouvir. De vez em quando, Dex se sentia um ator que fazia a mesma peça havia tempo demais. As falas saíam no automático, não importando se eram verdadeiras ou não.

Se bem que, naquele caso, *eram* verdade. Carina ou Carla era uma morena deslumbrante com olhos puxados, um rosto de formato exótico e dentes que pareciam pérolas.

Se ao menos ela estivesse usando um daqueles colares com o nome...

– Beijo na bochecha? Você acha que eu sou o quê, sua tia-avó? Vem cá. – Puxando-o de brincadeira, ela colou a boca na dele por vários segundos.

– É tão bom ver você de novo... – disse Dex.

– Era só me ligar.

– O que posso dizer, querida? A vida anda uma loucura.

– E imagino que você tenha perdido meu número.

Ele assentiu.

– Perdi. *Mea culpa.* Deixei o celular no táxi e nunca mais o vi.

– Qual é o meu nome?

– Como?

– Você acabou de me chamar de querida duas vezes. Isso é para disfarçar o fato de que não se lembra de mim?

– Como se alguém pudesse esquecer você. – Dex abriu um sorriso; sempre gostou de um desafio.

– Mas tenho quase certeza de que você esqueceu.

– Não esqueci. – *Era bem provável.*

– Vou contar até três. – Ela semicerrou os olhos puxados, sinalizando que ele estava em perigo. – Um... dois...

– É um insulto você achar que eu esqueci.

– Dois e meio...

– Você precisa aprender a confiar mais em mim. Querida.

– Dois e três quartos...

Quando alguém contava até dois e três quartos, você sabia que tinha vencido.

– E o que acontece se eu errar?

– Você vai estar encrencado.

Que se dane, era agora.

– Desde que você não me jogue lá embaixo... Carla.

Ela o encarou. Por um momento, Dex se perguntou se ela tentaria fazer isso. Logo em seguida, ela abriu um sorriso lentamente, aliviada.

– Que maldade, quanta provocação. Por um minuto achei que você não se lembraria mesmo.

– Ah, que falta de fé – disse Dex.

– E o que você está fazendo aqui no frio? Você nem fuma.

Dex deu de ombros.

– Vim fugir de uma pessoa. E admirar a vista. Olha. – Ele se virou e mostrou os aposentos iluminados das casas do outro lado da rua. – A vida dos outros. Não faz você querer saber tudo sobre elas?

– Sinceramente? Não. – Carla passou o braço pela cintura dele. – A vida dos outros é sempre chata. Estou mais interessada na sua. O que anda fazendo?

– Na verdade, ele está comigo – anunciou uma voz cortante; Bibi tinha se materializado atrás deles.

– É mesmo?

Depois de se virar, Carla ergueu uma sobrancelha ao ver os seios com bronzeado artificial de Bibi tentando fugir do decote do vestido de cetim. Mas apertou a mão dela assim mesmo.

– Está, sim – respondeu Bibi, triunfante.

Dex escolheu as palavras com cuidado, fazendo um comentário sensato:

– Bem, eu não diria que estava *com* você. A gente só estava conversando.

Ao ouvir isso, Carla passou a mão outra vez pela cintura dele. Não foi o movimento mais sutil do mundo.

– Você estava comigo quando estávamos conversando – insistiu Bibi. – Lá dentro. Você disse que gostou dos meus peitos!

– Não. – Ciente de que agora as duas sobrancelhas de Carla estavam arqueadas, Dex disse: – Você me *perguntou* se eu gostei...

– E você disse que sim! – A voz de Bibi estava cada vez mais aguda.

– Eu não sabia o que fazer. Não podia dizer não, podia? – *Ah, não era para ter saído assim.*

– Então você estava *mentindo*? Está me dizendo que *não* gosta deles? – Segurando os seios enormes, sem conseguir acreditar, Bibi gritou: – Custaram 6 mil!

Aquilo não ia muito bem. Todo mundo no terraço estava se virando para acompanhar a discussão.

– Ah, meu Deus – disse Carla –, preste atenção no que você está dizendo. Você faz alguma ideia de como está sendo patética? Por que o Dex estaria interessado em alguém como você?

– Aah, não sei, talvez porque eu seja mais bonita do que você e meus peitos sejam bem maiores. – Bibi jogou o cabelo para trás e acrescentou, toda animada: – Além do mais, ao contrário de *certas* pessoas, não sou uma vaca esnobe e sarcástica.

Os outros convidados estavam assistindo, hipnotizados. Vários começaram a rir. Dex se perguntou o que deveria fazer e por que situações assim sempre pareciam acontecer com ele; uma festa elegante em uma casa cara de Notting Hill ameaçava virar um programa sensacionalista. Quando seu celular começou a tocar no bolso, ele deu um suspiro de alívio – a pessoa que ligava ainda não sabia, mas estava prestes a salvá-lo. Ele usaria a interrupção bem-vinda como desculpa para sair.

– Prefiro ser uma vaca esnobe e sarcástica – respondeu Carla com desdém – a ser uma ridícula num vestido barato.

– Opa, o que está acontecendo aqui? – Kenny observou o impasse, aparecendo no terraço com uma loura dando risadinhas debaixo de um braço e uma garrafa de champanhe no outro. – Dex, seu danadinho! Provocando confusão de novo?

– Você disse Dex? – A loura das risadinhas olhou para o outro lado do terraço e gritou: – Ah, meu Deus, é você! Dexter Yates, seu mentiroso desgraçado, prometeu me ligar, mas nunca ligou!

Ops. Hora de fazer algum truque e se teletransportar dali. Dex pegou o celular, que ainda estava tocando, e atendeu com alegria:

– Alô.

Capítulo 7

– EU QUERO FAZER O QUE VOCÊ FAZ. – Alfie, o mais novo aluno de Molly, estava ansioso para explicar. – Porque, tipo, é um emprego superfácil, né? Melhor do que recolher carrinhos de supermercado. Estou nisso há seis semanas e é um saco. Prefiro ficar sentado desenhando.

Molly era sempre entusiasmada e incentivava os outros, mas Alfie, de 16 anos, não tinha uma percepção muito firme da realidade, coitado. Eles conversavam enquanto o restante da turma recolhia os materiais e se preparava para ir embora.

– E você fez um ótimo trabalho hoje – disse ela. – Só precisa continuar treinando.

– Sou bom em artes. Quase tirei C na prova. – Ele sorriu. – E aí, as pessoas que mandam no jornal… Você pode pedir para elas me darem um emprego também? Porque eu odeio trabalhar no estacionamento quando o tempo está assim.

– O problema, Alfie, é que muita gente procura os jornais quando está buscando trabalho…

– Eu *sei*. – Ele fez uma expressão magoada de quem se sentiu chamado de burro. – É por isso que quero que você fale com eles que eu desenho muito e que eles deviam me contratar.

– Venha, rapaz, hora de ir. – Celeste, que conhecia os pais de Alfie, balançou as chaves do carro para ele. – Está caindo uma chuvarada, não quer uma carona para casa?

Quando todos tinham saído, Molly terminou de arrumar a sala. A questão era que as pessoas *pensavam* que seu trabalho era fácil. Desenhar uma tirinha diária para um jornal? Rabiscar uns três ou quatro desenhos simples que deviam levar, o quê, menos de uma hora? Que moleza! E quando elas descobriam que a tirinha aparecia em dezenas de jornais do mundo todo, bom, era mesmo uma mina de ouro. Ela devia estar rica. Melhor emprego do mundo.

Era um trabalho ótimo, mas nem sempre fácil. Passara anos praticando e apurando a arte que aprendera sozinha, trabalhara infinitamente em diferentes ideias de tirinha que nunca foram escolhidas. Finalmente deu certo com Boogie e Boo, e ver seu trabalho impresso pela primeira vez foi um dos melhores momentos da sua vida. A tirinha contava as aventuras de Boo, uma *it-girl* da Califórnia, e de Boogie, seu adorável e sardônico chihuahua já cansado do mundo. A interação entre o cachorrinho que falava e a dona ingênua atraiu a imaginação dos leitores e recebeu respostas positivas e ainda mais interesse. O número de parcerias com jornais disparou...

Mas isso também significava que as pessoas achavam que ela estava ganhando muito dinheiro com aquilo. E, na realidade, era mais um sustento árduo, os pequenos pagamentos pingando aos poucos, apenas o suficiente para se sustentar, e era por isso que Molly complementava a renda dando aulas de caricatura e quadrinhos à noite. Esse bico não dava nenhuma fortuna, mas qualquer dinheiro ajudava. E era divertido: os alunos gostavam de ir a Briarwood, ocupar o terraço do Café da Frankie e conversar sobre as novidades enquanto trabalhavam. Era um grupo falante e sociável que adorava as noites de segunda, mesmo com um tempo daqueles.

Deus, que chuva! Estava caindo com força agora. Molly terminou de recolher os copos vazios e os lápis abandonados e desejou ter se lembrado de levar um guarda-chuva. As temperaturas abaixo de zero da semana anterior tinham dado lugar a ventos fortes e uma tempestade torrencial. Ah, alguém esquecera as luvas de couro. Devia ter sido Celeste...

A porta do estabelecimento se abriu e fechou, e Molly pegou as luvas, pronta para devolvê-las à dona. Mas, quando se virou, não era Celeste. Havia um homem à porta, encharcado até os ossos, o cabelo grudado na cabeça e água escorrendo pelo rosto.

– Oi, está aberto? Eu gostaria de um café, por favor.

Ele estava falando sério? Qual era a probabilidade de um café pequeno em um vilarejo estar aberto às nove da noite de uma segunda?

– Desculpe – disse Molly. – O café está fechado.

– Ah. Vi as luzes acesas. E gente saindo.

– É que eu acabei de dar aula aqui.

– Certo. Tudo bem.

– Servem café no Swan. – O sujeito era vagamente familiar, mas ela não conseguiu identificá-lo.

– Não quero ir ao bar. Deixa pra lá – disse o homem. – De qualquer forma, obrigado.

Só quando ele se virou para sair e a luz bateu em seu rosto por outro ângulo foi que Molly percebeu quem era.

– Ah, meu Deus, é *você*. Não o reconheci com o cabelo todo molhado!

Constrangida, ela percebeu na mesma hora que ele também não a reconhecera. E não tinha a desculpa do cabelo molhado. Mas ele não estava se *comportando* nem um pouco como da outra vez que se viram. A não ser que esse fosse o gêmeo sério, contido e incrivelmente sisudo daquele cara.

– Como?

– Não se lembra do peixe? – Meu Deus, ele ainda parecia não lembrar. Já lamentando ter começado a conversa, Molly prosseguiu rapidamente: – Voando pelo ar e respingando na sua namorada? Sou sua vizinha.

Ele fechou os olhos e balançou a cabeça como se para pensar melhor.

– Claro. Lembrei agora. Desculpe.

Qual era o *problema* dele? Estava doente? Drogado? O incidente do peixe tinha sido oito meses antes. Uma semana depois do primeiro encontro, naquele dia de sol no fim de junho, a placa anunciando a conclusão da venda surgira em frente ao Chalé do Gim, e ela ficou ansiosa para rever o novo vizinho.

Mas não foi o que aconteceu. Em vez disso, grupos de operários apareceram e o chalé ganhou uma reforma completa que prosseguiu até outubro, quando os homens foram embora e o lugar ficou vazio. Naquela época, Dexter tinha visitado a casa em dois fins de semana, mas Molly estava fora. Ao voltar para Briarwood, ela soube em cada ocasião que ele e a amiga agraciaram o Swan com a presença deles. Foi divertido e simpático, pelo que disseram, e encantou a maioria da clientela do sexo feminino. No dia seguinte, o Porsche era ligado e os dois voltavam para Londres.

Na primeira vez, ele estava com uma beldade de cabelo dourado. Na segunda, com uma morena curvilínea.

E esse foi o total da ocupação do Chalé do Gim, afora a visita única feita na semana anterior, por uma mulher com um bebê. Naquela ocasião, Molly *estava* presente e viu a visitante parar com um Escort velho, tirar algumas coisas do porta-malas e entrar na casa. Horas depois, ela saiu com o bebê e entrou no carro. Ao ver Molly observando, ela abriu a janela e gritou com alegria:

– Tudo bem, não estou roubando nada! – E saiu dirigindo.

O que será que tinha acontecido para deixá-lo no estado em que ele se encontrava agora? A mulher era uma ex que ele rejeitara? Tinha destruído o chalé? O bebê era dele?

Será que ele tinha acabado de descobrir?

– Espere, volte – chamou Molly depois que ele se virou para sair. – Você está bem?

Aquela devia ser a pergunta mais idiota do mês, mas foi de improviso.

– Estou.

– Não está, não. Está sentindo alguma coisa?

Ele ficou parado, balançando a cabeça.

– Pode falar se quiser. Não vou contar para ninguém. – Ele acharia que ela era uma vizinha intrometida? – Tem a ver com o bebê?

– O quê?

Quando ele se virou e a encarou, havia um mundo de dor naqueles olhos escuros.

– Desculpe, só estou tentando ajudar. Eu os vi semana passada – explicou ela. – A mulher no Escort vermelho. Ela estava com um bebê. Fez alguma coisa no chalé, mas não sei o quê. Só vi os dois da janela… – Ela parou de falar, consternada, e percebeu que ele estava à beira das lágrimas. – Olha, tudo bem, vou fazer um café para você.

Era para isso que ele tinha ido lá, não?

– Não precisa. Está fechado.

– Não seja bobo, olhe seu estado. – Ele estava encharcado e tremendo de frio. Ao concluir que ele não estava louco, Molly estendeu as mãos. – Tire a jaqueta, para começar.

A jaqueta estava pingando no chão. Ela o ajudou a tirá-la e a pendurou nas costas da cadeira ao lado do aquecedor.

– Agora espere aqui que vou fazer aquele café. Leite, açúcar?

Por um momento, ele pareceu não lembrar. Mas então assentiu e disse:

– Leite e duas colheres de açúcar. Por favor.

Capítulo 8

O QUE ESTAVA FAZENDO ALI? Dexter ouviu a máquina de café borbulhando e chiando na cozinha. Só Deus sabia o que a garota devia estar pensando. Mas precisava sair, fugir, e algum instinto o fez pegar a M4 até Briarwood. Não, não foi o instinto; ele sabia por que tinha ido até lá. Droga, o que estava acontecendo com seus *olhos*? Ele não chorava desde criança, tinha até esquecido como era.

Sentou-se na cadeira que estava com a jaqueta pendurada e enfiou a mão no bolso esquerdo. Quando tirou o lenço, outra coisa veio junto.

Ele virou o objeto e o colocou em sua palma gelada. Quando o tinha comprado? Logo antes do Natal. Era um sapo de ouro rosé em uma pá, com mais ou menos 1 centímetro de comprimento, feito para ser usado em uma pulseira de pingentes. Estava indo para casa pelo Burlington Arcade, depois de um excelente almoço no Savoy, e o pingente chamou sua atenção na vitrine de uma joalheria, quando ele parou para olhar alguns relógios Patek Philippe na prateleira de cima. O Natal estava quase chegando e ele ainda não tinha comprado nenhum presente. Mas o sapinho era divertido, algo na expressão do animal chamou sua atenção, e Laura tinha uma pulseira de pingentes que gostava de usar em ocasiões especiais. Ele entrou na loja e comprou para ela. Achava que poucas mulheres prefeririam um sapo a algo extravagante, com diamantes, mas sabia que a irmã gostaria.

E ele estava certo. Quando abriu a caixa na manhã de Natal, Laura ficou feliz da vida… até ele reparar que a pulseira dela era de prata.

– Não tem problema! – protestou Laura, rindo da expressão no rosto dele. – Eu adorei mesmo assim! Olha, fica um mix de cores. – Ela colocou o pingente de sapo de ouro rosé ao lado da pulseira que tilintava. – É lindo!

– Não dá. – Ele não acreditava que tinha cometido aquele erro. – Vai ficar feio. Vou comprar um de prata.

– Dex, impossível, isso é vitoriano, sei lá. É *velho*.

Ninguém era mais teimoso do que Laura. Só havia um jeito de impedi-la de usar o pingente de ouro em uma pulseira de prata.

– Bom, é aí que você se engana – mentiu Dex –, porque na loja tinha um idêntico, de prata. Vou trocar para você.

Tudo bem, talvez ele também fosse teimoso.

– Sério? – Feliz com a solução, Laura entregou na mesma hora o pingente de ouro para ele. – Então está ótimo. Pode levar este e trocar.

E Dex, igualmente satisfeito de ter vencido, registrou uma nota mental: tinha que procurar um ourives ou um designer de joias. Afinal, seria tão difícil assim duplicar uma coisa daquelas? Podia não ser vitoriano, mas Laura não se importaria. Na verdade, se ele não dissesse, ela jamais saberia.

Só que ele não chegou a resolver isso, e agora já era. Ficara muito ocupado, esquecera, houvera muitas outras distrações em sua vida tão concorrida...

Pare, não pense nisso.

A garota estava de volta com o café, que agora não parecia mais uma boa ideia. Dex enfiou o pingente no bolso e secou os olhos com o lenço rapidamente. Era bom tentar não pensar nada, mas seu cérebro não tinha botão de desligar.

– Obrigado.

Ele pegou o café com mãos trêmulas e, sem querer, derramou um pouco no chão. Ao se abaixar para limpar, acabou derramando mais.

– Pode deixar. Não tem problema. Só tome seu café – disse a garota. – Você parece estar precisando.

– Você é a Molly, não é? – O nome tinha demorado a surgir na cabeça dele.

– Achei que você não se lembraria.

Bem, aquilo mexeu com ele.

– Tive um peixinho dourado chamado Molly.

– Em vários aspectos, eu sou bem parecida com um peixinho dourado.

– Vim para cá de carro hoje. Esqueci que não havia nada na casa. Só os restos de uma garrafa de uísque. Então, acabei com ela. Aí, percebi que não poderia dirigir para nenhum lugar para comprar comida e bebida. – Dex balançou a cabeça. – Este lugar precisa de um posto de gasolina 24 horas.

– Você não está na cidade grande.

– Obviamente. Onde fica o mercado aberto mais próximo?

Molly deu de ombros.

– A alguns quilômetros.

– Você pode me levar até lá? Eu pago. Podemos ir no meu carro.

– Não se preocupe. Tenho coisas em casa, posso emprestar o que você precisa para hoje à noite, e amanhã você vai até lá. – Ela fez uma pausa. – Ou, se não quiser, eu posso ir.

– Não sei. Não consigo pensar. Minha cabeça está... cheia. – Ela estava sendo muito gentil sem nem saber o que havia de errado.

– Tudo bem, sem problemas. Amanhã você decide.

Emocionado com a atenção, Dex se ouviu dizer:

– Minha irmã morreu ontem à noite.

– Ah, não, que horrível. – Ela levou a mão à boca. – Sinto muito.

Dex assentiu, incapaz de falar. Pela primeira vez na vida adulta, desejou que uma mulher lhe desse um abraço sem qualquer conotação sexual.

Laura era doze anos mais velha que ele. Depois da morte dos pais, a irmã passara a ser como uma mãe para ele. Era como perder os pais de novo. E, tudo bem, dessa vez tinha 28 anos e era adulto, mas era quase pior.

Molly, a vizinha, não ia lhe dar um abraço. E ele não podia pedir.

– Ela estava doente havia muito tempo? – A pergunta foi feita com delicadeza. – Ou foi repentino?

– Repentino. A gente se falou por telefone ontem de manhã, e ela estava bem. Caiu na rua ontem à tarde. Em frente ao banco. Pelo visto, foi uma hemorragia cerebral. Quando a ambulância chegou no hospital, ela já tinha morrido.

– Sinto muito. – A garota o encarava, horrorizada. – Que coisa terrível. Não estou surpresa de você estar em choque. Espere aí. – Ela sumiu e voltou segundos depois com um rolo de papel-toalha. Arrancou um metro de papel e entregou para ele. – Tome, pode chorar o quanto quiser. Bote tudo para fora. Não tem nada pior do que tentar segurar.

Mas os olhos dele estavam doloridos e secos. Dex passou distraidamente os dedos pelo cabelo e tomou outro gole de café. Se ao menos conseguisse parar de *imaginar* a cena em frente ao banco: Laura caindo no chão, os passantes preocupados em volta dela, pessoas alheias desviando correndo, o carrinho abandonado pegando embalo até descer da calçada na rua movimentada…

– Quantos anos ela tinha? – A voz da garota o trouxe de volta para o presente. – Era mais nova do que você?

– Mais velha. Você a viu semana passada. Laura.

A ficha caiu, e a consternação veio junto.

– Era ela? Com o bebê? Meu *Deus*…

– Pois é.

– Ela tinha outros filhos?

– Não.

– Pobre marido… companheiro…

– Nenhum dos dois. Eram só as duas. Ela e Delphi.

Ela fechou os olhos com o novo horror.

– Ah, pobrezinha, coitada da bebê. Eu só a vi de longe. Quantos meses ela tem? Seis?

– Oito.

Ele sentiu outra vez o nó na garganta ao pensar em Delphi, que ia crescer sem mãe; parecia que o rolo de papel-toalha seria útil, no fim das contas.

– Oito meses. Ela estava no carrinho quando aconteceu. Ele saiu andando até a beirada da calçada, e alguém conseguiu pegar a tempo de não ir parar embaixo de um caminhão. É um milagre ela também não ter morrido. Eu não estava lá – explicou Dex. – Contaram aos paramédicos.

– Não sei o que dizer.

A expressão da garota era de pura aflição. Dex tinha esquecido o nome dela de novo… peixinho dourado… *Molly*.

– Nem eu.

– Se aconteceu rápido assim, pelo menos ela não sofreu. – Molly viu a expressão no rosto de Dex e, sentindo-se impotente, completou: – Eu sei, desculpe. Talvez um dia isso seja um consolo.

– Talvez.

Houve um barulho repentino do outro lado da parede, e ele se encolheu.

– O que foi isso? – perguntou.

– É a sala da minha amiga. Estamos no café dela. Se ela souber que ainda não fui embora, talvez venha até aqui. – Molly se levantou e pegou a caneca quase vazia da mão dele. – Vamos?

Dex pegou a jaqueta no encosto da cadeira, e Molly pegou seu casaco nada glamoroso da marca Barbour, que estava embaixo. Trancou o café e seguiu com Dex pelo vilarejo, passando pelo Saucy Swan. A chuva ficou mais forte quando atravessaram a praça; em pouco tempo ele estava encharcado de novo, mas aquilo era tão irrelevante, tão sem importância que ele mal reparou.

Laura estava morta. Como Laura podia ter morrido? Não era possível. Dex continuou andando, a cabeça baixa, um pé na frente do outro, sem nem dar atenção à garota ao lado.

O que vou fazer?

Capítulo 9

— VENHA, VAMOS ARRANJAR COMIDA PARA VOCÊ.

Ao perceber que ele estava no piloto automático, Molly pegou a chave e levou Dexter pela entrada até a casa dela.

Na cozinha, pegou um pacote de batatas Kettle, meia lata de biscoitos variados, um pote de café e uma caixa de leite perigosamente perto da data de vencimento. Colocou açúcar em uma xícara e escolheu as maçãs menos enrugadas na fruteira.

— Que tal pão e cereal? Tenho pão de forma branco ou integral com grãos e também um pouco de cereal, se quiser. E tem salsicha na geladeira.

Ela sabia que estava exagerando. Estava parecendo uma líder mandona que ninguém queria por perto.

Dexter balançou a cabeça brevemente.

— Só as coisas para fazer café, obrigado.

— Desculpe, estou tentando ajudar, mas não sei como.

Molly jogou o pacote de salsicha de volta na geladeira.

— Nem eu. Na verdade, sei. Você tem vinho?

Molly fez uma careta. Na semana anterior, ganhara uma garrafa no sorteio do pub, de um vinho feito pelo pai de Lois. Mas era de qualidade inferior e ela não podia fazê-lo sofrer desse jeito.

— Acho que você não vai gostar, é caseiro. Mas tenho xerez que sobrou do Natal. Ah, rum também. Serve?

Dex assentiu.

— Serve.

Qualquer coisa serviria. Molly encontrou uma bolsa e começou a colocar os produtos dentro, esperando que Dex fosse pegar tudo e ir embora. Mas ele abriu a garrafa de rum.

– O que combina com isso? Nunca tomei.

– Nem eu. Só boto na comida às vezes. Rum e Coca, eu acho.

– Tem Coca?

Molly tirou duas latas da geladeira. Como continuou ali parado, ela perguntou:

– Quer voltar para a sua casa ou ficar aqui?

– Acho que prefiro ficar aqui – disse Dex. – Só um pouco, pelo menos. Tudo bem por você?

Ela tinha uma tirinha para terminar, mas algumas coisas eram mais importantes. Aquilo estava entre as circunstâncias atenuantes. Já era chocante pensar que a mulher que anunciara tão animadamente que não ia roubar nada não estava mais viva. O irmão dela estava ali, sofrendo.

– Tudo bem, claro. – Ela pegou dois copos. – Venha, vamos nos sentar.

– Eu estava em uma festa idiota em Notting Hill, com duas garotas chiando uma para a outra que nem dois gatos. Por *minha* causa. Estava tomando champanhe. – Dexter balançou a cabeça com a lembrança. Agora que tinha começado, viu que não conseguia parar. – Eu estava me divertindo. Estava... sabe como é, foi curioso ver aquelas garotas ficarem nervosas daquele jeito. É ridículo, mas também divertido. E nem importava, porque eu não gostava de nenhuma das duas. Quando meu celular tocou, achei que seria a desculpa perfeita para escapar da situação. Fiquei *feliz* por ter tocado. Atendi pronto para usar o motivo que fosse para ir embora... e eu contaria tudo depois. Seria uma história engraçada, sabe? Como sempre faço. Mas não foi uma história engraçada. – Ele parou abruptamente, tomou outro gole de rum com Coca e sentiu um calafrio só de lembrar. – Era a polícia.

Depois ele começou a falar sobre Laura e a infância dos dois. Eram tantas histórias, algumas das quais não eram evocadas na memória havia anos. Como na vez que ela tropeçou quando estava com Dex nas costas, e ele voou por cima da cabeça dela como um jóquei. A vez que ela o botou em uma caixa de papelão e o jogou pela escada, como se fosse um tobogã, o que resultou na perda de um dente *bem* longe de ficar mole. A vez que ela estava pegando sol em um tapete no jardim e ele passou com a bicicleta em cima da mão dela, quebrando dois dedos.

– Pelo visto era um relacionamento bem violento. – A forma como Molly falou o fez sorrir.

– Nem sempre. Eu também a deixava louca de outras formas. Quando tinha uns 5 anos, enchi um pote com insetos mortos da garagem e joguei tudo na cama dela. E ela odiava mostarda, então eu passava escondido nos sanduíches dela.

– Você era o irmãozinho levado. Aposto que era um pesadelo quando ela levava os namorados para casa.

Dexter riu, pego de surpresa por uma lembrança que tinha esquecido completamente.

– Eu era. Teve um garoto… Os dois estavam no sofá vendo TV, e eu fiquei escondido atrás da cortina. Um *tempão*. Eles começaram a se beijar. Então esperei e gritei: "Laura Yates, O QUE VOCÊ ESTÁ FAZENDO?" Ah, você tinha que ter visto a cara dos dois. Fiquei tão orgulhoso de mim mesmo… Engraçado, nunca mais vimos aquele namorado. – Tomado de uma nova onda de dor, ele terminou a bebida. – Meu Deus. Não acredito que ela não está mais aqui. Só não sei para onde ela foi.

Quando olhou outra vez o relógio, uma hora tinha se passado e a garrafa de rum estava vazia. Tinham terminado também a de xerez. Molly, encolhida em uma poltrona do outro lado da lareira, ainda parecia prestar atenção.

– Olha só você, ainda ouvindo. Que legal. Talvez não seja lá muito divertido ter que ficar sentada aí me ouvindo falar sem parar.

– Não se preocupe, vizinhos são para isso. O que você quer que eu faça com esse copo?

– Que encha com alguma coisa.

– Não tem mais nada. Só um licor grego esquisito. Já bebemos a casa toda.

Dex balançou o copo para ela.

– Então vai ter que ser o licor grego esquisito.

– Tem cheiro de fogueira e removedor de tinta. Ninguém teve coragem de beber até hoje. Não seria melhor mais um café?

– Não. Faça isso por mim. – Ele precisava dormir e sabia que só conseguiria se bebesse até apagar. – Não se preocupe, não vou virar um monstro. Posso comprar de você, se quiser. Levo para casa.

– Não precisa.

Ela descruzou as pernas, andou com as meias grossas até a cozinha e voltou com a garrafa.

– Obrigado.

O aspecto era meio estranho mesmo, mas Dex nem ligou. Pegou a garrafa e serviu meio copo.

– Você deveria comer alguma coisa. Posso fazer uma torrada com queijo.

Ele balançou a cabeça.

– Não estou com fome.

– Certo, você falou muito sobre a Laura. Mas tem uma coisa que não mencionou.

O jeito como Molly o encarava fez Dex não querer ouvir. Ele sabia o que ela ia perguntar.

– Uma vez, quando eu tinha uns 10 anos, deixei bombinhas fedorentas dentro dos sapatos dela. No exato momento em que minha irmã os calçou, elas explodiram. Isso foi quando a Laura estava prestes a sair para ir a um encontro. É um milagre eu ainda ter dentes.

Distraído, ele olhou para o fogo e tomou um gole enorme de licor sem pensar. *Jesus...*

Molly esperou que ele parasse de tossir.

– O que vai acontecer com a bebê? – perguntou.

Ali estava. A pergunta na qual ele estava evitando pensar. Dex tossiu mais um pouco.

– Onde ela está? – Molly continuava encarando Dex.

– Quem?

– Você sabe quem. A Delphi.

– Ela está bem. Não está sozinha em uma casa vazia, se é isso que você quer saber. Tem uma pessoa cuidando dela.

– Que bom. Quem?

Deus, ela era implacável.

– Por que você quer saber?

– Porque você está parecendo na defensiva.

– Podemos mudar de assunto? Não quero falar sobre isso.

– Acho que você deveria. Olha, sou praticamente uma estranha. Não nos conhecemos. Onde está a Delphi?

– Com uma família acolhedora. – Ele odiou dizer as palavras. – Alguém cuidou disso no hospital, antes de eu chegar. Eles têm as chamadas famílias acolhedoras para… situações assim.

Molly assentiu.

– Certo. E quem vai cuidar dela depois disso?

Aí estava, a pergunta a que ele não queria responder. Mas a pergunta não ia sumir.

– Não sei.

Dex fechou os olhos brevemente.

– E o pai?

– Não é presente. Foi só um caso. Ela nunca contou para ele da gravidez.

– E os pais de vocês já faleceram. – Dex tinha mencionado isso quando estava falando de Laura. – Mas ela deve ter pensado no que faria se o pior acontecesse. As pessoas fazem planos. Quem são os amigos dela, você conhece? Talvez ela tenha pedido a algum para cuidar da Delphi.

Dexter balançou a cabeça.

– Não pediu.

– Bom, ela fez testamento?

– Fez. – Ele expirou devagar. – Ela fez testamento.

– Então deve estar lá.

Ele assentiu.

– Está.

– Você sabe o que diz no testamento?

Ele evitou o olhar dela.

– Ai, meu Deus. É você, né?

– É. – Ele cobriu a cabeça com as mãos. – Ela me pediu para assinar um documento declarando que eu seria o guardião dela, mas só aceitei porque achei que não aconteceria nada. Você diz que vai fazer essas coisas, mas nunca espera que precise.

Pronto, ele enfim dissera. Botara para fora.

– Então você não quer ficar com ela.

O tom não foi de crítica, mas Dex se sentiu sendo julgado mesmo assim. E respondeu, com pesar:

– Não é só uma questão de *querer*. Eu não posso.

– Não?

– Não! Meu Deus, *como* eu poderia?

Molly o encarou, sem responder. Dex sabia o que ela estava pensando: *Podendo, oras.*

– Olhe para mim, para a minha vida. – Como ele conseguiria fazer Molly entender? – Eu não entendo nada de bebês. Antes da Delphi, eu nunca sequer tinha *segurado* um. Trabalho feito doido, às vezes a noite toda. Quando não estou no trabalho, eu... *saio*. Não tem espaço na minha vida para um bebê. Além do mais, mesmo que houvesse, eu sou a última pessoa no mundo que alguém iria querer cuidando de outro ser humano. Seria um desastre. Não consigo nem saber onde deixei a chave do carro.

– Entendo.

– Eu sei o que você está pensando.

Ela balançou a cabeça.

– Não sabe, não.

– Claro que sei. Você não consegue acreditar que alguém possa ser tão egoísta. É isso, né? Que filho da mãe, só pensa em si mesmo. Mas estou só sendo sincero, eu não conseguiria. Não sou esse tipo de pessoa.

Dex esfregou os olhos, que ardiam com o esforço para mantê-los abertos; a falta de sono da noite anterior e a mistura de bebidas estavam fazendo efeito.

– Você a ama? – perguntou Molly.

– A Delphi? Claro que amo, mas não é essa a questão. Sou egoísta, você não percebeu? Ela merece coisa melhor do que ficar presa a alguém como eu. Meu Deus, tive que comprar três celulares novos desde o Natal... Se tentasse levá-la para qualquer lugar, acabaria esquecendo a bebê no banco do táxi.

– Você diz isso agora. – A voz de Molly se suavizou. – Mas ela é um ser humano. É diferente. Você perde a chave do carro e o celular porque eles *não são* a coisa mais importante do mundo. Você não os ama com todo o coração. Todo mundo entra em pânico quando descobre que vai virar mãe ou pai. É normal estar apavorado com a ideia de ser responsável por uma bebê. Mas, porque você a ama incondicionalmente, vai fazer o que for necessário para que ela fique bem.

– Você acha mesmo?

– Acho. É a natureza humana. Olha, se você não quiser criar a bebê, tudo bem. Se *quiser*, mas só estiver com medo de *não conseguir*... bem, eu não me preocuparia com isso. Porque não existe motivo para você não conseguir.

Uau, de onde viera aquele discursinho? E será que ela deveria confiar tanto em alguém que mal conhecia? E se ele acreditasse nela e depois acabasse esquecendo a bebê no táxi sem querer?

Por outro lado, será que Dexter estava prestando atenção? Ele estava olhando para o copo com a testa franzida.

– Está vazio. Pode me dar mais?

Não adiantou nada o discursinho motivacional apaixonado.

– Tudo bem. Vou só fazer um café para mim. Espere aqui – disse Molly, levantando-se. – Já volto.

Na cozinha, ela colocou a chaleira no fogo e esperou a água ferver. Não se deu ao trabalho de fazer café nenhum. Depois de alguns minutos, voltou para a sala. Ele tinha adormecido.

Que situação. Não tinha como não sentir pena. Depois de recolher os copos, Molly ficou parada olhando para ele por um tempo. A respiração estava profunda e regular. Havia manchas escuras embaixo dos olhos, e, com a cabeça inclinada para trás nas almofadas, a bochecha brilhava à meia-luz. O cabelo escuro já tinha secado. Ele era lindo, mas estava atormentado.

Ele também era praticamente um estranho, mas isso não a preocupava. Tinha tranca na porta do quarto e não havia chance de ele surrupiar a TV. Era seguro deixá-lo ali por aquela noite.

Molly colocou a jaqueta dele sobre o aquecedor. Como só havia espaço para uma peça de roupa, subiu com o casaco que tinha usado, botou no armário aquecido para secar e levou o edredom extra para ele lá embaixo.

Dexter não se mexeu quando ela o cobriu. Já estava apagado e ficaria assim pelo resto da noite.

Bem, que noite de segunda-feira. Ela deixou dois comprimidos de paracetamol na mesa de centro ao lado de um copo de água e subiu para dormir. Depois de rum, xerez e licor de removedor de tinta queimado, ele precisaria quando acordasse.

Pela manhã, quando Molly desceu, ele tinha sumido, assim como os comprimidos. O edredom – uma versão enorme do sapatinho de cristal da Cinderela – tinha sido deixado embolado no sofá vazio. Não havia bilhete nem sinal de que ele estivera ali.

Molly abriu a porta da frente e tremeu ao receber a chuva gelada bem no rosto. Urgh, inverno. E o casaco ainda estava lá em cima. Correu descalça pelo caminho da entrada, viu que o Porsche amarelo chamativo não estava mais estacionado na frente do Chalé do Gim e voltou correndo para dentro de casa. Isso significava que ele tinha saído para comprar comida? Ou que estava voltando para Londres? Nesse caso, talvez jamais descobrisse o que ele decidira fazer com Delphi.

Pobre Dex, vítima de uma situação terrível. Não haveria alguma forma de ajudá-lo? Molly secou o nariz molhado de chuva e rezou silenciosamente para ele voltar.

Capítulo 10

TER UM CAFÉ NUNCA ESTIVERA NOS PLANOS de Frankie Taylor. Quando ela e Joe se mudaram para Briarwood, quase vinte anos antes, nada poderia estar mais distante de sua mente, e ninguém nunca nem tinha ouvido falar de uma série de TV chamada *Next to You*.

Quando viram a Casa Ormond pela primeira vez, os ocupantes anteriores tinham se mudado havia vários meses, e nesse intervalo a propriedade fora alugada e usada por uma pequena produtora independente de televisão, como locação para um programa novo. Sem dinheiro para gastar e com zero experiência na indústria, as operações foram executadas com orçamento mínimo e sem qualquer expectativa de sucesso. Tudo foi caos por um tempo, enquanto seis episódios de trinta minutos eram gravados dentro e em volta da casa em tempo recorde. Em seguida, todo mundo foi embora tão depressa quanto tinha chegado, e a vida do vilarejo voltou ao normal, como se a equipe de produção nunca tivesse estado lá.

Frankie e Joe compraram a casa e não pensaram mais no assunto, até catorze meses depois, quando a série finalmente foi ao ar. *Next to You* apresentava um padre católico de meia-idade, a adorável viúva da casa ao lado, sua mãe doida e glamorosa e um bode chamado Bert. Tinha toques de surrealismo, humor leve e consideravelmente inteligente, além de um carisma inato dos personagens principais que cativou a nação instantaneamente. De forma inesperada, todos que viram a série foram fisgados; era o ápice do *será que vai rolar, será que não, mas eles NÃO PODEM*. Outra temporada foi encomendada imediatamente, e Frankie e Joe, junto com a recém-chegada Amber, foram retirados da casa pelo tempo da filmagem e realocados no hotel mais próximo. O que não foi sacrifício nenhum.

Quando passou na TV, a segunda temporada eclipsou a primeira. *Next to You* se tornou um fenômeno, era mais engraçada do que qualquer outra, e a atração velada entre os dois personagens principais, Mags e Charles, tocou corações como nunca. Um boato de que os dois podiam estar envolvidos em um romance na vida real começou a circular, o que foi negado pelos atores. Apesar de ambos serem solteiros e estarem disponíveis, William Kingscott e Hope Johnson não estava procurando publicidade a qualquer custo e preferiam manter a vida particular na esfera particular.

Mas era o que todo mundo pensava.

Só que, menos de uma semana antes de o episódio final ser transmitido e no auge da empolgação envolvendo a segunda temporada, que batera recordes de audiência, William Kingscott foi atropelado por um caminhão desgovernado.

E morreu na hora.

O país ficou em choque; no espaço de dois anos, William passou de ator desconhecido a tesouro nacional. O último episódio foi exibido na noite do enterro, e os números da audiência quebraram todos os recordes. Mesmo que o acidente tenha acontecido a centenas de quilômetros de distância, em Edimburgo, Frankie e Joe viram sua casa ser transformada em um templo, com fãs às lágrimas reunidos para deixar flores na porta.

O criador da série anunciou que o personagem de William não ganharia um substituto e que não haveria mais episódios de *Next to You*. O programa acabou; Mags e Charles não existiam mais. Hope Johnson nunca falou publicamente sobre seu relacionamento com o colega de série; abandonou a carreira de atriz e se afastou do público, tornando-se uma personalidade reclusa.

E os visitantes de Briarwood pararam de chorar e deixar flores, mas a fascinação pela Casa Ormond continuou. Ao longo dos anos, *Next to You* se tornou um clássico reconhecido e se inseriu no inconsciente coletivo. Conforme os canais a cabo se multiplicaram, a série continuou sendo exibida, a popularidade se espalhando pelo mundo. Turistas que visitavam a Inglaterra faziam peregrinações ao vilarejo, tiravam fotos infinitas na frente da famosa casa e tocavam a campainha para perguntar se podiam dar uma olhada lá dentro.

As pessoas eram sempre muito simpáticas e educadas, e Frankie tinha um coração tão mole que era difícil recusar os pedidos. Mas era uma atividade que consumia tempo. Além do mais, na segunda temporada do programa, Mags tinha transformado parte da casa em um café para ganhar dinheiro; os visitantes sempre queriam saber onde ficava o estabelecimento e acabavam decepcionados ao descobrirem que não existia.

Então Frankie finalmente cedeu e abriu o café. Não para se aproveitar da situação, mas para preencher uma necessidade. Àquela altura, Amber, aos 5 anos, tinha começado na escola, e o café acabou dando a Frankie alguma coisa para fazer. Isso significava que passou a receber os turistas, em vez de fechar a cara e desejar que a deixassem em paz.

Agora, doze anos depois, os visitantes continuavam aparecendo, e ali estava ela, ainda cuidando do café. A decoração continuava como na época da TV, e havia uma parede coberta de fotografias e objetos do programa. O horário de funcionamento era prático: das onze às quatro, às vezes um pouco mais durante os meses de verão, se algum grupo aparecesse. Na série, a placa do lado de fora dizia Café da Mags. No dela, dizia Café da Frankie. O café a mantinha ocupada. Ela gostava das conversas e da companhia, principalmente com Joe trabalhando tanto. Como gerente regional de vendas de uma firma de roupas, ele cobria todo o sul da Inglaterra e passava muito tempo na estrada.

– Aquele animal maldito. – Entrando no café para se despedir, Joe balançou a cabeça, fingindo desespero. – Acabou de tentar comer a manga da minha camisa.

Ele tinha um longo relacionamento de amor e ódio com o Jovem Bert, o bode da família, que passava o dia preso a uma corda longa no jardim e adorava aparecer nas fotos com os turistas. Quando não estava tentando rasgar as roupas deles.

– Isso é porque ele te ama e não quer que você viaje.

Frankie saiu de trás do balcão, ajeitou uma mecha de cabelo castanho no alto da cabeça dele e lhe deu um abraço.

– Se eu achasse que daria em alguma coisa, faria o mesmo – observou ela.

– E seria uma pena, já que foi você que escolheu essa camisa. Enfim. – Joe lhe deu um beijo na boca. – Não vou demorar. Volto amanhã à noite. Comporte-se.

– Você também.

Era uma piada recorrente entre eles. Frankie dizia para todo mundo que o único motivo para ainda estarem casados era porque Joe passava duas ou três noites por semana longe de casa. *Longe dos olhos, perto do coração.*

– Eca, *beijo.* – O café ainda não estava aberto, mas Molly tinha entrado mesmo assim. – Vocês não estão velhos demais para essas coisas melosas?

– Tem razão. É nojento. Somos ridículos, eu sei. – Sorrindo, Joe beijou Frankie de novo. – E essa agarração toda vai me atrasar. É melhor eu ir. Até amanhã à noite. – Um último abraço, e ele foi. – Tchau, Molly, divirtam-se sem mim.

– Pode deixar, vamos mesmo – disse Molly. – Hoje é noite dos *go-go boys* no Swan.

Depois que Joe saiu, Frankie perguntou:

– É mesmo?

– Infelizmente, não. A não ser que o peludo do Phil exagere na sidra e acabe tirando o uniforme. – As duas ficaram quietas, fazendo careta diante daquela ideia horrorosa. E Molly quis mudar de assunto. – Ah, encontrei meu vizinho misterioso de novo ontem à noite.

– O que comprou o Chalé do Gim? – Ahh, aquilo era interessante; Frankie ainda não o conhecera. – O que aconteceu?

– Bom, ele acabou passando a noite lá em casa. Não *assim* – acrescentou, ao ver Frankie de queixo caído. – Na verdade, é bem triste. A irmã dele acabou de morrer e deixou uma bebê de apenas 8 meses. Não tem mais ninguém para cuidar dela, e Dex é o guardião, mas disse que não tem condições de assumir a responsabilidade. A questão é que ele está em choque. Achei que talvez você pudesse conversar com ele sobre isso.

– Que coisa horrível. Claro que posso falar, se ele estiver disposto a isso.

Assim como cuidar de um café nunca esteve nos planos de Frankie, virar o ombro amigo de Briarwood inteira também não era. Mas foi o que acabou acontecendo; sem pretender, ela tinha se tornado o tipo de pessoa para quem os outros sentiam necessidade de se abrir. Eles contavam seus problemas, e ela os ajudava a encontrar soluções. Era boa ouvinte e, pelo visto, tinha um rosto que irradiava empatia.

– Ele não está lá agora – disse Molly. – Dormiu no sofá lá de casa ontem. Quando desci, de manhã, já tinha ido embora. Ou foi ao supermercado comprar comida, ou voltou para Londres. Mas, se ainda estiver na cidade, vou falar para ele dar uma passada aqui e… aahh… aahh… *atchim*!

Depois do espirro, Molly só teve tempo para remexer nos bolsos do casaco e pegar um lenço de papel. Uma coisa pequena e metálica saiu voando e deslizou pela mesa da cozinha. Frankie pegou o pingente e o examinou.

– Que bonito. Cuidado para não perder.

– O que é? Quero ver. – Molly franziu a testa estendendo a mão.

– É um sapo em uma pá.

– Nunca vi isso! Não é meu!

– Bom, acabou de sair do seu bolso – disse Frankie.

– Que estranho. Não sei como pode ter ido parar ali. É um mistério.

– Mais alguém usou seu casaco?

– Não. – Molly observou o pingente com atenção. – E, olha, é muito fofo. Só me vem à cabeça que alguém encontrou no chão e achou que fosse meu. Vou perguntar por aí. Só que a pessoa não teria colocado no meu bolso, né? Não sem dizer nada.

– Você pode perguntar para a Lois, no bar, para ver se alguém perdeu. – Frankie olhou o relógio. – Ah, nossa, olha a hora. É melhor eu ir.

– Eu também. Ainda preciso terminar o trabalho de ontem. – A caminho da porta, Molly disse: – Se Dexter quiser falar com você, eu ligo.

Mas até a noite não houve sinal do Porsche amarelo berrante; o vizinho tinha voltado para Londres, para resolver o problema sozinho. E, quando perguntaram no vilarejo, ninguém sabia nada sobre o sapinho de ouro na pá; não havia pistas de sua origem.

Capítulo 11

O LAR DE LAURA EM ISLINGTON, a casa com terraço onde Dex e a irmã passaram a infância, podia ainda estar ocupada com os pertences dela, mas parecia indescritivelmente vazia. Dex se sentia preso em um pesadelo do qual era impossível acordar. Cada vez que a realidade o atingia, só tinha vontade de pedir: "Chega, por favor, pare."

Parecia inacreditável tentar aceitar o fato de que nada mudaria.

Ele percorreu a casa, tão familiar, no piloto automático. Foi a assistente social que sugeriu que ele fosse lá para pegar tudo o que achasse que Delphi pudesse gostar de ter enquanto estivesse com a família acolhedora. Não que tivesse alguma ideia do que ela podia querer ou precisar. Até o momento, enfiara roupas e bichos de pelúcia em uma bolsa sem saber se ela gostava ou não daqueles itens específicos. Só havia um patinho amarelo barulhento que fazia um ruído lamentoso quando era sacudido… vira a sobrinha brincando com aquilo no Natal, mas, fora isso, só lhe restava adivinhar.

O que era uma vergonha. Pobre Delphi, como se já não fosse trágico o suficiente ter perdido a mãe, tudo o que lhe restara era um tio inútil que nem sabia quais eram seus brinquedos favoritos.

E será que ela estava com saudades de Laura? Claro que sim. Mas tinha sentido que o que acontecera fora uma coisa tão terrível? De acordo com a assistente social, Delphi estava calada e às vezes parecia perplexa, à procura de um rosto ausente. Houve alguns arroubos de choro, mas, fora isso, ela parecia feliz; cercada de cuidado e atenção, parecia lidar bem com a família acolhedora. Dex não sabia o que sentir; deveria ficar tranquilizado pela capacidade da sobrinha de se adaptar? Não conseguia suportar a ideia de que Delphi podia estar se sentindo, daquele jeito indefeso de bebê, tão perdida quanto ele.

Parou no quartinho para olhar pela janela. O carro de Laura estava estacionado lá fora, o Escort vermelho do qual ela sentia tanto orgulho, mesmo caindo aos pedaços. Outra onda de dor o atingiu quando ele se deu conta de que teria que separar todos os pertences dela. *Meu Deus, Laura, não quero fazer isso, está na hora de você voltar e reassumir o comando...*

A campainha tocou lá embaixo, abalando seus nervos ainda mais e o fazendo pensar, por apenas um momento de loucura, que talvez fosse Laura, porque tinha esquecido a chave.

Dex desceu a escada correndo com a bolsa no braço e abriu a porta da frente.

– Ah, oi, querido, há *quanto* tempo!

Era Phyllis, que morava na casa ao lado havia cinquenta anos. O cabelo branco parecia sementes de dente-de-leão em volta de um rosto sábio.

– A Laura está? É que pedi para ela comprar uns selos outro dia, mas ela ainda não me entregou, e preciso pagar minha conta de luz.

Não podia contar para ela ali na porta. Dex se viu obrigado a convidar Phyllis para entrar e fazer uma xícara de chá antes de finalmente lhe dar a péssima notícia. Foi quase insuportável fazer uma mulher de 80 anos chorar.

– Ah, minha nossa, ah, não, não é possível. Uma moça tão querida... – Os dedos retorcidos de Phyllis tremiam quando ela tirou um lenço da manga do cardigã e secou os olhos claros. – E a Delphi, aquele pobre anjinho... O que vai ser dela agora?

– Você está bem?

Henry, com o terno cinza amassado de sempre, parecia preocupado.

– O que você acha?

Era meio-dia e Dexter ainda não se vestira. Não estava dormindo quando a campainha tocou, mas continuava na cama. Depois de colocar uma calça jeans, ele passou a mão pelo peito e indicou a cozinha.

– Pode pegar o que quiser. O que houve?

Eles trabalhavam juntos havia anos e, com o tempo, se tornaram amigos improváveis. Aos 37 anos, Henry Baron era um caso clássico de que não se deve julgar pelas aparências. Com 1,95 metro e todo musculoso, ele atraía atenção aonde quer que fosse, encantando mulheres com sua semelhança com o ator Idris Elba, principalmente se Idris Elba estivesse fazendo o papel de um boxeador renegado que nunca tinha estudado e que sobrevivera com a ajuda dos punhos.

Na verdade, algo que Dexter demorou um tempo para descobrir foi que Henry sofrera bullying no colégio, em Londres, por ser muito inteligente e se recusar a brigar. Ele se formou na faculdade com as melhores notas em matemática, morria de medo de mulheres predadoras e lutou a vida toda para superar a gagueira.

De modo geral, saiu-se muito bem.

Mas, diferentemente do resto do pessoal do trabalho, Henry era calmo, tranquilo, íntegro e... bem, simpático. Era um gigante gentil, um bom sujeito. E, naquele momento, essa era a última coisa de que Dex precisava.

Droga, ele não queria mais ninguém o fazendo chorar.

– Você não tem ido trabalhar – disse Henry. – E seu celular está desligado. Estávamos preocupados.

Claro.

– Não se preocupe. – Dex deu de ombros. – Ainda estou vivo.

– Como foi ontem? Desculpe – disse Henry, fazendo uma careta. – Foi uma pergunta idiota.

Dexter expirou lentamente. O enterro fora tão horrível quanto o esperado. Mas tinha acabado. Ele e os amigos de Laura se despediram dela, depois houve certa sensação de encerramento. Para eles, mas não para Dex.

– Foi um horror. Todo mundo chorou e comentou que tragédia era para a Delphi. Depois me perguntaram o que aconteceria com ela e eu disse que ainda não tinha decidido, mas que ela estava sendo cuidada por uma família acolhedora. E todos me disseram que era o melhor para ela, que ela ficaria bem, que havia muitas famílias por aí que adorariam adotá-la e dar a ela uma vida maravilhosa, porque obviamente eu não tinha condições de fazer isso. – Dex fez uma pausa e massageou as têmporas doloridas. – Isso começou a me irritar, então perguntei por que eu *obviamente* não tinha condições e as pessoas apareceram com um monte de motivos... *desculpas*... e era tudo que eu vinha dizendo para mim mesmo na última semana e que fazia sentido, mas tem uma coisa que não sai da minha cabeça. – Ele estava botando tudo para fora, todos os pensamentos que fervilhavam em sua mente escapando pela boca. – Ela me escolheu, Henry. Laura *me* escolheu para ser o guardião da Delphi. Se eu não fizer isso, vou ser uma decepção para ela. Eu disse isso para os amigos dela depois do enterro e você tinha que ver a cara deles. Quando falei que talvez ficasse com a Delphi, eles só ficaram lá me deixando falar, me ouvindo por consideração. Parecia que eu era uma criança anunciando que ia jogar na seleção da Inglaterra quando crescesse.

– Então, basicamente, eles estão certos – disse Henry – e você sabe que estão certos. Mas não gostou de ouvir isso.

E agora Henry estava fazendo a mesma coisa, ficando do lado deles. Que droga.

– Eu dou conta, se quiser.

– Ei, não fica com raiva de mim. Só estou sendo sincero. – Henry levantou as mãos. – Você não aguentaria.

– Eu conseguiria, se quisesse.

– Não tem nada a ver com a sua capacidade.

– Então você está dizendo que o problema é que eu sou egoísta e superficial demais.

– Não – disse Henry, com cuidado. – Mas o problema é que, como uma pessoa que estudou introdução à psicologia, percebo que você está descrevendo o jeito como você se vê.

– Vai se ferrar.

Foi exatamente como ele se descreveu na semana anterior, quando conversou com aquela garota em Briarwood.

– Só estou tentando ajudar – disse Henry. – A questão é que você não precisa se sentir culpado e se torturar por isso. Algumas pessoas foram feitas para esse tipo de coisa e outras, não.

– E eu não fui feito para isso.

– Exatamente. Além de tudo, você trabalha sessenta horas por semana.

– Eu arrumaria uma babá.

– Você precisaria de duas babás. Uma para quando estivesse trabalhando, outra para quando estivesse se divertindo, na rua.

– Tudo bem.

– E aí você ia acabar dormindo com uma das babás e a outra ficaria com ciúmes. Depois de uma briga enorme, as duas pediriam demissão e você teria que aparecer no trabalho com a Delphi amarrada no peito em um daqueles slings...

– Mandaram você aqui para descobrir quando vou voltar – interrompeu Dexter. – Não foi?

Henry assentiu.

– Foi.

– Não estão nem ligando para mim, né?

– Bem, eles *ligam*...

– Porque precisam de mim para firmar os acordos, puxar o saco dos clientes, trabalhar feito louco e ganhar uma fortuna para eles.

– Você também embolsa um bom dinheiro – observou Henry, tentando ponderar.

Dexter, que não estava com humor para ponderações, tomou uma decisão naquele segundo. Pegou uma garrafa de Perrier da geladeira e bebeu um pouco. Quando terminou, disse com firmeza:

– Diga que não vou voltar. Estou pedindo demissão. Agora.

Henry suspirou.

– Você não está falando sério.

– Ah, estou, sim. Há coisas mais importantes na vida.

Toda a culpa e a indecisão sumiram quando ele disse as palavras. *A sensação era maravilhosa.*

– Tudo bem, agora escuta. Isso não é como decidir que comida você vai pedir – disse Henry. – Você não pode simplesmente aparecer e anunciar para esse pessoal do acolhimento que vai levar a Delphi.

– Eu sei.

O pescoço de Dex ficou arrepiado de pânico. Ele não sabia disso.

– Não dão os filhos de outras pessoas para qualquer um – prosseguiu Henry. – Você vai ter que provar que é capaz de assumir a responsabilidade.

– Merda. Como?

E por que Henry estava escolhendo justo aquele dia para pegar no pé dele?

Um sorrisinho surgiu no canto da boca de Henry.

– Bem, provavelmente não sendo tão grosseiro, para começar.

– Acho que você ganhou um fã – disse Molly.

– O quê?

Amber, que ajudava no café aos sábados, estava limpando a mesa ao lado, cheia de energia.

– Aquele garoto ali. Ele está de olho em você.

– Hum. Não é meu tipo.

Aos 17 anos, o interesse de Amber costumava ser direcionado para tipos magrelos e tatuados, com cabelo comprido e gosto por rock pesado. Achando graça por Molly acreditar que ela poderia estar minimamente atraída por aquele garoto, ela disse:

– Ele é limpinho demais para mim.

Ele de fato parecia um garoto-propaganda de comercial de pasta de dente. Era o tipo de rapaz arrumado e bonito que qualquer mãe gostaria que a filha levasse para casa. Infelizmente, sempre que Amber levava os namorados para a Casa Ormond, Frankie só queria jogá-los de roupa e tudo em um banho quente com muito sabonete antisséptico.

Amber foi para a cozinha e Molly continuou trabalhando. Para mudar um pouco de ares, ela gostava de ir até o café para desenhar ideias para a tirinha seguinte de Boogie e Boo.

Dez minutos depois, a frase de efeito perfeita surgiu em sua mente e ela abriu um sorriso de alívio, observando o garoto arrumadinho que estava de olho nela.

– Desculpe! – Molly balançou a mão livre. – Não tenha medo, não estou sorrindo por sua causa.

– Tudo bem. Fiquei curioso para saber o que você estava fazendo. – Ele tinha uma voz bonita e um jeito tranquilo. – Você está desenhando, mas não sei o quê.

– Tirinha de quadrinhos. – Ela mostrou rapidamente o bloco de desenho.

– É mesmo? Posso ver? – Molly assentiu, e o rapaz se aproximou da mesa dela para dar uma olhada. – Ei, é Boogie e Boo. Você é boa. – Ele olhou com mais atenção. – É quase tão bom quanto o original. Você deveria avisar o artista. Se algum dia ele ficar doente, você pode ser a substituta.

– Obrigada. – Molly, que sempre assinava como M. Hayes, permaneceu séria. – Na verdade, o artista sou eu.

– Ah, meu Deus, me desculpe. – Ele corou.

– Ei, tudo bem. Você só precisaria ficar constrangido se tivesse dito que eu era péssima. Todo mundo adora um elogio.

– Bem, peço desculpas de novo, mas isso é demais. Adoro Boogie e Boo. – O cabelo castanho caiu para a frente quando ele se inclinou para olhar de novo. – Eu queria saber desenhar assim.

Molly não tinha o hábito de se autopromover para conquistar clientes, mas, já que ele tocou no assunto…

– Se estiver interessado, dou aulas à noite.

– É mesmo? Que legal. Onde?

– Bem aqui.

– Ah. – O garoto pareceu chateado.

– Toda segunda à noite. É divertido. Amber? – Girando na cadeira, ela gritou: – Tem algum cartão meu aí atrás do balcão?

O garoto ficou tenso ao ouvir o nome de Amber e fingiu não prestar atenção quando ela remexeu na gaveta ao lado da caixa registradora.

– Ainda tem alguns. Quer um?

– Por favor. – Molly indicou o garoto. – Prontinho, ela encontrou um. Por que não vai ali pegar?

O garoto foi até o balcão e murmurou um agradecimento enquanto pegava o cartão com Amber.

Que fofo.

– Onde você mora? – perguntou Molly, prestativa.

– Hum… não muito longe daqui.

– Bem, se quiser aparecer, já sabe onde nos encontrar. Às segundas, das sete às nove.

– Beleza. Bom, melhor eu ir agora.

Ainda sem conseguir encarar Amber, ele tomou o que restava do café e abriu um sorriso breve para Molly enquanto guardava o cartão no bolso da calça.

– Obrigado.

– De nada. E a Amber está na turma. Não somos só um monte de adultos chatos. Espero que a gente se veja semana que vem – disse Molly.

Bem, bancar a cupido não podia ser ruim. Frankie ficaria feliz da vida se Amber começasse a sair com alguém que não exibisse uma confusão total de piercings e tatuagens.

– Boa tentativa – disse Amber, olhando pela janela enquanto o garoto se afastava a pé pela rua. – Mas continuo não gostando dele.

– Ele é uma graça.

Ok, ela *sabia* que aquilo era exatamente o que não deveria dizer.

Amber revirou os olhos.

– E é por isso que não vou gostar nunca.

Capítulo 12

DEX ESTAVA ARRASADO. Henry estava certo sobre o que falara do serviço social: eles realmente não entregavam crianças pequenas para qualquer um. Faziam mil perguntas, preenchiam páginas e mais páginas de anotações, *muitos* formulários complicados e tomavam as inúmeras xícaras de chá que ele fazia em sua cozinha impecável e moderna.

Será que eles também avaliavam secretamente sua capacidade de fazer chá?

Algumas das assistentes sociais eram bem bonitas, mas Dex achou que deveria evitar sua inclinação natural de flertar. Assumir a responsabilidade por um bebê era coisa séria, e elas precisavam se convencer de que ele estava capacitado para a tarefa. Assim, tentava passar uma excelente impressão de ser um adulto sério e completamente responsável.

Tirando quando perguntaram o que ele faria com Delphi e um carrinho se todos os elevadores do prédio calhassem de quebrar ao mesmo tempo.

– Talvez a amarrar em uma corda de *bungee jump*?

Com exceção disso, no entanto, ele achava que estava conseguindo se sair bem. As assistentes eram legais e estavam do lado dele, querendo fazer tudo que estivesse ao seu alcance para ajudar. Até reagiram bem quando descobriram que o forno estava cheio de utensílios e Dex foi obrigado a admitir que não sabia ligá-lo.

Se bater a dúvida, coma fora. Esse sempre fora seu lema e sempre funcionara bem.

– Você não vai poder levar a Delphi para o Ivy todas as noites – disse Jen, a assistente social mais jovem, em tom de brincadeira.

Era uma ideia alarmante, apesar de Dex achar que provavelmente poderia, sim. Crianças não eram proibidas em restaurantes, certo? Era só treiná-las desde pequenas e elas ficariam bem.

Ele precisou distorcer a verdade em algumas ocasiões, claro. Não tinha lhe passado pela cabeça que pediriam que fornecesse o contato de três pessoas que o conheciam havia pelo menos cinco anos. As três dariam referências da personalidade de Dex. Por sorte, isso excluía a maioria das garotas com quem ele já saíra, que talvez não fossem muito elogiosas. No fim das contas, escolheu Henry e uma amiga casada e gentil que sempre dizia coisas boas. A terceira referência foi Phyllis, a adorável senhora que morava ao lado de Laura e gostava de fazer bolos para Dex, que, na mente dela, ainda era o garoto alegre e prestativo que passeava com o cachorro dela para ganhar um dinheirinho quando adolescente. Phyllis ficou um pouco nervosa com a perspectiva de elaborar uma referência, e ele acabou tendo que ditar o texto para ela.

Bem, todos gostavam de se apresentar sob uma luz positiva, certo?

Mas, aos poucos, tudo começava a se encaixar, os obstáculos estavam sendo superados. No decorrer das semanas, o que de início pareceu impossível começou a tomar forma. Depois de sair do emprego, os dias ganharam ares de férias. Delphi ainda se encontrava com a família acolhedora em Islington e estava visivelmente feliz lá; visitá-la e ser reconhecido fazia seu coração se encher de amor todas as vezes. Quando o rosto dela se iluminava ao vê-lo, Dex sabia que estava fazendo a coisa certa.

E quando ela bebia leite rápido demais e o líquido acabava reaparecendo na camisa dele… bem, ainda estava fazendo a coisa certa. Não era culpa de Delphi a camisa ser de grife.

Também não era culpa dela a mãe ter morrido. Felizmente, ela não sabia o que tinha acontecido e ainda levaria um tempo para descobrir.

Dex tinha noção de que havia tomado uma decisão impulsiva que mudaria sua vida de vez. Às vezes ele ficava empolgado, e no minuto seguinte se sentia apavorado com a enormidade do compromisso que estava assumindo. Mas não podia recuar agora. Era o que Laura queria.

Quer dizer, obviamente não era o que ela *queria*; ela preferiria ter continuado viva, criando a filha sozinha. Mas, como isso não era possível, Dex teria que tomar uma atitude e aprender a ser a segunda melhor opção.

E ninguém poderia dizer que ele não estava fazendo sacrifícios. Quando chegou na casa da família acolhedora em seu Porsche amarelo-canário e viu que olhavam para ele com certa desconfiança, Dex disse na mesma hora:

– Não se preocupem, vou vender.

Mel, a assistente social que intermediava o encontro, ficou visivelmente aliviada.

– Acho sensato. Compre um carro mais adequado.

– Pode deixar. Sempre quis uma Ferrari Testarossa.

Mas Mel, que já o conhecia melhor agora, só disse com bom humor:

– Que tal um belo Fiat Panda?

Isso ocorrera quinze dias antes. Ele ainda não tinha vendido o Porsche, mas faria isso. Naquele dia, seu apartamento estava sendo avaliado nos quesitos saúde e segurança. Estava entrando em um mundo de travas de geladeira, protetores de tomadas e portões de escada impossíveis de serem escalados.

O interfone tocou e Dex apertou o botão.

– Oi, é a Mel?

– Não, é alguém bem mais legal! Oi, meu bem, é a Bibi!

Quem? Ah, céus, a dos peitos. Daquela noite fatídica.

– Como você descobriu onde eu morava? – perguntou ele, franzindo a testa.

– Eu sou esperta. – Ela riu. – Na verdade, encontrei seu amigo Kenny, da festa, e disse que precisava falar com você com urgência. Ele me deu seu endereço. Posso subir?

– Na verdade, não. Estou esperando visita. O que é tão urgente?

– É *shegredo*!

Ela estava com a voz arrastada. Ao que parecia Bibi tivera um almoço prolongado, com direito a muita bebida.

– Talvez uma outra hora – disse Dex. *Tipo, nunca.*

– Não, não, não, preciso ver você agora! Me deixe entrar – suplicou Bibi. – Por favoooor.

– Olha, não é uma boa hora.

– Então está bem, mas não vou embora. Vou ficar esperando aqui até você mudar de ideia.

Meu Deus.

– Espere, vou descer.

Ao sair do elevador no térreo, Dex elaborou o plano para se livrar da visitante indesejada o mais rápido possível.

Infelizmente, Bibi tinha outras coisas em mente.

Ainda mais infelizmente, Mel tinha chegado e acabado de tocar o interfone. Quando Dex atravessou o saguão de mármore cinza, viu Bibi pela porta de vidro, falando com ela. Segurando uma garrafa de champanhe...

– Oi, Dex! Aaahh, é tão bom ver você de novo!

Bibi se jogou em cima dele e lhe deu um beijo barulhento na boca, como se fosse um desentupidor de pia, e bateu com a garrafa na porta de vidro ao tentar fechá-la.

– Tudo bem, não se preocupe, perguntei se ela era sua nova namorada e ela disse que não. Viu só como eu verifico antes? Além do mais, ela não é *nada* seu tipo. – Baixando a voz só um pouquinho, Bibi acrescentou: – Você viu os sapatos dela? Tãããão desleixados.

– Bibi, você não pode entrar. Tenho uma reunião importante com...

– Calma, calma, só me escuta. A questão é que você não sabe o que fez comigo! – Balançando a cabeça e exalando álcool em cima dele, Bibi continuou: – Desde aquela noite, não consegui esquecer você, Dex. Sabe quando às vezes você conhece alguém e simplesmente *sabe*? Foi isso que aconteceu aqui dentro! – Ela bateu com as mãos dramaticamente no peito. – Eu *soube*! E aquela outra garota estava sendo tão babaca que você não teve oportunidade de apreciar a minha presença, então precisamos começar de novo. E direito, desta vez.

– Mel, me desculpe por isso. – Dex fez uma careta.

– Não tem problema nenhum.

Mel estava com a expressão profissional de quem não se chocava com nada.

– Viu? – Bibi deu um tapinha no ombro dela. – Eu sabia que você não se importaria! É como naqueles filmes românticos, né? Às vezes a gente precisa aproveitar o momento, dizer o que sente. Senão acabamos perdendo nossas chances! Podemos subir para o seu apartamento agora?

– Não – respondeu Dex, com firmeza.

– Ah, por favoooor, rapidinho, preciso muito ir ao banheiro!

– Olhe, não posso...

– Dex, estou desesperada! Você tem que me deixar entrar. E se me deixar aqui embaixo – a voz de Bibi ficou mais alta e seus olhos se arregalaram –, juro por Deus que vou fazer xixi no *chão*.

– Acho melhor deixar que ela suba, Dex. – A voz de Mel soou calma. – Você não concorda?

Os pontos negativos estavam aumentando? Por trás daquela aparência tranquila, o que estaria se passando na mente de Mel?

Enquanto eles subiam pelo elevador, Bibi disse para Mel:

– Quer saber? Se você se arrumasse, até que seria bem bonita.

Mel respondeu com seriedade:

– Obrigada.

Assim que Bibi desapareceu no banheiro, Dex falou:

– Me desculpe. Eu só a vi uma vez. Essa mulher não é minha namorada. Não acredito que ela apareceu aqui assim.

Desnecessário dizer que, em resposta a todas as perguntas feitas a ele por Mel e pelo restante da equipe de cuidado e adoção, ele tinha se passado por mais sensato e tranquilo na vida social do que a imagem que estava sendo pintada naquele momento. Aquilo era ruim. Além do mais, ele teria que matar Kenny por ter dado seu endereço a Bibi.

– Não se preocupe – disse Mel. – Vou esquentar água.

Não precisa se incomodar. Cadê o uísque?

– Aah, assim é melhor!

Bibi voltou em tempo recorde, entrou na cozinha ajeitando a saia curta e guardando o gloss labial. *Sério, quão atraente a pessoa pode ficar ao cobrir a boca com uma camada grossa e gelatinosa de gosma rosa fluorescente?*

– Temos uma reunião importante – declarou Dex, apontando para Mel. – Você vai ter que ir agora.

– Ele é um terror. – Ignorando-o descaradamente, Bibi tirou a rolha da garrafa de champanhe e sorriu para Mel. – E ama os meus peitos. Sabe? Simplesmente *ama*.

– Não amo, não – disparou Dex.

– Ama, sim! E eu sabia que ele era um menino travesso. Na festa, éramos duas brigando por ele. Foi uma loucura! Mas, como falei, quando você conhece o homem certo, não pode deixar escapar. Mesmo que ele tenha a pior reputação do planeta!

O coração de Dex se despedaçou.

– Eu não tenho má reputação. – Ele balançou a cabeça para Mel. – Ela está inventando.

– Seu amigo Kenny disse que tem, sim. Ele me contou que você dormiu com praticamente todas as garotas de Londres. Ei, não faz essa cara de preocupado, não é ruim! – Bibi se apressou para tranquilizá-lo. – Quer dizer que você treinou muito para ficar tão bom no que faz.

Depois de uma eternidade, finalmente se livrou de Bibi, mas não sem antes ela tomar metade do champanhe direto do gargalo e se oferecer para voltar para uma noite de diversão que ele jamais esqueceria. E ainda fez um comentário de despedida para Mel:

– É sério, meu bem, é só injetar um pouco de Restylane na sola dos pés e você logo estará andando por aí de Louboutins! Experimente, juro que vai ser só sucesso!

– Desculpe – disse Dex, assim que ela foi embora.

– Sem problemas.

Mel deu um sorriso breve. Que teria sido bem mais tranquilizador se ela não estivesse escrevendo alguma coisa no caderno. Ela o fechou antes que Dex conseguisse espiar.

– Tive que dizer que ligaria para ela. Foi a única forma de me livrar dessa mulher. Mas não vou ligar.

– Certo. – Mel assentiu. – Posso perguntar uma coisa? O comentário sobre você ter dormido com quase todas as garotas de Londres...?

– Não fiz isso. Claro que não. Só... sabe como é, com algumas.

Dex fez uma pausa. Era meio assustador quando Mel olhava daquele jeito, como se ele estivesse sendo hipnotizado para falar a verdade.

E não podia fazer isso *de jeito nenhum*.

– Algumas? – O tom dela foi enganosamente ameno.

– Bem, talvez um pouco mais do que algumas.

Dex estava começando a sentir um arrepio de preocupação na nuca. Será que Mel pediria um número exato?

– Dex, relaxe. Não sou uma ogra. Só espero que você entenda que certos aspectos da sua vida vão ter que mudar, se isso for em frente. Não estou aqui para dar sermão, mas sei que você entende o que estou tentando dizer.

– Entendo.

Ele assentiu, mexendo sem parar na barra da camisa.

– Como você sabe – continuou Mel, pacientemente –, quando o potencial guardião é parente, o estado civil é irrelevante. Não há qualquer orientação contra guardiões solteiros. Mas você tem que pensar na criança, Dex. A Delphi precisa de um lar estável. Imagine como seria confuso para ela se houvesse um fluxo infinito de moças passando a noite aqui.

– Não vai haver. Isso não vai acontecer. – Dex sabia que tinha que dizer mais, falar com sinceridade. – Ninguém vai passar a noite aqui. Prometo.

E Mel não acreditou. Deu para ver nos olhos dela.

– Bem, tenho certeza de que você entende o que estou querendo dizer. – Ela parou para fazer outras anotações no caderno. – Agora, a outra pergunta que eu ia fazer hoje é sobre o tipo de apoio estrutural de que você vai precisar.

Considerando as circunstâncias, era melhor não fazer nenhuma piada sobre andaimes ou algo do tipo.

– Você disse que se eu tivesse algum problema podia ligar e perguntar – disse Dex.

Havia *muitas* chances de ter que ligar e perguntar.

– Claro que você pode falar conosco, mas estou pensando mais na sua situação aqui. Como você se dá com os vizinhos, por exemplo? Em uma situação de emergência, seria viável chamar algum deles para ajudá-lo?

Era a hora de dizer sim. Mas, com toda a sinceridade, a resposta era não. No apartamento à esquerda morava uma prostituta de luxo, no da direita, um juiz da alta corte. Às vezes o juiz fazia visitas à prostituta de madrugada, mas Dex achava que devia ser a única pessoa que sabia daquilo. De qualquer forma, nenhum dos dois seria a opção ideal se ele precisasse de ajuda com algum problema relacionado ao bebê.

– Possivelmente – respondeu meio hesitante.

O prédio podia ser luxuoso e caro, mas não era o tipo de lugar que incentivava as pessoas a fazerem amizade; bem, fora o tipo de "amizade" do juiz com a prostituta. Talvez ele devesse começar a bater nas portas e se apresentar para todo mundo, para avaliar os vizinhos em potencial para auxiliá-lo em emergências.

– Porque faz uma diferença enorme, sabe? Ter pessoas com quem contar. Bons vizinhos valem ouro. – Ela olhou para Dex. – O que foi?

Foi como inspirar um aroma que disparou uma lembrança muito específica. Dex olhou para o janelão de 9 metros de largura e para a vista panorâmica à frente; a Londres ultramoderna, a água cinza do Canary Wharf, as pessoas da cidade preocupadas correndo como insetos, levando vidas ocupadas e anônimas.

Vizinhos.

Vizinhos são para isso.

De nada, não tem problema, o que eu puder fazer para ajudar.

– Um apartamento como este é um bom lugar para se criar um bebê? – perguntou ele.

Eu bem que poderia me mudar para Briarwood.

– Dex, por favor, não se preocupe. Tudo bem. Não há motivo para não poder criar uma criança neste apartamento.

Ele assentiu, ainda perdido em pensamentos. *Eu poderia mesmo me mudar. Não precisamos ficar aqui.*

– Você está bem, Dex? Está acontecendo alguma coisa?

Mel começou a ficar preocupada.

– Está tudo bem.

Dex abriu um sorriso de alívio. Era a resposta, a coisa certa a fazer. Um novo começo, era disso que ele e Delphi precisavam. Longe da tentação, longe da antiga vida hedonista e do comportamento infame que ele teve a vida toda.

O único mistério era por que não tinha pensado nisso antes.

Capítulo 13

O PROBLEMA DE PASSAR SÉCULOS EMPOLEIRADA em um banco na frente de uma prancheta de desenho era a dor no pescoço e nos ombros. Mas, concentrada como estava em fazer o trabalho com perfeição, e com tudo correndo bem, era comum ela só reparar quando já era tarde demais.

Como agora.

Molly botou a caneta preta na prancheta, curvou as costas, esticou os braços e pegou o iPod. Era hora de dançar um pouco para relaxar os músculos contraídos. Mas tinha sido uma manhã produtiva. Duas tirinhas de Boogie e Boo em quatro horas, e uma nova ideia já em desenvolvimento para a próxima. Estava sendo um bom dia, sem dúvida. Botou os fones, pôs o volume no máximo, pulou do banco e se afastou da prancheta. Ah, sim, que música maravilhosa, perfeita... *aí vamos nós...*

– É aqui – anunciou Dex. – Chegamos, esta é a nossa casa nova. O que achou?

Delphi, nos braços dele, tirou os dedos da boca e respondeu:

– Bbbbrrrrrrr.

– Obrigado.

Ele mostrou a língua para a sobrinha, que passou os dedos babados pela lateral do seu rosto. Quem imaginaria que, antes de Delphi entrar na sua vida, ele jamais permitiria que outro ser vivo fizesse isso? Mas não era tão nojento quanto se imaginava. Ou talvez, quando se amava tanto assim a outra pessoa, não importasse.

Quando ela sorriu, mostrando as gengivas, e tentou pegar sua orelha esquerda, Dex fingiu morder a mãozinha da bebê. Delphi gritou de alegria e escondeu o rosto em seu peito. Sentindo aquele cheirinho de bebê, Dex beijou seu cabelo escuro e macio. Laura tinha morrido seis semanas antes. No dia anterior, Dex fora a uma reunião do Painel Regulativo 38 e ganhara a guarda da sobrinha, Delphi Yates. Depois de tanto pânico e medo de o acharem incompatível e rirem de sua cara, a espera tinha acabado. Delphi não estava mais sob os cuidados da família acolhedora, agora era responsabilidade dele. Era apavorante e assustador, mas ao mesmo tempo maravilhoso.

– Bbbbrrrrrhhh. – Delphi soprava e babava a camisa dele. – Bbbbbbbbbbbbbbrrrrrgh!

Dex sentiu a umidade quente se espalhando pelo algodão da roupa; para uma pessoinha tão pequena, ela produzia muita saliva. Ele olhou o relógio; era uma hora, e a visita chegaria às três.

– Venha. Uma coisa de cada vez.

Ele ergueu Delphi no ar e a passou por cima da cabeça, desviando a tempo de escapar de um filete de baba prateada que caiu do lábio inferior dela.

– Temos que pedir alguns favores.

– *Ba!* – gritou Delphi.

Ciente de que não havia lojas muito sofisticadas em Briarwood, Dex tinha comprado o buquê na floricultura chique perto do seu prédio em Londres, no Canary Wharf. Nas áreas sofisticadas da capital, dava para saber que as flores tinham custado uma fortuna só por virem amarradas com um pedaço de barbante velho e desfiado. Conforme seguia pela entrada da casa com Delphi apoiada no quadril, Dex torceu para que ali, na genuinamente rústica Briarwood, isso não o fizesse parecer pão-duro.

O carro de Molly estava parado em frente ao chalé, e as janelas de baixo estavam abertas, então ela devia estar em casa. Era uma boa notícia. Dex tocou a campainha e esperou.

Nada.

Tocou a campainha de novo.

Mais uma vez, nada.

As pessoas ali realmente deixavam as janelas abertas quando saíam? Surpreso, tentou dar uma espiada na sala.

Rá, mistério resolvido.

Ali estava ela, o cabelo louro com mechas preso de qualquer jeito, usando uma camisa de rúgbi listrada azul e branca, legging branca até os joelhos e meias laranja atoalhadas. Estava de costas para a janela e dançava ao som de uma música que só ela ouvia.

Dex sorriu. Como era a expressão? Dance como se ninguém estivesse olhando? Molly estava fazendo exatamente isso. Melhor ainda: com fones de ouvido, não dava para saber qual era a música que embalava aqueles passos, mas, graças aos gestos dos braços, ele soube exatamente o que a fazia pular como se fosse um babuíno hiperativo.

Y... M... C... A...

Ela errava e misturava as letras, era bem fofo.

Y... C... M... A... Enquanto os braços desta vez faziam as letras certas, Dex cantou junto em pensamento.

Delphi parecia estar gostando do show, atenta àquela exibição exuberante.

Y... M... C... *Ops*. Ao virar em um meio pulo, Molly parou de repente e deu um gritinho de horror que parecia saído de uma história em quadrinhos. Puxou os fios do fone e ficou paralisada, com a mão na garganta, arfando.

– Klaaaaaah! – Delphi, que não gostava nem um pouco quando o entretenimento era interrompido, bateu palmas como um maestro mandando o show recomeçar.

– Desculpe – disse Dex, pela janela aberta. – Toquei a campainha algumas vezes, mas você não ouviu.

– Isso porque eu estava ocupada demais pagando um mico enorme. Tudo bem, só um instante para eu me acalmar.

Molly encostou as mãos nas bochechas quentes; logo em seguida, sua atenção foi atraída pelo pacotinho nos braços de Dex, e aos poucos um sorriso se abriu no rosto dela.

– É ela? A Delphi?

Dex assentiu, comovido por ela ter lembrado o nome.

– É.

– Certo, só um segundo. – Molly desapareceu da sala. Momentos depois, abriu a porta da frente. – Entre. Achei que a gente nunca mais se veria. E olha só que coisinha mais linda! – Essa parte não foi direcionada a ele; ela acariciava o rosto de Delphi, fazendo cócegas embaixo do queixo dela, para fazê-la rir. – Oi, doçura, você não é uma coisa fofa? Esses olhos! – Virando-se para Dex, completou: – São iguais aos seus. Veio fazer um passeio? Com que frequência você pode ficar com ela?

Ele a seguiu até a cozinha.

– Uma coisa de cada vez. Isso é para você. – Dex puxou as flores, que estavam meio escondidas nas costas. – Me desculpe por ter demorado um pouco, mas obrigado por tudo.

– Não seja bobo. – Ele gostou da forma como Molly dispensou o gesto. – Qualquer um teria feito o mesmo.

– Mas foi você. Que, além disso, me deixou falar sem parar durante horas. Você foi incrível, e eu fui embora de manhã sem dizer nada. Fui muito grosseiro.

Molly pegou o buquê da mão dele.

– Você estava em choque. Tudo bem.

– Mesmo assim, obrigado. Não costumo ser ruim daquele jeito.

Dex a viu fazer cócegas em Delphi com uma das flores e gostou da forma como concentrava a atenção na bebê, não nele.

– Então quer dizer que, quando passa a noite na casa de uma garota, você costuma se despedir antes de sumir da vida dela para sempre?

– Mais ou menos isso.

Também gostava do senso de humor dela.

– As últimas semanas devem ter sido horríveis. – Molly ficou séria. – Como você está lidando com a situação?

Dex deu de ombros.

– Não tão mal. O enterro foi um suplício, mas agora a ficha caiu. E acho que você vai ficar aliviada em saber que não estou mais chorando.

– Não se preocupe com isso. Chorar é normal.

– Não para mim. Eu não chorava desde os 7 anos, quando meu hamster morreu. – Dex fez uma careta. – E foi bem constrangedor.

– Ah, pare com isso. Você só tinha 7 anos!

– Minha professora da escola disse que meu hamster tinha ido para o céu. Então subi em uma árvore para ver se conseguia vê-lo lá de cima. A professora gritou comigo, e eu caí da árvore e quebrei o braço. Doeu muito. Comecei a chorar. Algumas crianças riram da minha cara. – Impassível, ele acrescentou: – Depois disso, nunca mais chorei.

– É o suficiente para traumatizar qualquer criança de 7 anos. – Molly assentiu, solene. – E como a Delphi está?

– Ela está bem, tão feliz quanto antes. Por mais horrível que pareça, é melhor ela não ter idade para entender.

– Isso é bom – concordou Molly, assentindo novamente em solidariedade. – E com que frequência você a vê?

– Foram três ou quatro visitas por semana até agora. – Dex segurou Delphi com o outro braço, apoiando-a no quadril, o amor e o orgulho crescendo em seu peito. – Desde ontem, começou a ser meio que para sempre.

– Então você... o que isso quer dizer? – Conforme entendia, Molly arregalou os olhos. – Você vai cuidar dela *sozinho*?

– Vou.

– O tempo todo?

– Vinte e quatro horas por dia, sete dias por semana. Eu sei, mal consigo acreditar. A avaliação de seis semanas foi ontem. Me aprovaram como guardião Reg 38. – *E ali estava, exibindo um jargão técnico que dois meses antes ele nem sabia que existia.* – Sou o único responsável por um ser humano indefeso.

– Ah, meu Deus! – exclamou Molly – Isso é maravilhoso! E você disse que não era capaz!

– E falei sério. Mas você me fez pensar que talvez eu fosse. – Ele abriu um sorriso breve. – Eu precisava agradecer por isso também.

– Bom, agora eu que estou me sentindo idiota. Estou ficando emocionada. – Molly secou os olhos com o dorso da mão. – Isso é loucura, mas estou muito orgulhosa de você. E a Laura ficaria muito... *feliz.* Quero saber tudo que aconteceu. O que você teve que provar que era capaz de fazer? Fizeram testes?

– Você não faz ideia. Sou um guardião parente. São muitas perguntas, muitas verificações. Mas as assistentes sociais são maravilhosas, não tenho nem palavras para explicar como elas foram incríveis.

– Isso quer dizer que você as seduziu? Desculpe. – Molly sorriu quando ele se fez de ofendido. – Mas foi você que disse que essa era a sua vida.

– *Era* é a palavra-chave. Passado. Fiz uma promessa para a equipe de adoção. – Dexter sentiu o peso da cabeça de Delphi no ombro quando ela caiu no sono. – E para mim também. De agora em diante, vou ser uma nova pessoa. Nada de dormir por aí, nada de vida boa. Esse é o novo eu. Aprendi a trocar fraldas. Passei por uma verificação de antecedentes criminais. Passei por cursos de treinamento em segurança doméstica e primeiros socorros.

– Uau.

– Eu sei. Eu juro, estou a *um passo* de aprender a fazer uma torta salgada de lentilha.

– Você não tem noção de como eu estou impressionada – disse Molly. – Que bom. E contratou uma babá para ajudar quando você estiver no trabalho?

Ele balançou a cabeça.

– Não. Pedi demissão.

– Caramba.

– E saí de Londres. Somos seus novos vizinhos.

– Está falando *sério*? – Ela arregalou os olhos. – Vocês vão mesmo se mudar para cá?

– Não sou muito de falar sério – disse Dex. – Mas, sim, é isso que estamos fazendo. Você disse que os moradores daqui são simpáticos.

– Mais simpáticos com quem faz mais do que só visitar de vez em nunca.

– É que aqui parece um bom lugar para criar uma criança.

Molly assentiu.

– E é mesmo.

– E os vizinhos não parecem tão esquisitos assim.

– A não ser quando estão dançando que nem uns idiotas com uma música do Vill… – Ela parou abruptamente.

– Tudo bem, eu sabia que era Village People. – Com o braço livre, Dex fez os gestos pela metade. – Pode me chamar de paranormal, mas eu percebi.

– Agora estou ainda mais envergonhada – disse Molly.

– Não precisa. Pode ficar orgulhosa. Se alguém pensar mal de você por gostar de "YMCA"… bem, não vale a pena se importar com essa pessoa.

Molly se curvou, em uma pequena reverência.

– Então, bem-vindos a Briarwood. Apesar de uma de vocês estar inconsciente.

– Obrigado. – Dex sentia a respiração suave de Delphi no pescoço. – Preciso botá-la no berço. Na verdade, as flores não eram só um agradecimento, também eram suborno. Você vai estar aqui no fim da tarde?

– Posso estar, sem problema. Precisa de ajuda?

Viu? Era simples assim. Sem desconfiança, sem hesitação, só uma oferta direta de ajuda.

Capítulo 14

– ENTÃO VOCÊS DOIS SE CONHECEM HÁ QUASE UM ANO. – A assistente social da equipe de adoção local tomava notas enquanto inspecionava o Chalé do Gim. – Desde que o Dexter veio à cidade pela primeira vez.

– Isso mesmo.

Molly assentiu; tecnicamente era verdade, embora tivessem se visto apenas duas vezes. A mulher só precisava saber que, ao se mudar para Briarwood, Dexter estaria entre amigos – se ele precisasse de auxílio com Delphi, ela ficaria feliz em ajudar.

A caneta esferográfica parou pouco antes de encostar na página.

– E vocês são… *muito* próximos?

Nossa, que constrangedor. Molly balançou a cabeça vigorosamente.

– Ah, não, nada disso!

A assistente social sorriu.

– Não precisa ficar tão horrorizada. Ele não me parece tão repulsivo assim.

– Somos apenas amigos – reiterou Molly

– Estou deixando essa vida de loucuras para trás. – Anunciou Dex, com a voz firme, juntando-se a elas. – Está tudo aí nas minhas anotações. De agora em diante, seremos só Delphi e eu.

O Chalé do Gim foi aprovado, a assistente social foi embora e Molly ficou para ajudar Dex a desempacotar o resto dos pertences que estavam no carro. E não era mais o espalhafatoso Porsche amarelo; tinha sido substituído por um Mercedes Estate, muito mais prático.

– Olha isso.

Depois de tirar o carrinho do porta-malas, Dex o desdobrou e encaixou tudo no lugar, concluindo com uma mesura.

– Há quanto tempo você está ensaiando isso?

Ele parecia orgulhoso.

– Há semanas.

– Muito bom – declarou ela.

– Pois é. Se eu me visse na rua três meses atrás, não teria me reconhecido. Virei o Sr. Sensato.

Na cabeça dele, talvez. Por fora, Dex continuava com a aparência bela e cafajeste de sempre, exalando doses perigosas de carisma.

Depois de esvaziarem o carro e terminarem de desfazer as caixas, Dex tirou uma garrafa de champanhe da geladeira.

– Pronto, estamos oficialmente na nossa casa nova – anunciou. – Espero que você fique um pouco e nos ajude a comemorar.

– Se você realmente fosse o Sr. Sensato, tomaria uma xícara de chá.

Molly esperava que o homem que havia referendado não tivesse um problema com álcool.

Lendo a mente dela, Dex disse com bom humor:

– Não entre em pânico, eu virei a página e tal. De agora em diante, vou tomar no máximo um drinque por noite.

– Caramba.

– Eu sei.

– E isso vai ser difícil?

– Em comparação a trocar fraldas, vai ser moleza. Aliás, em comparação com muitas coisas. – Dex deu de ombros. – Um bêbado encarregado de um bebê não seria muito bem-visto, né? É o que precisa ser feito.

Delphi, de macacão, engatinhava com determinação pelo piso frio na direção dele. Molly o viu pegá-la no colo e girá-la no ar, ouviu os gritos de alegria da bebê, e notou o amor que irradiava do rosto dele.

– E por ela vale muito a pena.

– Vale, sim. – Dex assentiu. – Ainda não te mostrei uma coisa. Lembra quando você viu a Laura aqui com a Delphi? Ela pegou a chave da casa sem me dizer o motivo. Disse que era um presente atrasado de Natal, mas não quis me dizer o quê. E eu estava ocupado demais para vir descobrir.

– Enquanto falava, ele seguiu na frente, saindo da cozinha azul e branca e subindo a escada. – Não sei o que achei que ela me daria. Um abajur, talvez. Ou um móvel grande demais para caber no Porsche. Mas não foi nada disso, foi muito melhor.

Chegaram ao andar de cima, e Dex parou no meio do caminho.

– Ela comprou aquilo? Ah, *uau*. – Molly seguiu o olhar dele e observou a janela de vitral no fim do patamar. – Que linda.

– Brrraaahhhh! – concordou Delphi, babando de alegria.

– Ela *fez* aquilo. Sozinha. Até derrubou a moldura antiga da janela e botou a nova, dá para imaginar?

– É ainda mais incrível.

Dex parou de sorrir e tocou na moldura bem colocada.

– Ela era impressionante nessas coisas de casa. Um milhão de vezes melhor do que eu.

– É lindo – elogiou Molly, com sinceridade.

A cena do vitral exibia um jardim com árvores, arbustos e borboletas e um laguinho com nenúfares.

– Foi onde passamos a infância. É o jardim da nossa antiga casa em Kent. Deve ter levado horas para fazer – disse Dex. – Não acredito que ela teve todo esse trabalho só por minha causa.

– Vocês eram irmãos. Por que ela não faria isso por você?

Dex deu de ombros.

– Eu sei, mas me sinto mal. No Natal, comprei uma coisa que achei que ela fosse gostar, mas acabou sendo o presente errado. Falei que ia devolver e trocar… – Ele fez uma pausa, visivelmente tomado pela culpa. – Mas nunca troquei. É a minha cara fazer isso. Tenho certeza de que a Laura sabia que nunca mais veria o presente de Natal, mas mesmo assim veio e fez isso tudo. Essa era a diferença entre nós. – A voz dele falhou. – Ah, merda…

– Ei. – Ele estava se saindo tão bem sendo corajoso que era fácil esquecer que ainda estava de luto. – Ela era sua irmã. Você podia ter um milhão de defeitos, mas ainda assim ela te amaria muito. Quando você viu o vitral pela primeira vez? Foi na sua última visita?

Dex balançou a cabeça.

– Não, não foi daquela vez. Nem subi a escada naquela noite. Só vi isso hoje à tarde, quando estava levando o berço para o quarto.

– Então você não sabia que ela tinha feito isso para você quando decidiu cuidar da Delphi. E por que tomou essa atitude? Porque ama sua sobrinha e amava sua irmã. – Molly fez uma pausa. – Então não há motivo algum para se sentir culpado. Você fez a coisa certa na hora que importava.

– Você acha? – Ele ainda não parecia convencido.

– Definitivamente.

– Ainda estamos no primeiro dia. É tudo muito assustador – disse Dex, emocionado. – Eu me sinto uma fraude. E se eu não conseguir?

– Olhe. – Molly apoiou a mão no braço dele e sentiu a tensão. – Viva um dia de cada vez, e eu garanto que você vai conseguir.

Eram três da madrugada e Delphi não conseguia dormir.

O que fazia com que nenhum dos dois dormisse.

Dex fechou os olhos brevemente. *Meu Deus, o que eu faço agora?*

Molly tinha conseguido tranquilizá-lo mais cedo, só que, agora que ela não estava mais lá, as dúvidas voltaram. Na noite anterior, em Londres, ele tivera sorte e Delphi dormira como um anjo. Era só uma enganação para que acreditasse que ela tinha rotina e sempre seria assim.

Aquela noite estava sendo o oposto, e ele se sentia impotente. Nas duas últimas horas, ela ficara mal-humorada, e ele não tinha ideia do que havia de errado. Estava com frio? Com calor? Com fome ou com a barriga cheia demais? Ele não sabia, não *sabia*.

– Meh... mehhhh... MEHHHHH!

As queixas se transformaram em choramingo, e Dex estendeu as mãos para tirá-la do berço de novo. Ele tinha lido os livros que diziam para deixar o bebê chorando, mas era uma tortura. E se ela estivesse com saudade da mãe?

– Shh, calma, está tudo bem.

Nem de longe as coisas estavam bem, mas ele murmurou a frase mesmo assim, tentando tranquilizá-la com o timbre de voz.

Delphi sacudiu a cabeça violentamente e acertou o polegar no olho dele.

– *Ai!*

Dex a balançou de um lado para outro e andou pelo corredor, da parede perto da escada até a janela de vitral, na outra ponta. Ficou andando, balançando Delphi e murmurando "Ai… ai… ai-*ai*" na melodia de "YMCA", porque tinha ficado na cabeça dele o dia todo e parecia estar fazendo a bebê parar de chorar. Os enormes olhos escuros de Delphi estavam grudados nos dele, o braço direito sobre seu peito. Cada vez que Dex parava de cantar, ela começava a choramingar. "Ai… ai… ai-*ai*", continuou Dexter. Ela gostava, sem dúvida. A ideia de que uma coisa tão patética podia entreter outro ser humano era um pequeno milagre. E, diferentemente de Molly e da dança maluca de mais cedo, não havia ninguém por perto para testemunhar o ridículo todo. Era bem libertador, na verdade. Delphi não voltaria a chorar tão cedo.

– Gahhh. – Os dedinhos abertos se fecharam em contato com a pele dele.

– Y… M… C… A – cantou Dex, desta vez percebendo o resquício de um sorriso.

Sucesso total. *Bem-vindos ao show!*

– Giaah – balbuciou Delphi.

– Y… M… C… A!

– Ca-brruuuuu.

Segurando-a com firmeza num só braço, ele fez os gestos das letras com o outro. Delphi chutou e gorgolejou com alegria enquanto Dex dançava de um lado para outro, entrando e saindo dos quartos. Tudo bem, os livros também avisaram que era para manter uma atmosfera tranquila e calma para o bebê voltar a dormir, mas já tinha tentado isso e não funcionara. Pelo menos aquilo estava distraindo – e alegrando – os dois.

Por sorte, Delphi não era chata e não estava nem um pouco incomodada de ele não saber a letra.

Quarenta minutos depois, ele a colocou no berço.

– Chega, amorzinho – anunciou. – O show acabou. O Village People foi embora.

Em resposta, Delphi piscou duas vezes, fechou os olhos e dormiu.

Simples assim. Apagou em três segundos.

Olha só. Sou um gênio. Eu deveria escrever um livro de dicas.

O problema era que ficara agitado demais para dormir. Uma vez desperto, não tinha jeito. Depois de cobrir Delphi com o cobertor cor-de-rosa de elefante, Dex voltou para o quarto. O designer de interiores tinha compreendido sua personalidade perfeitamente, e a decoração era extraordinária: paredes cinza, teto prateado, lençóis pretos e brancos e armários embutidos por todo o quarto.

Ironicamente, de agora em diante não receberia mais visitas de mulheres que ficariam impressionadas com tudo. Não no futuro próximo, pelo menos. Dex foi até a janela. Era só nada lá fora. Durante o dia, a vista do vilarejo era perfeita, coisa que a Secretaria de Turismo poderia usar nos pôsteres de propaganda, o melhor retrato da vida em um vilarejo de Costwold. Estava tudo lá, ele sabia, mas naquele momento era um quadro-negro apagado. Havia luzes acesas em algumas casas, mas só. O resto era uma escuridão sufocante e implacável.

Eram quatro e quinze da madrugada e todas as pessoas de Briarwood estavam dormindo. O silêncio pesava como um cobertor abafando todos os sons.

Dex estremeceu. E se fosse a única pessoa ainda acordada só no vilarejo? E se algum cataclismo tivesse acontecido, e ele fosse a única pessoa acordada *no mundo todo*? Era um pesadelo recorrente de sua infância; não acontecia havia muitos anos, mas ainda o deixava apavorado.

Será que um psicólogo ligaria o sonho a questões de abandono, à morte dos pais e ao pavor de ficar sozinho?

Seria por isso que dormia com tantas garotas?

Dex pensou nisso por alguns segundos. Que besteira, claro que não. Dormia com tantas garotas porque era divertido e porque *podia*.

Mas, mesmo assim, o silêncio era opressivo. O que parecia tranquilo durante o dia era desesperador e solitário à noite. Mudar-se para lá talvez tivesse sido um terrível er...

TRRR. TRRRR.

Quem diabos estava ligando àquela hora da noite? Dex pegou o celular antes que o barulho acordasse Delphi.

– Alô.

– Viva, Dex! Oiiii!

Ele ouviu gargalhadas masculinas e música alta. Pelo visto, o restante do mundo não estava dormindo, afinal. A pouco mais de 150 quilômetros, Kenny e Rob estavam se divertindo muito em alguma boate.

– Dexy, amigão! E aí? Escuta, cadê você? Estamos no Mhiki, você precisa vir para cá agora!

Dex suspirou.

– Estou em Briarwood.

– Bryard? Nunca ouvi falar. É uma boate nova? Espera, é aquele lugar que abriu atrás do Harvey Nicks?

– Ken, escute. Não moro mais em Londres. São quase quatro e meia da madrugada, e estou no meu chalé em Briarwood. Com a Delphi.

– Delphi. – Kenny estava bêbado e demorou alguns segundos para absorver a informação. – Ah, a filha da sua irmã, né? Mas quem está cuidando dela? Você não pode deixar todo mundo aí e vir para cá?

Dex sentiu o maxilar se contrair; Kenny sempre fora tão idiota?

– Não, não posso. Porque estou cuidando da Delphi sozinho. *Ela é um bebê* – acrescentou com firmeza.

– Ah, cara, não fica irritado. – Evidentemente ainda intrigado, Kenny perguntou: – Mas você tem babá, não tem?

– Não, não tenho babá. Estou sozinho.

– Ah, cara, que droga. E quem está tomando conta de tudo?

– Eu.

– Mas… mas…

– Olha, tem gente que acredita que sou capaz disso.

Dex encerrou a ligação e desligou o celular.

O silêncio voltou a reinar.

Capítulo 15

– TUDO BEM SE EU SENTAR AQUI DO SEU LADO?

Amber ergueu o rosto e viu o garoto alto de cabelo castanho que tinha ido ao café em fevereiro, seis ou sete semanas antes. Molly o obrigara a levar um de seus cartões, mas não vira sinal dele desde então.

E agora ele tinha voltado. Ainda bonito daquele jeito arrumadinho e nem um pouco seu tipo.

– Claro. – Ela assentiu; o garoto já estava com a mão no braço da cadeira ao lado. – Achei que você não ia mais aparecer.

– Andei ocupado. – Ele deu de ombros e se sentou. – Você é a Amber, certo?

– Certo. – Claro que ele lembrava; era do tipo que lembraria.

– Meu nome é Sam. Oi.

– Oi. – Agora ela estava parecendo um papagaio. – Posso só dizer uma coisa?

Ele hesitou.

– Pode.

– Olhe, não me entenda mal… mas se você veio por minha causa, é melhor não ter muita esperança.

– Como assim?

– Você não faz meu tipo. Nem um pouco. Na boa.

– Caramba – disse Sam. – Você sempre é direta assim?

Ela deu de ombros.

– Desculpa. Acho melhor falar logo, para já deixar claro.

– Tudo bem. – Ele abriu um leve sorriso. – Por sorte, você também não faz meu estilo. Isso é bom, né?

Amber ergueu uma sobrancelha, uma expressão de puro ceticismo. Modéstia à parte, estava perfeitamente ciente de como era bonita. A maioria dos garotos se sentia atraída por ela. Sam devia estar dizendo aquilo só para se vingar.

– Está vendo aquilo ali? Esmagado no chão? – Ele apontou para uma coisa no piso, mais à frente.

Amber se virou na cadeira para ver o que era.

– O quê? O que é?

– Meu coração, partido em mil pedaços. Não está vendo? Isso deve significar que estou bem. – Ele bateu com a mão no peito. – Ufa, que sorte. Ainda inteiro.

– Você é hilário.

– Obrigado. Eu sei.

Apesar de ele estar debochando, Amber ficou intrigada.

– Então o que fez você voltar?

Ele indicou o bloco de desenho fechado no colo.

– Quero aprender a desenhar quadrinhos.

– Posso dar uma olhada?

Ela abriu o bloco e folheou as poucas páginas desenhadas.

– E aí? – Sam estava esperando a reação dela.

– Sabe esse meu jeito direto?

– Sei.

– Então… esses desenhos não são muito bons, né?

Ele a observou achando graça.

– Eu sei. Por isso que vim para essa aula, para melhorar.

Mas alguma coisa dizia a Amber que não era por isso.

Todos já tinham chegado. Molly cumprimentou os alunos com alegria, apresentou Sam para o restante da turma, escreveu uma lista de tarefas de desenho no quadro e pendurou uma seleção de fotos para as pessoas usarem como base para as caricaturas e desenhos. Depois que todos começassem a trabalhar, ela passaria um tempo com cada aluno, orientando, oferecendo ajuda, dando sugestões e explicando como criar cenários e efeitos específicos.

– É ótimo ter você de volta! – Sentando-se na frente de Sam, ela olhou para o desenho que ele estava fazendo.

– Tudo bem – disse Sam –, pode falar. Sei que é tosco.

– Não é. Você tem traços ótimos. Só que é muita informação. Você precisa simplificar. – Pegando uma nova folha de papel, Molly copiou a cena que ele estava tentando fazer. – Viu? É só aparar um pouco, exagerar as expressões… e não precisa de tantas linhas de movimento. Tente de novo, relaxe a mão e procure não tensionar os ombros. Desenhe as linhas mais rápido… pronto, viu? Muito melhor! Divirta-se e não se prenda aos detalhes. São os *seus* personagens, você pode botá-los para fazerem o que quiser… Isso mesmo, continue… e de novo… muito bem!

Amber sorriu ao ver a expressão de Sam. Já tinha visto aquele momento de puro deslumbre, quando Molly mostrava pela primeira vez aos alunos como o trabalho deles podia ficar bem melhor do que tinham imaginado. Era revelador e estimulante, como ver uma criança de 5 anos andar de bicicleta sem rodinhas pela primeira vez.

Sam ainda estava bem cru, mas isso não importava. O entusiasmo de Molly era contagiante; a especialidade dela era acabar com o medo que fazia tantos ficarem tensos e fracassarem antes mesmo de começar.

– Que legal. – O rosto de Sam parecia um desenho enquanto ele movia o lápis no papel. – Não acredito que nunca tentei isso antes. Só de segurar o lápis com menos força já faz diferença… Ops, assim não. – Ele tinha errado um traço.

Molly sorriu para Amber, perguntando:

– O que a gente diz agora?

– Não tem problema – declarou Amber para Sam. – Você não é Michelangelo trabalhando em um pedaço de três toneladas de mármore de Carrara. É só uma folha de papel. Se der para consertar com a borracha, conserte. Se não der, vire a página e comece de novo.

– Isso mesmo. – Molly assentiu, satisfeita. – E o que mais dizemos?

– Dedique-se – disse Amber para Sam. – Treine, treine e treine mais.

Molly sorriu para os dois.

– Exatamente. E divirta-se.

Vinte minutos depois, Sam terminara sua primeira caricatura. Ele mostrou para Molly.

– Que tal?

– Está muito bom.

– Quem é?

– Hum… Mick Jagger?

– Não!

Amber abafou uma risada.

– Ah, desculpe – disse Molly.

Sam olhou para ela com uma expressão magoada.

– Era para ser o Steven Tyler.

– Bem, parece ele. Parece os dois, na verdade. Eles são praticamente gêmeos – argumentou Molly.

Ele olhou para o bloco de desenho de Amber.

– Quem você está fazendo? É o Shrek?

Amber fez uma cara inocente.

– Na verdade, é você.

– Valeu – disse Sam, sorrindo.

Ela gostou do jeito como ele reagiu à provocação.

– Não, é o Shrek. Você vai vir toda semana?

– Não sei, depende de umas outras coisas. Talvez sim, talvez não.

– Onde você mora?

– Cheltenham.

– Qual é seu nome?

– Você tem memória curta. Sam.

– Eu sei disso. Sobrenome.

– Por quê? Para você me procurar na internet?

Na mosca. Amber sacudiu os cachos ruivos.

– Talvez.

– Sam Jones. Mas não tenho Facebook.

– Sério? Por quê?

Ele deu de ombros.

– Não sei se você sabe, mas é possível viver sem redes sociais.

– E Messenger?

– Não.

– Então como você mantém contato com as pessoas? – perguntou Amber, chocada.

97

– Por e-mail. Mensagem de texto. Não se preocupe, eu me viro.

Eles continuaram desenhando e conversando. Por um tempo, falaram sobre música. O assunto passou a ser sobre as provas que ele faria nos três meses seguintes, dos planos de tirar um ano sabático antes da faculdade e de como seus pais estavam lidando com a perspectiva de ele sair de casa.

– Meu pai vai ficar bem. Minha mãe está apavorada. E os seus?

– Ah, ainda tenho um ano de ensino médio pela frente. Mas sei que eles vão sentir minha falta. Sou filha única. E não vão saber o que fazer quando eu for.

– E sua mãe cuida do café. Ela parece legal. – Sam tentava fazer uma caricatura do príncipe Charles; ele parou para olhar a foto que estava usando como modelo. – Como ela é?

– Minha mãe? É o ombro amigo do vilarejo. Se alguém tiver um problema, vai atrás dela. É uma coisa que ela tem. – Amber procurou a palavra certa. – Empatia. É como se ela sempre entendesse e nunca julgasse. É meio que o oposto de mim – acrescentou, com um sorriso. – Não sou nem um pouco gentil e sou *muito* implicante.

– Implicante.

– Também não gosto quando tentam corrigir alguma palavra que falei. Prefiro do meu jeito.

– Tudo bem, implicante, não está mais aqui quem falou. – Sam deu um sorrisinho. – Como é o seu pai?

– Ele é ótimo. Vive ocupado – acrescentou Amber. – Mas é divertido. Somos uma família feliz. Desculpe se isso não é muito interessante, mas é a verdade. E a sua?

Sam deu de ombros.

– Nada muito traumático. Mais ou menos a mesma coisa. Melhor do que muita gente.

– Como estamos indo? – Depois de verificar o desempenho do grupo inteiro, Molly estava de volta. Ela parou atrás dos dois, apoiou uma das mãos no ombro de cada um e observou o trabalho. – Muito bom.

Ela deu uma piscadela quando Amber se virou para encará-la.

– Não faça isso. Nem pense – disse Amber. – Não sou o tipo dele, e ele não é o meu.

– Tudo bem, já me disseram. Nesse caso, quero que vocês virem as cadeiras para ficar um de frente para o outro. – Molly deu um passo para trás e fez um gesto com os braços. – Quero que um desenhe o outro.

Sam franziu a testa.

– Como assim, o rosto?

– Caricaturas de corpo inteiro. Podem exagerar como quiserem. E eu não passaria essa tarefa se vocês fossem o tipo um do outro – disse Molly. – Porque vocês acabariam se ofendendo e tendo uma briga horrível. Mas, como não são, podem se desenhar com a crueldade que quiserem.

– Que demais! – Os olhos de Amber brilharam de expectativa.

– Então, vamos lá. Sam, o que você exageraria para desenhar a Amber?

– O cabelo maluco – respondeu o rapaz, fazendo um gesto de espiral em volta da cabeça.

– Ótimo. O que mais?

– Os brincos gigantescos de cigana.

Amber os balançou com orgulho; sempre usava argolas de prata enormes nas orelhas.

– E? – perguntou Molly.

– Ombros ossudos. Pés grandes.

Amber soltou uma exclamação de surpresa.

– Ei, cuidado aí, *Bambi*.

– Como assim? – perguntou Sam.

– Seus olhos! Esses cílios compridos. Que nem os de um *camelo*.

– Desenhem um ao outro – instruiu Molly, tranquila – e tentem não brigar. Acham que conseguem, ou devo botar vocês com o Greg e o Toby?

Sam olhou para Amber.

– Você prefere?

Amber abriu um sorrisinho.

– Não.

– Beleza, vamos ficar bem – disse ele a Molly.

Capítulo 16

A AULA ESTAVA QUASE ACABANDO. Parada à porta, Frankie ficou empolgada ao ver Amber e o garoto bonito brigando enquanto comparavam os desenhos concluídos. Depois de tantas semanas, ele tinha voltado. E, o melhor, os dois pareciam estar se dando bem. Será que aquilo era um sinal de que Amber finalmente estava saindo daquela fase de garotos grunges? Sem ofensa a todos os namorados grunges que ela levara para casa nos dois anos anteriores, *mas, Deus, por favor, que tivesse passado.*

– Mãe, aqui! – chamou Amber, animada. – Olha o que a gente estava fazendo!

– Oi, que bom ver você de novo. – Frankie sorriu para o garoto de olhos verdes e cílios longos, cabelo caído no rosto e pele saudável.

– Oi – respondeu o rapaz, sorrindo para ela.

– O nome dele é Sam – anunciou Amber, exibindo seu desenho. – Está vendo? Fiz uma cara de camelo para ele.

– Muito bom. Mas você não parece um camelo – disse Frankie olhando para Sam.

Ela caiu na gargalhada ao ver a caricatura que ele fizera de Amber.

– *Muito* obrigada – resmungou Amber. – Você tinha que rir só do desenho que eu fiz.

– Não sei desenhar. Sou péssimo – disse Sam com bom humor. – Mas foi divertido.

Ele usava uma loção pós-barba bem cheirosa; era uma tremenda novidade.

– Os dois ficaram ótimos. E o principal é se divertir.

Ela sorriu de novo para Sam e torceu para não estar sendo assustadora. *Será que foi assim que Carole Middleton se sentiu quando Kate a apresentou ao príncipe William?*

– Na verdade, mãe, eu estava contando para o Sam que você é tipo o ombro amigo da cidade, boa para resolver problemas e tal. Ele também tem um problema, e talvez você possa ajudar.

Quando Amber falou essas palavras, Frankie viu o garoto ficar tenso e parecer em pânico por um momento.

– Não se preocupe. – Os brincos de Amber fizeram barulho quando ela mexeu a cabeça. – Sei que é difícil pôr para fora. Quer que eu fale no seu lugar? O problema, mãe, é que o Sam tem um segredo e não sabe o que fazer. Ele gosta de usar roupas de menina. Saia, salto alto e tudo. – Ela baixou a voz e acrescentou: – E, sabe como é, *calcinhas de renda*. Falei para ele que tudo bem, isso não é motivo de vergonha, mas você acha que ele deveria contar para todos os amigos?

Nos primeiros segundos, Frankie chegou a acreditar na história; seu cérebro disparou e ricocheteou loucamente de *Ah, não!* e *Coitadinho* até *Como posso ajudá-lo?* Mas então percebeu que era só mais uma das piadas bobas de Amber e que não havia necessidade de se preocupar.

O interessante, porém, foi que ela e Sam relaxaram ao mesmo tempo, como se os dois estivessem se preparando para o que Amber estava prestes a dizer.

Por outro lado, esse era o problema de Amber; quando ela abria a boca ninguém sabia o que ia sair.

Sinceramente, era alguma surpresa o coitado do garoto estar nervoso?

Quando deixou Briarwood para trás, Sam estava com o coração disparado. Tinha apagado todos os rastros, não? Sem deixar pistas. Já eram duas visitas, sabia que não podia dar chance para o azar. Mas não tinha previsto como a atração seria forte.

Ser viciado em drogas pesadas era assim? Saber que era errado e que estava brincando com o perigo, mas sentir a necessidade implacável de ir em frente?

Bem, talvez depois de voltar para casa ele recuperasse o bom senso e percebesse que era melhor deixar aquilo logo para trás.

101

Já tinha terminado o que fora fazer lá.

Seu coração acelerou.

Não tinha?

Facebook, Facebook, o maravilhoso Facebook. O que Amber mais amava nessa rede social era o fato de conectar não só quem você conhecia, mas também quem seus amigos e os amigos deles conheciam. Podia não estudar em Cheltenham, mas conhecia algumas garotas que estudavam.

Bournside era bem maior; havia uma boa chance de Sam estar no último ano lá.

Só que... depois de perguntar por aí, parecia que não.

Como não era de desistir fácil, Amber percorreu as outras escolas da área; as independentes, as só de meninos, a católica... até verificou se a Cheltenham Ladies' College não tinha passado a aceitar garotos.

Mas ninguém nunca ouvira falar de Sam Jones em nenhum desses lugares.

E não dava para evitar pensar que isso era muito estranho.

Outra coisa que despertou sua curiosidade foi o comentário que a mãe fizera de passagem: "Viu a cara do garoto quando você disse que ele tinha um segredo? Ele ficou apavorado!"

– É possível que ele fosse mesmo travesti – sugerira Amber, com uma expressão inocente.

A mãe dela ficou perplexa.

– Ah, querida, não diga isso. *Claro* que não é.

Isso tinha sido mais cedo, no jantar, enquanto viam TV. E o assunto parecera encerrado para as duas. Mas era meia-noite, e Amber estava começando a ter dúvidas. Ajeitou os travesseiros na cama e franziu a testa para a tela do laptop. Sam Jones. Samuel Jones. Sam poderia ser apelido de algum nome estrangeiro que resolveria o mistério?

A porta da frente se abriu e se fechou no andar de baixo, indicando que o pai dela tinha chegado. Ele fora a Dorset havia dois dias, a trabalho.

Amber ouviu a mãe dizer "Você chegou!" e soube que os dois estavam se abraçando no corredor.

– Não precisava me esperar acordada.

O pai sempre dizia isso quando chegava tarde em casa, e a mãe sempre esperava mesmo assim.

– Não tem problema. Está com fome? Tem macarrão e frango com salada de batata.

– Não se preocupe, comi na lanchonete perto de Winchester. Cadê minha filhota?

– Lá em cima.

– Ah. Dormindo?

Ele pareceu decepcionado. Havia algo de maravilhosamente reconfortante em ser o assunto de pessoas que amavam você. Amber fechou o laptop, cantarolou "Ainda estou acordada" e ouviu passos subindo a escada.

– Aí está você. – O pai apareceu na porta do quarto. – Oi, querida, senti saudades.

– Eu também. – Amber estendeu os braços para ganhar um beijo e sentiu o cheiro da loção pós-barba que o pai tinha comprado na semana anterior, mais cítrica do que a de sempre, mas ainda boa.

– Trouxe um presente para você. – Ele enfiou a mão no bolso do casaco. – Um belo pote de olhos de peixe e umas orelhas de porco em conserva.

Não era isso, claro. Ela o viu pegar um pacote de chocolates Maltesers. Talvez fosse infantilidade, mas já era tradição: sempre que voltava para casa, ele trazia um presentinho e dizia que era alguma coisa nojenta.

– Orelhas de porco! Minhas favoritas. – Amber estendeu a mão para receber o pacote de chocolates. – Obrigada, pai.

– Como está a escola? Terminou aquela redação?

– Terminei. Demorei um século.

Amber afastou o pé quando ele se sentou na beira da cama.

– Mas ficou boa?

– Ficou maravilhosa. – Ela sorriu. – *Óbvio*.

– Fico feliz. E tão modesta. Mas olha a hora. – Ele apertou o ombro da filha com carinho. – Você já era para estar dormindo.

Ela estava *bem* cansada. Quando o pai pegou o laptop e o colocou na cômoda, Amber perguntou:

– Pai, o que você faria se descobrisse que alguém mentiu para você?

Ele ficou com uma expressão séria.

– Quem é? Uma amiga?

– Não. É só um garoto.

– O Daniel do cordão de dente de tubarão? – perguntou o pai, tentando não parecer esperançoso demais.

– Não. – Seus pais não eram muito fãs de Daniel. – Uma pessoa que só vi duas vezes. Ele foi à aula da Molly hoje.

– E ele gosta de você?

– Não sei. Ele *disse* que não. Mas a Molly e a mamãe acham que sim.

Amber deu um bocejo enorme.

– Ele podia estar só se exibindo, tentando impressionar. Mas se você acabou de conhecer esse garoto e ele já está mentindo, não é um bom começo. Eu não confiaria nele.

Outro bocejo. Ela estava exausta. Quando o pai já ia saindo do quarto, Amber disse:

– Não se preocupe, eu já não confio nele.

Ele assentiu em aprovação.

– Que bom.

No vestiário da academia, em West London, Henry Baron colocava seus pertences em um armário quando o telefone apitou, indicando a chegada de um e-mail.

Pela força do hábito, não conseguiu ignorar o alerta. Não era só o fato de ser extremamente meticuloso; para um gerente de fundo de investimentos, tempo era dinheiro, e você nunca sabia o que podia estar perdendo. Henry abriu a bolsa da academia, pegou o celular e viu que era uma mensagem de Dex.

Certo, só uma olhadinha. Abriu o e-mail: "E esse sou eu apresentando a Delphi para minha nova namorada..."

A foto que acompanhava a mensagem era de Delphi com um gorro laranja e um casaco roxo fazendo uma cara cômica de surpresa por estar diante de um bode de olhos brilhantes e barbicha.

Henry não se importava de admitir, embora apenas para si mesmo, que ficara preocupado com aquela mudança tão radical. Mas, até o momento, Dex parecia estar conseguindo lidar com tudo. Ele sorriu, mas seu olhar já

estava sendo atraído por outra pessoa no fundo da foto. O cabelo castanho-
-claro estava bagunçado e caído na cara, mas ela ria da expressão de Delphi
passando mais atrás com uma bandeja cheia de copos.

A porta do vestiário se abriu, e o parceiro de squash de Henry enfiou a
cabeça lá para dentro.

– Aí está você! Estamos esperando.

– Já vou – disse Henry, distraído.

A porta se fechou de novo, e ele ampliou a foto o máximo que conseguiu.
Delphi e o bode desapareceram da tela quando ele deu zoom na mulher
cujo rosto o atraía de forma quase hipnótica. Devia ter 40 anos, supôs, e
usava camisa vermelha e calça jeans. Era curvilínea, com o rosto sorriden-
te; seu sorriso era… ah, Deus, Henry não conseguia acreditar que estava
pensando isso, mas era mágico. Não queria parar de olhar para ela, o que
devia ser a situação mais ridícula do mundo, porque não a conhecia, e ela
nem era famosa…

Chega, controle-se, desligue o telefone, você tem uma partida de squash
agora.

Uma hora depois, com a partida vencida, Henry ligou o telefone de novo
e escreveu: "Linda foto. Foi tirada em algum zoológico?"

Pronto. Sutil.

A resposta chegou em menos de um minuto. "Não! Bem aqui na cidade,
no café local. É onde aquele programa *Next to You* foi filmado, por isso o
bode. P.S.: Ele não é minha nova namorada de verdade. Principalmente
porque é um bode, não uma cabra."

Sim. Henry sentiu a mesma onda de adrenalina de quando fechava um
negócio arriscado e acabava valendo a pena. Aquilo queria dizer que, se ele
fosse a Briarwood, talvez decidisse visitar o café, e havia uma possibilidade
de a mulher ainda trabalhar lá…

Ah, Deus, a menos que ela não trabalhasse lá. Sentiu um calafrio ao
pensar que talvez fosse só uma cliente.

E não tinha como perguntar para Dex, cuja capacidade para captar malícia era insuperável.

Certo. Pense, pense. Ele devia ser uma das poucas pessoas que nunca
assistiram a *Next to You*, mas já tinha ouvido falar. E a série pelo visto tinha
um bode…

Henry jogou *Next to You* + Briarwood + café no Google.

E o resultado apareceu: o Café da Frankie, um site modesto dando boas-vindas aos visitantes da cidadezinha, explicando a história da série e os horários de funcionamento do estabelecimento. Havia também fotos da casa, de vários itens do seriado e do bode, que ficava amarrado lá fora e que pelo visto se chamava Jovem Bert.

O melhor de tudo era que havia uma fotografia de Frankie, dona do café. A mulher, desta vez ciente de que estava sendo fotografada, parecia visivelmente sem graça, os ombros um pouco rígidos e o sorriso tenso. Mas isso só fez Henry se sentir mais atraído. Ele era igualzinho, ficava tenso quando uma câmera era apontada em sua direção. Algumas pessoas conseguiam relaxar e não se incomodavam; outras amavam, aproveitando a chance de posar e se exibir. Ele achava tão relaxante quanto fazer tratamento de canal.

Parecia outra ligação entre eles. Henry olhou para o rosto de Frankie, observou cada detalhe, sentindo como se a conhecesse e sabendo que a desejava. Estava ficando doido? Não podia ser normal ser afetado assim pela foto de uma estranha.

Ele nunca tinha passado por nada do tipo.

Mas ela parecia tão perfeita, a pessoa certa.

– Ainda não tomou banho?

Kenny, com uma toalha amarrada na cintura, passava desodorante com vigor.

– Algumas pessoas têm coisas importantes para resolver. Chama-se ganhar dinheiro – disse Henry. – Me dê dois minutos.

– Você vai beber com a gente?

– Hoje não.

Sua mente estava em disparada. Como poderia descobrir o que precisava saber sem despertar desconfiança?

Por sorte, todo problema tinha uma solução. Henry mandou outra mensagem: "Pode ser uma coincidência esquisita, mas a mulher da foto não me é estranha. Por acaso ela é casada com um cara chamado Bernard?"

Enquanto esperava, sentiu o suor secando na pele. Não era uma sensação boa. Anda, Dex, responde logo...

Não conseguiria entrar no chuveiro enquanto não recebesse a resposta.

Quatro longos minutos depois, a mensagem chegou: "Não é a mesma pessoa. A Frankie cuida do café, e o nome do marido dela é Joe."

Henry soltou o ar. Pronto, ela era casada. Aí estava a resposta que não queria ouvir.

Que droga.

Na verdade... que *merda*.

Por outro lado, era nisso que dava se encher de esperanças.

Era a história da vida dele.

Capítulo 17

– QUERIA TE PEDIR UM FAVOR ENORME. Mas não sei se você vai poder me ajudar.

– Se for com seu dever de matemática, pode falar – disse Molly. – Mas já vou logo avisando que a resposta para todas as perguntas que fizer vai ser 7.

Amber, que era fera em matemática, retrucou:

– Então que bom que não é isso.

– Entre. – Molly estava com uma torrada na mão e uma caneta na outra. – O que foi?

– Vai parecer estranho, mas estou tentando saber mais sobre aquele cara de ontem à noite. – Como tinha ido até o chalé assim que desceu do ônibus escolar, Amber jogou a bolsa pesada cheia de livros no sofá. – E, basicamente, ou o nome dele não é Sam Jones, ou ele não estuda em Cheltenham.

– Hum, isso é *bem* estranho.

– Pois é! Eu e minhas amigas estamos tentando entender o que está acontecendo, mas elas não sabem como ele é.

– Entendi. – A expressão de Molly se transformou. – Quer que eu tire uma foto escondida, se ele aparecer na aula da semana que vem? Ou podemos fingir que é parte da tarefa.

Era o fato de ser mais velha que tornava Molly tão paciente?

– Sim, mas isso vai ser só daqui a sete dias – disse Amber. – Como você aguenta esperar tanto tempo? Não quer saber *agora*?

Molly engoliu um pedaço de torrada.

– E como você planeja fazer isso? Pegando uma amostra de DNA do lápis que ele usou ontem? Procurando no sistema de câmeras de segurança?

– É o seguinte: você consegue fazer um desenho dele?

– O quê? Não. – Molly botou a caneta na mesa e balançou a cabeça. – De jeito nenhum.

– Por quê?

– Eu não conseguiria, não sem uma base. Se ele aparecer na semana que vem, posso pedir para ele posar...

Essa *não* era a resposta que Amber queria ouvir.

– Você conseguiria fazer uma minha? Agora? Se eu não estivesse na sua frente?

Molly fez uma careta, pensou por uns segundos e então fez uma expressão de dor.

– Acho que sim. Mas só porque conheço você há muito tempo. E mesmo assim não faria.

– Por que você não faria?

– Não ficaria bom.

– Você já tentou?

– Não!

– Por que não?

Aquilo era como ser uma juíza de alta corte.

– Porque eu sei que não ficaria bom!

– Tudo bem, sem pânico. Você quer dizer que não ficaria bom de acordo com o seu padrão habitual – disse Amber, com uma voz tranquilizadora. – Você acabaria fazendo uma coisa não tão sensacional quanto o de sempre. Mas não precisa ser sensacional, só precisa ser semelhante.

Molly ainda não parecia muito animada. Era uma questão de orgulho. Mas pelo menos tinha parado de balançar a cabeça.

– O que custa tentar? Feche os olhos e lembre-se dele. – Amber fez uma voz gentil, incentivando Molly como uma hipnotista. – Você se lembra das sobrancelhas? E dos cílios? E como o cabelo dele cai para a frente? Pense no formato da boca... Tente e veja o que consegue. Se der para reconhecer só *um pouco* já vai ser o suficiente...

Molly abriu um dos olhos.

– Está tentando fazer algum truque de hipnose em mim?

– Sim. Está dando certo?

– Não.

– Olha, tenta. Uma folha de papel, só isso. E não importa se tudo der errado, né? Você não estaria estragando um bloco de três toneladas de mármore de Carrara...

– Tudo bem, para, eu faço! – interrompeu Molly, levantando os braços em rendição.

– Oba!

– Mas estou avisando, acho que não vai dar certo.

Ela começou a fazer o esboço do retrato. Como Molly previra, não foi fácil. Conjurar uma imagem de Sam na mente era uma coisa, mas abrir os olhos e tentar transferir os detalhes do cérebro para o papel era outra bem diferente.

As primeiras tentativas foram descartadas. Amber comeu flocos de milho com mel direto da caixa enquanto Molly desenhava linhas, apagava com a borracha, dava suspiros profundos de frustração e amassava uma folha atrás da outra, até o tapete da sala estar coberto de bolas de papel.

– Não consigo fazer um retrato – anunciou, por fim. – Tem muita coisa que eu não sei. Vou tentar uma caricatura.

Demorou um tempo, mas, depois de várias outras tentativas, estava conseguindo. Sem nem ousar respirar, Molly olhou para a prancheta quando a imagem começou a ganhar forma. Como também previra, não ficou sensacional e não deu para reconhecer de imediato, mas ficou parecido o bastante.

O que, com um pouco de sorte e o vento soprando a favor, podia ser o suficiente para funcionar.

Amber a abraçou quando ela terminou.

– Muito obrigada.

– Tudo bem, mas ainda não estou satisfeita – resmungou Molly. – Não conte para ninguém que esse desenho é meu.

O Facebook era público demais, no fim das contas. No andar de cima, no quarto, depois de digitalizar o desenho, Amber o mandou por e-mail para seis amigos, com o seguinte recado: "Estou só bancando a detetive um pouco, então não comentem com ninguém, mas esse desenho lembra alguém?"

Pouco depois, seu celular começou a apitar com respostas por mensagem. Os amigos, embora intrigados, não puderam ajudar, mas Aimee escreveu: "Parece um pouco um cara que conheci em um churrasco no ano passado, mas não lembro o nome dele."

Georgia mandou uma mensagem que dizia: "Ahh, sua Sherlock Holmes! Ele se chama Connor! Vou ganhar algum prêmio por isso??"

Amber respondeu: "Connor de quê? Como você conhece ele?"

A resposta veio em seguida: "Conheci na festa do namorado da Donna, antes do Natal. Se for ele, nem adianta perguntar para a Donna. Ela estava bêbada e não se lembra de nada daquela noite!!"

Que ótimo. Amber mandou o desenho para outros amigos, aumentando um pouco o círculo de busca. Mas, como os toques incessantes estavam deixando seus pais malucos durante o jantar, ela deixou o telefone na cama desarrumada e foi comer.

Filé com molho de conhaque e cogumelo com batatas, o favorito do pai, que estava de malas prontas para Norfolk.

– Descobriu alguma coisa sobre seu novo admirador?

A mãe parecia interessada.

– Não muito. O nome dele talvez seja Connor. Mas ele não é meu admirador.

Por mais intrigada que estivesse com o mistério, Amber não queria que a mãe se envolvesse – havia coisa mais irritante do que pais incentivando você a ficar com alguém de quem *eles* gostavam? Ela mudou de assunto:

– Pai, para onde vamos nas férias desse ano? Podemos ir para a França de novo?

Após o jantar, eles se despediram. Depois que o pai saiu, Amber subiu para o quarto.

Seu celular estivera muito ocupado recebendo mensagens em sua ausência. Basicamente, as respostas eram:

"Não."

"Não. Mas que cílios incríveis. Que rímel ele usa??!!"

"Não faço ideia, mas foi você quem fez o desenho???"

"Não é o Sean Corrigan?"

"É o Hugh Grant?????"

"Dá outra pista, gostei desse jogo."

E, finalmente, outra mensagem de Georgia: "Dã, sou burra demais. Não é Connor. É Sean. Fiquei confusa porque vimos um filme do James Bond ontem com aquele cara, o Sean Connery. Tanto estudo fez meu cérebro encolher até ficar do tamanho de uma noz, haha!!! Bjs"

Mas era uma mentira descarada, porque Georgia não estudava *nunca*.

Bem, ao menos as coisas estavam evoluindo. Amber entrou no Facebook e digitou o nome Sean Corrigan.

Meu Deus, havia um monte. Centenas de Sean Corrigans no mundo todo. Ainda bem que dava para usar filtros. Gloucestershire, digitou Amber.

Ah. Nenhum resultado. O filtro era específico *demais*.

Talvez ele realmente não tivesse Facebook. Amber bateu com as unhas na tela e pensou no que fazer.

Wiltshire. Não.

Oxfordshire. Sim, Oxfordshire tinha um Sean Corrigan. Que estava passando um ano na Nova Zelândia.

Continuou batendo as unhas.

Podia escrever de outro jeito.

S-h-a-u-n C-o-r-r-i-g-a-n.

Gloucestershire.

Enter...

E ali estava ele.

Uau. Amber se recostou na cadeira. Era ele, Shaun Corrigan, rindo para a câmera. Ele usava controles de privacidade, o que era um saco, mas a escola estava lá: Dee Park School, em Cirencester.

Então ele não era Sam Jones. Não era de Cheltenham. Por que mentiria sobre isso?

Certo, hora de voltar um pouco. Georgia era quem tinha acertado de primeira. Por sorte, a amiga era discreta. Amber enviou uma mensagem: "Aêê, espertinha. Como você conhece ele?"

Alguns minutos depois, a resposta chegou: "Ele mora em Tetbury, em frente ao meu tio. Conheci na festa de Ano-Novo do meu tio. E você?? Ele não é bem o seu tipo!!!"

O coração de Amber estava disparado. Essa bobeira de investigação era viciante. Ela escreveu: "Não posso contar. Isso é CONFIDENCIAL, viu? Você sabe o endereço dele?"

Mais dois minutos e *plim!* Outra resposta. Um e-mail desta vez, com um link do Google Earth. "A casa do meu tio fica à esquerda, a de número 17, ao lado da caixa de correspondência. O Sean mora do outro lado da rua, no número 22, a que tem a porta amarela e as flores brancas no jardim."

Amber abriu o link e deu zoom na rua. Encontrou uma casa simples e comum.

O mais sensato a fazer seria esperar, claro, como Molly sugerira, e ver se Sam-Sean-Shaun apareceria no café na semana seguinte.

Mas e se ele *não* aparecesse? E se não aparecesse na outra também? O que ela faria?

Outro plano seria enviar uma mensagem. Podia fazer isso naquele minuto. Dizendo qualquer coisa casual e leve, do tipo: "Hum, achei que você tivesse dito que não tinha Facebook…"

E, quando se era impaciente como ela, a tentação era enorme. Fazer uma pergunta, obter uma resposta, sem enrolação, simples assim.

Porque não o achava nem remotamente interessante – se achasse, nem sonharia em ser tão direta. Mas, como não achava, podia simplesmente perguntar qual era a dele.

Só que… seria simples mesmo? E que tipo de resposta ela receberia? Porque o lado ruim da comunicação eletrônica era o tempo que dava para a outra pessoa pensar. E elaborar uma resposta convincente.

Por outro lado, uma conversa cara a cara seria bem mais interessante.

Não seria?

Amber sorriu ao pensar em um possível plano. O dia seguinte seria quarta, o que era bom: poderia colocá-lo em prática.

Não conseguiria esperar uma semana inteira para que Maomé talvez fosse à montanha. Era melhor a montanha ser proativa e visitar Maomé.

Cujo verdadeiro nome era Shaun Corrigan.

Capítulo 18

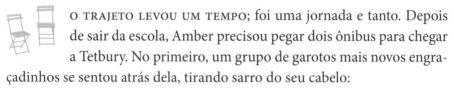

O TRAJETO LEVOU UM TEMPO; foi uma jornada e tanto. Depois de sair da escola, Amber precisou pegar dois ônibus para chegar a Tetbury. No primeiro, um grupo de garotos mais novos engraçadinhos se sentou atrás dela, tirando sarro do seu cabelo:

– Como você conseguiu essa cor? Pegou um monte de beterraba e esfregou na cabeça?

A segunda viagem foi feita na companhia de duas velhinhas reclamando sem parar dos jovens de hoje em dia:

– E eu sei o que causou isso. Foi o papel higiênico macio. O país não estaria nessa situação se ainda estivéssemos usando aqueles de antigamente, bem abrasivos.

Sinceramente, geriatria era um negócio estranho.

O ônibus chegou a Tetbury, e Amber desceu. Depois de todo aquele esforço, era melhor que Shaun Corrigan estivesse em casa.

A Parnall Avenue foi fácil de encontrar e reconhecer por causa do Google. Ali estava o número 17, a casa do tio de Susie. Ela passou pela caixa de correspondência e parou para olhar o número 22, do outro lado da rua. A porta ainda era amarela. O jardim era pequeno, mas bem cuidado.

Não fazia sentido enrolar. Atravessou a rua e seguiu pelo caminho da entrada.

Tocou a campainha.

A coisa estava ficando empolgante.

Era melhor *mesmo* que ele estivesse em casa.

Momentos depois, a porta foi aberta, e Amber deu de cara com o sorriso de uma mulher magra de olhos verdes que só podia ser a mãe de Shaun. Era bonita, tinha quarenta e poucos anos e estava de calça jeans e um suéter cinza de gola V por baixo de um avental listrado. Um cheiro delicioso de ensopado pairava no ar.

– Olá...?

– Hum, oi. O Shaun está?

O sorriso dela se alargou.

– Sim. Só um instante, ele está no quarto, estudando. Quer dizer, *supostamente* estudando. Qual é o seu nome?

Por que perder a expressão de surpresa no rosto dele? Qual seria a diversão? *Duas pessoas podem fazer o mesmo jogo, Shaun Corrigan.*

– Jessie – respondeu Amber.

A mãe ergueu a voz e o chamou pela escada.

– Shaun? Você tem visita! É a Jessie.

Os dois ouviram a porta do quarto se abrir.

– Quem?

– A Jessie veio ver você.

O coração de Amber estava disparado; a qualquer segundo ele a veria. Ouviu passos lá em cima. Logo em seguida, viu os pés calçando tênis na escada, a calça jeans e, por fim, o resto do corpo.

E ele a viu.

O sangue sumiu do rosto de Shaun e ele parou, visivelmente perplexo.

– O que está acontecendo? O que você está fazendo aqui?

– Shaun! – disse a mãe, surpresa com a explosão do filho.

– Que encantador – comentou Amber.

– Estou falando sério, vá embora. – Ele estava balançando a cabeça, ainda paralisado na escada. – Você não pode vir aqui, tem que ir embora. Vá embora.

– Calma aí. – Atordoada com a reação dele, Amber continuou: – Foi você que mentiu para mim!

À esquerda, Amber ouviu a mãe dele falar baixinho:

– Ah, não...

À direita, outra porta foi aberta, de onde veio uma voz masculina:

– O jantar está cheiroso. Quando vamos comer?

E aí foi a vez de o mundo de Amber implodir, em câmera lenta. Porque o dono da voz masculina era uma pessoa que ela conhecia.

Conhecia bem demais.

Era seu pai.

– Ai, meu Deus. – Ele parou, fechou os olhos e levou as mãos ao rosto. – *Ai, meu Deus.*

O coração dela, que já estava disparado, começou a bater dez vezes mais rápido. Mais do que tudo, Amber queria fugir, mas suas pernas se recusavam a se mexer. Estava grudada no chão. Seu pai tinha um caso, e ela o desmascarou. Basicamente porque ele estava *de chinelo.*

Quais eram as regras para o que aconteceria agora? Ela não fazia ideia.

– Amber. Me desculpe. – Seu pai parecia abalado, e tinha que estar mesmo. – Como você me encontrou?

Ela conseguiria falar? Só tinha um jeito de descobrir. Amber pigarreou e respondeu:

– Hum… não encontrei. Não estava procurando você. Quem eu estava procurando era ele.

E apontou para Shaun, que estava com cara de quem ia vomitar.

– O quê? – O pai olhou, incrédulo, para o garoto na escada, que tinha acabado de revelar sua vida dupla. – Me explique o que está acontecendo.

O tempo agora estava simultaneamente indo mais rápido e mais devagar. Havia um zumbido nos ouvidos de Amber.

– Eu não queria que isso tivesse acontecido. Não sei como ela conseguiu me encontrar. Eu só queria saber como elas eram.

– Ah, Shaun… – A mãe dele parecia cada vez mais aflita. A mãe dele, *que estava tendo um caso com o pai dela.*

– Como você pôde fazer isso com a mamãe? – A voz de Amber ficou mais alta e falhou quando ela se virou para o pai. – Como você *foi capaz*? Há quanto tempo isso está acontecendo?

Silêncio. Um silêncio frio e torturante. Sem conseguir suportar mais, ela cambaleou para trás e se virou.

– Amber, volte aqui. – Havia angústia na voz do pai. – Temos que conversar. Eu posso explicar.

Mas Amber não conseguia nem olhar para ele. De chinelo, pelo amor de Deus. Ele estava tendo um caso com outra mulher e usando *chinelo*…

– Não chegue perto de mim. Eu te odeio. – Amber estava falando sério. Em questão de segundos, tudo se transformara. Como ela poderia perdoá-lo por aquilo? – Você me dá nojo. Você é *nojento*. E a mamãe?

– Meu Deus, Amber… – Ela o ouviu chamar seu nome com um misto de medo e desespero.

– Sai de perto de mim! Eu te *odeio*. Nunca mais quero ver você!

Atordoada, Amber fechou a porta da casa e correu para a rua sem saber para onde ia. Virou à esquerda na esquina… depois à direita… ou era esquerda? Deus, era como estar presa num pesadelo…

Quinze minutos depois, estava de volta ao centro da cidade, onde as pessoas caminhavam e seguiam com a vida como se nada tivesse acontecido. Ainda zonza, Amber foi na direção do ponto de ônibus.

Shaun já estava lá, esperando.

– Vá embora.

Amber enfiou as mãos nos bolsos da jaqueta e se recusou a olhar para ele.

– Me desculpe.

– Não quero falar com você.

– Eu não queria que isso tivesse acontecido.

– Imagino. Eu estraguei tudo, né? O coelho saiu da cartola graças a mim. Que merda, ainda não consigo acreditar. Não mesmo. Minha mãe vai *morrer* quando descobrir.

– Olha, não é o que você está pensando…

– Não, não invente uma desculpa. – De não querer falar com ele, Amber se viu incapaz de parar, as palavras saindo em uma torrente. – Você não tem ideia do que fez. Porque meus pais são felizes juntos, você entende? Eles se amam. Eles têm o melhor casamento do mundo, de verdade. E agora tudo isso foi *destruído*. – Sua voz tinha começado a falhar; ainda bem que não tinha mais ninguém ali no ponto. – Sua maldita mãe *não tem vergonha*; ela ficou com vontade de ter um caso com um homem casado e roubou meu pai… – Enquanto falava, Amber sabia que estava concentrando a raiva na mãe de Shaun, embora seu pai tivesse muito mais culpa.

Enquanto os dois se encaravam, começou a chover.

– Você não entende – disse Shaun, impotente.

– Ah, entendo, sim.

– A minha mãe não é assim.

– Não? Dê uma outra olhada nela. – Amber sentiu as gotas de chuva no rosto. – Acho que você vai descobrir que é.

– Já pedi desculpas. Mas você entendeu tudo errado – insistiu Shaun.

– Entendi? Entendi mesmo? Você foi até Briarwood, sabendo que meu pai não estaria lá, porque estava curioso. Você queria ver a família dele.

O ônibus freou ao lado deles, e as portas se abriram. A chuva caía com mais força agora. Amber semicerrou os olhos para Shaun e esperou que ele admitisse ao menos isso.

Ele expirou e disse:

– A *outra* família dele.

O mundo chacoalhou de novo.

– O quê?

– Você fica falando que ele é *seu* pai. – Shaun baixou a cabeça e a ergueu de novo com uma expressão desafiadora. – Mas ele é meu pai também.

– Alôôô! – gritou o motorista. – Vocês vão subir ou não?

Amber ainda ouvia a voz de Shaun na cabeça.

– Não pode ser.

– Mas é.

– Três... – O motorista estava começando uma contagem regressiva. – Dois...

– Vou vomitar – disse Amber.

– Um – anunciou o motorista. – Tchau!

As portas se fecharam, e ele foi embora, deixando os dois na calçada sob a chuva.

Capítulo 19

JOE TAYLOR DESCOBRIU QUE ERA POSSÍVEL ser uma boa pessoa em essência, mas acabar em uma situação que poderia, ou melhor, que *provavelmente* faria os outros acharem que você era uma pessoa ruim.

E ele não era assim, não mesmo. Só tinha cometido um erro muito tempo antes e vinha pagando o preço desde então. Os últimos dezessete anos tinham sido um exercício de contenção de danos, só porque não queria magoar as pessoas que amava nem deixá-las infelizes.

E, por incrível que pareça, tinha conseguido.

Joe fechou os olhos. *Até agora.*

Foi uma daquelas situações inesperadas, que vêm do nada, que você não fazia ideia de que vão acontecer. Ele trabalhava em Bristol na época. Depois de visitar o café do outro lado da rua quase todos os dias, acabou esbarrando em Christina, que trabalhava na firma de advocacia ao lado. Ao longo dos meses seguintes, os dois cultivaram uma amizade, mas de um jeito inocente.

Até que uma combinação de eventos conspirou para mudar isso. Uma rara discussão com Frankie o abalou; ser acusado de não se dar ao trabalho de enviar um cartão de aniversário quando ele sabia que *tinha* enviado foi uma injustiça. Ao sair do trabalho naquele dia, Joe encontrou Christina na rua e perguntou como ela estava. Em resposta, ela começou a chorar. Joe a levou para o café, e a história veio com tudo: sua mãe tinha sido diagnosticada com câncer em estágio 4, ela acabara de pedir demissão da firma para cuidar da mãe nos últimos meses de vida. Não dava para suportar, então, no dia seguinte, ela iria embora...

Ela estava sozinha em Bristol; como ele poderia abandoná-la naquele estado de consternação tão grande? Joe a levou para casa, um apartamento em Clifton, e os dois passaram horas conversando, as emoções dele cada vez mais fortes diante da percepção de que sentiria falta de Christina, da amizade dela.

E de alguma forma as lágrimas e os abraços levaram a outra coisa. Ele queria fazer com que ela se sentisse melhor. Foi errado, claro que foi, mas naquele breve período não *pareceu* errado.

– Meu Deus, isso é ruim – disse Christina, chorando depois. – Me desculpe. Não deveríamos ter feito isso. A coitada da sua esposa... foi tudo culpa minha.

Os dois concordaram que tinha sido um caso isolado, que jamais se repetiria. No dia seguinte ela iria embora. Nenhum dos dois falaria nada sobre aquilo. Ninguém saberia o que tinha acontecido naquela noite.

Quando Joe chegou em casa, às dez daquela noite, Frankie o recebeu com um abraço apertado.

– Me desculpe. Não quero brigar nunca mais. Eu te amo muito.

A culpa foi insuportável. Mas ele sabia que teria que viver com esse sentimento, com a certeza absoluta de que aquilo jamais voltaria a acontecer.

– O Shaun desligou o celular – avisou Christina. – Será que eu mando uma mensagem?

Joe estava sentado à mesa da cozinha com a cabeça apoiada nas mãos.

– Deixe por enquanto. A Amber também não está atendendo o dela. Não consigo acreditar que isso aconteceu. Que droga, não sei nem *como* foi. O que vamos fazer?

Christina umedeceu os lábios e botou o telefone na mesa.

– Não sei. Mas acho que você precisa ir para Briarwood, chegar lá antes da Amber.

Era uma perspectiva tão horrenda que Joe não conseguia nem começar a pensar em como faria aquilo.

– E depois?

– Olha, sejamos francos: você acha que a Amber vai ficar calada sobre o que aconteceu?

Joe balançou a cabeça, sem a menor esperança.

– Nem em um milhão de anos.

– Nesse caso, você vai ter que contar para a Frankie – concluiu Christina.

Quinze meses depois daquele caso isolado, Joe viu Christina de novo. Era dezembro, e ela estava fazendo compras de Natal em um shopping em Bristol. Em um minuto, estava olhando lenços de seda na John Lewis e, no seguinte, ergueu o rosto e a viu se aproximando.

O coração de Joe disparou. Christina não o tinha visto; ele podia se virar e deixar que ela passasse, mas qual era o mal de dizer só um oi? Os dois não eram amigos? *Era Natal.*

– Oi.

– Ah! Ah, meu Deus! – Christina tomou um susto, o rosto exibindo uma mistura de emoções quando ela viu quem era. – Hum... oi, como você está?

– Bem. Bem. – Joe sorriu. O cabelo louro e fino dela estava preso em um rabo de cavalo alto, e ela usava um casaco pesado verde-esmeralda por cima do suéter e da calça preta. – E você?

– Estou... ótima, obrigada. Só vim comprar umas coisinhas para o Natal.

Ela estava com os braços cheios de sacolas e uma camada de suor na testa.

– E como você está de verdade? – Ele baixou a voz em solidariedade. – Como foi com a sua mãe?

Christina fez uma pausa.

– Bem, ela morreu. Três meses atrás. Não foi surpresa, sabíamos que ia acontecer... mas foi difícil. – Ela parou de falar e respirou fundo. – Nossa, como está quente aqui...

– Me dê suas sacolas. – Joe estendeu as mãos; estava quente na loja, e ela parecia prestes a desmaiar. – Tire esse casaco.

Ela concordou, obedeceu e se apoiou no balcão com tampo de vidro.

– Tudo bem. Vou ficar bem. Obrigada por perguntar sobre a minha mãe. Sinto falta dela, mas a vida continua. E como você está?

– Bem, bem.

Havia tanta coisa não dita pairando no ar quente entre eles...

– Você e a Frankie ainda estão juntos? – Ela pareceu se odiar por fazer a pergunta.

Foi a vez dele de assentir.

– Sim, estamos – respondeu, sem se alongar.

Por um momento os olhos de Christina brilharam, marejados. Ela olhou para longe, e depois para o casaco volumoso nas mãos. Passando-o para um braço, estendeu a mão para pegar as sacolas que ele ainda segurava.

Ao devolvê-las, Joe se perguntou se um beijo educado de despedida seria aceitável ou errado. Melhor não. Queria, mas não faria isso. *Não deveria.*

– Foi bom ver você de novo – disse Christina, o sorriso exageradamente forçado. – Feliz Natal!

– Um bom Natal para você também.

Joe observou com carinho quando ela se virou para ir embora, espremida no meio da multidão de pessoas comprando presentes. Havia algo no ombro esquerdo do suéter dela, como se um pássaro grande tivesse passado voando e feito cocô ali. Como conhecia Christina bem o suficiente para saber que ela se orgulhava da aparência, ele estendeu a mão e disse:

– Espere um segundo, tem uma coisa no seu ombro.

Christina parou, virou-se para olhar o que era e ficou vermelha na mesma hora.

– Ah, não é nada de mais, dá para resolver.

Ele já estava tirando um lenço do bolso, mas Christina recuou. Naquela fração de segundo, Joe percebeu que a mancha branca no ombro do suéter não tinha sido feita por um pássaro.

De repente, ele percebeu. Soube pela expressão de pânico, constrangimento e dor no rosto dela. Qual poderia ser a explicação?

Na fração de segundo *seguinte*, ele também percebeu que tinha a oportunidade de deixar passar, de deixar que ela fosse embora. Tinha a escolha em suas mãos. Podia se virar e fingir que não tinha feito a conexão. Seguir com as compras, levar tudo para o carro e voltar para Briarwood, Frankie e a vida rotineira e descomplicada em família.

Mas, já prestes a se afastar, viu que não tinha como.

– *Pare*. Christina… Ah, meu Deus. – Ele a alcançou no meio da multidão, estendendo a mão para alcançar o braço dela. Nem reparou quando disse: – Temos que conversar.

Sem falar mais nada, eles saíram do shopping, seguiram pelo castelo de contos de fadas onde ficava a gruta do Papai Noel e passaram pela fila de criancinhas.

Criancinhas.

O Mini vermelho de Christina estava no fim do enorme estacionamento. Ela o destrancou e colocou as sacolas no porta-malas, depois se sentou ao volante, tremendo de emoção, e não de frio. Suas mãos estavam apertadas no colo.

– Então é meu, obviamente – disse Joe, no banco do carona.

Ela assentiu, sem jeito.

– É.

– Você engravidou e não pensou em me contar.

– Ah, Joe, claro que *pensei*. – Havia desespero nos olhos dela. – Pensei um milhão de vezes. Mas o que isso teria causado? Você teria ficado abalado. Você tem sua vida, é feliz no casamento, isso *não* era para acontecer…

– Não entendo como aconteceu. Você disse que não teria problema…

– Achei que não teria, tinha certeza de que o momento era seguro. Mas claro que não era. Não vá pensar que engravidei de propósito – suplicou Christina. – Não foi.

Havia um tom defensivo na voz dela. Bom, agora tinha outras coisas que ele precisava saber.

– Menino ou menina?

– Menino.

– Qual é o nome dele?

Não, Joe, *por favor.*

– Shaun.

– Ele está… bem?

– Ele é perfeito. Na verdade, esta é a primeira vez que saio sem ele. Em qualquer outro dia, Shaun estaria comigo.

– Você não queria filhos, mas foi em frente e levou a gravidez até o fim. – Depois de uma pausa, Joe perguntou: – Por quê?

– Eu sei. Isso também não fazia parte dos planos. Foi a minha mãe, basicamente. – Os olhos dela ficaram marejados de novo. – Ela estava no hospital, eu passava todo o tempo lá com ela. Ela sabia que não tinha muito tempo de vida. Um dia, disse que a pior parte de morrer era que ela nunca conheceria os netos. Era o que ela mais lamentava. Ela me falou que eu seria uma mãe maravilhosa e que ela sempre tinha sonhado em me ver com um bebê. – Christina parou de falar quando uma família tagarela passou pelo carro. – E foi isso. Era o maior desejo dela, e ali estava eu, já grávida. Eu tinha o poder de transformar aquilo em realidade. – Inclinando a cabeça e usando o dorso da mão para secar as bochechas, ela completou: – Foi aí que eu soube que iria em frente. Ela era minha mãe linda e eu a amava demais. Se eu podia lhe dar um último presente maravilhoso, era o que eu faria.

Joe assentiu. Aquela decisão tinha tornado sua vida bem mais complicada, mas ele entendia os motivos dela.

– E ela ficou feliz?

– Meu Deus, muito feliz. Você não faz ideia. Por algumas semanas, achei que teríamos uma cura milagrosa, de tão animada que ela ficou. Até os médicos se impressionaram com o quanto ela parecia melhor. – Christina sorriu brevemente. – Acabou sendo temporário, claro, mas foi maravilhoso. Ela voltou para casa, começou a tricotar roupinhas de bebê, ia comigo em todas as minhas consultas do pré-natal. Foi uma nova chance de vida para ela. Mamãe até estava presente quando tive o Shaun. Foi o dia mais incrível da minha vida. Tenho um vídeo dela com o bebê no colo. Eu consegui, fiz o sonho dela virar realidade. – Houve outra pausa enquanto Christina remexia no porta-luvas à procura de uma caixa de lenços e limpava o nariz. – Não durou muito, claro. Sabíamos que não duraria. Ela foi ladeira abaixo de novo. Morreu quando Shaun tinha 3 meses. Mas o conheceu e o amou muito. Foi a coisa mais importante do mundo para ela. E é por isso que nunca vou me arrepender do que fiz.

Os dois ficaram em silêncio por alguns segundos.

– O que você disse de mim para a sua mãe? – perguntou Joe.

– A verdade. Sem detalhes incriminadores. Só falei que você estava com outra pessoa e não podíamos ficar juntos, mas que, fora isso, você era um cara ótimo.

Joe ficou com um nó na garganta ao ouvir aquelas palavras; sempre se considerara uma boa pessoa. Se não fosse, não teria ido até o apartamento de Christina para tentar consolá-la.

– E o que ela disse?

– Que os homens eram mesmo uns cretinos inúteis e que eu me viraria perfeitamente bem sem um do meu lado.

Ele engoliu em seco.

– Você tem foto?

– Da minha mãe?

– Do… bebê.

– Ah, desculpe. Você quer dizer na bolsa? Não tenho. Como falei, nunca precisei sair com uma foto. O Shaun sempre sai comigo.

– Eu quero vê-lo – disse Joe.

Ela hesitou.

– Por quê? Você não confia em mim? Ele é seu.

– Não é isso. Eu preciso vê-lo. Ele é meu filho.

– Você está fazendo isso só para que eu me sinta melhor, Joe? Tudo bem, não precisa. Está tudo bem com a gente.

– Não é isso. É para que *eu* me sinta melhor. Eu preciso vê-lo.

Ela arregalou os olhos.

– *Agora?*

– Talvez. Não sei. Onde você está morando?

– Em Chepstow, na casa da minha mãe. Saí do apartamento em Clifton.

Chepstow. A 40 quilômetros dali… no trânsito pesado… ele não conseguiria.

– Não posso, não hoje. A Frankie está me esperando em casa.

– Claro. Não tem problema.

– Amanhã. Posso dizer que tenho que trabalhar até mais tarde. Que tal?

– Tem certeza?

– Absoluta.

Ele tinha certeza. E também sabia que estava seguindo um caminho perigoso.

– Tudo bem. Ótimo. – Christina parecia tão apavorada quanto ele, mas também animada; seu sorriso hesitante foi de partir o coração. – Hum… vou anotar o endereço para você.

Ela escreveu em um pedaço de papel.

– Coloco meu número de telefone também? Só para o caso de você não poder ir?

– Sim, por favor. – Joe pegou o papel e saiu do carro. Não a abraçou nem a beijou; não seria certo. – Vejo você amanhã por volta das seis horas.

– Ok.

– Tem uma coisa que eu não contei. – Não adiantava. Ele precisava falar logo. – A Frankie está grávida.

Um misto de choque e decepção surgiu no rosto dela. Seguida de resignação.

– Bem… parabéns.

Joe engoliu em seco mais uma vez.

– Obrigado.

No caminho de casa, Joe recitou o endereço e o telefone de Christina várias vezes até decorar. Em seguida, rasgou o papel e jogou os pedacinhos como confete pela janela do carro.

Todo cuidado era pouco.

Em Briarwood, Frankie o recebeu com um beijo, a barriga parecendo uma melancia pressionando a dele.

– Mas o que é isso!? – protestou a mulher, repreendendo-o pela falta de bolsas. – Achei que você ia fazer um monte das compras de Natal!

– Estava cheio demais, quente demais, não aguentei as filas dos caixas. – Não era uma mentira deslavada, era? – O lugar estava uma loucura.

– Isso quer dizer que não devo esperar presentes este ano?

– Não se preocupe. – Joe fez carinho no rosto dela; ele a amava demais. – Vou de novo outra hora. Como você ficou hoje?

– Ótima. Tornozelos inchados, indigestão, levando chutes por dentro. Melhor impossível. – Os olhos de Frankie brilharam. – Mas vai valer a pena. Ahh, sentiu?

Joe assentiu e colocou a mão na barriga bem na hora em que o bebê chutou de novo.

Seu filho.

Um dos seus filhos.

Ah, Deus, o que ele tinha feito?

A casa com gablete ficava no fim de uma rua sem saída. Era grande e isolada, com um jardim na frente e uma placa de "vende-se" do lado de fora.

– Eu deveria ter dito ontem, mas não se preocupe com dinheiro – foi a primeira coisa que Christina disse quando abriu a porta. – Ter um filho foi decisão minha, e nunca vou pedir um centavo seu. Só quero que você saiba disso.

Joe sentiu ao mesmo tempo culpa e alívio, porque não poderia ajudar financeiramente sem que Frankie descobrisse. Depois da decisão impulsiva do dia anterior, passara a noite toda acordado, em pânico.

– Obrigado. – Quis abraçá-la, mas não fez isso. – Não é que eu não queira ajudar...

– Eu sei, dificultaria demais as coisas. Mas tudo bem, esta casa é minha. E a mamãe deixou dinheiro. Entre.

– Mas você botou à venda – disse Joe.

– É grande demais para nós, e o jardim não é adequado para crianças. Vou para uma menor, uma casa bonita e simples. Os vizinhos aqui são antiquados. Não aprovam mães solteiras.

Joe na mesma hora teve vontade de ir atrás dos vizinhos, pegar suas cabecinhas limitadas e bater umas nas outras. Como eles ousavam reprovar o que quer que fosse?

– Tudo bem. – Christina viu a expressão no rosto dele. – Uma chance de recomeçar. Vai ser uma aventura. – Ela abriu a porta da sala. – Enfim. Pronto para conhecer seu filho?

Provavelmente não, mas Joe foi em frente mesmo assim. E, no momento seguinte, aconteceu. Ali estava Shaun, dormindo sentado em uma cadeira de balanço azul, com um brinquedo de pelúcia na mão. O cabelo era louro, as bochechas lembravam as de Winston Churchill, e o lábio inferior se projetava como... bem, também como o de Winston Churchill.

De pijama azul de veludo com um personagem de desenho animado na frente.

Meu filho.

Como se Shaun percebesse que estava sendo observado, os cílios treme-licaram, e os olhos se abriram. O olhar se desviou para a mãe, e ele estendeu os bracinhos. Christina tirou o cinto que o prendia à cadeira e o pegou no colo. Ela beijou cada bochecha fofa *churchilliana* e disse, com amor:

– Oi, lindinho, você acordou! Tem uma pessoa aqui que veio te ver!

Uma pessoa. Era só um jeito de falar, mas aquilo cortou Joe como uma faca. Ele era *o pai*. Alguns homens podiam preferir viver a vida sabendo que tinham filhos e felizes em não os conhecer, mas ele não podia fazer isso.

– Quer segurá-lo enquanto preparo a mamadeira?

– Ele não vai chorar?

Christina sorriu.

– Só tem um jeito de descobrir. Mas ele costuma ser bem calminho.

E foi. Joe o segurou. Naquele momento, percebeu que não haveria mais volta.

– Meu garoto... meu filho – disse, a voz falhando em uma onda de emoção.

Um mês depois, estava ao lado de Frankie quando ela deu à luz Amber, após 27 horas de um trabalho de parto difícil e doloroso. Com o rosto ver-melho e aos berros, a filha foi examinada e pesada pela parteira e enrolada em um cobertor branco para ser entregue de forma cerimoniosa a Joe.

Exausta e extasiada, Frankie viu o marido pegar a filha nos braços.

– Olhe só! – disse ela, maravilhada. – Você é pai!

A parteira comentou com alegria:

– Ele está se saindo muito bem. Parece que tem um dom.

– Ele nunca segurou um bebê na vida – disse Frankie, com orgulho.

– Ah, seu marido tem um talento nato. Isso é bom sinal.

Sem conseguir olhar para elas, Joe concentrou toda a sua atenção em Amber. Nas quatro semanas anteriores, conseguira escapar até Chepstow em seis ocasiões. Em uma tarde, deu banho no filho. Havia pequenas seme-lhanças entre ele e seus dois filhos, mas os dois não eram nem remotamente parecidos. Apenas a onda sufocante de amor que ele sentia pelos dois era exatamente igual.

Não queria estar naquela situação, mas aconteceu, estava acontecendo e continuaria a acontecer; tinha se metido em uma montanha-russa e não conseguia achar um jeito de sair.

– Olhe para nós. Somos uma *família*. – Com a franja grudada na testa, Frankie sorriu para ele. – É o dia mais feliz da minha vida.

Joe não queria mentir para ela, mas que escolha tinha?

– O meu também.

Uma promoção no trabalho significava mais viagens, mais flexibilidade e mais oportunidades de passar tempo longe de Briarwood. Joe compensava isso sendo um pai exemplar quando estava em casa. Ele amava Frankie e Amber. Também amava Shaun. Não amava Christina, mas gostava muito dela, a respeitava e gostava de sua companhia. Os dois eram bons amigos, e ele dizia para si mesmo que, enquanto fossem só isso, ficaria tudo bem. Não estava traindo a esposa.

A casa da mãe de Christina finalmente foi vendida, e ela começou a procurar outra para comprar. Quando encontrou a de Tetbury e viu como os vizinhos eram simpáticos, voltou no dia seguinte com Joe, para olharem a casa na Parnall Avenue.

O corretor simplesmente supôs que fossem um casal, assim como o dono da casa. Era mais fácil deixar que pensassem isso do que começar a dar explicações complicadas, principalmente porque Shaun já tinha 11 meses e começara a falar "pa-pa".

A proposta foi feita e aceita, a venda transcorreu sem problemas e em algum momento os vizinhos simpáticos descobriram que o emprego de Joe exigia que ele passasse quatro ou cinco noites fora, em média, por semana. Era uma pena, claro, mas a vida era assim, cheia de sacrifícios. Como Christina observou, aquilo não era nada em comparação aos soldados servindo em outros países por meses a fio.

Eles também explicaram que não eram casados, mas formavam um casal comprometido em sua dedicação ao filho.

O que era bem verdade.

Não era?

Até então, eles haviam tido o cuidado de manter essa nova relação na esfera platônica. Joe disse a si mesmo que, se ficasse assim, não precisaria se sentir tão mal pelo que estava fazendo.

Mas, com o passar do tempo… bem, acontece que os dois eram humanos. Seus sentimentos por Christina aumentaram; de gostar dela e admirá-la, ele passou a amá-la genuinamente tanto quanto amava Frankie. E, depois de mais um ano tentando manter as emoções sob controle, a natureza seguiu seu rumo. Porque Christina também o amava e, entre tantos outros motivos, parecia injusto forçá-la a uma vida celibatária.

Desse momento em diante, Joe sentiu mais culpa, mas também foi mais feliz. Sentiu-se simultaneamente melhor e pior pela teia intrincada em que sua vida tinha se transformado.

Mas, na verdade, não tinha escolha.

Capítulo 20

UM ATAQUE DE PÂNICO ERA ASSIM? Dex tocou a campainha de novo e sentiu o suor escorrer pela coluna. Quando Molly abriu a porta, ele estendeu Delphi para ela, como se estivesse entregando o bebê para a dona da casa.

– Não adianta, já cansei disso. Não consigo mais. Não nasci para cuidar de bebês.

– Que pena. – Molly balançou a cabeça. – Não é problema meu.

– Estou falando sério. Você tem que ficar com ela. – Ele botou Delphi nos braços de Molly e começou a se afastar da casa.

– Também estou falando sério. Sinceramente, você é um desperdício de ser humano. Aqui, segura.

Dex se virou na hora em que a mulher jogou Delphi de volta para ele. Pegando-a como uma bola de rúgbi, ele disse:

– Não, ela é toda sua. – E a jogou de volta. Não deveriam estar fazendo aquilo com um bebê, mas Molly precisava entender como ele estava desesperado. – Se você jogar a Delphi para mim de novo, eu não vou pegar.

Para provar que estava falando sério, ele ergueu os braços e se virou. Mas Molly jogou Delphi mesmo assim. Tarde demais, ele percebeu que não conseguiria pegá-la a tempo...

Dex se sentou de repente, despertado pela injeção de adrenalina. Ah, graças a Deus não era real, tinha sido só um pesadelo. Ainda aterrorizado, respirou fundo e segurou os braços da cadeira. Ali estava Delphi, em segurança, dormindo profundamente no berço. Ele não a estava jogando no ar como uma bola de rúgbi nem estava prestes a deixá-la cair.

Mas, nossa, como parecera real. Seu coração ainda estava disparado. Qual era o sentido de um sonho daqueles?

Dex olhou o relógio e viu que ainda estava ridiculamente cedo – cinco e meia da manhã. Os dentes de Delphi estavam nascendo, então os dois tiveram outra noite horrível. Três vezes ele conseguiu fazê-la dormir e voltou para o quarto, só para ser acordado novamente por mais choro desesperado. Na quarta ocasião, ele a botou no berço e se sentou na cadeira dura bem ao lado, para ver se ela sossegaria. Isso tinha sido duas horas antes, e agora ele estava com um tremendo torcicolo.

No andar de baixo – o horário podia ser absurdo, mas ele não voltaria a dormir –, Dex preparou café e foi para o jardim. O sol nascia no horizonte, o céu estava limpo, e aquele prometia ser um dia lindo de primavera. Mas aquele sonho ainda o incomodava. E se quisesse dizer que ele estava inconscientemente tentado a se eximir da responsabilidade de cuidar de Delphi? Porque não dava para fugir daquilo. E, por mais que a amasse, ela não era sempre a melhor das companhias.

Dex parou para ver uma aranha tecer uma teia entre uma das cadeiras do jardim e a cerca. Sempre voltava das boates quando o sol estava nascendo. Agora, tinha o dia inteiro pela frente e provavelmente ficaria entediado. Até o momento, o ponto alto era o que decidiria preparar no café. Só que sua habilidade culinária era horrenda, o que significava que torrada seria a aposta mais segura.

Ou comidinha de bebê.

Às onze, a correria no chalé já estava à toda. Cinco horas pareciam cinco dias. Dex pegou Delphi, levou-a até a casa ao lado e tocou a campainha. Ver Molly com o cabelo preso em um nó com dois lápis o fez sorrir.

– O que você vai fazer no almoço?

– Por quê? – Ela jogou beijos para Delphi. – Quer que eu cuide dela um pouco?

Para ser sincero, o pensamento tinha passado pela cabeça dele, mas a culpa do sonho horrível não permitiria uma coisa daquela. Além do mais, se Molly ficasse de babá, com quem ele sairia?

– Não. – Dex balançou a cabeça. – Tenho que sair desta cidade hoje. As paredes estão me sufocando. Quer ir com a gente comer alguma coisa?

– Por sorte, comer é minha atividade favorita. Tenho tempo de trocar de roupa, ou vou assim mesmo?

Ela estava de pijama rosa.

– Vou reservar uma mesa no Avon Gorge – disse Dex. – Vá com a roupa que quiser.

Ao meio-dia, estavam na estrada a caminho de Bristol. Molly, depois de tomar banho e colocar um vestido amarelo, observava Dex dirigindo.

– Qual é o problema? Você ainda está tenso – disse ela, por fim.

Dex deu de ombros e manteve os olhos na estrada.

– Sinceramente? Estou acostumado a viver na cidade, sair para trabalhar, me divertir. Todas as coisas que as assistentes sociais observaram quando falei que era capaz de fazer o que estou fazendo. Mas, agora que estou aqui, está difícil me acostumar.

Era impossível não sentir pena dele.

– Já é difícil lidar com bebês quando se tem nove meses para se acostumar com a ideia. Não que *eu* tenha passado por isso – acrescentou Molly. – Mas ouvi de outras pessoas. Demora um tempo.

– Eu sei.

– Você só está tendo um dia ruim.

– É verdade. – Dex deu um sorriso breve. – Vamos torcer para que fique melhor.

Quando chegaram a Clifton e encontraram o estacionamento, o céu estava azul, e o sol, forte.

– Quer que eu carregue? – Molly apontou para a bolsa grande quando ele pegou Delphi na cadeirinha.

– Pode deixar aí. Vamos viver perigosamente. – O humor dele já estava melhor. – E pensar que eu saía de casa só com a carteira e as chaves. Agora, parece que estou fazendo as malas para ir para a Austrália. Fraldas. Pomada. Lenços umedecidos. Mamadeira de leite. Mamadeira de água. Latas de comida. Uma muda de roupa, caso ela se suje. Mais uma muda de roupa caso outra coisa aconteça. Brinquedos, cobertores, mais fraldas...

– Micro-ondas, lançador de foguetes, frigideira – continuou Molly. – Cama elástica.

Ele sorriu.

– A sensação é essa, às vezes. Venha, vamos lá.

O restaurante movimentado tinha mesas no terraço ensolarado, com vista para o desfiladeiro e a famosa ponte suspensa de Brunel. A comida tinha um cheiro delicioso, e um grupo de um casamento comia em uma ponta do terraço, num clima festivo e comemorativo. Um garçom levou uma cadeirinha para Delphi, e Dex a prendeu nela. Em minutos, estavam com vinho gelado, a comida foi pedida e Delphi, cheia de alegria, ocupava-se em morder um pedaço de pão.

– Agora, sim. – Visivelmente relaxado, Dex se recostou e brindou com Molly.

– Mais parecido com sua antiga vida – comentou ela.

– Acho que sim. – Ele indicou o ambiente ao redor. – Pessoas que não conheço, beijos sem sentido no ar, tipinhos superficiais de alpinista social falando alto demais e rindo que nem hienas.

– UaaaAAHHHH – declarou Delphi, frustrada com a cadeirinha e se esforçando para sair dela.

– Não. – Dex balançou a cabeça para ela e lhe entregou outro pedaço de pão. – É para ficar na cadeira.

– BRRRGGHH-IA. – Delphi jogou o pão, que caiu na outra mesa.

– Desculpe! – Molly sorriu para o homem ao lado, que parecia um militar, e a esposa toda engomada. – Poderiam devolver nosso pão, por favor?

Eles não acharam graça nenhuma. Rabugentos.

– Sentada. – Dex apontou para Delphi. – Sinceramente, se fosse um cachorrinho, daria certo. Por que os bebês são tão mais difíceis?

– *SSSKKKKRISSCCC.* – Delphi soltou um grito agudo de golfinho que fez pessoas do terraço inteiro pararem de falar e virarem a cabeça sem acreditar.

– Vou ter que tirá-la dali. – Dex suspirou enquanto a bebê se debatia, querendo sair da cadeira. – Ela pode ficar no meu colo.

– Ridículo – resmungou a esposa engomada da mesa ao lado. – Trazer um bebê para um restaurante se não conseguem controlá-lo.

Dex fez cara feia para os dois enquanto soltava o cinto e tirava Delphi da cadeira, a menina aos chutes e gritos. Como forma de agradecimento, chutou a taça de vinho.

– Não tem problema – disse o encantador garçom, chegando com panos secos. – Vou limpar para você.

– Obrigada. – Molly ignorou o vinho gelado pingando da beirada da mesa em sua perna. – Podemos pedir outra taça de vinho branco, por favor?

– Bbbbrcc – cantarolou Delphi, sorrindo com alegria para o militar de olhos faiscando e a esposa.

A mesa foi limpa, o novo vinho foi servido, e as entradas chegaram. Segurando Delphi no colo com o braço esquerdo, Dex pegou o garfo e o enfiou no suflê de queijo com aspargos duplamente assado com...

– A-*tchim!*

O espirro de Delphi o pegou de surpresa. Assim como a quantidade de catarro que saiu do nariz dela e caiu no prato.

Mais precisamente, no suflê.

Ai, ai. Em qualquer outro momento, teria sido engraçado. Naquele dia, evidentemente, não foi. Resignado, Dex pegou um lenço e limpou o rosto de Delphi. Para um nariz tão pequeno, o dano foi bem grande. Ele empurrou o prato para longe, dizendo:

– Perdi o apetite.

Molly disse para o garçom simpático:

– Podemos pedir outro suflê?

– Claro, mas infelizmente vai haver uma espera de vinte minutos enquanto é preparado.

– Não precisa. Vou esperar o prato principal.

Molly estendeu os braços.

– Passe a Delphi para mim, Dex. Ela pode ficar no meu colo.

– Obrigado, mas estou bem. Não tem problema. Bom, vamos só nos divertir. Olhe isso. – Ele indicou o desfiladeiro impactante além do terraço. – Que vista.

– Tem gente que pula de bungee-jump daquela ponte – disse Molly.

Ele sorriu.

135

– Parece o tipo de coisa que eu faria em uma aposta. Já experimentou?

– Não, mas já fiz rapel em um penhasco.

– Eu também. Qual era a altura do seu penhasco?

Era bom vê-lo começar a se divertir, finalmente. Molly tomou um gole de vinho branco.

– Só um pouquinho mais alto do que o seu – respondeu ela.

O golpe de misericórdia veio dez minutos depois, na hora em que os pratos principais chegaram à mesa. O barulho de um pequeno vulcão em erupção soou das profundezas da fralda de Delphi.

– Ai, meu Deus.

Dex caiu na gargalhada por dois segundos antes que a extensão do estrago ficasse horrivelmente aparente. Sua expressão se transformou quando ele sentiu o calor e a umidade.

– Merda – disse, de olhos fechados.

O que foi bem apropriado.

Do outro lado da mesa, Molly viu que a explosão tinha vazado pelas pernas da fralda e pela parte de trás. Talvez, se Delphi estivesse usando um macacão, o pior pudesse ter sido contido. Mas, com calça e blusa, contenção não era uma realidade. Havia também uma mancha marrom assustadora na frente da camisa branca e da calça jeans de Dex.

– WAAHHH! – berrou Delphi, largando a chave do carro com a qual estava brincando enquanto Dex olhava para si mesmo, horrorizado.

Ah, Senhor, sua *camisa*.

– Não se preocupe, vou buscar a bolsa no carro.

Molly pegou a chave do carro embaixo da mesa e correu pelo hotel.

Quando voltou, dois minutos depois, a recepcionista falou com solidariedade:

– Ele está no andar de baixo, no banheiro masculino.

– Obrigada.

Ela desceu a escada e bateu à porta.

– Isso é um pesadelo. – Dex a deixou entrar. – Não sei nem por onde começar.

– Tudo bem, vou ajudar.

– Não. – Ele pegou a bolsa. – O problema é meu, não seu. Eu mesmo resolvo.

Ele estava falando sério. Molly se recostou na pia e o viu tirar, com cuidado, as roupas de Delphi sujas de cocô. Foi preciso um pacote inteiro de lenços umedecidos para limpá-la... enquanto Delphi, deitada de costas, feliz e alheia, gorgolejava para Molly.

Finalmente, a bebê ficou apresentável de novo, com uma blusa e uma jardineira verde limpas. Sorrindo, ela tirou o polegar da boca e disse:

– Baaaa.

– Baaaa para você também – respondeu Molly, pegando-a no colo.

A porta do banheiro foi aberta, e o sujeito com estilo militar entrou, mas parou na mesma hora diante do que viu. Ele encarou Molly com os olhos semicerrados.

– O que está acontecendo? Pelo amor de Deus, o que você está fazendo aqui? – Ele se virou para Dex. – E o que *você* acha que está fazendo com essa pestinha?

Dex respondeu, tranquilamente:

– Limpando e trocando a fralda.

O homem não conseguia acreditar. Seu bigode grisalho chegou a tremer.

– Qual é o seu problema, homem? Era sua esposa que deveria estar fazendo isso. É uma desgraça mesmo. Olhe o estado das suas roupas. Se não é capaz de controlar sua filha, não deveria trazê-la para lugares assim. Vou prestar uma queixa para o gerente.

– Excelente ideia. Faça isso.

Enquanto falava, Dex desabotoou a camisa e a tirou. Ah, caramba, o que ia fazer? Desafiar o sujeito para uma luta de boxe?

– Não ouse tocar em mim!

Pensando o mesmo, o sujeito militar recuou.

Ah, faça me o favor.

Revirando os olhos, Dex embolou a camisa suja de cocô e a enfiou na lixeira.

– Estamos indo embora. Vá almoçar com sua esposa e não se preocupe conosco. O que quer que você faça, não se incomode com o fato de que estragou nosso dia.

Os dois saíram do banheiro, subiram a escada, e Dex fez sinal para que um dos garçons o acompanhasse até o lado de fora do hotel. Na calçada em frente à entrada – porque ficar na recepção sem camisa e com uma calça jeans suja de cocô seria errado em todos os níveis –, ele abriu a carteira e tirou notas de 20 libras.

– Não é tanto assim, senhor – protestou o garçom irlandês.

– Sabe aqueles dois babacas infelizes da mesa ao lado da nossa? Pague o almoço deles também.

O garçom, que certamente os ouvira reclamar, disse:

– Não é necessário.

– Eu sei, mas quero pagar mesmo assim. Malditos.

– Vou dizer que vocês vieram comemorar o aniversário de casamento. – Ele sorriu. – Espero que o vejamos novamente, senhor.

– Obrigado. E talvez seja bom mandar alguém ao banheiro masculino para limpar a lixeira – disse Dex. – Minha camisa ficou lá.

O cheiro dentro do carro não era nenhuma maravilha, graças ao presente que Delphi deixara na calça de Dex. Enquanto eles seguiam para casa com as janelas abertas, Molly tentou não olhar para o lado, para o corpo bronzeado dele. Quando passaram por uma loja de roupas, ela sugeriu:

– A gente pode parar e comprar uma camiseta e uma calça jeans novas.

– Não.

– Por quê? – Em um esforço para tentar melhorar as coisas, ela continuou: – Vamos! Não é tarde demais para encontrarmos outro lugar para comer.

– É, sim. – Dex fez uma pausa. – Me desculpe. Você deve estar morrendo de fome.

– Não estou, não.

Assim que a mentira saiu por sua boca, seu estômago roncou.

Havia um Burger King à frente. Ele parou e deu uma nota de 10 para ela.

– Vou esperar aqui. Compre o que quiser.

– Lembra em *Uma linda mulher*, quando o Richard Gere diz isso para a Julia Roberts? Sempre sonhei que alguém diria isso para mim – comentou Molly. – Agora, aconteceu.

Mas Dex não estava com humor para isso.

– Desculpe. Vamos sair para almoçar outro dia.

– Você pode parar de pedir desculpas? O que eu compro para você?

– Nada. Não estou com fome.

Quando chegaram em casa, ele repetiu:

– Desculpe.

– Você vai olhar para trás e rir desse dia – declarou Molly.

Mas Dex estava balançando a cabeça; ela nunca o vira tão irritado.

– Bem feito para mim por achar que poderíamos fazer um passeio legal. Passar algumas horas nos divertindo.

Os olhos dele, que costumavam cintilar de bom humor, estavam opacos de resignação. Não havia sinal de sorriso. Dex estava cuidando de Delphi sem parar havia semanas, e agora estavam de volta a Briarwood.

– O que você vai fazer? – Molly o viu tirar Delphi, dormindo, da cadeirinha do carro.

– Eu? Vou tomar banho. Vestir alguma coisa que não esteja fedendo a curral. Ligar a máquina de lavar, limpar o banheiro. E, quando esta aqui acordar, acho que vamos ver um desenho, brincar com bloquinhos... não sei. As possibilidades são infinitas, todas emocionantes.

– Olha, por que você não vai para Londres? – disse Molly. – Visite seus amigos, descanse um pouco. Deixe a Delphi comigo.

Dex tinha parado de balançar a cabeça. A última vez que Molly vira uma expressão de esperança daquelas foi quando Joe e Frankie apresentaram a Amber, aos 10 anos, a escolha entre tirar as férias de sempre no País de Gales e uma viagem para a Disneylândia da França.

– É mesmo?

– Por que não? Você está tendo um dia ruim. Precisa de uma folga, e eu não tenho planos. Eu cuido da Delphi, e você pode ir encontrar seus amigos. Passe a noite e volte amanhã de manhã.

A expressão de Dex se suavizou. Ele murmurou alguma coisa que parecia "Amigos são para isso".

– O quê? – perguntou Molly.

– Uma coisa que você disse um tempão atrás. Você é incrível. Mas só se tiver certeza absoluta.

– Claro que tenho. Vamos ficar bem. Vá tomar seu banho agora. – Quando ele fechou a porta do carro com o pé, Molly disse: – Não me entenda mal, mas quanto antes você parar de feder como um zoológico, melhor.

Ele voltou quarenta minutos depois, limpo, usando calça preta e camisa cinza-escuro.

– Viu? Até que você não está mal.

Assim que falou, Molly sentiu o cheiro cítrico da loção pós-barba. Muito melhor do que antes.

– Me sinto uma mãe de primeira viagem que finalmente vai sair depois do parto. – Dex tinha voltado a ser a pessoa brincalhona de antes. Ele balançou as mãos de Delphi e a beijou na ponta do nariz. – Seja boazinha, está bem? A gente se vê amanhã.

Delphi enfiou os dedos na boca dele e deu uma gargalhada quando Dex fingiu uma mordida.

– Divirta-se – disse Molly.

– É esse o plano. – Dex lhe entregou a chave do chalé. – O quarto de hóspedes está pronto para você. Pode pegar qualquer coisa. Nos vemos amanhã. E obrigado mais uma vez.

– Não é nada.

Delphi estava pedindo outro beijo; Molly a levantou para que Dex pudesse fazer a vontade dela. No instante seguinte, quando estava se virando, Molly percebeu tardiamente que ele também pretendia dar um beijo em sua bochecha. Foi um daqueles momentos totalmente inesperados. Pega de surpresa, ela virou a cabeça e conseguiu bater com a testa na bochecha dele... ah, Deus, que vergonha, que infantilidade. *É só fingir que nada aconteceu.*

– Certo! – Nervosa, ela deu dois passos para trás e abriu a porta. – Pode ir! Dê tchauzinho, querida. Isso mesmo, amorzinho, diga "tchau"!

– Gaaahhh – disse Delphi.

Capítulo 21

ERAM SEIS DA TARDE, E FRANKIE ESTAVA FAZENDO TORRADA com queijo na cozinha. Amber tinha enviado uma mensagem avisando que ficaria para tomar chá com uma amiga da escola, e Joe não estaria com elas naquela noite, então não havia necessidade de preparar um jantar. Em vez disso, faria um lanche em frente à TV, assistiria aos programas que quisesse, comeria chocolate sem sentir culpa e talvez pintasse as unhas dos pés, mais tarde, na paz total.

A porta da frente se abriu. Frankie tomou um susto, e a torrada caiu no chão. Com o queijo para baixo, claro.

– Amber, é você? – gritou ela.

Não houve resposta. Mas Joe estava em Norfolk, então não podia ser ele, certo? Frankie passou por cima da torrada com queijo e abriu a porta da cozinha.

Era Joe.

– Nossa, quase morri de susto! O que você está fazendo em casa? Eu estava só preparando... – Ela parou de falar quando viu a expressão dele. – O que houve? Está passando mal? – Ela nunca o tinha visto tão pálido e abatido. Será que ele estava prestes a ter um ataque cardíaco? Por que estava olhando para ela daquele jeito? Teria sido demitido?

Joe balançava a cabeça.

– Não, não é isso.

– Foi seu emprego então? Você foi demitido? Não importa, vamos dar um jeito, podemos...

141

– Você falou com a Amber?

– Sobre o quê? Ela está na casa da Jess. – O coração de Frankie estava disparado, as pernas bambas. – Meu Deus, o que foi? Não me diga que ela se meteu em encrenca... por favor, que não sejam drogas... – Ele ainda balançava a cabeça, como se não conseguisse parar. Com a boca seca de medo, Frankie gemeu: – Ela foi expulsa da escola? Está grávida?

– Não é nada disso. Amo você, está bem? Você sabe o quanto te amo.

O tempo estava passando mais devagar. Um zumbido alto enchia os ouvidos dela.

– Fale logo – sussurrou Frankie. – Meu Deus, fale de uma vez. É outra mulher, não é?

Joe esfregou o rosto; ela ouviu o arranhar da barba por fazer. O movimento desesperado da cabeça virou gradualmente uma concordância resignada.

– Amo você mais do que tudo. Juro que nunca quis que isso acontecesse. Mas, sim, eu tenho outra mulher. – Frankie sentiu a náusea subir pela garganta, mas se deu conta de que ele ainda estava falando. – Mais do que isso, na verdade. – Joe fez uma pausa quando ela soltou um gemido involuntário de horror. – E a Amber sabe.

Como ela ainda conseguia dirigir? De alguma forma, os reflexos automáticos continuavam funcionando. No momento, encontrar Amber era sua prioridade; faria isso a qualquer custo.

Frankie seguiu as instruções do GPS e chegou ao parque em Tetbury. Eram oito e meia, e estava escurecendo. Também estava ficando frio. Mas ali estavam o lago, os bancos, entre os canteiros de flores, e sua filha, sentada onde tinha dito que estaria. Com o garoto ao lado.

O filho de Joe.

O filho dele.

Ela parou, deixando o motor ligado e os faróis acesos. A 20 metros, Amber se levantou e disse alguma coisa para o garoto. Ele também se levantou e foi na direção oposta, sumindo na escuridão.

Frankie saiu do carro, estendeu os braços e abraçou Amber com força.

– Ah, mãe...

– Eu sei, eu sei. Shhh.

Enquanto fazia carinho nos cachos roxos da filha, Frankie sentiu como se seu coração fosse se partir ao meio por causa dela. Seus sentimentos estavam em suspenso. Amber, que sempre idolatrara Joe, era sua prioridade agora.

– O Shaun queria pedir desculpas – murmurou Amber, junto ao pescoço dela. – Mas eu disse para ele que era melhor não. O Shaun disse que é culpa dele, e eu acho que é minha.

– Querida, não diga isso. Não é culpa sua. – A garganta de Frankie se apertou. – Nem dele.

– Nem sua. – A filha deu um passo para trás. – É do papai. Cadê ele?

– Em casa, fazendo as malas. Ele não vai estar lá quando voltarmos.

Será que isso pioraria as coisas para ela?

– Que bom, porque eu odeio ele. De verdade – disse Amber, com veemência. – E não acredito que o papai fez isso com a gente. Nunca mais quero ver a cara dele, *nunca*.

Dex massageou a nuca, observando a cena à frente. Não estava dando certo. Não deveria estar se sentindo assim. Ele queria fugir, não queria? Deixar o tédio do cuidado infantil para trás por uma noite, encontrar os velhos amigos, ir para a cama com alguém, se sentir normal de novo.

Esse era o plano, pelo menos. Estava desesperado por isso, mais desesperado do que tinha demonstrado para Molly. Ela não fazia ideia de como Dex estava no limite e do quanto se sentia culpado por isso. O casal da mesa ao lado...

– Vamos, anda! Termina esse aí e pega outro drinque!

Rob e Kenny tinham voltado do bar, as vozes mais altas para serem ouvidos em meio à música. A boate era uma das suas favoritas de antigamente; os três iam lá o tempo todo. Mas, naquela noite, Dex se sentia deslocado, como se faltasse alguma coisa.

Ou alguém.

– Beba. – Rob o cutucou.

Ah, bom. Sempre dera certo, não? Dex virou a cerveja e a dose de uísque, tremendo de leve ao sentir o calor da bebida bater no estômago.

– Tem umas garotas bonitas vindo para cá. – Os olhos de Kenny se iluminaram. – Eu não dispensaria a de vestido vermelho.

Rob riu com deboche.

– Você não dispensaria nada que usasse vestido. Vai aceitar o que sobrar para você. – Ele as observou quando se aproximaram. – Aposto qualquer dinheiro que o Dex vai dar em cima dela. É bem o estilo dele.

A garota de vestido vermelho era uma morena deslumbrante e esbelta, mas a atenção de Dex tinha sido capturada pela amiga loura e mais baixa; estreitando os olhos, sem muita atenção, ela se parecia um pouco com Molly.

Ah, Deus, o que estava acontecendo com ele?

– Oi! – A garota que se parecia um pouco com Molly não falava nem de longe que nem ela; tinha a voz de um periquito frenético. – Vi você me olhando! Você vem sempre aqui?

– Não mais.

Quantos drinques ele tinha tomado? Vários, somando tudo.

– Nem eu! Que legal, né? Nós dois estamos aqui na mesma noite. É o *destino*. Meu nome é Stacey. Pode me chamar de Stace. – Ela sorriu para ele com expectativa.

– Oi, Stace. Muito prazer. – Dex pegou a chave do carro no bolso do casaco e abriu um sorriso como quem pede desculpas. – Tenha uma ótima noite, está bem? Estou indo.

Molly acordou assustada, o coração aos pulos. Tinha ouvido passos na escada. Seriam ladrões? Ah, não, logo naquela noite...

Estava um breu lá fora, ainda no meio da madrugada. Certo, e agora? Correr e enfrentar o invasor? Fingir estar dormindo? Mas e Delphi, no quartinho em frente à escada?

No segundo seguinte, ouviu uma batida na porta: ou o ladrão era muito educado, ou...

– Molly? Sou eu. Está acordada?

Respire. O pânico evaporou em um instante. Ela suspirou e relaxou nos travesseiros.

– Estou acordada. O que está fazendo aqui?

A porta se abriu e Dex entrou no quarto.

– Posso entrar?

– Você já entrou. Tudo bem – acrescentou Molly ao ver a hesitação dele. – O que houve?

– Preciso falar com você. – A cama gemeu quando ele se sentou. – Você não imagina o que senti hoje à tarde. Achei mesmo que não daria conta. Estava a ponto de ligar para a assistente social e dizer que queria minha antiga vida de volta.

– Você não teria feito isso.

Dex não estava completamente fora de si, mas tinha bebido muito, isso era óbvio. O cheiro de álcool em volta dele era como uma aura.

– Não? Foi o que senti, juro por Deus. Todas as coisas de bebê estavam me enlouquecendo. O casal de velhos malditos no restaurante… Tive vontade de jogar aqueles dois no rio. Cheguei perto *assim* de dizer para eles o que estava sentindo.

– Eu também. Mas o que você fez, em vez disso? Pagou o almoço deles. Eu não teria feito o mesmo – argumentou Molly. – Nem em um milhão de anos.

– Quer saber por quê? Porque fiquei com vergonha – disse Dex, sem rodeios. – Eu *era* eles. Antes de a Delphi nascer, eu odiava que meu dia fosse estragado pelos filhos dos outros. Me irritava. Não acredito no quanto eu era horrível, mas era. Eu só me importava comigo mesmo. – Dex parou e se deitou ao lado dela, olhando para o teto. – Sei que falei que era capaz de fazer isso, mas não é natural botar outra pessoa em primeiro lugar quando você não está acostumado. Abrir mão da vida que tinha. É difícil demais.

– Claro que é. E você sabia que não seria fácil.

– E eu estava certo. Mas, quer saber? Aconteceu uma coisa estranha hoje. – Dex inclinou a cabeça e passou os dedos pelo cabelo. – Quando eu estava lá, tudo parecia errado. Senti saudade da Delphi. Eu não queria estar naquela boate com aquelas garotas. Elas eram… desperdício de tempo. Mas uma delas era um pouco parecida com você, e de repente percebi… bom, algumas coisas. – Ele fez um gesto vago, procurando as palavras certas. – E aí comecei a pensar naquela situação mais cedo, quando eu estava saindo daqui e nós nos esbarramos, e você ficou constrangida. E, nossa, eu também, isso *nunca* me aconteceu antes… então me perguntei: já aconteceu com você?

O jeito como ele olhava para ela e o tom de sua voz eram inquietantes. Dex tinha rolado de lado e estava com a cabeça apoiada no cotovelo. Que situação surreal. Com o coração disparado, Molly disse:

– Muitas vezes. Sou muito desajeitada.

Dex piscou, como se tentasse entender se ela tinha fugido de propósito da pergunta.

– Bom, foi a primeira vez para mim. E tive que vir para casa. Porque você está aqui. Foi isso, entende? Percebi que preferia estar aqui com você a estar em Londres com... *qualquer pessoa*. Posso perguntar uma coisa?

– Pode.

Ah, caramba, ele estava mais bêbado do que ela tinha pensado?

– Você gosta de mim?

Muito mais bêbado.

– Pare com isso – disse Molly. – Se eu odiasse você, não teria me oferecido para ser babá.

– Porque eu gosto de você – explicou Dex. – Gosto *de verdade*.

– Não gosta, não. Não desse jeito.

– Gosto, sim. – Ele assentiu, a cabeça se movendo com vigor. – De todos os jeitos.

Ora, aquilo era uma surpresa. Dex tinha bebido demais e estava dizendo coisas constrangedoras. Motivado, provavelmente, pelo fato de que ela o ajudara mais cedo. Graças ao tanto que bebera e a um arroubo de gratidão, ele parecia estar dedicado a dar uma cantada impulsiva alimentada pelo álcool.

E agora?

– Dex, vá para a cama.

Ele abriu um sorriso; Molly viu seus dentes brancos, os olhos escuros cintilando de malícia.

– Já estou nesta aqui. Posso te beijar?

– Não.

– Por favor. Para compensar as besteiras que fiz hoje à tarde. – Ele acrescentou, frustrado: – Não *acredito* que deu tudo tão errado.

O corpo de Molly formigava; por fora, estava se saindo bem, passando uma impressão de sensatez, mas é claro que o achava atraente. Não dava para fugir da verdade, ele *era mesmo*. Fisicamente, era perfeito. E os dois se davam bem. Mas seguir com aquilo seria loucura. Eram amigos, vizinhos, e Dex já tinha admitido abertamente que as namoradas eram para o Natal, não para a vida. Ele era um macho alfa, um sedutor, acostumado a levar para a cama qualquer uma de que gostasse.

Não ia se envolver, não ia entrar para a lista de conquistas dele, se tornar mais uma vítima do inevitável fora que levaria depois.

Que catástrofe.

– Você não está dizendo nada.

O tom de Dex foi de brincadeira, de tão convencido que estava de que ela cederia.

– Estou dizendo agora. Estou dizendo que não.

– O quê?

– Você não é meu tipo. Nem um pouco. Ah, caramba – acrescentou ela. – Você estava atrás de uma rapidinha sem importância, era isso? Azar o seu. Pelo visto, deveria ter ficado em Londres.

Dex a encarou.

– Está falando sério?

– Estou.

Ele pareceu surpreso.

– Eu achava que você gostasse de mim.

– Não desse jeito. E não durmo com qualquer um. Vá para o seu quarto. Descanse um pouco.

– Não estou acreditando nisso.

Ele estava de testa franzida, realmente perplexo.

O que ajudou. E muito.

– Sinto muito. Deve ser mesmo um choque descobrir que você não é irresistível.

Estava ficando bem mais fácil. A certeza absoluta de Dex de que ela cairia nos seus braços fez Molly perceber como acertara ao resistir à proposta tão generosa.

– Mas…

– Dex, chega, *por favor*. Não espere que eu fique agradecida por um pouco de atenção. E não me incomode mais, está bem? Talvez em Londres você seja um astro, cheio de garotas se jogando aos seus pés, mas aqui em Briarwood… – Ela fez uma pausa. – Sinceramente? Você é meio bobo.

Capítulo 22

MOLLY ACORDOU COM O BIPE DO CELULAR. Não que tivesse dormido muito. As últimas horas não foram exatamente de descanso; as coisas que tinha dito para Dex ainda a incomodavam. Será que tinha sido brutal demais com ele para poder desviar a atenção do fato de que gostava secretamente dele, apesar de saber que não deveria? A resposta provavelmente era sim.

Mas tinha dado certo. A reação dele foi se sentar e ficar olhando para ela por alguns segundos, antes de dizer:

– Bom, o recado foi dado. Obrigado por me informar.

Em seguida, ele saiu do quarto e fechou a porta sem dizer mais nada.

Molly fez uma careta só de lembrar. Ah, na hora tinha parecido uma ideia tão boa… Talvez devesse pedir desculpas.

Enfim. O bipe sinalizava a chegada de uma mensagem de texto. Imaginando se poderia ser de Dex, ela rolou pela cama e pegou o aparelho na mesa de cabeceira.

Eram 8h10. E a mensagem não era de Dex, mas de Frankie: "Aconteceu uma coisa. Estou indo para a sua casa."

O quê? O que tinha acontecido? O que aquilo queria dizer, e como Frankie podia mandar uma mensagem assim sem nem dar uma pista? Molly jogou o edredom longe e pulou da cama para ir até a janela. Era uma manhã cinzenta e chuvosa, os últimos narcisos sendo maltratados pelo vento… e ali estava Frankie, sem casaco, atravessando o gramado.

Pelo menos Molly não demoraria para descobrir.

148

Bom, melhor ir para casa...

Molly se vestiu às pressas e, olhando pela porta do quartinho, viu que Delphi estava acordando. Pegando-a no colo (*humm*, tão linda, quente e fofinha), levou-a até o patamar. Mas parou na mesma hora e se virou para olhar pela janela de novo.

Qualquer sentimento de remorso pelas coisas que tinha dito na noite anterior evaporou na mesma hora. O que viu a deixou com vontade de dar um soco nele.

Sem se dar ao trabalho de bater na porta, Molly entrou no quarto escuro e o viu dormindo de bruços. Deu um empurrão no ombro dele e anunciou:

– Tenho que ir. Tome a Delphi. A propósito, você me dá nojo. Não acredito que fez aquilo ontem à noite. Você é um ser humano repulsivo, estou pertinho *assim* de chamar a polícia.

– Ai. – Com os olhos ainda fechados e a testa se enrugando com o esforço para acordar, Dex murmurou: – O quê?

– Você deveria ter vergonha. Tenho certeza de que a assistência social gostaria de saber. Achei que você fosse uma pessoa decente. – Molly colocou o bebê na cama ao lado dele e disse: – Estou indo. É melhor acordar e cuidar da Delphi. Ela quer a mamadeira.

– Que horas são? – perguntou ele, soando exatamente como um homem morrendo de dor de cabeça. Ótimo.

– Hora de você dar uma boa olhada no espelho e perceber como é ridículo.

Dex, ainda de testa franzida, massageava as têmporas.

– Olha, me desculpa. Você pode só...

– Não – retorquiu Molly, da porta. – Você é egoísta. E patético. E precisa dar um jeito na sua vida.

Molly chegou à porta na mesma hora que Frankie.

– O que você estava fazendo no Chalé do Gim? – Frankie estava estranha, os olhos agitados, o rosto repuxado e pálido, meio cinzento.

– Cuidando da neném, só isso. Nada de mais. Me conte o que aconteceu. – Molly destrancou a porta de casa e entrou na cozinha.

– Um monte de coisa engraçada. Tirando o fato de que não é nem um pouco engraçado. Se prepare – avisou Frankie. – O Joe tem outra.

– Ai, meu Deus. Ah, *não*.

– Ele foi embora. Mandei ele sair de casa.

Logo o Joe...

– E é verdade? Ele admitiu?

– Considerando as circunstâncias, ele não tinha muita escolha.

Frankie tinha puxado uma cadeira e se sentado à mesa da cozinha e agora brincava com o conteúdo do açucareiro. Emanando uma calma sinistra, começou a mexer no açúcar com a colher, deixando cair os grãos no pote prateado. Bom, quase todo no pote. Uma parte caiu no chão de ladrilhos.

– É alguém que a gente conhece?

Molly não conseguia acreditar. E Frankie estava tão calma e objetiva... Devia estar em choque.

– Não – respondeu ela, balançando a cabeça.

– Como você descobriu?

– Eu não descobri. Foi a Amber. Totalmente sem querer, coitadinha.

– Mas... foi só um rolo? Ou, sabe como é, algo sério?

– Ah, acho que dá para chamar de sério. – O fantasma de um sorriso melancólico surgiu no rosto de Frankie. – Me pergunte há quanto tempo está acontecendo.

– Há quanto tempo?

– Quase vinte anos.

– Vinte ANOS? – Molly gritou: – Impossível!

– Pelo visto, não. Basta mentir muito bem, ser multitarefas e encobrir todos os rastros.

– Você está em choque. Preciso fazer um chá para você.

– Por favor, não. Passei a noite tomando chá. Está praticamente escorrendo pelos meus ouvidos.

Molly estava perplexa. Tinha um milhão de perguntas e sabia que estava de boca aberta como um peixinho dourado.

– Eu só... ah, Deus, não sei o que dizer. De todos os homens em quem eu poderia pensar, não acredito que o Joe faria isso.

Se não dava para confiar em Joe, em quem poderiam confiar?

– Eu sei. E a história só melhora. – Ainda com os olhos secos, Frankie se corrigiu: – Não, não melhora; na verdade, só piora. Não é só um daqueles casos em que o cara dá uma escapadinha de tempos em tempos. É uma vida dupla completa. Os vizinhos acham que eles são casados.

Molly cobriu a boca.

– Não!

– Ah, sim. E eles têm um filho.

– *O quê?*

– O nome dele é Shaun. – Frankie derrubou um pouco de açúcar e botou a colher de volta no açucareiro. Depois de uma pausa, prosseguiu: – Mas, na sua aula de desenho, semana passada, ele disse que se chamava Sam.

– Ai, meu Deus! – Molly balançou a cabeça, incrédula. Demorou a perceber seu papel na história. – Foi por isso que a Amber me pediu para desenhá-lo... ela estava desesperada para encontrá-lo... eu não deveria ter feito o desenho.

– Deveria, sim. Mesmo se não tivesse feito, ele ainda existiria. O Joe ainda teria outra família. Não é culpa do garoto – disse Frankie. – Ele cresceu sabendo que era da família secreta. Estava curioso, queria ver como nós éramos. Se pensar bem, não dá para responsabilizá-lo por isso.

Molly se imaginou na situação de Shaun. Claro que faria o mesmo.

– E a Amber? Como ela está?

– Nada bem. Dá para entender. Está bem perturbada, disse que nunca mais quer ver o pai.

– E o Joe foi embora de casa.

– Foi. – Frankie assentiu. – Ontem, eu era casada. Hoje, sou mãe solteira. Joe está morando a 30 quilômetros daqui, em Tetbury, com a outra família.

Joe tinha outra família. Era a situação mais absurda possível. Molly fechou os olhos por um instante, imaginando as feições de Shaun. Na ocasião, não houvera sinais reconhecíveis, mas agora, pensando bem, havia algumas ligeiras similaridades...

Teve que comentar:

– Ele não se parece com o Joe.

– Não. Parece que puxou a mãe. Mas... – Frankie hesitou apontando para o próprio rosto.

– Tem alguma coisa no maxilar... – arriscou Molly.

– Sim, é isso. – Frankie assentiu. – Também consigo ver agora. E no queixo.

Elas ficaram em silêncio por um bom tempo.

– Sinto muito. Não sei o que dizer. – Molly tentou imaginar como a amiga devia estar se sentindo, mas não conseguiu. – Esse tempo todo, e você *não fazia ideia.*

Por alguns segundos, a cozinha ficou imersa em silêncio, e Frankie disse, ainda meio hesitante:

– Bom, eu não diria isso.

Molly a encarou.

– O quê? Meu Deus, você está querendo dizer que *sabia*?

– Não tudo. Eu não sabia a história toda. – Frankie suspirou e se recostou, os dedos entrelaçados e apoiados na mesa à frente. – Mas, sinceramente? Não é a maior surpresa do mundo que alguma coisa estava acontecendo.

– Sério? – Isso era quase tão surpreendente quanto a história em si. – Mas você nunca me contou! Eu achava que você e o Joe tinham o casamento perfeito.

– Você e todo mundo. Acho que era isso que tornava tão impossível falar alguma coisa. A gente não quer… decepcionar as pessoas – explicou Frankie, sentindo-se impotente. – Ainda mais quando sempre procuram você com os problemas delas.

– Mas você sempre pareceu tão feliz…

– E em boa parte do tempo eu era. Mas havia algumas pistas. – Frankie respirou fundo. – Coisas que me deixaram desconfiada.

– Como o quê?

– Bom, anos atrás encontrei um batom debaixo do banco do passageiro do carro. Quando perguntei ao Joe, ele disse que devia ser de uma das outras vendedoras para quem tinha dado carona. E podia ser verdade, quem sabe? Então deixei pra lá. Mas, uns meses depois disso, uma das outras mães da escola da Amber comentou que tinha visto o Joe em Gloucester, no dia anterior, com uma loura. Era uma daquelas mães arrogantes, sabe? – Frankie fez uma careta. – Do tipo que adoraria achar que estava apontando um problema. Então falei que os dois trabalhavam juntos e que tinham feito uma viagem a trabalho. Fingi que sabia de tudo. Mas o Joe tinha me dito que estava trabalhando em Norwich naquele dia.

Molly assentiu em solidariedade.

– Você perguntou a ele?

– Perguntei. Mas o Joe só deu de ombros e perguntou como poderia ter sido ele. Porque estava a centenas de quilômetros, em Norwich. E não parecia estar mentindo – prosseguiu Frankie. – Falou de forma perfeitamente crível.

– E você deixou por isso mesmo.

– Deixei. Foi covardia? – Com uma careta, Frankie respondeu à própria pergunta: – Talvez tenha sido. Mas eu não queria que a outra mãe tivesse razão. Ela teria adorado. E a Amber tinha 8 ou 9 anos. Éramos uma família tão feliz… Era mais fácil deixar pra lá.

– E foi só isso? Mais nada?

– Nada grande. Só uma coisinha aqui e outra ali. Um fio de cabelo louro comprido na camisa, uma vez. E ele voltou para casa não muito tempo atrás com um frasco de loção pós-barba que ele mesmo tinha comprado… o que foi estranho, porque ele nunca comprava loção… era eu que cuidava disso. – Outro suspiro. – Resumindo, sempre achei que ele pudesse estar se divertindo por aí. Ele era um vendedor que viajava, no fim das contas. Devia ser tentador, estando longe de casa… não estou justificando nada, só sendo realista. Mas o que teria acontecido naquela época, se eu tivesse descoberto? A Amber amava tanto o pai… E eu amo a Amber. Não conseguia suportar a ideia de que a vida dela fosse destruída. E ainda éramos ótimos juntos… não era nenhum sacrifício. Você não imagina o que é capaz de fazer pelo bem do seu filho. É bem fácil dar a outra face.

Deus.

– Sério?

– Sério. – Frankie viu a expressão dela e explicou: – Sei o que está pensando, mas você ficaria impressionada. Se a Amber estivesse feliz, mais nada importava.

O celular de Molly começou a tocar. Ela pegou o aparelho, viu o nome de Dex piscando na tela e o desligou.

– Você achou que o Joe estivesse tendo alguns casos.

– Eu disse para mim mesma que eram casinhos sem importância. Não passou pela minha cabeça, nem por um segundo, que poderia ser uma coisa *importante*. É completamente diferente. Mas agora que eu sei a verdade, acabou. Ele mentiu para mim todos os dias por quase vinte anos, e isso é demais. Ele disse que ama nós duas, assim como ama os dois filhos. Deus, eu ainda não consigo acreditar que estou *dizendo* isso. Fiquei desesperada para ter outro filho depois da Amber, mas o Joe nunca quis. Agora eu sei por quê.

– Não consigo nem imaginar o que você está sentindo – disse Molly.

– Agora? Trinta por cento choque. Dez por cento me achando uma burra. Dez por cento com pavor. E quer saber? – Frankie inclinou a cabeça para trás por um momento e continuou contando nos dedos. – Cinquenta por cento aliviada, porque finalmente aconteceu, e não preciso mais fingir.

– Ah, meu Deus. Vem cá. – Molly envolveu a amiga em um abraço. – Essa é a coisa mais maluca que já ouvi. Mas você vai superar. Você está bem, isso é o principal.

Elas deram um abraço apertado, esmagando cristais de açúcar no chão.

– A Amber é o mais importante. É com ela que estou preocupada. Você sabe como ela ama o pai. – Frankie olhou o relógio. – É melhor eu voltar antes de ela acordar. E preciso preparar o café para abrir...

– Você não pode trabalhar hoje – protestou Molly. – Quer que eu vá no seu lugar?

– Não, preciso me manter ocupada. Tirar essas coisas da cabeça. Bom – disse Frankie com um sorriso triste –, não que eu vá esquecer, mas pelo menos vou ter o que fazer. Obrigada por oferecer ajuda.

– Mande um beijo para a Amber. – Depois que elas deram um último abraço, Molly declarou: – Você está sendo incrível, muito corajosa. Mas, quando precisar de mim para qualquer coisa, estou aqui. É só me ligar.

Capítulo 23

ERA MEIO-DIA, E O CÉREBRO DE AMBER PARECIA prestes a explodir como uma melancia que levou um tiro. Eram pensamentos demais girando dentro da cabeça, ricocheteando nas paredes como bêbados brigando na boate. A fúria e a frustração estavam crescendo. Seu pai tinha ido embora de casa, tinha ido morar com a *outra família*. Seus amigos sabiam que alguma coisa estava acontecendo, mas ainda não haviam descoberto o que era e estavam bombardeando seu celular com mensagens intrometidas, porque não havia nada que amassem mais do que um pouco de fofoca para animar o dia.

Naquele exato momento, Amber odiava todo mundo. Seus amigos monstruosos. Seu pai. Shaun. A mãe de Shaun. E a própria mãe também, por não estar tão arrasada quanto deveria. Uma hora antes, a mãe entrara no quarto e perguntara, baixinho:

– Ainda está dormindo?

Era uma piada antiga entre elas; se Amber só grunhisse *aham*, era porque não estava pronta para acordar ainda. Mas, naquele dia, a última coisa que ela queria era fazer piadas. Mesmo assim, grunhiu *aham* e ficou de olhos fechados, e a mãe disse:

– Tudo bem, meu amor, pode ficar aí. Vou abrir o café.

Abrir o café? *Sério?*

– Aham.

– Você está bem?

Que pergunta idiota era *aquela*?

155

– Estou ótima – respondeu Amber. – Nunca estive melhor. – E, quando sua mãe hesitou na porta, ainda acrescentou, irritada: – Pode ir abrir o café. Estou bem.

Por mais incrível que pareça, a mãe *foi mesmo*. Apesar de ela não estar nem remotamente bem. Afinal, como poderia? E como a mãe tinha condições de descer, abrir o café e ficar toda animada servindo bebidas e sanduíches e bolos idiotas para estranhos idiotas, como se nada tivesse acontecido?

Mais lágrimas escorreram pelos cantos dos olhos de Amber enquanto ela ficava deitada na cama, de costas. O travesseiro estava úmido, as pálpebras, inchadas e doloridas. Lá embaixo, ouvia o barulho distante de clientes conversando e louça tilintando. Sua mãe estava lá, sorrindo e sendo adorável, vivendo a vida como se fosse um dia normal.

Não era justo.

Nem um pouco justo.

Amber rolou para o lado, pegou o copo de água na mesa de cabeceira e o jogou na parede. A água espirrou pelo ar, mas, só para irritá-la, o copo não quebrou.

– Aaaarrrgghhh. – Ela pegou o travesseiro, apertou-o contra o rosto e tentou se livrar da frustração com um grito abafado. – Desgraçado... desgraçado... babaca...

Alguma coisa ajudaria?

Molly estava arrematando uma tirinha de Boogie e Boo quando a campainha tocou.

Ao abrir a porta, viu Dex carregando Delphi apoiada no quadril. Estava com o cabelo molhado do banho e usava camiseta cinza e calça jeans velha. Delphi, de jardineira amarela, sorriu ao ver Molly, soltou um "Brrahh!" e lhe ofereceu um pedaço mastigado de cenoura.

Depois de sorrir para Delphi, Molly fechou a cara quando olhou para Dex, e disse friamente:

– Sim?

– Olha, sobre ontem à noite... Quer dizer, esta madrugada. Acho que preciso pedir desculpas. E aqui estou. Desculpe.

Ela deu de ombros de leve.

– Ok.

– Eu cometi um erro – prosseguiu Dex. – Enorme. Avaliei mal a situação... achei que talvez você sentisse o mesmo. Voltei porque achei... bom, enfim, foi uma daquelas coisas de impulso, mas não deu certo. Obviamente.

– Obviamente – repetiu Molly.

O que era óbvio mesmo era o fato de que ele nunca tinha sido rejeitado. O que a deixava mais feliz de ter dito não na noite anterior.

– Eu tinha bebido demais.

Ela retraiu o lábio.

– Reparei.

– Perdi o hábito recentemente. Se serve de consolo, estou com uma ressaca avassaladora.

Ele estava esperando solidariedade? Molly o encarou com uma expressão de "e daí?".

– Mas ainda está vivo.

Dex franziu a testa.

– Isso quer dizer alguma coisa? – Ele fez um gesto com a mão livre antes que ela pudesse responder. – Queria só dizer uma coisa. Me desculpe por ter interpretado mal e não se preocupe, não vai mais acontecer. Somos amigos, vizinhos, só isso. Não mais... não sei o quê. De agora em diante, vamos deixar assim. – Ele fez uma pausa. – Só que... você parece achar que não somos nem isso. Olha, estou me esforçando para pedir desculpas. Sei que é meio confuso, mas eu só queria que você soubesse o que estou sentindo. Fiz mesmo uma coisa tão horrível?

Ele não tinha a menor ideia. Encarando-o, incrédula, Molly perguntou:

– Você acha mesmo que *não fez*?

– Aaaarrgghhh! – gritou Amber, desta vez sem um travesseiro na cara.

Assim foi melhor. Botar para fora, desabafar.

– AAAAAAARRGGHHHH!

Ela jogou longe o edredom embolado, pulou da cama e pegou o copo de vidro para jogá-lo de novo, agora na porta. Que droga, aquela porcaria não quebrava de jeito nenhum. Tentou de novo, mirando no espelho da penteadeira. Bingo: o espelho se estilhaçou e o copo se partiu ao meio.

– AAAAAAAAAHHH – berrou Amber, pegando o frasco de perfume que o pai lhe dera de Natal. Ficou enlouquecida e começou a jogar no chão tudo em que conseguia botar as mãos: maquiagem, a caixa de joias que ganhara dois anos antes, o abajur... – AAAAHHHHH!

– Certo, vou só dizer isto. Se você fizer de novo *alguma vez* – disse Molly –, vou ligar para a polícia.

Dex a encarava como se chifres tivessem surgido na cabeça dela.

– O quê?

– Você foi até Londres de carro. – O celular de Molly começou a tocar. – Saiu para beber com os amigos. – Distraída, ela olhou para a tela e viu o nome de Frankie. – Depois, entrou no carro e veio dirigindo até aqui ainda bêbado. Oi, o que houve?

– Você disse que eu podia ligar a qualquer hora. – Sua amiga estava nervosa. – A Amber está lá em cima dando um ataque. Pode vir cuidar do café?

– Estou indo.

Molly pegou a chave e se dirigiu à porta, indicando para Dex que estava de saída.

– Posso só...

– Desculpe, é uma emergência, tenho que ir.

Ela trancou a porta e saiu andando sem nem olhar para trás.

– Brrrraaahhh! – gritou Delphi para ela, indignada por não ter tido o costumeiro beijo de despedida.

Molly sentiu uma pontada de remorso, mas era tarde demais para voltar; tinha que ir para o café naquele momento. E Dex ainda a encarava, dava para sentir. Ainda estava furiosa com ele e era ele quem estava segurando Delphi.

A quem ela parecia estar correndo o perigo preocupante de ficar apegada demais.

Talvez fosse hora de recuar um pouco.

– Ah, querida, está tudo bem, vamos ficar bem.

Amber estava em seus braços e Frankie sentia que seu coração se despedaçaria. Abraçou a filha, balançando-se para a frente e para trás e batendo nas costas dela, como fazia anos antes, quando Amber ficava chateada. No momento, a filha chorava como um bebê, uivando de infelicidade, incapaz de se segurar. Com sorte, seria uma catarse.

Ficaram sentadas por um tempo na cama, a frente da blusa de Frankie cada vez mais úmida com as lágrimas, conforme acariciava o cabelo de Amber e murmurava palavras de consolo. Podiam não funcionar, mas pelo menos as estava dizendo, tranquilizando a filha de que ela ainda era amada.

Finalmente, os soluços trêmulos passaram, o fluxo de lágrimas secou e a tensão sumiu do corpo de Amber.

– Desculpe. – Ela secou os olhos. – Não consegui segurar. Achei que a minha cabeça ia explodir.

– Ah, querida, não tem problema.

– Estou me sentindo um pouco melhor. Quem está cuidando do café?

– A Molly.

– Tenho que pedir desculpas para ela também. Ah, meu Deus, estou me sentindo tão... idiota. Se o papai mentiu sobre tantas coisas durante a minha vida toda, como vou saber *quando* ele falou a verdade? – Ela fez uma pausa, com dificuldade de explicar. – Tipo quando ele me chamava de menina bonita. Nem devia estar sendo sincero.

Esse pensamento também tinha passado pela cabeça de Frankie, que respondeu, com todo o carinho:

– Claro que estava sendo sincero. Porque você *é* bonita.

– Será que ele gosta mais do Shaun do que de mim? Pode ser que goste.

Ter que lidar de repente com a rivalidade entre irmãos era difícil. Frankie lhe deu um beijo para reconfortá-la.

– Seu pai a ama de todo o coração.
– E a mãe do Shaun? Ele gosta mais dela do que de você?
Touché.
– Não sei. – Era outra pergunta a que não sabia responder. Sua única certeza era que tinha que ser forte pela filha. – Mas vamos superar isso, confie em mim.
– Como?
– Um passo de cada vez.

Só sabia, no momento, que ver a dor que Joe tinha causado em Amber estava provocando um efeito recíproco poderoso em seus sentimentos por ele. Joe era um homem pior do que acreditava, e o amor estava evaporando como neblina. *O que era uma coisa boa.*

– Qual é o primeiro passo?

Frankie observou o quarto destruído e disse, com um sorriso tímido:

– Provavelmente, limpar todo esse vidro quebrado.

A caminho de casa, Molly viu, de longe, que Dex estava do lado de fora do Chalé do Gim, cortando as glicínias que tinham crescido demais na lateral da casa.

Quando se aproximou, ele olhou e reparou nela antes de afastar o olhar. Constrangedor.

Ao chegar mais perto, viu Delphi no andador na frente da casa e sentiu um aperto no coração, de tanto amor. Ao vê-la, Delphi começou a balançar as mãozinhas, pequenas estrelas-do-mar, e a gritar com animação. Ainda mais constrangedor.

Molly começou a enveredar para a esquerda, para longe do Chalé do Gim, na direção de casa. No momento seguinte, socorro, Dex estava abrindo o portão, fechando-o para que Delphi não fugisse e andando até ela com um ar determinado.

E também não estava sorrindo.

Ele enfiou a mão no bolso de trás da calça, tirou uma folha de papel dobrada e entregou para ela.

– Tome.

O que era aquilo? Ao desdobrar o papel, Molly viu que era o recibo de uma empresa chamada ScooterGuys. Embaixo do nome estava a frase de propaganda deles: "Dirigimos seu carro para levar você em casa e voltamos de scooter para a base!"

O recibo era de 380 libras.

– Só para você saber – disse Dex, com frieza. – Eu não dirijo bêbado. Nunca fiz isso e nunca vou fazer. Foi assim que voltei para casa ontem à noite.

– Tudo bem. Que bom. – Ela sentiu as bochechas ficarem vermelhas por tê-lo acusado erroneamente. – Desculpe.

Mas a tensão entre os dois continuava no ar. Os olhos de Dex estavam cintilando.

– Não tem problema – disse ele com um tom de voz que indicava claramente que *havia, sim*, um problema. – Mas talvez na próxima vez você possa verificar primeiro antes de me acusar de fazer uma coisa que eu jamais faria.

– Sim, pode deixar.

A *outra coisa* ainda estava entre eles, tão intransponível quanto uma montanha. Molly hesitou. Tinha que mencionar...

– É só isso. Não precisa entrar em pânico, não me esqueci do acordo. – Ele se virou e foi na direção de Delphi, que olhava para eles pelas frestas do portão fechado. – Tchau.

Capítulo 24

DEX COMEÇOU COM TODAS AS MELHORES INTENÇÕES do mundo, mas cuidar de Delphi sozinho estava se revelando mais difícil do que ele imaginava.

Sua viagem a Londres – e o fatídico retorno – tinha sido quatro semanas antes. Ele e Molly estavam se falando, mas o clima entre os dois ainda estava tenso e se limitava à educação entre vizinhos. Estava sendo horrível, mas não lhe cabia tentar mudar. Tinha feito papel de idiota e pronto. A rejeição ainda doía, mas não tinha escolha além de assumir e aguentar as consequências.

E era o que ele estava fazendo. Mas agora precisava de algum tipo de distração. Não tinha sido feito para aquela vida de monge celibatário.

Felizmente, graças à obsessão de Delphi pelo Jovem Bert, Dex parecia ter encontrado uma nova babá.

– Acho que vai ser a primeira palavra dela.

No jardim atrás do café, Amber estava assistindo, achando graça, enquanto Delphi observava o Jovem Bert com concentração e gritava "Bé! Bé!".

– Ou ela está tentando dizer "Bert", ou está imitando o bicho – declarou Dex.

Ele não entendia a graça; com aquele crânio ossudo, os olhos claros e brilhantes e a barba branca, Bert lhe lembrava seu antigo professor de química da escola.

– BÉ, BÉ, BÉ! – gritou Delphi, batendo palmas para o bode.

– Ela é muito fofa. – Amber olhou para Dex. – Falando nisso, sou uma excelente babá. Se você precisar algum dia.

– É mesmo? – Dex ficou interessado na mesma hora.

– Já cuidei de muitas crianças daqui. Não foi, mãe?

– Hum? – Frankie estava limpando as mesas. – Ah, sim, ela já trabalhou muitas vezes de babá. As famílias a recomendam.

– Que tal amanhã à noite? – perguntou Dex.

– Sexta? Tudo bem. São 5 libras por hora – respondeu Amber. – Mas a que horas você voltaria para casa? Tenho que acordar cedo no sábado.

– Meia-noite? – sugeriu Dex. – E meia?

Amber olhou para ele com pena.

– Pode ficar na rua até as duas, mas não mais do que isso.

– Combinado. Ótimo.

Frankie se empertigou.

– Pronto, tudo resolvido – disse. – Vai a algum lugar legal?

– Ainda não sei.

Dex já se sentia melhor; a parte de sair é que era empolgante. Nem precisava ir para um lugar legal.

O Crown Inn ficava nos arredores de Marlbury, uma pequena cidade comercial a 12 quilômetros de Briarwood. Foi o acaso que levou Dexter até lá naquela noite. Dois anos antes, tinha ouvido e gostado de uma música no rádio, então anotou o nome da banda e comprou o CD. Foi um dos poucos; a banda não fez sucesso depois disso. Até o dia anterior, quando viu um folheto em um quadro de avisos da loja do vilarejo, anunciando um show da banda no Crown, na noite seguinte.

E lá estava ele, em um bar lotado, vendo-os começarem a tocar.

O nome da banda era The Games We Play, um nome que Dex achou intrigante. Como não havia fotos na capa do CD, não fazia ideia de como eram os integrantes. Infelizmente, a cantora era uma loura com expressão sentimentaloide e o baterista e o guitarrista eram hippies desleixados. Não deveria fazer diferença, mas fazia.

Além disso, estavam tocando como se tivessem esquecido como se faz. A loura estava nervosa e cantava desafinado, sempre de olhos fechados.

Droga, que decepção. Aquilo era horrível. Será que deveria sair imediatamente, fugir enquanto podia? Ou ficar e torcer para que melhorasse?

Quando a primeira música terminou, os aplausos foram discretos, o que não era surpresa alguma. Observando a plateia, Dex só viu uma pessoa aplaudindo com entusiasmo. Do outro lado do bar, os braços levantados para demonstrar engajamento, uma mulher da sua idade, com cabelo ruivo curto e olhos cintilantes, de blusa azul e calça cargo. Ela até colocou os dedos na boca e assobiou, o que gerou um breve sorriso de gratidão da loura sentimentaloide.

Devia ser amiga ou parente.

Como se estivesse ciente de que era observada, a garota do assobio impressionante olhou para ele, depois se virou para a frente de novo.

A música seguinte começou. Durante a canção, Dex notou a mulher olhando para ele mais duas vezes. Quando acabou, ela aplaudiu com entusiasmo. Definitivamente, fã. Encostado no bar e reparando que ela estava na metade da bebida, Dex previu que depois de duas músicas a ruiva iria ao balcão comprar outra.

Ele se enganou. Foi depois de três. Ela se materializou ao lado dele, atraindo sem esforço a atenção do barman e pedindo mais um Bacardi com Coca.

– Oi – disse Dex. – Está gostando das músicas?

A ruiva assentiu.

– Muito.

– Você conhece os integrantes, é? – Ele indicou a banda no palco.

– Por quê?

– Você estava aplaudindo como se eles fossem seus melhores amigos.

– Bom, não são. – Ela sorriu. – É que vi como a cantora estava apavorada e achei que um pouco de incentivo a ajudaria a relaxar. E ajudou. Ela não está mais tão nervosa.

– Verdade. Foi legal da sua parte – declarou Dex.

– Acredite ou não, eu sou uma pessoa bem legal.

Ela era atraente, articulada, tinha senso de humor.

– Você veio sozinha?

– Vim. É contra a lei?

– Claro que não. Só estou surpreso. Você é fã da banda?

Se ela também tivesse ido até lá depois de ter comprado o CD no ano anterior, a coincidência seria grande. Talvez pudesse até ser o destino.

– Nunca tinha ouvido falar. E, cá entre nós – confidenciou ela –, estou torcendo para não ouvir essa galera de novo.

– Está vendo a cantora? – Dex indicou a loura sentimentaloide no palco. – É minha irmã mais nova.

Houve uma pausa, mas a garota falou:

– Se fosse verdade, *você* estaria aplaudindo com entusiasmo.

Ele sorriu.

– *Touché.*

Os olhos dela brilharam.

– Meu nome é Amanda. Posso te pagar um drinque?

– Oi, Amanda. Não, obrigado. – Desta vez, foi Dex quem hesitou por um segundo e depois pegou a carteira. – Eu que vou pagar um para você.

Amanda tinha 30 anos, era solteira e trabalhava como secretária. De perto, seus olhos eram cinzentos com pontinhos dourados. Quando viajava de férias, gostava de esquiar ou mergulhar. E também não via sentido em comer curry se não fosse muito, *muito* apimentado.

Na metade do show, a banda fez um intervalo. Amanda e Dex aplaudiram quando os músicos saíram do palco, então os dois foram tomar ar fresco. Pegaram uma das mesas na frente do bar, e Amanda conversou um pouco com um casal mais velho que passeava com um cocker spaniel.

Quando o casal se afastou, Dex perguntou:

– Você mora aqui perto?

– Pertíssimo. – Amanda indicou a fileira de casas do outro lado da rua.

– Ah, é ali?

– No número 32, a casa da ponta.

– Que prático. – Assim que falou, Dex se deu conta do que pareceu. Quando ela ergueu uma sobrancelha, teve que se explicar: – Tudo bem, *pausa*. Quis dizer que é prático morar tão perto do bar.

Amanda sorriu.

– Tem isso. Mas também tem o lado ruim. Fica meio barulhento na hora de fechar. Mas, quando dá vontade de aparecer para tomar uma coisinha, ouvir as fofocas e ver quem está presente, sim, é muito... prático.

O jeito brincalhão como ela falou revelou a Dex tudo que ele queria saber. Era um flerte, e dos mais sutis. Amanda estava deixando claro que o achava atraente. Ele tomou um gole da bebida e perguntou:

– E quem estava lá hoje? Alguém interessante?

Ela inclinou a cabeça.

– Sabe, até acho que sim.

De dentro do bar veio o som de uma guitarra sendo afinada.

– Parece que vão recomeçar – anunciou a garçonete, tirando os copos da mesa ao lado.

Todos entraram. Menos Dex e Amanda.

– Quer ouvir a segunda metade do show? – perguntou Amanda.

– Não faço questão. E você?

Ela o observava com atenção, a boca formando um leve sorriso.

– Acho que fizemos nossa parte, já demos o incentivo de que eles precisavam. – Quando a música começou a tocar no bar, ela prestou atenção por um momento. – Ela está afinada agora.

– Então não há motivo para não ficarmos aqui fora.

Amanda refletiu um pouco e esfregou os braços.

– Só que está ficando meio... frio.

– Vamos voltar para dentro, então – sugeriu Dex, tranquilo. Sabia o que estava por vir.

– Mas aí não poderíamos conversar direito. – Ela piscou, sugerindo:
– Podemos ir para a minha casa, se você quiser. Tomar um café. Que tal?

Uma garota passou em um Peugeot vermelho; por uma fração de segundo, Dex viu o cabelo louro e pensou que fosse Molly. Mas, não, claro que não era. Ele viu o Peugeot desaparecer na rua e permitiu que seu coração voltasse a bater normalmente. Em seguida, virou o que havia no copo, sorriu para Amanda e declarou:

– Café seria ótimo.

Eram dez horas; o café tinha sido bebido. As luzes na sala de Amanda estavam baixas, e as intenções dela estavam bem claras.

– Devo ser direta e falar logo? – Ela já tinha tirado os sapatos e estava ao lado dele no sofá, os pés embaixo do corpo. – Sou uma mulher solteira de 30 anos que prefere que não façam fofoca sobre sua vida particular. O que, em uma cidade assim, é mais fácil falar do que fazer.

– Imagino – disse Dex. *Que bom.*

– Além do mais, não estou muito interessada em um relacionamento sério.

Dex assentiu lentamente para demonstrar que estava ouvindo e que entendia. *Cada vez melhor.*

– O que estou dizendo é que você parece ser uma pessoa discreta...

Amanda hesitou. Dex assentiu de novo, só que sério. Como ela poderia saber?

– ... e eu tenho que acordar cedo amanhã, mas, se você quiser passar a noite comigo, acho que nos divertiríamos muito.

– Você talvez esteja certa – concordou Dex. – Mas tenho que acordar cedo também, então talvez seja mais fácil eu não passar a noite inteira.

Amanda fez uma pausa e o observou com astúcia.

– Não sou uma destruidora de lares. Você disse que é solteiro. É verdade?

– Não se preocupe, é verdade. Mais solteiro, impossível. – Levantando-se, Dex pegou a mão dela. – É por isso que sua ideia parece perfeita.

Foi bom.

Às vezes um pouco de sexo puramente físico e sem compromisso era exatamente aquilo de que a pessoa precisa.

Ou mais do que um pouco, até.

Enfim, muito bom mesmo.

O banheiro de Amanda era de mármore verde-claro. Ao sair do chuveiro, Dex se secou e se vestiu, depois voltou para o quarto.

Ela estava deitada na cama, nua e sorrindo.

– Você parece feliz.

Dex sorriu.

– Você também.

– Foi um bom exercício físico. Só que muito mais divertido. – Amanda deu um beijo nele. – Obrigada.

– De nada.

– Bem, você sabe onde me encontrar se quiser um repeteco. E aqui está meu número. – Ela lhe entregou um post-it com o nome e o número escrito em hidrocor. – Apesar de você não ter pedido.

– Eu ia pedir agora mesmo – disse Dex.

– Fiquei impaciente. Às vezes – Amanda o cutucou com o pé de brinca-deira – sou ousada demais.

Capítulo 25

MOLLY ESBARROU COM AMBER NO MERCADO DO VILAREJO.

– Como estão as coisas? – Ela a abraçou. As semanas anteriores não tinham sido fáceis para ela, que ainda se recusava a ver o pai. – Achei que você iria à aula ontem, mas alguém disse que tinha visto você sair. Fez alguma coisa legal?

– Ah, até que foi legal, mas não conta como sair. Só fui bancar a babá. A Delphi é um amor, né? Se você cantar, ela faz uma dança muito engraçada sentada, quicando com o bumbum e balançando as mãos no ar. É *muito* fofo!

– Ah, você foi babá para o Dex?

Molly sentiu uma pontada de ciúmes misturada com saudade; *ela* é quem ensinara Delphi a dançar arrastando o bumbum, fizeram isso juntas na sala de sua casa. Não que ela tivesse como cuidar de Delphi na noite anterior, mas doeu saber que Dex não lhe pedia mais para ficar de babá. Nas aparências, ela e Dex eram educados um com o outro, mas a distância fria permanecia. Graças aos seus comentários mordazes, a camaradagem entre os dois tinha sido morta e enterrada.

– Não precisei ficar a noite toda – disse Amber. – Ele voltou por volta de uma da manhã.

Não que fosse da sua conta, mas ela não conseguiu se segurar:

– E o Dex foi a algum lugar legal? – *Não estou sendo intrometida, só conversando educadamente.*

– Não sei para onde ele foi, mas com certeza se divertiu.

– Ah, é?

O que aquilo queria dizer?

– Digamos que ele saiu com o cheiro daquela loção pós-barba que sempre usa. – Os olhos de Amber brilharam de malícia. – E voltou cinco horas depois, com cabelo molhado e cheiro de sabonete de limão.

Certo. Então Dex havia encontrado alguém que não tinha rejeitado seus avanços. Bom, claro que isso aconteceria, não?

Com esforço, Molly se obrigou a não sentir ciúmes. Tivera sua chance e a recusara, não? Por *todos* os motivos certos.

A longo prazo, tinha sido o melhor a fazer.

Ao sair da escola, à tarde, Amber teve aquela sensação de estar sendo observada e viu um garoto do outro lado da rua olhando para ela. Quando parou, ele desceu do muro onde estava e foi na sua direção.

Por mais estranho que fosse, ela adivinhou quem era e o que estava fazendo ali só pela aparência. Garotos arrumadinhos costumavam ter amigos arrumadinhos.

– Você é a Amber?

– Você já sabe que sim.

– Tudo bem, sei. Bom, procurei você no Facebook.

Até os tênis dele eram brancos e reluzentes.

– E quem é você? Outro irmão perdido?

Ele balançou a cabeça.

– Não. Sou amigo do Shaun. Max. Ele me pediu para ver como você está.

– Por quê? Para rir da minha cara?

– Claro que não. Não diga isso. O Shaun está preocupado. Ele só quer saber se você está bem.

Amber deu uma risada de desprezo.

– Eu? Ah, eu estou ótima. Nunca estive melhor. Meu pai passou a vida toda mentindo para mim e agora está morando com a outra família. Por que eu não estaria bem?

– Mas não é culpa do Shaun. E você ficou bem com ele no começo.

Tinha ficado mesmo, naquele primeiro dia fatídico em Tetbury. Ficara consternada, e Shaun – seu *meio-irmão* – lamentara o acontecido. Amber tinha perguntas, e ele tinha respostas. Mas, depois disso, seu ressentimento só cresceu. Se ele e a mãe não existissem, sua vida ainda seria normal, feliz, sem problemas. Mas tinha passado a odiar o pai e estava simultaneamente repugnada e ultrajada pelo fato de ele estar morando com Shaun e Christina.

E, tudo bem, também estava com ciúmes.

– Olha, não sou obrigada a falar com o Shaun. E mandar você aqui não vai fazer diferença, então nem precisa tentar de novo. Tenho que ir.

– Tudo bem. – Max afastou o cabelo claro sedoso e pegou a chave do carro. – Então é isso. – Ele abriu um sorriso triste. – Status da missão: fracasso horrendo.

– Não é culpa minha – disse Amber.

Ele esperava que ela sentisse pena? Que pedisse desculpa pelo desperdício de gasolina? *De jeito nenhum.*

– Quer carona para algum lugar? – Ele apertou o botão da chave, e um Renault azul esportivo estacionado ao lado emitiu um apito alto.

Um daqueles carinhas exibidos.

– Não, obrigada. Meu namorado está me esperando.

– Certo. Bom, foi um prazer conhecer você. Posso só dizer uma coisa?

– Vá em frente.

– O Shaun é meu melhor amigo. Ele é uma boa pessoa. No quesito irmãos, poderia ter sido bem pior.

– Obrigada, mas continuo sem o menor interesse – disse Amber. – Tchau.

Soneca a esperava, como combinado, em frente à loja de bebidas.

– Tudo bem? – Ele lhe deu um beijo com gosto de sidra e perguntou: – Tem dinheiro aí?

Amber tinha 17 anos, e o dono da loja era especialista em identidades falsas. Deu para Soneca 10 libras do valor que tinha ganhado trabalhando como babá e esperou do lado de fora enquanto ele comprava o máximo possível de álcool vagabundo.

Soneca não era o nome verdadeiro dele, claro. O garoto tinha sido batizado como Daniel, mas ganhara o apelido por não fazer nada nos últimos anos da escola. Nem depois. Mas era boa companhia e bem bonito, magro e moreno com olhos de Johnny Depp e muitas tatuagens. Eles eram amigos havia meses, e, nas poucas ocasiões em que ele fora à casa de Amber, o pai tinha deixado claro que não o aprovava. Ciente disso, Soneca ficou muito satisfeito quando soube da vida dupla de Joe. Esteve por perto quando ela precisou de consolo, e agora os dois eram um casal que se encontrava três ou quatro vezes por semana. Amber gostava quando eles passavam algumas horas juntos deitados na grama do parque, e tudo começava a parecer melhor. Bebiam sidra forte, Soneca dizia que Joe era um filho da mãe de duas caras, e os dois conversavam sobre os festivais de música a que iriam no verão.

– Comprei. – Ele saiu da loja com a sacola estalando com as latas e segurou a mão dela. – Venha. Vamos encontrar o Beeny e uns amigos dele.

Ah. Amber não gostava muito de Beeny, que não cheirava muito bem e ficava bem chato quando estava chapado.

– Não faz essa cara – repreendeu Soneca. – Ele é legal.

– Eu sei. – Beeny tinha um cachorro fofo, o que contava pontos a seu favor.

– E disse que talvez tivesse uma coisa para a gente.

Coisas que os deixariam lerdos e repetitivos como Beeny? Aff, não, obrigada. Amber ficava furiosa com o jeito como ele chamava todo mundo de "Caaaaara". Mudando de assunto, ela perguntou:

– O que houve com o brinco que comprei para você? – Na semana anterior, na feira ao ar livre, tinha escolhido uma argola de prata para ele.

– Ah, sim, desculpe. Meio que perdi. – Soneca passou o braço nos ombros dela quando saíram andando para o parque. – Caiu.

Capítulo 26

ERA ELA.

Ah, meu Deus, era *ela*.

Agora que estava prestando atenção, Frankie percebeu. A mulher sentada na mesa do canto usava suéter cinza, calça de linho larga e sapatilhas. Era magra, despretensiosa, parecia ter cerca de 60 anos, tinha muito cabelo louro-acinzentado fino caindo em volta do rosto e olhos azul-claros escondidos atrás de óculos feios de aro de tartaruga.

Era quase como se estivesse tentando ser invisível.

E estava conseguindo, evidentemente. Frankie, atrás do balcão, ouviu duas famílias em mesas adjacentes competirem para ver quem era a maior fã de *Next to You*. Estavam discutindo com animação seus episódios favoritos, citando falas do programa e tentando imitar os personagens.

Totalmente alheios ao fato de que Hope Johnson, uma das estrelas da série, estava sentada a menos de 3 metros deles.

Para falar a verdade, não daria para reconhecê-la a não ser que se procurasse muito uma semelhança. Fazia dezoito anos que ela agraciara as telas da nação, mas a diferença em sua aparência fazia parecer quase quarenta; era como uma sombra apagada de seu antigo eu cheio de vida.

A discussão entre as famílias, uma de Cardiff e outra de Newcastle, continuou a toda. Fotos foram tiradas dos objetos e das imagens penduradas nas paredes, e cada um posou com o Jovem Bert, que já estava acostumado.

Eles finalmente saíram. Eram quase quatro horas, e Frankie começou a limpar as mesas, ciente de que Hope Johnson também observava, discretamente, os objetos expostos.

Deveria dizer alguma coisa?

Ou não?

Finalmente, arriscou:

– Gostaria de mais uma xícara de chá?

Hope Johnson olhou ao redor.

– Ah... você está querendo fechar? Me desculpe...

– Não, tudo bem. Pode ficar o tempo que quiser.

Com hesitação, Hope disse:

– Bem, se você tem certeza...

– Absoluta. – Ninguém ouvia falar dela havia muitos anos; por garantia, Frankie virou a placa na porta para o lado que dizia "Fechado". – É um prazer ter você aqui.

Hope parecia um fauno assustado na floresta. As mãos magras tremeram quando entregou a xícara para Frankie.

– Você sabe...?

– Quem você é? Sei. Mas não se preocupe. Prometo que sou discreta. Se não quiser que eu conte para ninguém, não contarei.

– Ah, minha nossa – Hope soltou um longo suspiro. – Não acredito que você me reconheceu. Ninguém nunca me reconhece.

– Bom, trapaceei um pouco – explicou Frankie, trazendo uma nova xícara de chá. – Uma coisa não mudou.

A mulher mais velha estava intrigada.

– Não consigo imaginar o quê.

– Está vendo aquela fotografia ali na parede? – Frankie apontou para um close de Hope rindo com o diretor na frente da casa. – Eu mesma tirei no último dia de filmagem. Vocês tinham acabado a última cena.

Hope a observou.

– Ah, sim, eu me lembro daquele dia.

– Olhe de novo.

Frankie guiou a atenção dela para as mãos na foto, a direita, bem perto do rosto. Em seguida, indicou a mão de Hope, que no momento segurava a asa da xícara de chá.

– Ah, minha nossa. – Hope compreendeu. – Meu *anel*.

Era um anel simples de prata, com beiradas chanfradas e uma pedra olho de tigre quadrada no centro. Tinha um toque artesanal e um aspecto estranhamente masculino que não combinava com os dedos finos de Hope.

– Tiro o pó das fotos a cada dois dias, por isso que reparei. Assim que vi o anel, tive certeza de que era você.

– Uma tremenda detetive – comentou Hope, animada.

– Temos o café há doze anos – disse Frankie. – Conheço essas fotos de cor.

– Ah, bem. Oi. É ótimo ver você de novo. – Hope tomou um gole de chá e a observou, pensativa. – Estou me lembrando de você agora. Você não mudou muito. Ao contrário de mim.

Como ela mesma tinha mencionado as mudanças, Frankie perguntou, numa voz simpática:

– Você ficou doente?

A expressão de Hope foi de tristeza.

– Sabe, quase desejo ter essa desculpa. Não, não houve nenhuma questão médica. Só envelheci mal.

Aaaahhh, que constrangedor.

– Ah, desculpe, não quis dizer…

– Não precisa pedir desculpas. Tudo bem. Sabe, sempre desconfiei que isso fosse acontecer… foi igual com a minha mãe. E, quando me vi seguindo pelo mesmo caminho, simplesmente… desisti. Algumas pessoas mantêm a aparência maravilhosa a vida toda. Outras não têm genes para isso. – Hope deu um breve sorriso. – O lado bom é que posso estar murcha e enrugada, mas pelo menos ainda estou aqui.

Como não havia muito que pudesse dizer, Frankie mudou de assunto:

– Deve ser estranho voltar aqui.

– Ah, sim. Nunca imaginei que veria este lugar de novo. – Hope olhava ao redor, visivelmente emocionada com as fotos – Nunca achei que fosse voltar para Briarwood. Imagino que… não, deixa pra lá.

– Pode falar – disse Frankie.

– Bem… estou sendo absurdamente cafona, mas queria saber se posso ver o resto da casa.

– Claro que pode!

– É mesmo? É muita gentileza a sua. – Seu rosto fino se iluminou, e Hope completou: – Vou ser rápida. Você deve estar ocupada e não quero ser um incômodo.

– Por favor, não seria incômodo algum. Eu não teria este café se não fosse por sua causa. E minha filha só volta à meia-noite – garantiu Frankie. – Pode ficar o tempo que quiser.

E, por incrível que pareça, estava acontecendo. Depois de fechar o café e mostrar a casa a Hope, as duas foram para a cozinha, onde um ensopado de frango borbulhava no fogão. Quando Hope elogiou o cheiro, Frankie disse:

– Você está convidada para jantar comigo.

O que ela não esperava era que Hope fosse aceitar.

Mas ela aceitou, e, três horas depois, ainda estava lá. Frankie abriu uma garrafa de vinho, e as duas ficaram sentadas à mesa da cozinha, relaxando e conversando sem interrupção. No começo, conversaram sobre o café, os fãs que continuavam a visitar Briarwood, o fenômeno que foi *Next to You*. Então, uma pergunta de Hope sobre o marido de Frankie fez *a* história dar as caras.

– Que coisa horrível. – Hope balançava a cabeça. – E você está sendo muito forte. Eu jamais saberia… Você pareceu tão alegre com os outros clientes do café… É bom para aprender. Enquanto eu te observava, achei que você não tinha nenhuma preocupação no mundo.

– Só estou tentando me manter ocupada. – Frankie abriu uma segunda garrafa e encheu as taças. – Ajuda. Bom, isso e a bebida. – Com sarcasmo, ela acrescentou: – Mas coisas ruins acontecem com todo mundo, mais cedo ou mais tarde. Só estou lidando com tudo me ocupando o máximo que posso.

– Você é muito forte. Talvez seja nisso que eu tenha errado. – Hope prendeu uma mecha de cabelo atrás da orelha e olhou para o outro lado, como se estivesse se preparando para falar, depois de decidir confiar nela. – Quando aconteceu comigo, acabei fugindo e não fiz nada. Deve ter sido a pior coisa que eu poderia ter feito.

– Para onde você foi?

– Para uma cidadezinha no sul da Itália. Em uma estrada de terra, o tipo de lugar que turistas não visitam. Eu quase não falava italiano. Ninguém lá falava inglês. E era isso mesmo que eu queria, mas também não havia distrações. Eu só tinha os meus pensamentos girando sem parar na cabeça.

– Quanto tempo você ficou lá? – perguntou Frankie.

– Nunca fui embora. – Hope deu de ombros. – Moro lá desde então. Comprei uma casinha, depois de passar um ano alugando um quarto. Adotei alguns animais de rua, fiz amizade com os moradores, aprendi a língua. É um lugar lindo nas montanhas. Um bom jeito de levar a vida. – Com pesar, ela acrescentou: – Fugi e nunca voltei. Só agora.

– É compreensível. Depois de perder William. Foi terrível.

Hope passou o indicador pela borda do copo enquanto respondia:

– Fui a louca dos gatos nos primeiros dois anos. Os moradores deviam se perguntar que tipo de maluca tinha ido parar lá. Mas acabei me recompondo.

Frankie sorriu.

– Que bom.

– E eu conheci meu marido – prosseguiu Hope.

– Você se casou? Que maravilha!

– O nome dele era Giuseppe. Era um bom homem, fazendeiro. Gentil, trabalhador, de confiança. Acho que não o amei, mas ele me amava. E eu gostava muito dele. Fizemos companhia um para o outro. Eu o fiz feliz. Não tivemos filhos, só bichos e um ao outro. Ele morreu dois anos atrás.

– Ah, não. – Frankie ficou comovida. – Sinto muito.

– Obrigada.

– A vida é injusta. Você passou duas vezes por isso.

Hope lançou aquele olhar outra vez. Estava hesitando, ponderando alguma coisa, questionando se deveria contar ou não.

– Olha – disse Frankie, mais que depressa. – Bebemos um pouco. Não quero que você diga nada de que possa se arrepender. A última coisa que quero é que acorde amanhã suando frio desejando ter ficado quieta.

– Mas…

– Só faria você se sentir péssima, de verdade. E eu também me sentiria péssima. Vamos mudar de assunto.

– Meu Deus, você é *tão querida*! – exclamou Hope. – Sou só eu, ou todo mundo que conhece você sente vontade na mesma hora de contar todos os segredos?

– Parece que acontece com frequência – admitiu Frankie. – Acho que é o meu rosto. Tenho a reputação de ser um bom ombro amigo por aqui.

– Não me surpreende.

Frankie fez uma careta.

– Não que dê certo com todo mundo. Meu marido passou dezoito anos com um segredo enorme. O que torna tudo ainda mais humilhante.

– Tudo bem, eu vou falar. Eu não estava apaixonada pelo William Kingscott – revelou Hope. – Eu gostava dele como pessoa. Tínhamos uma química maravilhosa na tela, e foi assim que os boatos começaram. E ele ficou interessado em mim, mas nada aconteceu. Éramos apenas bons amigos. O problema era que, quanto mais negávamos algum envolvimento, mais todo mundo achava que estávamos mentindo, escondendo um caso amoroso incrível. Fiquei triste quando ele morreu, é claro, mas não fiquei arrasada.

Frankie franziu a testa, refletindo.

– Mas você desapareceu, foi morar na Itália... você *ficou* arrasada... Ah, entendi. – A dor muda nos olhos de Hope, combinada com sua intuição, esclareceu tudo. – Entendi. Agora entendi. Você ficou arrasada, mas não pela morte do William. – Ela fez uma pausa e disse lentamente: – Foi de outra pessoa.

– Você é boa. – Hope baixou a cabeça, um leve toque de amargura e resignação na expressão. – Sim, isso mesmo. Nossa, é tão estranho... Nunca contei para ninguém. Só para os meus gatos.

– E eram gatos italianos – disse Frankie –, então não devem ter entendido.

– Exatamente. – Um breve sorriso. – Às vezes a barreira da língua tem suas vantagens.

– E quem era? Um dos outros atores da série? Ah, veja só, lá vou eu de novo. – Frankie balançou a mão em um pedido de desculpas. – Não tenho nada a ver com isso, não me conte.

– Tudo bem, eu quero falar. Não, não era um dos atores. Não tinha nada a ver com a produção – esclareceu Hope. – Ele era um homem maravilhoso, o amor da minha vida. – Seu olhar se suavizou. – Mas não podia haver um futuro para nós dois. Não era possível.

– Por quê? Ele era casado? – Frankie ergueu as sobrancelhas. – Ah, meu Deus, era o *meu* marido?

As duas caíram na gargalhada ao mesmo tempo. Hope chegou a cuspir sem querer um pouco de vinho na manga da blusa e se balançou na cadeira.

– Não seria uma reviravolta digna de novela? Não, não era o Joe. E ele não era casado. Havia... outro motivo para não podermos ficar juntos. A última vez que o vi foi depois que terminamos de filmar o episódio final de *Next to You*. Parecia que minha vida tinha acabado. Eu já tinha decidido desaparecer quando aconteceu o acidente que matou o William. E foi bem assim: logo depois do enterro, fui embora.

– E o que aconteceu com... o outro?

– Quem sabe? Nunca mais o vi. E acho que nunca mais vou ver. Ele não era do tipo que ficava por perto, digamos assim.

– Mas você o conheceu durante as filmagens? Ele era daqui?

Hope apenas confirmou.

– Era.

Uau.

– E ainda é?

Ela balançou a cabeça.

Os pensamentos de Frankie estavam em disparada.

– Bom, eu estava aqui na época. Será que o conhecia?

– Não sei. Talvez. Provavelmente.

– Não é da minha conta. Não precisa me falar. Talvez seja melhor eu não saber.

– O nome dele era Stefan – revelou Hope.

– Ai, meu Deus. É mesmo? – Frankie ficou boquiaberta. – Stefan, o cigano? Stefan Stokes?

Hope corou.

– Então você se lembra dele.

– Lembro. Quer dizer, não é nem questão de lembrar. Ele ainda mora aqui.

Foi a vez de Hope ficar chocada.

– Sério? Mas... eu fui ao bosque. – As mãos dela tremiam. – A caravana... Não tem mais nada lá. Tudo tinha sumido, a clareira estava coberta de vegetação. Ele sempre me disse que não conseguia ficar no mesmo lugar...

– Nunca conseguiu. – Stefan passou anos rodando pelo país, às vezes se juntando à família estendida de viajantes romenos, em outras preferindo ficar sozinho. – Até que a filha dele teve uma filha e decidiu se fixar em um lugar. Ele voltou há oito anos. E foi para ficar.

– Ele está… bem? – perguntou Hope, sem ar.

– Muito bem. A caravana seguiu. Quando compraram Finch Hall, os Hanham-Howards ofereceram um pedaço de terra para ele tomar conta. Ah, uau, isso é incrível – comentou ela. – Parece coisa de filme! E ele ainda é solteiro. Posso levar você lá agora!

– Não, não… não adianta, não faz sentido, só pioraria as coisas. – Com a mão no peito, Hope disse: – Ele é romeno, é por isso que nunca poderíamos ficar juntos. A família dele jamais aceitaria que ele se casasse com alguém de fora. Ah, caramba, não consigo parar de *tremer*. – Ela mostrou os dedos esticados. – Voltei, mas não esperava por isso. Realmente não esperava que ele ainda estivesse aqui.

– É uma coisa boa – disse Frankie. – Você não gostaria de vê-lo outra vez?

Os olhos de Hope brilharam enquanto ela pensava na proposta. Finalmente, perguntou:

– Ele continua bonito?

Quantos anos Stefan tinha? Sessenta, talvez. Mas, sim, não dava para negar: alto e bronzeado, com os olhos escuros cintilantes e as maçãs do rosto bem delineadas, Stefan Stokes sempre seria bonito.

Frankie fez que sim com a cabeça.

O sorriso de Hope murchou visivelmente.

– Claro que continua. E olhe para mim.

– Por quê? Não sei o que você está querendo dizer.

– Ah, pare com isso, não sou cega. Vejo meu reflexo no espelho de vez em quando. Quando não tenho como evitar – retrucou Hope, resignada. – Eu sei como eu era.

– Mas…

– O tempo passou. Algumas pessoas envelhecem bem, e eu não sou uma delas. Pode acreditar, eu seria uma decepção para o Stefan. E seria difícil de suportar. – Hope terminou o vinho, olhou o relógio e empurrou a cadeira para trás. – E já está na hora de eu ir. Foi ótimo rever você, e muito obrigada por… por tudo. Mas tenho que ir.

Hope parecia uma gazela assustada. Descobrir que Stefan estava por perto a deixara nervosa; agora, ela mal podia esperar para fugir dali. Frankie esperou enquanto ela chamava um táxi para Cheltenham, onde tinha reserva em um hotel.

– Também foi maravilhoso ver você – disse ela para Hope.

– Por favor, não conte a ninguém que vim. Estou falando sério – suplicou Hope. – Ninguém.

– Não vou contar, prometo. Mas você *ainda é você*. – Frankie não pôde resistir, tinha que fazer mais uma tentativa. – Realmente não acho que o Stefan ficaria decepcionado.

– Mas não posso me dar ao luxo de correr esse risco. Eu não suportaria.

Já estavam na porta. Hope ainda tremia só com a ideia de Stefan estar por perto.

– Você pode esperar aqui dentro de casa até o táxi chegar – ofereceu Frankie.

– Não, tudo bem, vou ficar aqui nas sombras. – À porta, Hope lhe deu dois beijos na bochecha e disse: – Vai chegar a qualquer momento. – Ela deu uma risadinha. – Fiquei tão nervosa que esqueci de perguntar sobre a família do Stefan. Não acredito que a filha dele está morando aqui. E a neta! Qual é o nome dela?

– Addy – disse Frankie. – Ela tem 9 anos. É uma figura.

O sorriso de Hope foi melancólico.

– Que maravilha. E onde eles estão?

Estava um breu lá fora. Dali, as casas em volta da praça pareciam acesas de forma aleatória. Frankie apontou para a mais iluminada, o Saucy Swan, com as luzinhas multicoloridas nas árvores.

– Ali. A Lois cuida do bar.

Quando Delphi simplesmente se recusava a dormir, Dex descobriu que o truque era colocá-la no carrinho, inclina-lo para trás para que ela ficasse quase deitada, cobri-la com uma manta e levá-la para um passeio pelo vilarejo até ela apagar. Provavelmente não era a coisa certa a fazer, mas, ora, pelo menos funcionava. E às vezes ele parava para conversar com quem estivesse ocupando as mesas de fora do Swan. Como naquela noite em que ele se sentou com Stefan Stokes, o pai de Lois. Depois daquele primeiro encontro nada promissor, tantos meses antes, os dois se tornaram amigos. Naquela noite, eles falaram de astronomia, um assunto que Stefan conhecia bem, e das melhores formas de fazer bebês agitados dormirem.

– Quanto a Lois nos deixava acordados, eu botava umas gotinhas de conhaque na mamadeira dela. – Os olhos de Stefan brilharam, achando graça da lembrança. – Todo mundo fazia isso naquela época. Acho que você seria denunciado se tentasse essa abordagem hoje em dia.

Lois, que tinha saído para pegar os copos vazios, concordou:

– Pois é, pode parecer absurdo, mas dar álcool a crianças pequenas não é muito bem-visto hoje em dia. – Ela balançou a cabeça. – Ignore-o. – Apontando para Delphi, ainda de olhos abertos no carrinho, ela acrescentou: – E você, mocinha, pare de brincar de coruja e durma. Dê um descanso para o seu pai.

– BRRRRRRRAAAAAA – declarou Delphi.

Ela parecia ainda mais desperta agora. Stefan e Lois voltaram para dentro do bar e deixaram Dex retomar a caminhada pelo vilarejo. Ele passou pela entrada da igreja e parou na frente da casa de Frankie para olhar o céu. Nunca tinha observado as constelações até Stefan lhe mostrar algumas. Conseguiria reconhecê-las de novo sem ajuda?

– GAAAAA – resmungou Delphi, em protesto, porque tinham parado de se mover.

– Shh.

Dex balançou o carrinho para a frente e para trás e continuou olhando as estrelas. Como as formas podiam ser tão óbvias em um minuto e tão impossíveis de encontrar no seguinte? Onde estava…

Ele virou a cabeça ao perceber que havia uma figura nas sombras, perto do portão da igreja. Dex piscou e ajustou a visão e notou uma mulher mais velha bem magra parada ao lado do muro.

– Desculpe. – Ela pareceu nervosa. – Eu não queria assustar você.

– Não foi nada. – Dex sorriu diante da preocupação dela. – Eu só estava olhando as estrelas, tentando encontrar o Cinturão de Orion.

Após uma breve hesitação, a mulher saiu de debaixo dos galhos do teixo que ficava acima do pórtico. Chegando perto dele, ergueu a cabeça para o céu e apontou.

– Ali está. Viu? Três estrelas seguidas.

– Ah, sim, estou vendo. Obrigado.

– E ali está o Grande Carro.

Ela apontou de novo e fez a forma no ar com o dedo até Dex identificar.

– Você entende do assunto – comentou Dex. Nunca vira aquela mulher, mas ela estava sendo útil. – Eu sou iniciante.

– Nós todos já fomos iniciantes. Uma pessoa que amava as estrelas foi quem me ensinou. E agora eu também as amo – explicou a mulher, com simplicidade, antes de se virar para Delphi. – E essa é a sua filha?

A vantagem do cabelo de Delphi estar crescendo era que ela não era mais confundida com um menino. Quando alguém perguntava se ela era sua filha, o coração de Dex sempre inflava de orgulho.

– É, sim.

Quer dizer, mais ou menos.

– Ela é uma gracinha. Não é, mocinha?

– KIAAHHH. – Delphi sorriu e balançou os pezinhos no ar.

– E dá trabalho, aposto. Mas vale a pena. – A mulher se inclinou e balançou os dedinhos esticados de Delphi.

– Com certeza vale.

Dex ficou imaginando quem ela era e o que estava fazendo ali. E estava prestes a perguntar quando os faróis de um carro contornaram a praça e um táxi apareceu.

Quando o carro se aproximou, a mulher anunciou:

– Ah, é o meu táxi.

Ela se empertigou e sinalizou para o motorista com o braço livre.

Dex a viu entrar no banco do passageiro e acenar para Delphi.

– Tchau. Foi um prazer conhecer vocês. Não se esqueça do Cinturão de Orion!

– Não vou. – Provavelmente esqueceria. – Tchau.

Delphi, imitando o aceno da mulher e abrindo e fechando as mãos como estrelinhas-do-mar, gritou:

– Tau!

Capítulo 27

ÀS TRÊS DA TARDE DE SEXTA, Henry finalmente cedeu e ligou para Dexter.

Tinha se segurado por muito tempo, não? Alarmado pela intensidade do que sentira ao ver a foto de Frankie, ele se obrigou a não visitar Dex por algumas semanas. Para provar que não era um perseguidor maluco, basicamente. E também na esperança de que seus sentimentos mudassem.

Bom, essa missão tinha sido apenas parcialmente cumprida; conseguira manter distância, mas os sentimentos ainda estavam lá. Enquanto isso, o amigo devia estar pensando que ele o abandonara, o que não era nada bom.

Dex atendeu o telefone, e Henry perguntou:

– Oi, como estão as coisas aí?

– Ótimas, melhores que nunca. Estou na sala de espera do médico me sentindo o mais cruel dos torturadores.

– Por quê?

– Porque a Delphi está no chão brincando com uma girafa de plástico e achando que está tudo bem. O que ela não sabe é que daqui a pouco vou ter que segurá-la enquanto aplicam uma injeção do tamanho de uma agulha de tricô.

Henry sorriu.

– Seu filho da mãe sem coração.

– Eu sei. Falando em filhos da mãe, quando vamos nos ver? Achei que você viria nos visitar.

Em Londres, no escritório no 37º andar, Henry girou na cadeira e olhou pela janela para a cidade abaixo. Aquilo era um convite; como poderia recusar?

– É por isso que estou ligando. Que tal este fim de semana? Pensei em ir de carro amanhã.

– Ah, ótimo. Vai ser perfeito. Vou apresentar você para o pessoal da cidade. – Dex parecia alegre. – Você vai adorar o bar, tem umas figuras doidas lá.

– Mal posso esperar. – Henry já estava com a boca seca. – A gente se vê por volta do meio-dia?

– Ah, seria melhor um pouco mais tarde. Prometi ajudar uma pessoa amanhã, dar uma mãozinha no café.

Só a menção à palavra *café* deixou Henry com calafrios.

– O lugar que tem o bode?

– Haha, esse mesmo. – Achando graça, Dex comentou: – Aqui é Briarwood, lembre. É o único café. Vou ter que ficar lá algumas horas. Será que você pode chegar às cinco?

– Tanto faz. – Era uma oportunidade de ouro. Henry, que não tinha intenção nenhuma de esperar até as cinco, falou: – Estou tranquilo. A gente se vê quando eu chegar.

Depois que desligou, Henry girou na cadeira e se imaginou dando um soco triunfante no ar. No dia seguinte a conheceria. Chegaria lá cedo e ofereceria ajuda junto com Dex.

O que poderia ser mais perfeito?

– Delphi Yates? – A maternal recepcionista sorriu para Dex. – Pode entrar com ela agora, querido. A Dra. Carr está pronta. É a segunda porta à esquerda.

Mas será que eles estavam prontos para a Dra. Carr? Dex já estava se sentindo meio mal. E se desmaiasse quando visse a agulha? Pegou Delphi no colo e foi em direção ao corredor. Bateu à porta e a abriu...

E deu de cara com Amanda.

Eles se encararam por um bom tempo.

Na última vez que a vira, ela estava nua. Naquele momento, usava um vestido verde-oliva bonito por baixo de um jaleco branco. Ele ficou tentado a dizer "Quase não a reconheci de roupa". Mas achou melhor ficar calado.

Finalmente, falou:

– Você é a Dra. Carr.

– Sou. – Ela não estava sorrindo.

– Você não me disse que era médica de família.

– Não... nem sou obrigada. – Amanda olhou para Delphi, apoiada no quadril dele, e disse friamente: – Parece que você também se esqueceu de me contar uma coisa.

Dex apertou Delphi quando a colocou sentada e a apoiou no colo.

– Não se preocupe, ainda sou solteiro. Sou o guardião da Delphi. Está tudo aí, nas anotações dela.

Ele esperou que ela abrisse os documentos relevantes no computador e os lesse.

– Certo. – Quando terminou, Amanda ficou visivelmente relaxada. – Bom, agora eu sei por que você teve que ir correndo para casa. Posso perguntar se você também está registrado comigo? Porque, se estiver, temos que realocar você para um dos outros médicos do consultório.

– Vou fazer isso.

Dex assentiu; quem imaginaria que mudar de médico podia ser um campo minado tão intenso?

– Certo, a Delphi precisa tomar a vacina conjugada antipneumocócica e antimeningocócica. Vamos cuidar disso?

Amanda entrou no modo profissional. Dex segurou Delphi e se esforçou para distraí-la enquanto a agulha era enfiada na parte carnuda da coxa. Em câmera lenta, o sorriso alegre e tranquilo foi se transformando em um berro desolado, e ela tentou fugir.

Dex, tentando consolá-la, ficou horrorizado ao sentir os olhos arderem de lágrimas. Ele sabia que estava fazendo aquilo porque era necessário, mas será que Delphi o perdoaria e voltaria a confiar nele? E, Deus, como era constrangedor Amanda vê-lo assim...

– Nunca é fácil fazer um bebê sentir dor.

Amanda sorriu para ele e soprou dentro de uma luva descartável; em segundos, Delphi parou de chorar e estava dando gargalhadas enquanto tentava pegar os dedos inflados.

– Mas, enfim. Não precisamos ficar constrangidos – disse Dex.

– Tirando o fato um tanto constrangedor de que dei meu número e você não ligou. – Amanda descartou a seringa na caixa designada para objetos pontiagudos e lavou as mãos.

– Mas ainda tenho. – Pela primeira vez ele não tinha jogado fora um pedaço de papel com o telefone de alguma garota; ele abriu a carteira e o pegou, com um ar triunfante. – Só estava esperando uma boa oportunidade.

Era verdade? Provavelmente.

– Ah, que bom. Fico feliz em saber.

– Por que você me disse que era secretária?

– Risco ocupacional de ser médica. – Amanda fez uma careta. – É mais fácil. Assim que as pessoas descobrem que eu sou médica, começam a falar de estalos no pescoço, dores de cabeça e seios assimétricos.

– Eu não faria isso – protestou Dex.

– Melhor ainda. Foi bom ver você de novo. – Ela olhou para o relógio. – Meu próximo paciente deve estar esperando.

– Vamos torcer para que você não tenha dormido com ele também.

– Até porque ela tem 86 anos e um problema crônico de bexiga. – Amanda sorriu, dizendo: – Tchau. Me liga.

– Gaaaaaahhh – observou Delphi.

– Vou ligar – prometeu Dex.

Era uma da tarde de sábado, e o sol estava forte. Henry tinha chegado a Briarwood duas horas antes e estava tendo um dia mais ou menos.

A parte boa era que Delphi estava encantada com ele e o seguia como um cachorrinho apaixonado, infinitamente fascinada pelo rosto, pelo cabelo, pelos dentes e pela voz dele.

A outra boa notícia era que estava sendo ótimo ver Dex de novo, a cidade em si era encantadora, e as pessoas eram simpáticas.

A má notícia, muito, *muito* decepcionante, era que Frankie Taylor, a mulher que ocupara seus pensamentos nas últimas semanas, não estava ali.

Ironicamente, ele descobriu – com dor no coração – que ela estava em Londres.

Mais ironicamente ainda, estava lá pela primeira vez na vida.

– Foi por isso que vim ajudar – explicou Dex, depois de apresentar Henry para Amber. – Eu estava aqui com a Delphi outro dia, conversando com a Frankie sobre Londres. Não acreditei quando ela falou que nunca tinha ido lá. Dá para imaginar? Então falei que ela devia ir.

Que maravilha. Perfeito. Muito obrigado. Henry se esforçou, mas só conseguiu parecer ligeiramente interessado.

– A mamãe disse que adoraria ir, mas não tinha como – completou Amber –, porque como poderia me deixar cuidando do café sozinha?

– Então me ofereci para ajudar a Amber – disse Dex, animado.

Que pessoas generosas...

– E ela foi passar o dia lá? – perguntou Henry.

– O fim de semana inteiro! Ela e a Molly, uma amiga. – Amber revirou os olhos. – Vão passear pelos pontos turísticos de dia e vão para uma boate à noite. Falei para a minha mãe que ela estava muito velha para ir a boates, mas parece que a missão da vida dela é me humilhar.

– Está mais do que na hora de ela se divertir – retrucou Dex.

– Divertir? É constrangedor. Ela está até ameaçando dançar. – Com um tremor de brincadeira, Amber completou: – Só que ela chama de *balançar o esqueleto*.

– Aqui, encontramos!

A porta do café se abriu e entrou uma mulher curvilínea com um vestido rosa apertado, carregando o que pareciam dois portões de madeira em cada mão. Quando viu Henry segurando Delphi, ela parou na mesma hora e disse:

– Ora, olá... meu dia acabou de ficar melhor. Quem temos aqui?

Supondo que ela estava falando do bebê, Henry disse:

– Essa é a Delphi.

– *Disso* eu sei. – Achando graça, ela completou: – Eu estava falando de você.

Socorro.

– Não o assuste – repreendeu Dex. – O nome dele é Henry, e nós trabalhávamos juntos. Ele veio passar o fim de semana.

– Cada vez melhor. Você é um colírio para os olhos, hein? – A mulher entregou os portões para Dex, pegou a mão de Henry e a apertou por alguns segundos. – Meu nome é Lois. É ótimo conhecer você. Espero que a gente se veja no Swan hoje à noite.

– A Lois cuida do bar – explicou Dex. – E, não sei se você reparou, ela não é muito tímida.

Henry, que *era* tímido, conseguiu puxar a mão de volta. Para esconder a confusão, ele apontou para os portões.

– O que é isso?

– Estamos construindo uma jaula. – Lois o observou por um segundo e abriu um sorriso com seus lábios saturados de batom vermelho. – É o antigo cercadinho da minha filha. O Dexter ia prender a Delphi em uma estaca no jardim, como o Jovem Bert. Então falei que pegaria o cercadinho para a menina poder ficar aqui dentro.

Quando Henry percebeu, estava no jardim do café com Lois, montando as laterais do cercadinho e apertando os parafusos que ela guardara dentro do sutiã de cetim malva. Quando se deu conta, estava ouvindo uma série de perguntas pessoais: era casado? Tinha filhos? Queria ter? Queria logo? Já tinha pensado em sair de Londres? E o que fazia para manter a forma?

Dex, que tinha saído e estava olhando de longe, comentou:

– Você está deixando ele com medo, Lois.

– Não estou, não. Estou? – Ela bateu no braço de Henry e apertou de leve. – Não tenha medo, eu só estou interessada. Gosto de saber sobre as pessoas. Se não perguntarmos, como vamos descobrir? E, vamos falar a verdade, não temos muita gente como você por aqui.

– Você está falando da cor da minha pele?

– Rá, eu estava falando do fato de você ser tão bonito. Seus olhos – disse Lois. – Essa voz. Esses músculos. O pacote completo.

O que ele devia dizer? Ah, Deus, e Lois tinha aberto mais o vestido para que o decote ficasse exposto?

– Espere aí – protestou Dexter. – Você está dizendo que ele é mais bonito do que eu?

– Ora, ora, vocês dois são espécimes perfeitos. Mas esse aqui tem os ombros e o porte de um jogador de rúgbi. – Henry fez uma careta quando

Lois passou a mão no braço coberto pela camisa. – Ele é mais o meu tipo, sem dúvida.

No bar, enquanto servia os clientes, Lois se repreendia internamente pelo show que dera mais cedo, com o amigo de Dexter. Sério, qual era seu problema? Às vezes não conseguia acreditar em si mesma. As outras pessoas enchiam a cara e acabavam passando vergonha, mas ela conseguia fazer isso até sóbria. Simplesmente acontecia, como se estivesse mentalmente programada para fazer o papel da atendente oferecida do bar em um seriado de TV, exagerada de todas as formas, espalhafatosa, descarada, paqueradora. Ela se sentia fazendo e dizendo coisas inadequadas, mas era quase impossível parar. Mesmo quando (como naquela tarde) ficava perfeitamente claro que o pobre homem – Henry – preferia ficar em paz.

Nem sabia por que fazia essas coisas; era uma espécie de compulsão para provar ao mundo que nada a assustava. Era uma fachada, uma barreira que erguia contra todos os homens para demonstrar que era superior a todos eles.

E, pensou Lois com pesar, às vezes funcionava bem demais. Quando eram homens como Henry, simplesmente não conseguia se controlar e acabava os deixando apavorados.

Dave Cabeludo, da oficina, se aproximou do bar.

– O mesmo de sempre, duas grandes. – Como sempre, ele olhou para seus seios e acrescentou, com uma risadinha: – Quando você quiser, amor. Você sabe disso, né?

Ergh, vai sonhando. Mas ele sozinho bebia o suficiente para manter o lucro do bar, então Lois revirou os olhos e retrucou, com bom humor:

– Sim, Dave, eu sei. Vai sonhando.

Mas, no fim das contas, não era igualzinha a ele?

Capítulo 28

AS SOLAS DOS PÉS DE MOLLY ESTAVAM PEGANDO FOGO. Visitar pontos turísticos dava trabalho, e o dia fora cheio de atividades. O Palácio de Buckingham, a roda-gigante London Eye, as Casas do Parlamento, Knightsbridge, o Serpentine... tantos lugares que Frankie nunca tinha visto ao vivo estavam sendo marcados na lista. Juntas, andaram de metrô, dando oi e sorrindo para as outras pessoas e sendo sumariamente ignoradas. Baseada em experiências anteriores, Molly tinha avisado que aquilo aconteceria, mas Frankie se recusara a acreditar e fizera mesmo assim. Milhares e milhares de pessoas espremidas como sardinhas sem se falar, recusando-se a reconhecer a existência umas das outras.

Mas aquilo tinha sido durante o dia. Já era noite e a antipatia da cidade não estava mais tão aparente. Quando a escuridão caiu e as luzes se acenderam no West End, Londres começou a ficar mágica, como se saída de um filme. As pontes sobre o Tâmisa cintilavam como colares, barcos turísticos iluminados navegavam pelo rio e as árvores nas margens estavam cheias de luzinhas brancas. A noite estava quente, e as pessoas andavam em frente a bares e cafés.

Será que morar ali era assim, ou você parava de notar depois de um tempo, aquela agitação eterna, a movimentação e o anonimato de tudo?

Frankie, pensando a mesma coisa, comentou:

– Daria para andar por essas ruas por semanas e não esbarrar em ninguém conhecido.

Molly assentiu e logo em seguida levou um esbarrão de um homem que passava correndo com fones de ouvido.

– Mas dá para esbarrar em um monte de gente desconhecida.

Nem todo mundo, no entanto, era antipático.

– Desculpe, não consigo parar de olhar para você. Você tem os olhos mais incríveis que eu já vi.

O problema de ouvir elogios assim era que Molly nunca sabia como reagir. Elas estavam naquela boate na Charlotte Street havia duas horas, e Adam já conversava com ela havia quarenta minutos. Dava em cima dela, na verdade. Ele era encantador. Era fácil conversar, um executivo de publicidade que morava em Notting Hill e era dono de um labrador cor de chocolate chamado Fredo.

– Ele é o amor da minha vida, meu melhor amigo. – Seus olhos cinzentos se apertaram enquanto ele falava com carinho sobre Fredo. – Uma figura. Você gosta de cachorros?

– Ah, sim. – Molly assentiu.

– Eu sabia. – O sorriso dele aumentou quando ele pôs a mão em cima da dela. – Eu jamais me sentiria atraído por uma garota que não gostasse de cachorros. Vou comprar outra bebida…

– Vou só ver como está a minha amiga.

Molly se virou e a procurou na multidão. Viu que Frankie estava na pista de dança com o homem com quem ela estava conversando antes. Frankie não estava interessada em se envolver com ninguém, mas tinha decidido mais cedo fingir que sim. Estavam em Londres, onde ninguém as conhecia; por uma noite, tinha a oportunidade de ser quem quisesse, em vez da pobre Frankie enganada pelo marido por vinte anos. Quando o homem na pista de dança perguntou se ela era divorciada, Frankie simplesmente dissera que sim, como se tudo tivesse acontecido muito tempo antes e não tivesse importância. E agora estava rindo e conversando enquanto dançavam juntos. Estava aprendendo a ser solteira de novo, treinando a esquecida arte do flerte.

Se bem que, para falar a verdade, a dança podia melhorar.

– Pronto. – Adam colocou outra bebida na mão dela. – Tim-tim.

– Tim-tim – repetiu Molly.

Fizeram o brinde, e ele sorriu de novo.

– Você é incrível. Estou muito feliz de isso ter acontecido hoje. Imagine se um de nós tivesse ido a um bar diferente.

– Você não está falando sério. – Ela balançou a cabeça. – É só mais uma cantada.

– Acha mesmo? – O sorriso aumentou. – Mas estou me saindo bem?

– Está, sim.

– Bom, talvez porque é verdade.

– Bom – disse Molly. – Muito bom.

– Também gostei do seu perfume. – Adam chegou mais perto para senti-lo. – Qual é?

As duas tinham enlouquecido na seção de perfumes da Harrods, à tarde, passando várias fragrâncias diferentes com nomes que nunca tinham visto. Tinha sido difícil se conter.

– É uma mistura – explicou Molly, e ele riu de novo.

– Viu? Quantas garotas diriam isso? Eu gosto de tudo em você. Venha, vamos dançar.

A música estava mais lenta. Que mal faria? Ele o conduziu para a pista de dança e passou os braços por sua cintura. Aquilo era promissor. Adam dançava bem, tinha ritmo, era divertido e fácil de conversar. A última coisa que esperava era encontrar alguém com quem pudesse querer se envolver, mas talvez o universo tivesse outros planos. Todos os casais tinham que se conhecer em algum lugar. E se aquela fosse a vez deles? E se os dois se casassem e tivessem filhos e vivessem felizes por várias décadas, e um dia sua neta se sentasse em seu colo e perguntasse: "Vovó, como você e o vovô se conheceram? Você soube de cara que ele era a pessoa certa?" E Adam riria e diria: "Eu soube, mas sua avó bancou a descolada e fingiu não me achar irresistível. Nós nos conhecemos em uma boate em North London, e…"

– Ei. – A voz de Adam interrompeu a fantasia. – O que você está pensando?

Até parece que Molly ia contar *uma coisa dessas*.

– Estou pensando em como meus pés estão doendo.

– Que sexy.

– Mas é verdade.

– E aqui estou eu, pensando que você tem os olhos mais bonitos que eu já vi.

Até parece.

– *Seeeeeeei.*

– E um nariz perfeito.

– Rá. – Molly balançou a cabeça. – Essas são as suas melhores tiradas?

– E sua boca – murmurou Adam – é tão… beijável.

– Mas você não sabe disso. – Ele era sedutor, mas brincalhão. Era só diversão, mais nada. Molly entrou na onda. – É só um palpite.

– Mas é um palpite com base. Não sou só um rostinho bonito, sabe? Tenho certeza de que você beija muito bem.

– Pior que não. Sou péssima, um desastre. Pareço um camelo.

Adam riu e parou de dançar por um momento.

– Aposto dinheiro vivo que não é verdade.

– Ah, mas e se for? – Molly voltou a dançar, os braços na cintura dele.

– Isso está me matando. Agora vou ter que saber.

Ela fingiu não ouvir.

– Se você está fazendo joguinho comigo – sussurrou Adam no ouvido dela –, está dando certo. Estou gostando cada vez mais. Meu Deus, você é um *perigo*.

E de repente ele ergueu o queixo dela, virou seu rosto para perto. Por uma fração de segundo, Molly pensou em dar um beijo todo desajeitado, só para fazê-lo rir. Ah, mas não queria. E se acabassem se casando? O primeiro beijo deveria ser uma coisa bela, não? Um momento a ser lembrado com carinho, não por parecer com um ataque de camelo raivoso…

Seus lábios fizeram contato, e Adam a puxou para perto. Humm, que gostoso, se bem que a forma como a outra mão dele descia por sua bunda era meio presunçosa. Molly esticou a mão para afastá-la e…

– Seu filho da mãe, seu FILHO DA MÃE dos infernos! – berrou uma mulher a 5 centímetros do ouvido dela.

– Ah, merda, não. – Adam gemeu quando dois braços furiosos se interpuseram entre eles, separando-os como se fossem dois cachorros cruzando.

O que definitivamente *não eram.*

– O que está acontecendo? – perguntou Molly, apesar de ser bem óbvio.

– Ora, olá, *avó* do Adam, você está muito bem mesmo – disse uma mulher com cílios falsos enormes e cabelo louro platinado de aplique até a cintura. – Considerando que tem 85 anos e está à beira da morte.

Ah, céus, todo mundo ao redor tinha parado de dançar e estava encarando.

– Pode ser que ele tenha mentido para você, mas isso não tem nada a ver comigo. Eu nem o conheço! – disse Molly.

– Ah, sei. Garotas como você me dão *nojo*, você deveria ter vergonha. Dormir com o namorado de outra pessoa e correr para os jornais, é isso que o seu tipinho faz…

– Você pode contar para ela? – Atordoada, Molly apelou para Adam, que estava tentando se safar. – É sério, isso não é *justo*.

– Cala a boca cala a boca CALA A BOCA! – gritou a loura na cara dela. – E fica longe do meu namorado!

– Mas eu não estava…

Molly ofegou e não conseguiu desviar bem na hora em que o conteúdo de uma taça de vinho a acertou, molhando a frente do vestido.

Capítulo 29

 MOLLY FICOU PARALISADA.
Seu vestido branco.
Vinho tinto.
Nele todo.
– Ah, merda. – Adam segurou os braços da namorada. – Você não deveria ter feito isso.
– Rá! – Com as mechas louras platinadas voando, a namorada apontou o dedo para Molly e gritou para ele: – E *você* não deveria ter feito *aquilo*!
Molly olhou para baixo, estupefata com o estado em que se encontrava. Parecia uma cena de assassinato ambulante, e o vinho tinto estava pingando do cabelo.
– Quem sabe isso te ensina a manter as mãos imundas longe do meu homem! – gritou a loura, enquanto Adam a puxava para longe. Depois de dar um tapa na cabeça dele, a mulher acrescentou: – E eu odeio você também!
Adam respondeu:
– Sua idiota, olha o que você fez com o vestido dela.
– Ai, meu Deus. – Frankie tinha voltado do banheiro feminino e parado na beirada da pista de dança. – *O que aconteceu?*
Brigas não eram do feitio de Molly. Aquilo era um pesadelo. Ela se virou e foi na direção da saída, pingando vinho tinto por todo o caminho. Na calçada, mais pessoas se viraram para olhar. Um dos funcionários do bar foi atrás dela.
– O Adam me pediu que lhe transmitisse as mais sinceras desculpas e lhe desse isto. – O rapaz lhe entregou um maço de notas.

Ao examinar melhor, Molly viu que não era bem um maço, apenas algumas notas; ele tinha estimado que o vestido dela custava 60 libras.

Por sorte, ela o encontrara na liquidação da Top Shop por 30. *Vitória.*

– Diga para o Adam que ele e a namorada se merecem. – Quando Molly estava guardando o dinheiro, um flash piscou, e ela viu que o barman tinha tirado uma foto dela com o celular. – Ei. Para que isso?

– Desculpe. Só tirei uma foto para mostrar para a minha mãe. Tchau.

Ele voltou para o estabelecimento e, segundos depois, Frankie apareceu correndo com a jaqueta no braço.

– Tive que ir buscar na chapelaria. Você está bem? Não acredito que ela fez isso.

– Ele mentiu para ela, disse que ia visitar a avó no hospital. Vem, vamos embora.

Cansada da atenção que estava recebendo, Molly cruzou os braços, toda encharcada.

Quando estavam voltando para o hotel, Frankie disse:

– Sinceramente? E pensar que fiquei imaginando se veríamos alguma celebridade em Londres.

Molly andou mais devagar.

– Como assim? Havia algum famoso na boate? Droga, não vi.

– Você está de brincadeira? – Frankie olhava para ela de um jeito estranho.

– Por quê? Não. Quem eu perdi?

– É sério? Você não vê *Mortimer Way*?

Molly balançou a cabeça; *Mortimer Way* era uma das novelas das quais nunca tinha gostado.

– A que jogou vinho em você – disse Frankie. – Ela faz o papel da cabeleireira, que é casada com uma travesti.

– Ah, que ótimo.

– E acabou de sair da prisão por ter sequestrado o namorado do marido.

– Na vida real?

– Não, na novela. Não vejo muito – disse Frankie, mais que depressa. – Só de vez em quando.

No hotel, Molly encheu a pia do banheiro, tentou sem sucesso tirar as manchas de vinho (o importante era tentar, não?), mas acabou jogando o vestido estragado na lixeira.

O sinal do celular não estava nenhuma maravilha, mas uma pesquisa no Google as informou de que o nome da atriz era Layla Vitti. Tinha 30 e poucos anos e um histórico de romances desastrosos. Era famosa por se apaixonar por homens que a tratavam mal e partiam seu coração. E, naquele momento, Adam parecia ser mais um para acrescentar à lista.

– Por que ela precisava estragar a *nossa* noite? – resmungou Molly. – Por que não jogou o vinho no namorado galinha?

– Algumas mulheres são assim. Nunca culpam o homem. Como ele era, afinal? – Frankie tinha tirado os sapatos e começou a abrir o vestido. – Vocês pareciam estar se dando tão bem...

– Estávamos mesmo. – Molly fez uma careta. – Isso porque ele tinha se esquecido de mencionar que era um babaca mentiroso. Ah, era para ser um fim de semana especial para você. É só uma da madrugada, e ainda tem muitas boates abertas. Por que eu não visto outra roupa e a gente sai de novo?

– Para ser sincera, acho que não quero. Para quê? – Frankie pegou o pijama e completou, secamente: – Com a nossa sorte, acabaríamos conhecendo alguém pior, se tentássemos.

– Ah, não, você vai embora? – perguntou Lois, com um ar desolado.

Henry também não queria ir, mas eram oito horas de domingo, e ainda não havia sinal da Frankie do café. A situação estava ficando ridícula. Ele e Dex tinham passado a noite anterior no Saucy Swan enquanto Amber e o namorado cuidavam de Delphi. Naquela tarde, tinham ido ao bar de novo, dessa vez levando Delphi, e comeram um dos estupendos assados de domingo de Lois.

– Vou.

Henry pegou a chave do carro e percebeu que a mulher ia dar um beijo nele. Como não havia escapatória, ele se preparou para aceitar de forma amistosa.

– Bem, trate de voltar e nos visitar de novo. *Logo.* – Com os brincos tilintando e o perfume se espalhando, Lois segurou a cabeça dele e lhe deu um beijo na boca. – Rá, olha a sua cara! Me desculpe, não consegui resistir. Culpa sua, por ser tão lindo. Gostou da comida?

– Muito.

Ele assentiu. Daquela vez, era verdade.

– Lois é uma cozinheira maravilhosa – disse Dex com admiração. – É por isso que comemos aqui toda semana.

– É só um dos meus muitos talentos – comentou ela, piscando para Henry.

Lois era uma figura. E também apavorante. Disfarçando o constrangimento, Henry se virou para Delphi, que não o apavorava.

– Tchau, linda. Nos vemos logo.

– Ouviu? – Lois abriu um grande sorriso. – Ele já está sentindo minha falta.

– UauauauaUAAA. – Delphi, falando sem parar no colo de Dex, se esticou para dar um beijo em Henry.

– Uauaua pra você também.

Henry a pegou nos braços e deixou que ela segurasse suas orelhas, *ai*, enquanto lhe dava um beijo na bochecha.

– Ah, que lindo! – Lois os observava com carinho. – Você seria um ótimo pai. – Com os olhos cintilando de malícia, completou: – Eu aceito se você quiser. Só tenho 37 anos, caso esteja se perguntando. Ainda estou cheia de óvulos.

Quinze minutos depois, no carro, Henry estava pensando nos dois últimos dias. Tinham sido ótimos, e gostara muito de ver Dex e Delphi de novo, mas sua missão fora um fracasso total. Não conseguira o que pretendia fazer no fim de semana.

Ah, bem, tarde demais. Não tinha o que fazer.

O sinal de trânsito no cruzamento à frente ficou vermelho, e ele parou. Na direção oposta, um Fiesta amarelo também parou. Enquanto esperava o sinal abrir, Henry viu uma pequena criatura andar pela rua em frente ao Fiesta. Um rato? Um hamster? Um porco-espinho, talvez? Ele era da cidade grande, não sabia o que era. Mas será que a pessoa do outro carro teria visto? Porque, se não tivesse, era possível que acabasse atropelando o bicho.

O sinal abriu, e Henry abriu a janela para avisar. Ao mesmo tempo, a porta do passageiro do Fiesta foi aberta, e uma garota de camiseta vermelha e jeans branco pulou lá de dentro. Ela correu para a frente do carro, se inclinou e aninhou o animal nos braços. Henry viu as orelhas compridas e percebeu que era um filhote de coelho. A garota, ciente de que ele estava olhando, abriu um sorriso enquanto levava o coelho para o campo do outro lado e o colocava em um lugar seguro.

Com o coração revigorado pelo breve acontecimento, Henry sorriu e seguiu em frente.

– Esse *não foi* o meu fim de semana. – Molly voltou para o banco do passageiro e disse: – Você faz um favor a um animal e como ele agradece?

– Ah, não!

Frankie se esforçava para não rir.

– Odeio a vida selvagem – disse Molly, olhando para a mancha na calça branca, onde o coelho apavorado tinha urinado.

O e-mail chegou à caixa de entrada de Molly quando estava ocupada pondo no papel ideias para Boogie e Boo. Olhou para a tela do computador e viu que era de Liz, uma amiga da época da escola. O assunto era HAHAHAH-AHA, o que provavelmente significava um daqueles e-mails engraçadinhos que as pessoas gostavam de encaminhar para todos da lista de contatos. Molly o ignorou e continuou trabalhando na tirinha.

Duas horas depois, ao parar para fazer uma caneca de café, clicou no e-mail. "Oi! Vi isso na internet e levei um susto: a garota é a sua cara! Não é estranho pensar que você tem uma sósia?!!!"

Havia um link. Liz *amava* enviar mensagens assim; Molly achava que, ao abrir o link, veria uma foto hilária de uma idosa desdentada de biquíni.

Molly tomou um gole de café e apertou o botão.

A foto que apareceu na tela quase a fez se engasgar.

Ah, merda, *era* ela. O link era de um dos tabloides mais escandalosos do país. Pela primeira vez, Liz não estava brincando.

Atordoada, leu a legenda "Layla dá um banho!" acima de duas fotos, uma que ela nem sabia que tinha sido tirada. Na primeira, Layla Vitti segurava a taça vazia de vinho, gritando e sendo contida sem muito ânimo por Adam. Molly ficou enjoada; estava na foto também, mas seu rosto foi parcialmente coberto pelo ombro de Adam.

A segunda foto, por sua vez, era a que tinha sido tirada do lado de fora, na calçada. De frente, com o vestido branco sujo de vinho e o rosto todo à mostra.

Ah, Deus, ah, Deus, *por que eu*?

A matéria que acompanhava as fotos dizia: "A escandalosa atriz Layla Vitti fez uma aparição surpresa no Bellini's Club ontem à noite e pegou o amor da sua vida, o vendedor de carros Adam Burns, nos braços de uma loura misteriosa. O encontro terminou em confusão, com Layla jogando vinho tinto na rival, que fugiu imediatamente. Fotografada do lado de fora da boate depois do espetáculo dramático, a garota humilhada parecia à beira das lágrimas. Querida Layla, isso não foi muito elegante, hein? Ah, adoraríamos saber a identidade da loura misteriosa com o vestido destruído. Entre em contato conosco se souber quem ela é."

Molly balançou a cabeça com vigor. Nããããão, por favor, não. Já não tinha sofrido o suficiente?

Além disso, que absurdo, a loura *não* estava nem um pouco à beira das lágrimas.

Ela digitou depressa uma resposta para o e-mail de Liz. "Que engraçado! Ela se parece mesmo comigo, só que isso foi em Londres, e eu estava aqui em Briarwood, comendo comida chinesa e vendo TV. Pelo visto, eu me diverti mais do que essa coitada. Tenho certeza de que ela acharia melhor ter ficado em casa! Beijos."

Pronto, enviado.

Será que outras pessoas a identificariam? Quantos leitores aquele jornal tinha? Com sorte, só uns poucos a conheciam de verdade.

Por via das dúvidas, era melhor dar uma ligada para Frankie e avisá-la. E se alguém perguntasse se a garota da foto era ela... Molly sentiu um calafrio só de pensar. Bom, teria que insistir que não era.

Negar, *negar*.

Capítulo 30

 DEX TINHA DESCOBERTO QUE, como homem solteiro em busca de atenção do sexo oposto, uma ótima ideia era ir ao supermercado com um bebê fofo.

O único problema era que a atenção nem sempre vinha do tipo de mulher que ele tinha em mente.

– Ahhhh, não é um menininho lindinho? Ah, é, sim, é, sim!

Uma vovó gorducha de cardigã rosa de crochê se inclinou na frente do carrinho e sorriu para Delphi, que ficou encarando a verruga enorme na ponta do nariz da senhora.

– Obrigado.

Dex tentou passar por ela com o carrinho antes que Delphi tentasse agarrar a verruga, mas a velha tinha bloqueado a passagem.

– Qual é o nome dele?

– Hum... na verdade, é uma menina. Delphi.

– Rá, que nome engraçado – comentou a velha. – Parece nome de carro.

Era um campo minado caminhar entre os corredores, ciente de que todas as mulheres que encontrasse poderiam decidir brincar com Delphi e iniciar uma conversa sobre o tamanho dos cílios dela, os perigos de certos alimentos, o preço das fraldas ou o melhor produto para tirar manchas das roupas. Na semana anterior, uma garota cercada de crianças pequenas o convidou para ir tomar café na casa dela, garantindo, com olhar paquerador, que ele não precisava se preocupar, que ela não oferecia perigo, pois tinha feito ligadura de trompas depois do sexto filho.

Outra, quando Delphi ficou agitada e jogou a mamadeira de água no chão, dissera:

– Ah, não, pobre bebê, esse homem está tentando fazer você beber essa coisa horrível? – Ela se virou para Dex, mostrou, solicitamente, o que havia em seu carrinho, aconselhando, animada: – Você devia dar Fanta para ela, é a única coisa que os meus filhos bebem. Eles adoram!

E, naquele dia, quando estava saindo do mercado, fora parado por uma senhorinha fofa que pareceu se apaixonar por Delphi e passou vários minutos exclamando o quanto ela era linda, depois se virou para ele e disse com tristeza:

– Você precisa aproveitar o máximo que puder, querido, antes que batam as asas e abandonem você. Tenho cinco filhos e dezessete netos, mas não vejo nenhum deles há anos.

Aquilo, claro, era insuportavelmente triste. Até que, cinco minutos depois, quando estava devolvendo o carrinho vazio para a loja, Dex a viu de novo, sendo conduzida por uma mulher de meia-idade que dizia, pacientemente:

– Vamos, mãe, vamos para casa, está bem?

O que também era insuportavelmente triste, só que de outra forma.

Estavam em casa agora. Quando estacionou, Dex viu em frente ao chalé de Molly um carro que não reconheceu. E logo um Mercedes vinho reluzente. Seu coração disparou; será que ela teria arrumado um novo amor?

Mas viu duas pessoas na porta, tocando a campainha. Quando tirou Delphi da cadeirinha do carro, eles se viraram e seguiram pelo caminho.

– Oi! Nossa, que bebê fofo! – A mulher era vagamente familiar e estava usando um vestido grudado de oncinha e saltos enormes. Ela olhou para Dex com apreço e disse: – Que pai fofo também. Você é casado?

– Isso não importa agora. – O homem mais velho que a acompanhava balançou a cabeça. – Temos que andar logo.

– Certo, desculpe. – A mulher se virou para Dex. – Estamos tentando encontrar Molly Harris. Essa é a casa dela, né? Mas não tem ninguém.

Dex olhou para o relógio. Eram oito e dez. Ele apontou para o outro lado da praça.

– Ela deve estar lá. Ela tem uma aula nas noites de segunda. E é Hayes, não Harris.

– Tanto faz – disse a mulher com aplique louro no cabelo. Depois perguntou, sorrindo: – E qual é o *seu* nome?

O acompanhante grisalho interveio, impaciente:

– Você pode dar um tempo? A gente veio aqui por um motivo, lembra? – Falando com Dex, ele disse: – Onde são essas aulas?

Ele estava reconhecendo a mulher de algum lugar. Seria da TV, por acaso? Intrigado, Dex mentiu:

– É em um lugar difícil de encontrar. Posso levar vocês lá, o que acham?

O homem abriu o porta-malas do carro e pegou um buquê de lírios embrulhado em celofane e uma sacola grande de presente.

– Tudo bem. – Ele entregou a sacola para a mulher. – Aqui, pode carregar isto.

O nome da mulher era Layla. Ela estava tendo certa dificuldade com os saltos afundando na terra macia da praça. Quando chegaram ao café, ela parou para olhar seu reflexo na porta de vidro.

– Eu estou bem?

– Deixa eu ver os dentes – ordenou o homem grisalho. Ela mostrou os dentes para ele com obediência, como se fosse um orangotango. – Tem batom no dente esquerdo de cima. Limpe.

Dex não fazia a menor ideia do que estava acontecendo, mas não tinha intenção nenhuma de perder um momento desses. Assim que Layla terminou de tirar o batom rosa do dente clareado, usando um lenço de papel, ele abriu a porta.

– Por aqui.

– Pronto, lá vamos nós. – Layla se preparou e espiou pela porta. – Ah, que legal, ela *dá* a aula. Está pronto? – Ela se virou para olhar o companheiro.

O homem grisalho colocou as flores na mão livre dela.

– Vai.

Ela seguiu rebolando pelo café, fazendo uma entrada chamativa, e os alunos de Molly se viraram para ver de quem eram os saltos estalando no piso de ladrilhos. Um adolescente curvado de moletom cinza olhou duas vezes e quase caiu da cadeira.

Por fim, Molly, que estava desenhando expressões em rostos em uma prancheta diante da turma, olhou para trás e deixou a caneta cair. Dex,

204

encostado na porta com uma Delphi intrigada no colo, ficou maravilhado ao ver Molly totalmente vermelha.

Se ela estivesse desenhando uma caricatura de si mesma, as bochechas brilhariam como o sol.

– Desculpem pela interrupção, pessoal, mas estou aqui em uma missão. – A voz de Layla se espalhou sem dificuldade pela sala. – É uma coisa que eu *tenho* que fazer. Querida, não acredito que encontrei você! – Ela abriu bem os braços e se aproximou de Molly, que parecia paralisada de horror. – Vim pedir desculpas. Foi um mal-entendido bobo, e eu errei em fazer o que fiz… mas os homens são assim mesmo, né? Eles partem nosso coração em pedacinhos… Não acreditei que estava acontecendo comigo de novo. Mas, enfim, me desculpe. Do fundo do coração. São para você… – Ela entregou as flores e a sacola para Molly. – E espero que me perdoe, estou rezando para isso. Aqui, você gosta de lírios? São as minhas favoritas. E olhe a sacola… olhe!

Dex percebeu que o homem grisalho estava tirando fotos. O adolescente de moletom cinza filmava a cena no celular. O restante da turma estava perplexo.

– Achei que ele fosse solteiro. – O rosto de Molly ainda estava vermelho, e o tom de sua voz era tenso. – Foi ele quem errou. Você devia ter jogado o vinho nele, não em mim.

– Eu sei, eu *sei*! – exclamou Layla, numa voz teatral. – Mas sabe a jaqueta que ele estava usando? Eu tinha comprado de presente uma semana antes, na Prada! Custou uma fortuna!

– Então foi mais fácil jogar em mim porque meu vestido era muito mais barato?

– Ah, olha, foi por isso que precisei vir atrás de você! Fiquei me sentindo péssima! Vim pedir desculpas e fazer as pazes. Aqui…

Como Molly hesitou, Layla abriu a sacola. De dentro, tirou outro vestido branco e uma bolsa lilás de couro com viés prateado.

– São para você. E espero de verdade que possamos ser amigas. Ah, venha aqui, quero te dar um abração!

– Não precisa…

Mas não adiantou. Layla estava determinada, com as mãos estendidas. Molly foi obrigada a ceder e deixar que ela a abraçasse. Quando o homem grisalho do jornal terminou de tirar as fotos, Molly perguntou:

– Como você me encontrou?

– Uma pessoa reconheceu você no jornal e ligou para a gente.

– O nome?

– Espera, preciso pensar. – Layla estreitou os olhos, voltou a abri-los e disse animada: – Já sei. Alfie!

Molly revirou os olhos e espiou o adolescente de moletom, que desceu na cadeira, como se estivesse derretendo.

– Muito bem, Alfie. Muito obrigada.

– Desculpa. Eles disseram que iam me pagar 20 pratas. – Ele se virou para o homem de cabelo grisalho e perguntou, esperançoso: – Você é do jornal? Quer comprar minhas charges?

Depois de uma olhada nos desenhos no bloco A4 de Alfie, o homem respondeu, sem interesse:

– Não.

Capítulo 31

DEPOIS QUE O EXERCÍCIO DE RELAÇÕES PÚBLICAS estava feito, Layla e o fotógrafo resignado foram embora do café e voltaram para o carro. Como já eram praticamente oito e meia, Molly embrulhou o vestido e dispensou os alunos. Olhou para Dex com desconfiança.

– Por que você ainda está aqui?

– Pensei em esperar você. Podemos voltar andando juntos. – Ainda intrigado pelo incidente, comentou: – Parece que você teve uma noite bem agitada esse fim de semana.

– E imagino que você esteja doido para ouvir os detalhes sórdidos.

Claro que estava.

– Ei, não precisa ficar na defensiva. Estou do seu lado.

Aquilo era verdade; Dex realmente odiava a distância que havia surgido entre os dois. Com sorte, aquela noite poderia ser a oportunidade para ele oferecer seu apoio e voltar ao clima ameno de antes.

Molly hesitou, e Delphi aproveitou a brecha para soltar um grito alegre:

– BRRRRRRRRAAAHHH!

Deu certo; bebês berrando de alegria sempre agradavam a plateia. Molly sorriu e disse com pesar:

– Era isso que eu deveria ter dito para o namorado da Layla, no sábado. Sério, mas que cretino.

– Aqui, deixa que eu faço isso. – Ele passou Delphi para ela, terminou de empilhar as cadeiras e guardou o cavalete no armário. – E não se preocupe

207

– acrescentou, olhando para trás. – Não vou pressionar você. Não precisa me contar se não quiser.

Ele tinha descoberto que essa tática quase sempre funcionava. Com sorte, não falharia naquele momento.

– Meu Deus, foi muito constrangedor – disse Molly. – Um cara veio dar em cima de mim na boate. Achei que ele parecia legal, o que só mostra como sou idiota. Conversamos um tempão, ele me disse que era executivo de publicidade, que havia anos que não encontrava alguém com quem se desse bem. E ficava me elogiando. Eu sei que ele só estava flertando, mas parte de mim achou que talvez alguma coisa pudesse ser verdade. Não acredito que estou te contando isso. – Ela balançou a cabeça. – Eu é que fui otária. Você deveria estar morrendo de rir.

– Não estou. Eu não faria isso. – Dex pegou a chave, trancou a porta e a acompanhou até a rua. – O que houve?

– Estávamos no meio da pista, dançando uma música lenta. O Adam ficou tentando me beijar.

– E?

A ideia o deixou tenso. Não era ciúme, concluiu Dex; provavelmente era por saber que o encontro não tinha acabado bem.

– Eu estava brincando, falando que beijava mal... e ele apostou que era mentira. E disse que teria que descobrir qual de nós estava certo. Àquela altura, a Layla já estava lá, olhando a gente. – Molly parou para soltar a mecha de cabelo que Delphi tinha agarrado e enrolado entre os dedos.

– Não se mexa. Eu ajudo você.

Dex chegou mais perto e desemaranhou lentamente os fios de cabelo da mão grudenta de Delphi.

– Bom, o resto você já sabe. Quando me dei conta, eu estava coberta de vinho tinto e Layla gritava na minha cara porque, na cabeça dela, eu tinha escolhido o namorado dela de propósito. Todo mundo ficou olhando. Eu nem sabia quem ela era, meu Deus. Só fiquei morrendo de vergonha. Malditos homens.

Dex tentou não pensar na quantidade de vezes que fora a causa de incômodos parecidos. Nunca tinha planejado fazer as garotas infelizes, mas às vezes essas coisas aconteciam.

– Desculpe – disse sem pensar.

Molly olhou para ele.

– Você não estava lá.

– Eu sei. Estou pedindo desculpas em nome dos malditos homens de todos os lugares.

– Ah, estou me sentindo *tão idiota*…

– Bom, não deveria. – Dex pensou se era uma boa ideia passar um braço em volta dos ombros dela para reconfortá-la. Mas decidiu não arriscar e lhe deu um cutucão simpático. – Ele é o culpado.

– Mas o papel de idiota no jornal foi meu. E vai acontecer de novo com as fotos que tiraram hoje. – Molly tremeu. – Eu não queria fazer aquilo. Mas reagir teria gerado ainda mais confusão, teria piorado tudo.

– E ela deu umas coisas para você – concordou Dex. – Se você tivesse recusado, acabaria pegando mal.

Molly tinha deixado as flores no café para Frankie.

– Pois é. Ah, paciência. Sou uma idiota. – Ela balançou a cabeça, resignada. – Era de se imaginar que eu já estaria acostumada.

– Ei. – Dex se compadeceu por ela. – Você não fez nada de errado.

– Vou ficar repetindo isso.

– *Eu* vou ficar repetindo para você. – Ganhando coragem, Dex perguntou: – Você tem alguma coisa para fazer ou gostaria de ir lá em casa tomar uma taça de vinho?

Por um segundo, Molly não respondeu. Ah, Deus, estaria tentando inventar uma desculpa? Mas ele sentia *tanta* falta do antigo relacionamento dos dois, era tão simples…

Ela sorriu.

– Obrigada, eu adoraria. Pode ser uma taça bem grande?

Do tamanho que você quiser.   Dex sentiu como se tivesse ganhado um prêmio incrível. – Sabe aquela bacia vermelha no quarto da Delphi, onde ficam todos os brinquedos? Pode usar, se quiser.

– Você está falando de brincadeira – avisou Molly. – Mas pode ser que eu use mesmo.

Ele a cutucou de novo.

– Então isso quer dizer que somos amigos de novo?

Desta vez, ela o cutucou.

– Talvez.

Graças a Deus.

– Que bom. Fico feliz. Senti sua falta.

– Imaginei – disse Molly. – É muito ruim ficar longe de mim.

Dex teve vontade de abraçá-la. *Mas definitivamente não faria isso.*

Quando chegaram aos chalés, Dex pegou as chaves do carro e abriu o porta-malas.

– Preciso levar tudo para dentro. Tudo bem. – Ele fez sinal para Molly seguir em frente. – Leve a Delphi para dentro. Eu carrego isto.

Quando ele destrancou a porta da casa, Molly disse:

– A fralda está bem pesada. Quer que eu suba com ela e troque?

– Obrigado, você é demais.

Ele parou para vê-la subir a escada com Delphi, que sorria para ele por cima do ombro dela. Que bunda linda Molly tinha. *Não pense nisso nunca mais.*

Dex se virou e foi buscar as primeiras sacolas no carro. Na cozinha, descobriu que o sorvete estava derretendo e as outras comidas congeladas estavam começando a descongelar. Tirou tudo das sacolas e guardou no freezer. Como sempre, tinha comprado comida demais e não havia espaço para guardar, então arrumar tudo foi como um jogo de Tetris abaixo de zero.

Estava travando uma guerra entre um saco de ervilhas congeladas e um de batatas quando alguém atrás dele tossiu para comunicar que estava lá e, com voz de quem estava achando graça, falou:

– *Oficialmente*, dei uma passada para ver se a Delphi está bem depois da vacina, mas o que queria mesmo saber era se você estaria interessado em uma noite de sexo selvagem, considerando que eu estava passando aqui perto.

Merda, *merda*. Dex se levantou, se virou e disse:

– Oi, é bom ver você...

– Eu deveria ter tocado a campainha – continuou Amanda –, mas a porta estava aberta, e vi as sacolas de supermercado no porta-malas do carro. E sei que seria melhor esperar uma ligação, mas foi uma decisão de impulso. Vim visitar um paciente na cidade ao lado. Você não se importa, né? – Ela ergueu uma sobrancelha brincalhona. – Se não estiver com humor para sexo selvagem, é só dizer. Não vou me ofender.

Que voz clara, confiante e *alta*.

– A questão é que estou um pouco...

– Ei, tudo bem. Posso dar uma mãozinha com isso. Deixa que eu ajudo. Quer que eu pegue o resto das sacolas no carro?

– Hum…

Ele estava totalmente sem prática e não sabia mais como agir em situações assim, tinha perdido os reflexos. Amanda já estava saindo da casa. Só precisava explicar para ela que tinha outros planos e…

– É, isso é meio constrangedor – comentou Molly, do alto da escada.

Ah, droga, ela tinha ouvido. Claro que tinha. Dex se virou e a viu parada no alto da escada com Delphi, que estava pronta para dormir, com o macacão azul atoalhado.

– Não é. – Ele balançou a cabeça. – Vou dizer para ela que você está aqui.

– Dex, tudo bem. Eu vou embora.

– Mas…

– Olha, a noite que ela está oferecendo é bem mais interessante do que a minha. Não tem problema. Aproveite. Eu não sabia que vocês tinham uma coisa. – Enquanto falava, Molly foi descendo a escada e entregou Delphi para ele. Naquele momento, Amanda reapareceu na porta, com duas sacolas e um pacotão de fraldas.

– Ah, oi! – Ao contrário dele, Amanda se recuperou na velocidade da luz. – Eu não sabia que havia outra pessoa aqui! Só passei para ver se a Delphi não teve alguma reação depois da vacina…

– Somos só amigos – disse Molly. – Moro na casa ao lado. Não tem problema, eu já estava de saída.

Então as opções eram não fazer sexo com Molly ou fazer sexo com Amanda, e Dex ficou dividido de verdade. Antes que pudesse reagir, a decisão foi tomada para ele.

– Estava? Ah, nesse caso – disse Amanda com alegria –, tchau!

Em casa, Molly se sentou de pernas cruzadas no sofá com um bloco de papel A4 no colo. Então Dex estava tendo um relacionamento clandestino com a Dra. Carr. Se bem que, se ela deixasse o Peugeot prateado em frente ao Chalé do Gim, o relacionamento não seria clandestino por muito mais tempo.

Não que houvesse algo de errado com aquilo; os dois eram solteiros e não havia motivo para não saírem juntos, embora, pelo visto, a promessa de Dex de não dormir com mulheres em casa estava prestes a ser quebrada.

Por outro lado, alguém chegara a acreditar que não seria?

Bom, boa sorte para eles. O estômago de Molly se contraiu enquanto ela desenhava Amanda Carr, com o cabelo perfeitamente simétrico, o nariz arrebitado e a camisa branca engomada, sempre tão calma e controlada. Elas deviam ter quase a mesma idade, mas Amanda era uma adulta de verdade. Tinha até estetoscópio.

Com emoções conflitantes, Molly exagerou o queixo meio pontudo e a boca estreita para obter um efeito de bruxa. Talvez tivesse sido a postura madura que atraíra o interesse de Dex. Talvez aquilo fosse o que ele queria, ou então precisava de uma parceira, para que acabasse com a busca infinita de uma conquista após a outra.

Molly fechou os olhos e voltou a abri-los. Isso queria dizer que era um relacionamento duradouro? Para ser sincera, não queria que fosse. O motivo para ter rechaçado os avanços embriagados de Dex foi porque ele era – e o próprio admitiu – um mulherengo, um péssimo negócio. Os dois eram vizinhos, e Molly tinha tomado a decisão crucial de que eram infinitamente melhores como amigos, em vez de duas pessoas que tinham se envolvido em um caso complicado que não dera certo.

Principalmente porque ela achava que não era Dex que acabaria com as emoções em frangalhos quando tudo terminasse mal.

E estava tudo ótimo e era perfeitamente sensato, mas ainda seria um baque e tanto se ele abandonasse o jeito de bad boy e acabasse vivendo feliz para sempre com Delphi e a supereficiente Dra. Amanda Carr.

Acrescentou dentes de vampiro e rugas ao desenho. Com vergonha, rasgou o papel em pedacinhos. Aquilo não era da sua conta. Eles podiam fazer o que quisessem. Amanda Carr era uma mulher profissional, inteligente e atraente, com um corpo lindo. Elas nem eram rivais.

Era só um pouco constrangedor que, na última vez que se viram, Molly estava deitada de costas, nua da cintura para baixo, enquanto a Dra. Carr colocava luvas cirúrgicas para fazer seu exame de Papanicolau.

Capítulo 32

O CARTEIRO ENTREGARA O PACOTE DUAS HORAS ANTES, mas foi só no meio da tarde, quando o café estava vazio, que Frankie teve oportunidade de abri-lo. Depois de arrancar a fita adesiva, abriu a ponta do envelope e tirou uma coisa macia embrulhada em papel de seda.

Assim que abriu o papel, soube o que era e quem tinha enviado. O vestido vermelho, feito de viscose e com estilo modesto de gola Peter Pan, mangas compridas e bolinhas brancas irregulares, tinha sido usado por Hope durante o idolatrado episódio de Natal de *Next to You.*

Uau.

Junto com o presente, havia um bilhete manuscrito. Incrivelmente comovida, Frankie viu, pelo endereço do remetente, que tinha sido enviado da casa da falecida mãe de Hope, em Devon.

Querida Frankie,

Encontrei isto em um baú no sótão da casa da minha mãe e achei que você gostaria de acrescentar à coleção de objetos da série no seu café. Considere um agradecimento pelo jantar e por nossa bela conversa. Obviamente, prefiro deixar meu envolvimento de fora, então, se alguém perguntar, pode dizer que o comprou em um leilão de outro colecionador pelo eBay. Ou, se preferir, pode vender no eBay. Como é um presente, pode fazer o que quiser com ele!

Foi maravilhoso ver você de novo. Estou muito feliz de ter tomado coragem de visitar Briarwood novamente. Obrigada também pela discrição de sempre.

Com carinho,

Hope

Nossa, fora um gesto de extrema generosidade, mesmo se contasse como uma forma de suborno. Frankie estava passando o dedo pela viscose sedosa, distraída, e tomou um susto quando a porta se abriu e dois turistas entraram no café. Dobrou a carta bem dobrada e a colocou no bolso.

– Ah, minha nossa. – A mulher arregalou os olhos ao ver o vestido, que dava para reconhecer de cara. – É uma cópia do vestido da série?

– É o original – respondeu Frankie, ajeitando as beiradas da gola branca como uma mãe orgulhosa.

– Que *incrível*! – O homem encarava o vestido como se fosse uma relíquia sagrada. – Como você conseguiu isso?

– Tive sorte. – Descobrindo que mentir era fácil às vezes, Frankie disse com alegria: – Comprei no eBay. Não é maravilhoso?

Era uma festa particular, em uma daquelas casas perto de The Downs, em Bristol, o tipo de propriedade georgiana imponente de cinco andares que não dava para imaginar habitada por uma família só. Mas aquela era.

O simpático convite para que Molly fosse lá desenhar caricaturas dos convidados tinha vindo de Muriel Shaw, de 93 anos. Depois de fazer contato pelo site, Muriel, que sabia mexer bem no computador, fizera a reserva do serviço para aquela noite. Depois de conhecê-la, Molly ganhara uma nova compreensão da palavra *matriarca*.

O térreo da enorme casa era aberto e com piso de madeira, o que permitia a Muriel ir para lá e para cá com a scooter de mobilidade e o cachorrinho Wilbur na cestinha em frente. A festa era para comemorar o aniversário da senhora, que organizara todos os detalhes. Muito inteligente e carismática, Muriel usava o cabelo branco preso em um coque elegante e tinha olhos azuis brilhantes que não perdiam nada. Ela estava supervisionando as operações, cumprimentando os convidados, bebendo mojitos e encantando a todos com o colar de diamante que se dera de presente por ter chegado à grandiosa idade de 93 anos.

– Não se preocupe em tentar me deixar bonita – disse Muriel para Molly, quando posou majestosamente para sua caricatura. – Só precisa fazer o Wilbur ficar bonito. É ele que importa.

E, ao observar o resultado, comentou com alegria:

– Meu nariz é maior do que isso, mas você fez meus dentes com perfeição. Que bom que me desenhou com cara de quem está se divertindo.

Nas duas horas seguintes, Molly desenhou os bisnetos, vários integrantes da enorme família e outros convidados variados. Por fim, alguém botou a mão em seu ombro, e ela ouviu uma voz masculina.

– Acho que você deveria parar e descansar agora, antes de ter câimbras nas mãos. Vou mostrar onde está a comida.

Molly ergueu os olhos, e seu coração deu uma palpitada de interesse. Uau, que impressionante. Ele tinha 30 e poucos anos, era alto e tinha cara de astro do rock, com cabelo louro comprido e olhos verde-esmeralda meio puxados. Usava uma camiseta preta, calça jeans e uma espécie de garganti-lha de contas de couro no pescoço bronzeado.

– Obrigada.

Molly o seguiu pela sala até onde estava o bufê. Discretamente, admirou as pernas longas e o corpo atlético do homem. Ele era articulado e educado, com mãos elegantes e dentes bonitos.

– Você é da família? – perguntou ela.

– Sou. A Muriel é minha avó. É uma mulher extraordinária. – O sujeito sorriu e acrescentou: – Não sei como ela consegue.

Depois de encher um prato de comida para Molly, o homem disse:

– Vou pegar uma bebida. Onde quer comer?

Por experiência, Molly sabia que, caso se misturasse com os convidados, logo pediriam que ela os desenhasse.

– Lá fora, talvez? Um lugar tranquilo. Mas tudo bem, não precisa me fazer companhia.

– Mas eu quero. – Ele foi na frente em direção ao jardim, onde encontrou uma mesa vazia com velas acesas em potes de vidro multicoloridos. – Se não se importar.

– Eu não me importo. – *Na verdade, obaaa.* – Meu nome é Molly, a propósito.

Os olhos dele cintilaram.

– Eu sei que você é Molly-a-propósito, a Muriel me contou. – Ele estendeu a mão de forma solene. – E o meu é Vince.

– Oi, Vince. É um prazer conhecer você. E concordo sobre a sua avó. Ela é uma mulher incrível.

– Meus pais não ficaram muito felizes quando ela comprou o colar de diamantes. – O tom de Vince era de pesar. – Eles gostam de guardar dinheiro, e vovó prefere gastar. Mas, como ela mesma observou, meu avô, se estivesse vivo, teria comprado de presente, então por que ela não deveria comprar para si mesma?

– E o que você acha disso?

– Fui eu que incentivei a compra. Na verdade, eu a levei ao leiloeiro.

– Que bom para você.

Molly tinha gostado disso.

– Não, não tem nada a ver comigo. O dinheiro é dela, vovó pode fazer o que quiser. – Vince balançou a cabeça. – Minha mãe acha que um colar de diamantes é um desperdício ridículo de dinheiro, considerando que a Muriel pode não ter muito tempo de vida para usá-lo. Na minha opinião, isso é um motivo ainda maior para comprá-lo.

Molly engoliu o canapé de salmão defumado.

– Também acho. E o que você faz?

– Adivinha.

Ele parecia tão descolado.

– Você é músico.

Ele deu um sorriso breve.

– Arquiteto.

– *Sério?*

– Eu sei. São as roupas.

– E o cabelo.

– Desculpe. É que eu visto o que me deixa à vontade. A maioria dos arquitetos usa roupas mais adequadas.

– Existe algum tipo de uniforme?

Vince assentiu.

– Existe. Às vezes tenho que usar terno para ir trabalhar. Fico mais feliz quando não preciso.

– Você está me deixando curiosa – disse Molly – para saber se existe um uniforme de caricaturista que eu deveria ter usado todos esses anos.

– E como você acha que seria? – perguntou ele, parecendo interessado.

– Sapatos grandes e vermelhos de palhaço, provavelmente. Com calça larga e uma gravata-borboleta giratória.

Vince riu e deixou que ela continuasse comendo. Os dois conversaram mais um pouco, e Molly percebeu que estava curtindo cada vez mais a presença de Vince. O que, considerando seu histórico, sem dúvida significava que ele era gay, casado ou um extraterrestre.

Um casal de meia-idade acabou se aproximando e pedindo que ela os desenhasse antes de irem embora. Molly voltou para a festa e ficou mais uma hora trabalhando. Às dez da noite, Muriel atravessou o piso de parquete na scooter vermelha.

– Querida, posso fazer umas perguntas muito pessoais?

– Vá em frente.

– Você é solteira?

Caramba.

Molly assentiu.

– Sou.

– Isso quer dizer que você estaria aberta à possibilidade de ir a um encontro?

– Depende da companhia.

– Então vou te contar um segredinho. – Muriel se inclinou para a frente e segurou o braço dela. – Meu neto Vince é meio tímido. Não sei de quem ele puxou isso. Não de mim, com certeza. – Os fabulosos diamantes brilharam à luz do candelabro. – Mas é o seguinte: ele é um menino, ou melhor, um homem adorável. Só não tem confiança. Nós conversamos mais cedo, e achei óbvio que ele gosta de você e a acha atraente. Bom, por que não acharia? Olhe só você! Eu falei que ele deveria convidar você para sair, mas ele disse que talvez você não quisesse. Então vim perguntar discretamente em nome dele, porque ter 93 anos deixa a gente um pouco impaciente. – Os olhos dela pareciam os de um pássaro e observaram o rosto de Molly em busca de uma reação. – O que você acha, hein?

O mais engraçado era que a cabeça de Muriel estava inclinada para um lado, e a de Wilbur também, exatamente no mesmo ângulo. A diferença entre eles era que Muriel estava tomando um Manhattan, e Wilbur balançava o rabo.

– Bom, isso é novo para mim – disse Molly.

– O que posso dizer? Mais do que qualquer coisa, só quero que meu neto seja feliz. Ele merece. É uma boa pessoa, isso eu garanto. É inteligente, bonito, gentil...

Ela parou de falar e esperou para ver se tinha obtido sucesso.

Molly sorriu. No fim das contas, como poderia recusar?

– Se ele me convidasse, eu aceitaria.

– Boa menina. Você não vai se arrepender. – Com um ar triunfante, Muriel deu ré na scooter e fez uma curva fechada para sair na direção oposta. – Você já o desenhou?

– Er, não...

– Excelente, vou mandar meu neto vir aqui. Tchaaaau!

Era compreensível que Vince tenha demorado um tempo para tomar coragem de voltar. Molly ficou impressionada de ele não ter fugido.

– Oi de novo – disse ele quando Molly terminou a caricatura de um dos vizinhos de Muriel. – Voltei. É a minha vez.

– Tudo bem! – Ela continuou agindo com naturalidade. – Sente-se!

– Bom, acho que está bem óbvio que a minha avó se intrometeu. Dá para ver pela sua expressão – explicou Vince, quando ela fingiu estar intrigada.

– Ah.

– Olha, peço desculpas. Eu a amo muito, mas ela é incorrigível. Implorei para ela não falar nada, mas não adianta. Ela já obrigou você a concordar a sair comigo, não foi?

– Eu não diria que obrigou. – Molly percebeu que teria que acabar com o sofrimento dele. – A Muriel queria saber se eu aceitaria caso você me convidasse para sair.

– E?

– Eu disse que sim.

– Você não precisa.

Ele era um cara legal. E, o mais importante, daquela vez não era só sua opinião provavelmente falha; tinha a garantia total de Muriel.

E por que não deveria aceitar? Seria uma aventura. O trabalho tomava conta de sua vida, ultimamente. Graham, o maluco da pescaria, tinha sido seu último namorado, o que significava que estava solteira havia quase um ano.

Nossa, uma eternidade. Como só percebera agora que fazia tanto tempo? O que inicialmente tinha sido uma decisão deliberada de afastar os homens por um tempo tinha se prolongado por doze meses inteiros.

Naquele ritmo, corria o risco de virar a solteirona do vilarejo.

Molly disse:

– Eu adoraria.

Vince soltou um suspiro de alívio.

– Tem certeza?

– Tenho.

– Não está falando só por falar?

– Não estou, sério.

Ela começou a desenhá-lo logo que o sorriso se espalhou pelo rosto dele, que ficou visivelmente mais relaxado. Nossa, ele era *tão* bonito! Parecia um astro do rock, embora o exterior deslumbrante escondesse uma personalidade com menos autoconfiança. Na verdade, era uma qualidade muito atraente em um homem.

– Você fez a minha noite – disse Vince. – Minha avó tem suas utilidades.

– Ela pode ir com a gente, se você quiser.

Vince fez uma careta.

– Não pode, não. Por mais que eu a ame, seria estranho. Que tal quarta-feira? Você está livre?

– Estou. Mas moro em Briarwood. É meio longe daqui.

– Não tem problema. Me dê seu endereço, e pego você às oito. Vamos jantar.

– Onde?

– Em um lugar legal, não se preocupe.

Molly o fez parar de falar e completou a caricatura, a boca em um sorriso exagerado. Quando estava mostrando o resultado, ouviram o barulho de rodas no piso encerado.

– Muito bom. O nariz é exatamente assim. – Muriel observou o desenho e perguntou, satisfeita, em alto e bom som: – E o outro assunto?

219

Molly permaneceu séria. *Tão sutil, tão hábil.*

– Só consigo pensar que você deve ter pagado uma fortuna para ela – disse Vince. – Molly disse sim.

– Não ofereci um centavo. – Muriel fez uma expressão arrogante. – Essa garota tem a cabeça no lugar. Só precisava conhecer você para saber que estava diante de um bom partido.

Pouco antes da meia-noite, houve um show de fogos de artifício em The Downs, em homenagem a Muriel.

– Isso vai acordar todo mundo – comentou ela, rindo, quando crisântemos explodiram no céu.

E, para sua satisfação, não demorou muito para que um carro da polícia aparecesse, os policiais contatados por vizinhos aborrecidos que não gostaram do incômodo.

– Filhos da mãe infelizes – declarou Muriel, sem papas na língua. – Tem gente que não sabe se divertir.

Molly foi embora à uma da madrugada. Muriel e Wilbur a acompanharam até a porta de casa.

– Querida, você não vai se arrepender. – O colar de diamantes refletiu os raios de luz nas cores do arco-íris quando ela pegou as mãos de Molly. – O Vince seria o sonho de qualquer garota. Ele é uma pessoa realmente boa... faz as coisas de casa, é um encanto, sabe cozinhar. Estou falando, é um partidão.

– E você deixou sua vocação passar – disse Molly. – Deveria ter sido casamenteira.

– Querida, eu fiz isso a vida toda. Tenho talento. – Ela deu um tapinha carinhoso na bochecha de Molly. – E tenho um pressentimento bom sobre você.

Quando entrou no carro, Molly sentiu um arrepio de empolgação. Pronto. Dex não era o único vivendo um romance.

Depois de uns alarmes falsos inacreditáveis, parecia que sua hora finalmente tinha chegado.

Capítulo 33

AMBER SE DEITOU, A GRAMA ALTA fazendo cócegas nos ombros e na nuca. O calor do sol se espalhava pelas suas pálpebras fechadas. Ao longe, no palco principal, uma de suas bandas favoritas tocava. Ela estava ansiosa para vê-los, mas não queria ter o trabalho de se levantar e ir até lá. Estava confortável demais.

– Ei. Você está bem? – perguntou Soneca, dando uma cutucada no quadril dela com o pé.

– Estou. – Amber abriu os olhos e o viu parado em pé na frente dela, o rosto avançando e se afastando como ondas na praia. Ela riu e disse: – Fica parado.

– Eu estou parado. Você está chapada.

– Um pouquinho, talvez. – Um pouco bêbada, um pouco chapada, tanto faz.

Uma mosca que voava em volta de sua cabeça pousou em seu ombro esquerdo e ela a espantou, mas errou e acabou batendo no próprio peito.

– Ai.

– Hahahaha.

Isso bastou para fazer Soneca ter um ataque; ele começou a rir e não conseguiu parar. As nuvens giravam no céu, e Amber se juntou a ele. As nuvens dançavam ao som de sua banda favorita. Ela podia não conseguir se levantar, mas conseguia balançar os braços… haha, tinha que tomar cuidado para não dar um tapa na própria cara…

A banda continuou tocando. Da banquinha ao lado veio um cheiro de

221

cebola frita, e seu estômago roncou de fome. Não comera nada o dia todo, provavelmente tinha sido por isso que a sidra subira tão rápido à cabeça.

– Estou morrendo de fome – comentou com Soneca.

– Eu também.

– Quero um hambúrguer.

– Quero um helicóptero particular e férias em Las Vegas.

– Las Vegas não, é muito longe.

– É mesmo. Ibiza, então.

– Continuo com fome. Vamos comer um hambúrguer?

Ele fez uma careta.

– Você viu quanto custa? É um assalto.

– Mas a gente tem que comer alguma coisa. – Amber enfiou a mão no bolso da calça e tirou sua última nota de 10; já sabia que teria que pagar por aquilo também. – Você pode ir lá comprar?

Soneca olhou sem entusiasmo para a fila comprida.

– Por que você não vai?

– Porque as minhas pernas não estão funcionando.

– Você é muito fraca.

Ele pegou o dinheiro e saiu andando. Amber se deitou novamente e viu um pássaro voar, mudando de direção vagarosamente, como se estivesse escrevendo o nome no céu. Só era fraca porque maconha era novidade para ela, ao contrário de Soneca, que já fumava havia anos. Seu estômago roncou, e ela colocou a mão na barriga para fazê-lo parar... shh... Deus, mal podia esperar que ele voltasse com os hambúrgueres.

– Oi, Amber.

Suas pálpebras, que estavam se fechando, se abriram de repente. Dois rostos olhavam para ela. Shaun Corrigan e seu amigo, Max.

– Oi – respondeu, sem o menor entusiasmo, torcendo para que eles captassem a mensagem e a deixassem em paz.

– Você está bem?

– Estou ótima, obrigada.

Shaun se agachou ao lado dela.

– Tem certeza?

– Como se você se importasse.

– Não fale assim. Eu me importo. Você é minha irmã e parece destruída.

222

– Obrigada. E você parece que trabalha em um banco. – Na verdade, não parecia, mas ele e Max estavam mais limpos e reluzentes do que a maioria das pessoas do festival. – O que você está fazendo aqui? Eu achava que não era a sua praia.

– Ei, a gente gosta de música. E é de graça. Falando nisso, não estávamos espionando você. Só estávamos sentados ali, e o Max viu você. Aquele cara é seu namorado?

– É, ele foi comprar uns hambúrgueres.

– Então você andou fumando maconha?

Ah, Deus.

– Me poupe do sermão – respondeu ela, entediada.

– Papai disse que você sempre foi contra drogas.

– Disse, é? Pode ser que fosse assim quando ele era o *meu* pai.

– Ele ainda é o seu pai.

– Não, não, não, o pai é todo seu agora.

– Ele sente muito a sua falta.

Amber sentiu um aperto no peito.

– Pois eu não sinto falta dele.

Eles ficaram sentados sem falar nada por um tempo, ouvindo a banda tocar no palco distante. A música parou de repente.

– Você deve estar no meio das provas. Como está indo? – perguntou Shaun.

– Sinceramente? Muito mal. Vou repetir em tudo. Não estudei nada. Não tenho vontade. E adivinha de quem é a culpa? Do seu pai. Pode falar isso para ele. Quando eu não passar em nenhuma matéria, espero que ele se sinta culpado. – Amber olhou para Shaun com firmeza. – Porque vai ser graças a ele.

– Ele sente muito orgulho de você. – Shaun parecia chocado. – Ele vai ficar muito triste.

– Ah, não, que terrível, que *pena*.

– Falo para ele sobre as drogas também?

Amber fez uma pausa; talvez não fosse boa ideia.

– Não, não fale sobre isso. Ele contaria para a minha mãe e ela ficaria toda estressada.

– Tudo bem. Mas fica bem, tá? Se cuida.

– Sempre me cuido.

– Gostei de ter esbarrado com você. – A voz de Shaun ficou mais suave. – É bom conversar. Me passa o seu número? Assim a gente pode trocar mensagens. Não um monte, só de vez em quando.

Sua reação instintiva foi de dizer não. Mas, na verdade, até que foi legal vê-lo de novo. De um jeito estranho. E gostou de contar para ele sobre as provas, sabendo que ele passaria a informação adiante. Era uma boa maneira de preocupar o pai, de causar um pouco mais de sofrimento para ele. O que era *merecido*.

– Tudo bem.

Amber pegou o celular e Shaun pegou o dele, que era de um modelo mais moderno. Quem tinha pagado por aquele aparelho, hein?

Depois que passaram os números um para o outro, Amber perguntou:

– Como foram as suas provas?

– Bem, obrigado. Eu precisava de dois As e um B para conseguir vaga em Birmingham. Acho que consegui.

– Ótimo. – Amber não quis soar sarcástica, mas foi o que pareceu. Balançou a cabeça. – Desculpe, quis dizer que é ótimo mesmo. E tenho certeza de que você se esforçou.

– É verdade. – Shaun assentiu.

– E como é ter pai em tempo integral? Meio estranho?

Ele deu um sorriso breve.

– Um pouco.

Max, que tinha ficado em silêncio até então, disse:

– Seu namorado está vindo.

– Ah, graças a Deus, estou *morrendo* de fome. – Amber se virou e viu Soneca, que trotava pela grama na direção deles. – É melhor vocês irem.

Ela sabia por instinto que seria constrangedor; Shaun e Max eram de uma espécie diferente, a um milhão de quilômetros de Soneca.

– Esses são o Shaun e o amigo dele, Max. Eles estão indo embora. – Enquanto falava, Amber reparou que o saco que ele carregava era pesado demais para conter hambúrgueres. – O que tem aí dentro?

– Então, é que a fila estava comprida demais no trailer de hambúrguer, né? Então fui procurar outro, e tinha uns caras que trouxeram sidra demais e estavam oferecendo por um preço ótimo. – Orgulhoso de si, Soneca tirou umas garrafas pet de plástico cheias de um líquido âmbar turvo que parecia ter sido tirado de uma poça de água de chuva.

– Qual era o preço ótimo?

– Dez.

Amber quis gritar com ele, mas não podia; não na frente de Shaun e Max. Sentiu vontade de chorar.

– Não gosto dessa sidra turva – protestou, em voz alta.

O gosto seria nojento, ela sabia.

– Ei, fica calma. Você vai aprender a gostar – argumentou Soneca. – Só precisa experimentar.

– Mas você disse que estava morrendo de fome – disse Shaun.

Ele franzia a testa, olhando para Amber, com uma expressão preocupada.

– Tudo bem. Não estou com tanta fome assim. – Envergonhada, ela balançou a cabeça.

– Isso é bem melhor do que uns hambúrgueres idiotas – completou Soneca, na defensiva.

– Quer que eu compre um? – perguntou Shaun, ignorando-o.

– Não, não, de jeito nenhum.

Seria a maior humilhação de todas; já tinha percebido que o meio-irmão se perguntava o que ela estava fazendo com Soneca, que não poderia ter escolhido uma hora pior para agir como um moleque.

– Tem certeza? Posso ir lá, não tem problema mesmo. – Ele estava com a carteira aberta; deu para ver duas notas de 10 libras.

– Já que você quer tanto comer, deixa ele comprar o hambúrguer. – Soneca revirou os olhos, como se Amber estivesse fazendo um estardalhaço por nada.

– Não. Não quero. Vamos beber isso.

Amber pegou uma das garrafas de plástico da mão dele, abriu a tampa e tomou um gole. Urgh, era seca e amarga e nojenta. Limpou a boca disfarçando a repulsa e se virou para Soneca.

– Na verdade, nem é ruim. Vem, vamos sentar em outro lugar.

Conforme se afastavam, ela acenou com a mão livre para Shaun e Max.

Capítulo 34

QUANDO A VIU NA PORTA, DEX ASSOBIOU.

– Uau, olha só para você.

Satisfeita, Molly fez uma pequena reverência. Bom, era tão errado assim querer exibir seu look arrumado e ganhar um elogio? Estava bonita naquela noite, e uma inflada no ego era sempre bom para a alma.

– Sei que é um choque. Vim perguntar se você tem um pouco de leite para me emprestar.

– Pode entrar. Acabou o seu?

– Não é isso. É que abri uma caixa nova, mas o cheiro não está muito bom. – Ela franziu o nariz. – E o mercado está fechado.

Dex sorriu.

– Você se arruma assim em casa para comer cereal?

– Haha. Vou sair daqui a pouco – anunciou Molly, com orgulho. – Tenho um encontro. Mas quando ele me trouxer em casa, não quero convidá-lo para um café e só ter leite fedido para oferecer.

– Encontro. – Dex ergueu a sobrancelha. – Com quem?

– Uma pessoa que conheci outro dia. Um cara legal.

– Fico feliz de saber. – Ele abriu a geladeira e pegou o leite. – E o dessa vez é solteiro?

Ah, bom, era de se esperar. E Dex estava fazendo um favor para ela.

– Sim, é. E, sim, já verifiquei – respondeu ela, mantendo um mínimo de dignidade na voz.

– Você está linda.

Ela viu Dex observar o vestido azul-arroxeado de algodão, as sandálias azul-marinho com glitter, o cabelo preso nas laterais com presilhas de prata e a maquiagem caprichada. Quando estava servindo o leite em uma jarra, ele acrescentou:

– O cheiro está gostoso. O que é?

Daquela vez, não era uma miscelânea da seção de perfumes da Harrods.

– Só um perfume barato da Next.

– Gostei. – Ele chegou mais perto e inspirou a fragrância leve e limpa. – Muito. E o cheiro não é de perfume barato.

– Que bom.

Ficar com Dex tão perto lhe deu um frio na barriga. Por um momento, seus olhos se encontraram, e a expressão dele fez seu coração disparar.

– Sujeito de sorte – comentou ele.

– Eu sei.

Será que ele ouvia o coração dela batendo freneticamente?

Dex sorriu.

– Pronto. Está bom de leite?

– Excelente.

Molly pegou a jarra e tomou um susto quando o celular dele, na bancada ao lado, emitiu o apito estridente que sinalizava a chegada de uma mensagem. Ao olhar para baixo, ela viu o nome de Amanda surgir na tela junto das palavras "Estarei aí às oito, bjs".

– Então as coisas estão indo bem entre vocês?

Como Dex reparou que ela tinha olhado, não fazia sentido fingir que a mensagem não era nada de mais.

– Muito bem. Ela é boa companhia. Ei, não é o cara com quem você vai sair?

Um carro tinha parado lá fora. Molly olhou pela janela.

– Sim, é ele. Chegou cedo.

– Legal. Até mais! – Dex segurou a porta aberta para ela. – Divirta-se.

Seu estômago voltou a parecer uma máquina de lavar.

– Você também – disse ela, com falsa animação.

Dex estaria observando? Depois de botar o leite na geladeira, pegar a bolsa e a chave e cumprimentar Vince com um beijo na bochecha, Molly sorriu quando ele segurou a porta do carro para ela como um verdadeiro cavalheiro. Vince estava lindo. E era o tipo de companhia com quem dava orgulho ser vista.

Agindo como se *não* estivesse sendo observada, o que era mais difícil do que se imagina, Molly conseguiu entrar sem tropeçar nem mostrar a calcinha. Será que os dois pareciam um casal glamoroso de comercial de TV? Ah, por favor, que a resposta fosse sim.

– Desculpe por ter chegado tão cedo – disse Vince. – Sempre chego adiantado para tudo.

– Tudo bem. Eu já estava pronta. E você não chegou tão cedo assim. Só dez minutos.

Vince fez careta.

– Mais do que isso, para ser sincero. Estou sentado no carro no estacionamento do bar há uns vinte minutos.

– Sério? – Ele estava brincando?

– Não. – Ele pareceu triste. – Está mais para meia hora.

Foi uma noite agradável. Mais do que agradável, repreendeu-se Molly, porque isso não passava entusiasmo. Vince a levou a um restaurante francês encantador em Malmesbury; depois de pesquisar na internet, ele foi restringindo as opções até encontrar o perfeito. A comida estava deliciosa. O vinho também, embora Molly tenha tido que beber quase tudo, porque Vince estava dirigindo. Mas os dois se divertiram, a conversa fluiu com facilidade, e, quando Vince pediu licença para ir ao toalete, uma das duas mulheres de meia-idade a uma mesa ao lado se inclinou para abordar Molly.

– Espero que você não se incomode com a minha intromissão, mas, aah, seu namorado é *tão* bonito. Não conseguimos parar de olhar!

– Parece que ele saiu de um filme de Hollywood – observou a amiga dela, as mãos gorduchas unidas em êxtase.

Foi ótimo ouvir aquilo, mas ao mesmo tempo parecia indicar que elas não conseguiam entender o que Vince estava fazendo com ela.

– Ele é algum ator famoso? – A primeira mulher pareceu esperançosa.

– Não. É arquiteto.

– Ah, isso é bom também. Não deixe esse escapar, querida. Homens assim não aparecem com frequência, né? Não deixe ele largar o anzol.

– É só nosso primeiro encontro – disse Molly.

– Mais motivo ainda para segurar firme – sussurrou a segunda mulher, enquanto Vince voltava. – Pense nos filhinhos lindos que vocês podem ter.

Então eles chegaram à casa dela, em Briarwood. E ela tinha leite fresco. Molly se virou para ele.

– Quer entrar para tomar um café antes de ir embora?

– Parece ótimo – disse Vince.

– Ei, aqui – chamou Dex, quando os dois saíram do carro. – Como foi o jantar?

Ele estava sentado a uma mesa no jardim, com a porta da frente aberta. Na mesa havia uma lata de cerveja. Ao lado dele, o que parecia ser um tripé metálico cintilava na luz fraca.

– Foi excelente. O que você está fazendo?

– Observando as estrelas. Olhe. – Dex mostrou o tripé com orgulho. – Comprei um telescópio.

– Eu não imaginava que você gostasse disso – comentou Molly.

– Nem eu, mas é maravilhoso. Eu não sabia que tinha tanta coisa por aí. – Ele abriu as mãos e olhou para cima. – É tudo tão… *grande.*

– Sim, galáxias e universos costumam ser meio grandes mesmo.

– Oi, meu nome é Dex. – Ele se levantou e cumprimentou Vince. Os dois apertaram as mãos, e Dex indicou as outras cadeiras. – Juntem-se a mim. Tem cerveja gelada e vinho na geladeira… ou café. Venham, sentem-se, está agradável demais para ficar dentro de casa. O céu está limpo, olha só.

Ele estava fazendo aquilo de propósito? Só para se divertir? Ah, bem, tarde demais. Vince já estava puxando uma das cadeiras, examinando o telescópio, sem dúvida caro, que Dex tinha comprado por impulso e do qual provavelmente enjoaria até o fim da semana.

– Tudo bem – disse Molly. – O Vince tem que dirigir, então vamos tomar café, obrigada.

– Mas será que você pode fazer na sua cozinha e trazer? – Os olhos de Dex brilharam na escuridão. – É que emprestei leite para uma pessoa mais cedo, e o meu acabou.

Vince foi embora uma hora depois. Dex ficou onde estava enquanto Molly o acompanhava até o carro, ouvindo o murmúrio baixo das vozes. Ele não conseguia entender o que diziam e também não conseguiu ver nada; Molly fez o possível para que os galhos do zimbro os escondessem de vista.

O carro desapareceu na rua e ela voltou.

– Vou querer isto. – Ela se sentou e serviu o resto da cerveja em seu copo vazio. – O que foi isso, hein?

– O quê?

– Obrigar a gente a ficar aqui com você. Fazer um monte de perguntas para o Vince, querer saber tantos detalhes... Parecia que ele estava sendo interrogado pelo serviço secreto.

Ah, então Molly tinha reparado.

– Eu só estava interessado em conhecê-lo, descobrir como ele era. Vocês vão se ver de novo?

– Vamos, sim.

É mesmo? *E como você vai aguentar não pegar no sono do lado dele?* Dex não falou isso em voz alta, mas não tinha demorado muito para concluir que Vince não tinha a personalidade mais interessante do mundo.

– O que você está pensando? – perguntou Molly, na defensiva, preparada para enfrentar qualquer crítica.

Pela primeira vez na vida, Dex conseguiu guardar sua opinião para si mesmo – parecia o mais sábio a fazer.

– Gostei dele. Você fez bem, arrumou um cara legal.

Era a coisa certa a dizer. Ela relaxou e exclamou com orgulho:

– Eu sei! E ele é tão bonito!

– Não é feio, eu acho. Mas não tão bonito quanto eu.

– Ele é mais bonito do que você.

– O quê? – Chocado, Dex levou a mão ao peito, como se ela tivesse disparado uma flecha em seu coração.

– Umas mulheres no restaurante disseram que ele era muito lindo, como se tivesse saído de um filme de Hollywood. E estavam certas, ele é mesmo.

– E eu sou o quê, então? O Slot, dos *Goonies*?

– Você também é muito bonito – retrucou Molly. – Mas é uma beleza mais da vida real.

Ai. Dex lembrou a si mesmo que pelo menos tinha a habilidade de fazer as pessoas rirem.

– Então você ganhou na loteria com o Vince – disse ele de brincadeira. – Não consigo imaginar o que ele vê em você.

Molly jogou o anel da latinha na cabeça dele e o chutou por baixo da mesa, para garantir. Dex prendeu o tornozelo dela com os dois pés descalços, segurando por alguns segundos antes de soltar.

– E quando é o próximo encontro? – A pergunta saiu como se eles fossem bons amigos, porque eram mesmo.

– No sábado.

– *O quê?* Mas é…

– Tudo bem, eu sei – disse Molly, sentindo a tensão dele. – Não vou perder. Vamos sair depois – explicou ela.

Dex relaxou um pouco. Não era o ideal, mas serviria. Sábado era o aniversário de 1 ano de Delphi.

Em um dia com as emoções a toda, esperava (mais ainda, tinha como certo) que Molly estivesse ao seu lado para ajudá-lo.

Capítulo 35

ERA O TIPO DE COISA QUE FRANKIE poderia ficar tentada a fazer, mas não teria se sentido à vontade de instigar isso sozinha. Mas às vezes o destino se intrometia, e a oportunidade que se apresentava era perfeita demais para deixar passar.

Pat Gordo era o carpinteiro de Briarwood. Ele não era nem um pouco gordo, simplesmente gostava de ir a festas à fantasia vestido de Pat Gorda, da novela *EastEnders*. Na noite anterior, Frankie enviara por e-mail a descrição do que planejava, e ele passara no café naquela manhã para explicar por que não poderia executar o pedido.

– Desculpe, querida, não tenho como ajudar. – Ele mostrou a mão com um curativo enorme. – Quase cortei dois dedos fora ontem, era sangue para todo lado, e os médicos acham que vou passar umas semanas sem conseguir trabalhar direito. Só o que me resta é dar ordens para os meus dois filhos inúteis enquanto eles tentam fazer os serviços que eu já tinha aceitado.

– Ah, não, coitado. – Frankie ofereceu uma fatia de bolo de nozes, que ele pegou com a enorme mão esquerda. – Não se preocupe. Obrigada por me avisar. Está doendo?

– Você nem imagina. – Ele balançou a cabeça, fazendo uma careta. – Considerando o que você quer, talvez valha a pena tentar com o Stefan. Não precisa fazer essa cara de choque. – Ele riu. – Eu não diria isso se eu mesmo pudesse fazer. Mas não tenho condições, então acho que ele é o segundo melhor para o serviço.

232

Não era por isso que Frankie estava com cara de choque, mas tudo bem.

A sugestão realmente fazia sentido. Quando Pat Gordo saiu, ela tomou uma xícara de chá e refletiu. Seria o destino? Se puxasse o assunto "Hope Johnson", seria possível que Stefan contasse a história triste e concluísse, desolado: "Se ao menos houvesse *alguma* forma de reencontrá-la!"

Bem, só havia um jeito de descobrir. E ainda eram nove da manhã. Ou seja, poderia ir naquele momento, antes de abrir o café.

Era o começo de um belo dia de verão. Balançando a bolsa durante a caminhada, Frankie atravessou o vilarejo a pé. Chegou ao rio, cruzou a ponte de madeira e seguiu o caminho até a outra margem.

Oficialmente, o terreno era privado, mas as gerações da família Hanham-Howards permitiram que aquela parte da propriedade fosse atravessada pelos transeuntes do vilarejo. E, no caso de Stefan, deram-lhe permissão para morar lá. Se havia leis contra isso, ninguém nunca se pronunciara a respeito. Nos sete anos anteriores, o trailer ficou na clareira natural que Stefan aos poucos transformou, com paciência, em um jardim selvagem. A cena era pitoresca, e tudo parecia idílico, mas Frankie não tinha a menor inveja dele no inverno.

Stefan estava sentado nos degraus do trailer, apreciando o sol matinal e vendo os pássaros saltitando na grama à frente. Ao se aproximar, ela o viu esticar o braço, e um dos passarinhos menores pousou em sua mão aberta, atrás de sementes.

Stefan inclinou a cabeça e disse "Bom dia" quando ela desacelerou o passo, para observar.

Frankie sorriu.

– Parece coisa de filme da Disney.

– Eles me visitam todos os dias. Aí a gente passou a se conhecer muito bem. – Notando que Frankie tinha ido lá para tratar de algum assunto, Stefan perguntou: – O que posso fazer por você?

Ele era magro e bronzeado e usava uma camisa amarela bem clara e calça jeans justa. Os olhos escuros e alertas eram sagazes e não costumavam entregar nada.

– Pedi ao Pat Gordo que fizesse um trabalho para mim, mas ele machucou a mão ontem e vai ficar de molho por um tempo. Ele sugeriu que eu falasse com você.

– E o que é?

– Preciso de um quadro com vidro na frente para pendurar na parede do café. – Ela abriu a bolsa e tirou o vestido vermelho. – Para colocar isto.

Como sempre, o homem nem sequer pestanejou. A expressão de Stefan Stoke permanecia inescrutável. Ele seria um excelente jogador de pôquer.

– Certo. Bom, consigo fazer. Pode segurar para mim? – Ele observou o vestido por alguns segundos, então disse: – Pronto, já sei o tamanho. Para quando você precisa?

– Assim que puder. Nossa, obrigada. – Ele era mesmo indecifrável ou realmente não se lembrava do vestido? Pensando melhor, ele tinha televisão? Será que já *tinha visto* o seriado? – É do episódio de Natal de *Next to You*.

Mas Stefan só assentiu.

– Vai ser rápido. Vou pintar tudo de preto; vai destacar mais o vestido.

– Ah, ótima ideia. Muito obrigada.

– Não é nada. – Ele voltou a atenção para os pássaros, que esperavam para serem alimentados. – Até o fim da semana está pronto.

As sacudidas nas barras do berço sinalizavam que Delphi estava acordada. Sete e meia, bem civilizada. Dex se levantou da cama, atravessou o patamar e abriu a porta do quarto dela.

Delphi usava o body rosa com estampa de coelhinhos. Estava de pé no berço, esperando como se fosse a própria rainha. Ao vê-lo, ela sorriu e sacudiu as barras de novo, balbuciando com animação.

– Oi, oi, oi, menina linda! – Quando Dex a tirou do berço, Delphi passou os braços pelo pescoço dele e lhe deu um beijo. – Hoje é seu aniversário! Parabéns pra você!

– BabababaBAAA.

A resposta de Delphi foi babar lindamente na bochecha dele. Era o que as pessoas chamavam de primeiro aniversário, mas não de verdade. Era o segundo. O primeiro aniversário era no dia do nascimento.

Em um instante, Dex foi transportado de volta àquela noite, exatamente um ano antes, quando apareceu no hospital de madrugada e viu Delphi pela primeira vez. Ele se lembrava com clareza da onda de amor que sentira por ela e da expressão de orgulho no rosto de Laura ao ver os dois juntos. A irmã se tornara mãe e pusera no mundo uma criaturinha perfeita e inestimável. Foi o dia mais feliz da vida dela.

Dex sentiu um nó na garganta diante da injustiça brutal daquilo tudo. Laura deveria estar presente. O fato de ela não estar viva para comemorar o aniversário da amada filha era *totalmente* errado. Ela estava perdendo tudo, continuaria a perder todos os aniversários que viriam, nunca testemunharia os primeiros passos, as primeiras palavras, o primeiro *tudo*...

A não ser que estivesse olhando para os dois lá de cima, como as pessoas bem-intencionadas gostavam de sugerir. Nesse caso, perfeccionista do jeito que era, havia uma boa chance de Laura estar com as mãos na cabeça, gritando de desespero: "Ai, meu Deus, você está fazendo TUDO ERRADO!"

Será que estava mesmo?

Dex não fazia ideia, mas desconfiava que provavelmente sim. Os autores dos muitos livros que tinha lido sobre o assunto pareciam tão confusos quanto ele, e todos amavam se contradizer.

Só lhe restava se esforçar ao máximo.

– Sua mãe a amava tanto – disse para Delphi.

Os dois seguiram pelo patamar e pararam, como sempre, para admirar o vitral que Laura tinha feito, iluminado pelo sol.

– Bralamagablaaaa. – Delphi apertou a mãozinha de estrela-do-mar no vitral colorido.

– Venha, vamos tomar café da manhã primeiro. Depois, você vai tomar banho – disse Dex. – Quero que fique bonita para a sua festa.

E mais tarde, ainda naquela manhã, quando Molly os visitasse, dariam os presentes de Delphi e filmariam a ocasião para a posteridade. Laura podia não estar presente, mas Dex estava determinado a fazer com que a filha dela tivesse um dia feliz.

Frankie viu os convidados se espalharem pelo jardim. Por sorte, o sol continuou a brilhar. Fora ideia dela que Dex fizesse a festa no café, e ele adorara e a contratara para montar um bufê que ele jamais teria conseguido organizar. Dex acabou convidando a maior parte do vilarejo, então era bom o jardim ser grande e o tempo estar bom. Crianças de todas as idades eram entretidas por um mágico, uma banda tocava, os adultos tomavam champanhe, e o Jovem Bert estava com fitas coloridas amarradas nos chifres.

Não era uma festa comum de 1 ano, isso era certo.

Ao lado de Frankie, durante uma pausa no bar, Lois murmurou:

– Que bênção, o Dex está se esforçando tanto por aquele bebê... Esses últimos meses não devem estar sendo fáceis.

– Pois é. Ele está se saindo muito bem.

As duas viram Dex ajudar Delphi a rasgar o embrulho florido do presente de Mary, uma das moradoras mais antigas de Briarwood, e fingir uma enorme satisfação ao ver que era uma grande calça rosa de tricô.

– Perfeita. Exatamente do que ela precisa. Não sei como você adivinhou – disse Dex para Mary, enquanto lhe dava um beijo na bochecha. – Muito obrigado.

Mary, abrindo um sorriso banguela e orgulhoso com o elogio, segurou o braço dele com a mão curvada e disse:

– Ah, a Delphi é um lindo bebê, vou fazer um macaquinho da próxima vez. E, se quiser, faço um belo suéter para você, meu amor, é só falar. Sou boa com as agulhas, sempre fui... aah, tenho uma sacola enorme de lã laranja pedindo para ser usada, se você gostar. Com seu tom de pele, ficaria lindo.

Frankie reprimiu um sorriso; Delphi já tinha recebido tantas peças de tricô que daria para usar durante toda a primeira infância. Com sua simpatia, além da capacidade de cativar, Dex fazia sucesso com os moradores mais velhos de Briarwood.

– Aqui está meu pai – disse Lois.

Frankie se virou e viu Stefan se aproximando. Seu rosto se iluminou quando viu o que ele carregava embaixo do braço.

– Era isso que você tinha em mente? – Ele mostrou o trabalho, um quadro de moldura preta e vidro na frente, do tamanho exato que ela queria.

– Stefan, ficou perfeito. Você é muito esperto. Quanto lhe devo?

– Vinte libras? É muito?

– Você está louco? Vinte libras não é o suficiente. Olha o trabalhão que deu… e essa linda madeira…

Stefan deu de ombros.

– Mas eu já tinha a madeira, só precisei comprar o vidro.

– Quarenta – insistiu Frankie, abrindo a bolsa.

– Trinta, então. Não mais do que isso.

Dinheiro não tinha muita importância para ele.

– O que você vai botar aí? – perguntou Lois.

– O vestido vermelho que a Hope usou no episódio de Natal de *Next to You* – respondeu Frankie. – Vou colocar na parede do café.

– Ah, eu sei qual é. – Lois assentiu. – Cheio de pontos brancos, como se fosse neve. Onde você conseguiu?

Como ela queria poder contar a verdade! Mas não podia. E Stefan não dava qualquer sinal de estar prestando atenção.

– Comprei no eBay. Aqui. – Frankie colocou o dinheiro na mão dele. – E obrigada mais uma vez. Se eu precisar de outra coisa, já sei onde procurar. – Ela sorriu para Stefan, querendo saber o que se passava por trás daquele exterior indecifrável.

– Não foi nada. Ao seu dispor. – Ele mostrou o presente bem embrulhado que tinha levado. – Vou entregar isto para a Delphi.

Quando ele saiu, Lois disse com carinho:

– Aposto que sei o que é. A mesma coisa que ele fez para a Addy no primeiro aniversário dela. E para mim, no meu.

Juntas, elas viram o papel ser retirado para revelar uma caixa de madeira com aberturas em formatos geométricos nas laterais. Delphi abriu a tampa, tirou as formas geométricas e na mesma hora, muito animada, tentou enfiar a estrela pelo buraco oval.

– Horas e horas de diversão – disse Lois.

– Imagine o tempo que ele deve ter levado para fazer – comentou Frankie, maravilhada. – Seu pai é um homem incrível.

– Eu sei.

Na mesa da comida, havia duas travessas quase vazias.

– Os sanduíches estão acabando – observou Frankie. – É melhor eu fazer mais um pouco.

– Você não pode ficar presa na cozinha e perder a festa. Vamos. – Lois a cutucou. – Vai ser mais rápido se eu ajudar.

Elas ficaram lado a lado fazendo uma linha de produção em miniatura, Lois passando manteiga e tirando a casca, Frankie colocando os recheios e cortando os pães em triângulos.

– Faz tanto tempo que sua mãe morreu... – Aproveitando que não precisava fazer contato visual, Frankie reuniu coragem e perguntou casualmente: – Ele não se sente sozinho?

– Meu pai? Ah, quem sabe? Ele diz que não, mas deve se sentir, sim. – Ela cortava e espalhava a manteiga na velocidade de um raio, e as argolas tilintaram quando ela balançou a cabeça. – E você sabe como ele é, um homem típico, nunca fala muito. Eu ficaria feliz se papai conhecesse alguém, mas ele não faz o menor esforço. Diz que só amou duas mulheres na vida e que isso foi suficiente...

– *Duas?*

– Uma foi minha mãe. Eles eram loucos um pelo outro. Ficaram juntos quando tinham 17 anos; foi amor à primeira vista para os dois, uma coisa linda.

Os pelos da sua nuca estavam arrepiados.

– E a outra? – perguntou Frankie.

Ah, Deus, provavelmente foi Hope.

– Não sei. Ele só falou dela uma vez, uns dois anos atrás. – Lois parou de passar manteiga e continuou, pensativa: – Não faço ideia do que o levou a falar daquele jeito. Só perguntei se ele achava que encontraria alguém, e ele me disse que já tinha encontrado.

Nossa!

– Mas você não faz ideia de quem foi? Ele não deu nenhuma pista?

– Não. – Lois voltou a passar manteiga no pão. – Ele disse que os dois se amaram, mas que não puderam ficar juntos.

– Por quê?

– Não faço a menor ideia. A menos que ela fosse casada – disse, dando de ombros mais uma vez. – É o único motivo que me vem à cabeça.

– E a questão da Romênia? – A mão de Frankie tremeu, e ela exagerou no molho de pimenta nos camarões. – Dificultaria alguma coisa?

– Se ela não tivesse sangue romeno, é isso? Pfff, não é o fim do mundo.

Essas coisas acontecem. Olhe para mim! – Lois apontou pela janela para a querida filha. – O pai da Addy não era cigano. Era um *babaca* – ela fez uma careta –, mas isso é outra história.

– Então você acha que seu pai não teria problema de… sabe como é, se envolver com…

– Uma civil? – Com os olhos escuros faiscando de malícia, Lois disse: – Eu realmente acho que não seria problema.

Isso era bom, mas também meio intrigante. Queria dizer que Stefan tinha ficado menos intransigente na última década? Ou sinalizava que ele só usara a questão da ascendência romena como desculpa, um pretexto para pular fora?

E por que Lois estava olhando para ela daquele jeito estranho, como se especulasse alguma coisa? Certo, era hora de mudar de assunto. Frankie comentou, animada:

– Bom, vamos torcer para que dê tudo certo! Pronto, acabamos? – Elas tinham enchido as travessas, e quem comesse os sanduíches apimentados sofreria muito. – Vamos levar? *Muito* obrigada pela ajuda!

Capítulo 36

ALI ESTAVA ELA. *ALI ESTAVA ELA*. Henry, que tinha acabado de chegar e começava a sentir um ligeiro pânico por não conseguir encontrá-la, suspirou de alívio quando uma porta se abriu e Frankie apareceu, trazendo uma bandeja de sanduíches. Finalmente. Foi como a última peça se encaixando, concluindo o quebra-cabeça. Ela usava um vestido rosa e vários colares de prata. Deu um grande sorriso quando se virou e falou com alguém atrás... ah, socorro, era Lois, a fogosa do bar. E ela o viu...

– Henry, você está atrasado!

O rosto de Lois se iluminou, e ela correu para dar um beijão nele. Se Henry não tivesse virado a cabeça na hora certa, teria sido na boca. Ele sabia que ficaria com uma marca extravagante de batom vermelho na bochecha.

– Garoto tímido, que fofo – comentou Lois, rindo. – Fiquei imaginando quando você chegaria. O Dexter me disse que você faria outra visita. Ei! – Ela estendeu a mão, fazendo Frankie parar. – Aqui está ele, o cara de quem falei. Este é o Henry. Henry, esta é a Frankie. Você não a conheceu daquela vez.

Por fora, Henry não se alterou. Por dentro, corações multicoloridos de desenho animado disparavam de seus olhos. Pelo menos esperava que fosse só por dentro. Mas estava acontecendo, ela estava ali, e ele também. *Finalmente.*

O sorriso de Frankie foi caloroso.

– Oi.

De perto, os olhos dela eram azuis-claros com uma linha mais escura em volta, os cílios, alourados, e havia algumas sardas leves no nariz. Ela era perfeita. E tinha um cheiro perfeito. Foi um daqueles momentos que ele soube que jamais esqueceria.

– Oi – disse Henry. – *Ahh!*

Ele levou as mãos até a frente da calça quando o conteúdo gelado de um copo o acertou na virilha.

– Desculpa! – exclamou a garotinha de cachos escuros que tinha tropeçado em uma perna de cadeira e o encharcado: – Foi sem querer, eu não queria ter feito isso!

– Não se preocupe, querida, nós sabemos que foi um acidente.

Frankie ofereceu um abraço para tranquilizar Addy, enquanto Lois dizia, nervosa:

– Não tem problema, vou buscar umas toalhas de papel.

Era uma perspectiva alarmante. Olhando para si mesmo, consternado, Henry percebeu que o copo tinha Coca-Cola, o que não era a bebida ideal quando se estava usando uma calça creme.

– Tudo bem – disse ele para Addy –, não tem importância. Acontece.

– Pronto! – Lois estava de volta com um rolo de papel toalha e começou a destacar vários pedaços.

– Por favor, deixa que eu faço isso. – Henry pegou as toalhas de papel. – Eu deveria ter trazido uma outra calça.

– Vamos até o bar – ofereceu Lois, animada – para resolver isso aí.

Era a última coisa de que ele precisava.

Desejando que o chão se abrisse e o engolisse, Henry gaguejou:

– N-não, de verdade, está tudo bem...

– O café é meu. Pode deixar que eu resolvo. – Frankie assumiu o controle, apontou para a porta e falou, com gentileza: – Venha, vamos deixar você novinho em folha.

Aí, sim, uma proposta que ele não podia recusar. Quando deixaram a festa para trás, Henry disse, com sinceridade:

– Obrigado.

– Tudo bem. – Frankie sorriu para ele. – Notei o horror nos seus olhos.

– Deu para notar?

Enquanto os dois subiam a escada, Henry torceu para que ela não fosse capaz de ler mentes também.

– Não sei se você reparou, mas a Lois não é muito de disfarçar. Pronto, isto é meu, e não é o ideal, mas vai ter que servir por enquanto. – No banheiro, Frankie pegou um roupão verde-limão atoalhado no gancho atrás da porta e entregou para ele. – Vou ligar a água e você tira a calça.

Henry foi até a privacidade do andar de cima, tirou a calça e botou o roupão. A peça era pequena demais, e ele ficou ridículo, claro, mas pertencia a Frankie e ele não ia protestar.

No banheiro, ela pegou a calça da mão dele e a mergulhou na pia, onde a água quente com sabonete líquido já formava espuma. Por cima do ombro, ela perguntou:

– Como está sua cueca?

Era uma pergunta que ele não esperava ouvir naquele dia. Particularmente vinda de Frankie.

– Er, está tudo bem, obrigado.

Estava um pouco úmida, mas Henry não tinha intenção nenhuma de tirá-la.

– A Lois nos contou sobre você – prosseguiu Frankie. – Ela está meio apaixonada. Achei que você talvez sentisse o mesmo, até ver sua cara.

– Bem... Ela é meio... intensa.

– Eu sei. – O sorriso dela foi solidário. – Então ela não é o seu tipo?

Henry balançou a cabeça lentamente. Ele se perguntou como Frankie reagiria se ele dissesse: "É você, não dá para perceber? *Você* é o meu tipo."

Mas não falaria aquilo, é claro. Não era louco. Enquanto ela enxaguava e torcia a calça, respondeu:

– Não, ela é uma ótima pessoa, mas... não é minha praia. – *Ah, Deus, por que estou falando isso?* – Bom, obrigado por me salvar.

– Se não fosse eu, quem sabe o que ela estaria fazendo com você agora! Pronto, está feito. Vai para a secadora. – Enquanto desciam, Frankie disse: – Você tem quanto de altura, 1,95? Se você não fosse tão alto, poderia pegar emprestada a calça de alguém, mas as pernas ficariam muito curtas.

– Por mais que eu goste deste roupão – disse Henry com seriedade –, acho que prefiro esperar minha calça secar para voltar à festa.

– Não tem problema nenhum. – Na área de serviço, Frankie botou a calça para centrifugar e depois a colocou na secadora. – Pronto, vai ficar seca rapidinho. – Ela o levou pelo corredor até a belíssima sala azul e creme. – Fique à vontade. Ligue a TV se quiser. Quer uma bebida?

– Não, obrigado.

Frankie sorriu.

– Trago sua calça em vinte minutos.

Parecia estar havendo algum tipo de festa. Quando parou na porta da antiga casa, Joe viu a movimentação e ouviu música, vozes, o quintal cheio de gente.

Provavelmente não seria o momento ideal para fazer uma visita, mas isso não era culpa dele, era? Amber tinha bloqueado seu número de celular, e Frankie parecia ter desligado o dela. Mas ele tinha que ir; sua consciência não permitia que não fosse. Estava ali porque havia uma situação que precisava ser resolvida.

Quase todos estavam no jardim. Havia balões para todo lado, pessoas dançando, crianças correndo. Ao ver que a porta que ia do café para a casa estava entreaberta, Joe seguiu pelo corredor. A cozinha estava vazia, mas a porta da sala estava fechada, e ele ouviu o que parecia ser a TV ligada lá dentro. Amber devia estar ali, longe da festa que acontecia lá fora.

Joe girou a maçaneta e abriu a porta. Tinha se preparado para ficar cara a cara com a filha, não estava pronto para dar de cara com um estranho, um afro-caribenho enorme, sentado no sofá, vestindo o roupão verde-limão de Frankie, vendo provas de atletismo na TV.

– Quem é você? – perguntou Joe, dividido entre choque, fúria e, para ser *completamente* honesto, uma pontada de medo. – O que está fazendo aqui?

Depois de um momento de silêncio, aquele homenzarrão metido no roupão de sua esposa declarou:

– Eu poderia perguntar o mesmo.

– Esta casa é minha. – *Merda, olha os músculos dele. Com quem a Frankie andou se metendo?*

– É? – O visitante ergueu uma sobrancelha, sem muito interesse, e ficou onde estava. – Então pelo visto você é o ex-marido.

– Não sou ex. Ainda somos casados. Você está usando o roupão da minha esposa.

As palavras saíam sem controle de sua boca, mas Joe não acreditava que estava fazendo aquilo. Por acaso *queria* levar uma surra de uma pessoa com o físico do Mike Tyson?

– Eu sei. Não invadi a casa para roubar o roupão, se é isso que você está pensando. Ela me emprestou.

– Pronto, tudo certo… ah! – A porta se abriu atrás de Joe, bateu em seu ombro. Frankie entrou na sala. – Joe! O que está acontecendo?

Seu ombro doeu muito, mas, se o massageasse, pareceria um fracote.

– Preciso falar com você – respondeu Joe, com firmeza.

Ela pareceu surpresa.

– Por quê?

– Em particular. É importante.

Ele viu a calça clara nas mãos de Frankie e viu o gigante de roupão se levantar do sofá.

– Obrigado. Vou deixar vocês dois em paz. – Ele pegou a calça. – Mas, se precisar de mim, é só gritar. Combinado?

Quando o sujeito saiu, Joe perguntou:

– Quem é ele?

Frankie deu de ombros.

– Não é da sua conta.

– Só estou perguntando. Sendo educado.

– Um amigo.

– Que tipo de amigo?

– Um ótimo amigo. E não me olhe assim, Joe. – Ela completou, com um tom desafiador: – Estou seguindo com a minha vida.

– Mas… você não é do tipo que segue a vida. – Ele não pretendia falar daquele jeito; as palavras estavam saindo todas erradas.

Frankie fez cara de quem tinha levado um tapa.

– Talvez agora eu seja.

– Olha, me desculpa. – Eles não podiam brigar; não era para isso que tinha ido lá. – Temos que conversar sobre a Amber. Ela não quer falar comigo.

– Não? Nossa, que estranho, por que será?

A antiga Frankie jamais teria feito um comentário mordaz como esse.

– O Shaun a encontrou em um festival de música. Eles conversaram um pouco. Ela disse que ia reprovar em todas as matérias. Ao que parece, não está nem tentando se sair bem.

– Tudo bem, vou conversar com ela sobre isso.

– E tem mais. Ninguém me contou, mas ouvi o Shaun conversando com um amigo ontem. Ele disse que a Amber estava chapada quando os dois se viram. Que estava tomando sidra e fumando maconha. – Ele balançou a cabeça. – Temos que fazer alguma coisa. Fazer isso parar, resolver a situação.

Ela se irritou.

– Está dizendo que é culpa minha?

– Estou dizendo que você não pode ficar parada deixando isso acontecer. Ela não atende as minhas ligações.

– Espere aqui.

Frankie se virou abruptamente e saiu. Voltou logo depois, puxando Amber. O coração de Joe se contraiu ao ver a filha que tanto amava e se apertou ainda mais de dor e sofrimento quando viu a expressão dela.

– Você me enganou – murmurou Amber para a mãe, a voz impassível.

– Desculpe, querida. Seu pai insistiu. Ele quer falar com você.

Um misto de satisfação e desdém brilhou nos olhos de Amber.

– Não, obrigada.

Joe disse com voz firme:

– O Shaun me contou sobre suas provas. Disse que você não estudou nada.

– E por que você se importaria com isso?

– Amber, eu sou seu pai.

– Não é mais.

– Eu também soube da bebedeira e das drogas.

– Rá, eu sabia.

Ela trincou o maxilar.

– Ele não me contou. Ouvi o Shaun conversando sobre você com um dos amigos.

– Inventando desculpas para proteger o filhinho perfeito? – O tom de Amber era de deboche. – Quer limpar a barra dele?

– Se você estiver usando drogas, isso é da minha conta.

– Não é da sua conta, só é sua *culpa*.

Ela saiu batendo a porta.

– Vou falar com ela depois – disse Frankie. – Pode ir agora.

Joe queria pedir desculpas, queria tomá-la nos braços e dizer que ainda a amava. Mas sabia que não podia.

Sem dizer mais nada, virou-se e foi embora.

Capítulo 37

 FRANKIE ENCONTROU A FILHA NO JARDIM, tomando suco de laranja e ouvindo a banda.

– Ele foi embora? – perguntou Amber.

– Foi. Querida...

– Ah, mãe, não faz essa cara de preocupação. É tudo *mentira*.

Frankie estava com um nó no estômago.

– Mas por que o garoto, o Shaun, diria aquilo?

– Porque ele acreditou em mim! Fiz de propósito, você não vê? Porque eu queria fazer o papai pensar que eu estava fazendo besteira e sabia que o Shaun ia contar para ele. Rá, e deu certo. – Sorrindo, Amber continuou: – Que bom! Só que eu deveria ter avisado você. Desculpa, não achei que ele viria aqui.

– Então... mas o Shaun disse...

– Mãe, eu falei o que queria que ele ouvisse. Disse que *não* tinha estudado e que ia tirar nota baixa em *todas* as provas. Mas você sabe que não é verdade, né, porque você viu o tanto que estou estudando. Não tem como eu jogar tudo isso fora. E, naquele dia do festival, ele e os amigos estavam me vendo de longe. Você tinha que ter visto os dois, limpinhos e arrumadinhos, foi muito engraçado, tão deslocados. Quando vieram falar comigo, achei que seria engraçado fingir estar doidona. Eu queria magoar o papai, e pareceu um bom jeito de fazer isso. Mas você sabe a verdade, mãe. Você *sabe* que não uso drogas e que não estava bebendo. O Soneca comprou uma garrafa de sidra, mas o gosto era horrível. Rá, mas eu enganei os garotos.

– Com os olhos brilhando, Amber prosseguiu: – Sou uma atriz melhor do que eu pensava. – Ela fez uma expressão de chapada, os olhos pesados, segurou o braço de Frankie e disse, com voz arrastada: – Vou tomar bomba em todas as provas e nem ligo, tá?

A cara e a voz foram bem convincentes. E Amber sempre tinha sido totalmente contra drogas. Fazia sentido. Frankie confiou e acreditou nela, suspirando de alívio.

– Ainda bem. Você me deixou preocupada.

– Ah, desculpa, mãe. – Amber lhe deu um abraço rápido. – Mas não precisa se preocupar comigo. Estou bem.

– Aah, e eu lhe devo desculpas! – Esticando a mão para fazer Henry parar quando ele e Molly estavam passando, Frankie disse: – Me desculpe pelo mal-entendido.

Henry sorriu e balançou a cabeça.

– Não foi nada.

– Que mal-entendido? – perguntou Molly.

– Quando o Joe chegou, encontrou o Henry na sala usando o meu roupão, sem calça.

– Rá!

– O Henry foi incrível – disse Frankie. – Mandou *muito* bem.

– Bom, fiz o possível com um roupão verde pequenininho – declarou ele, com modéstia.

– Depois que você saiu, o Joe me perguntou o que estava acontecendo. – Corada, Frankie continuou: – Espero que não se importe por eu ter meio que dado a entender que poderia haver um certo… você sabe…

Ele balançou a cabeça.

– Você teria desperdiçado uma oportunidade perfeita se não tivesse feito isso.

Frankie concluiu que aquele sujeito tinha um belo senso de humor, meio cáustico, além de um jeito encantador.

– Não chegamos a conhecer você na sua primeira visita – disse Molly. – Mas ouvimos falar.

– Na verdade, vi você antes – comentou Henry. – De longe, no dia em que estavam voltando de Londres. Havia um filhote de coelho no meio da rua. Você pulou do carro e o salvou.

– Foi mesmo! Estávamos paradas no trânsito! Era você que estava indo na outra direção? Aquele coelho fez xixi na minha calça! Ah, uau! – exclamou Molly, indicando a calça dele. – E você acabou de passar pelo mesmo problema...

– Sabem o que isso quer dizer, não sabem? – disse Frankie. – Vocês são praticamente gêmeos.

O celular de Molly tocou com a chegada de uma mensagem de Vince: "Oi, tudo bem? Que horas é para eu ir buscar você? E devo ir de camisa azul ou verde?"

Ela hesitou. Eram cinco horas e a festa ainda estava a todo vapor.

Ao seu lado, Dex perguntou:

– Algum problema?

– Só estou pensando até que horas vai essa festa.

– Bom, eu não estava planejando expulsar ninguém por agora.

Dex estava ocupado filmando Delphi, que usava outro presente de tricô, desta vez um chapéu amarelo com abas nas orelhas que a faziam parecer um pintinho recém-saído do ovo.

– Se as pessoas ainda estiverem se divertindo, não há motivo para acabar. Ah, você tem seu encontro hoje. A que horas tem que sair?

– Não agora.

Molly fez uma careta engraçada para Delphi, que batia com as mãos nas de Henry. Enviaria uma mensagem para Vince dizendo que às oito estava bom.

– CacacacacaCAH – declarou Delphi, animada, segurando os dedos de Henry. – GagagagaGAH... PapapapapapaPAH!

– Ah, uau, ouçam isso, que menina inteligente! – Molly se virou com empolgação para Dex. – Ela já tinha dito "papá" antes?

– Não. – Dex deu um sorriso seco. – E teria sido melhor se ela tivesse dito para mim, não para o Henry, mas já é um começo.

Seus olhos se encontraram, e Molly se compadeceu. Era comovente ouvir Delphi dizer a palavra pela primeira vez, mesmo que para a pessoa errada. E logo no aniversário dela.

– Papa. – Molly atraiu a atenção de Delphi e apontou para Dex. – *Papa*.

– Papapapapa. – Delphi abraçou o pescoço de Henry e deu um beijo molhado na lateral do queixo dele.

Molly deu um pulo ao ouvir uma voz bem-humorada logo atrás dela:

– Isso é geneticamente improvável.

– Oi.

Dex parou de filmar Delphi, e Amanda passou por Molly, indo até ele para cumprimentá-lo com um beijo na boca.

Bom, *isso* chamou a atenção de todos. No jardim, as pessoas se viraram para olhar e ergueram as sobrancelhas diante dessa reviravolta digna de fofocas. Molly teve a ligeira sensação de que o chão tinha sumido debaixo dos seus pés.

– Cheguei à conclusão de que não há mais motivo para escondermos o que há entre nós – disse Amanda, abrindo um sorriso para Dex. Virando-se para olhar o mar de rostos interessados, ela anunciou: – Não se preocupem, ele não é meu paciente, nem a Delphi. Não tem problema! A situação é legal e legítima, duas pessoas solteiras que se dão muito bem. E também vim ver outra pessoa! – Ela esticou os braços, tirou Delphi de Henry e a ergueu no ar. – Feliz aniversário, pequenina! Você não está linda com esse chapeuzinho? Que menina bonita!

Delphi tinha sido o centro das atenções a tarde toda, mas ver Amanda a segurando e a abraçando de forma tão possessiva fez Molly se sentir mais esquisita do que quando testemunhou o beijo entre Amanda e Dex.

Uma ponta de... o quê? ciúmes?... perfurou seu peito quando ela viu Delphi projetar a boquinha rosada e dar um beijo na bochecha de Amanda.

– Ah, obrigada, que amor! – exclamou a médica.

– MamamamaMA – disse Delphi.

A pontadinha no peito de Molly virou um golpe com uma faca de açougueiro. Incapaz de olhar, ela voltou a atenção para o celular em sua mão. Certo, Vince estava esperando uma resposta.

Com os dedos tremendo de leve, digitou: "Pode vir agora!"

– A propósito. – Lois puxou o pai para o lado e murmurou: – Não diga nada para ninguém, mas acho justo avisar… Acho que a Frankie está interessada.

Stefan franziu a testa de leve.

– Interessada em quê?

– Em *você*, pai!

Lois sorriu ao ver a expressão de consternação dele.

– Claro que não.

– Tenho quase certeza que sim. Ela deu várias dicas mais cedo, perguntou sobre você e suas histórias amorosas. – Com ironia, acrescentou: – E eu nem tinha muito o que contar. Mas você precisava ter visto como ela me olhou quando falei sobre você. Estava *desesperada* por detalhes.

– Ah, meu Deus. – Stefan suspirou. – Bem que eu fiquei pensando se havia algo estranho acontecendo quando ela foi até o trailer falar comigo. Mas não achei que fosse isso.

– E por que acharia? Você é homem.

Lois, que era louca pelo pai, conhecia bem a incapacidade do sexo oposto; não dava para ser dona de um bar por tanto tempo sem saber que eles não tinham o menor jeito.

– Tem certeza?

– Pai, eu sempre estou certa. O marido da Frankie a abandonou. Ela está sozinha e louca para se sentir inteira de novo. E desejada. E… atraente. Ela precisa de outro homem para substituir o Joe, e parece que é em você que está de olho.

– Bom, isso é meio estranho. – Stefan pareceu preocupado. – Ela é uma bela mulher, mas eu não… não tem…

– Eu sei, pai. É por isso que estou avisando. Quer que eu diga alguma coisa para ela? Que a dispense com delicadeza, deixando claro que você não está interessado?

– Não, não. Não faça isso. – Evidentemente envergonhado com a possibilidade, Stefan continuou: – Por favor, não faça isso. Vou só me manter bem longe dela.

Capítulo 38

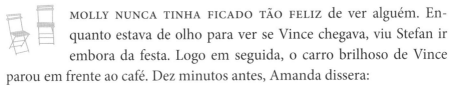 MOLLY NUNCA TINHA FICADO TÃO FELIZ de ver alguém. Enquanto estava de olho para ver se Vince chegava, viu Stefan ir embora da festa. Logo em seguida, o carro brilhoso de Vince parou em frente ao café. Dez minutos antes, Amanda dissera:

– Eu soube que você está namorando. Que incrível! – Ela falou do mesmo jeito que uma mãe competitiva feliz da vida diria quando o filho fizesse cocô na privada pela primeira vez.

Molly assentiu.

– Sim, o nome dele é Vince.

– Eu sei, o Dex tem falado muito sobre ele. É um cara legal?

– Muito legal.

– Que ótimo! Mal posso esperar para conhecê-lo. O Dex falou que fazia um tempo que você não namorava.

Um ano exatamente. Os últimos doze meses tinham sido um deserto sexual. A única pessoa com quem compartilhara a cama fora Dex e tinha durado dez minutos.

Molly se perguntou se ele contara para Amanda sobre a famosa confusão alcoólica em que ele exagerara na autoconfiança.

Na verdade, melhor não tocar no assunto.

Enquanto isso, Amanda esperava uma resposta.

– É. – Mais uma vez, ela fez que sim com a cabeça. – Tem um tempo. – *Obrigada por me lembrar.*

– Bom, se precisar de algum contraceptivo, é só ligar para o consultório e marcar uma consulta. – Amanda a observou com o ar confiante de uma mulher totalmente no controle das próprias exigências contraceptivas. – Podemos resolver isso rapidinho!

Vince tinha chegado, lindíssimo, usando terno de linho azul-marinho e camisa verde-clara. Ele parou ao lado do carro para pegar um lenço e limpar uma mancha da tinta reluzente.

– É ele? – Frankie se aproximara. Ela assobiou e disse: – Uau.

– Pois é.

Molly sentiu uma onda de orgulho; fisicamente, Vince era um espécime *perfeito*. Era meio estranho pensar nisso, mas deveria mesmo arrumar logo um método contraceptivo.

Mas não com a Amanda, pfff.

Depois de cumprimentar Vince e o levar pelo jardim, ela o apresentou para os outros convidados. Por fim, chegaram a Dex e Amanda. Vince apertou a mão de Dex.

– É bom ver você de novo.

– Digo o mesmo – respondeu Dex, com tranquilidade.

– Meu nome é Amanda. Oi! – Depois de cumprimentá-lo, Amanda passou o braço pelo de Dex, com um ar possessivo. Com os olhos cintilando, virou-se para Molly. – Tenho que dizer que você *escolheu direitinho*.

Bem na frente de todo mundo, como se para sinalizar a surpresa de Molly ter arrumado um homem daqueles. *Por favor, não comece a falar de contraceptivos de novo.*

– Só viemos dar um oi e nos despedir. Estamos de saída – anunciou Molly, de repente.

Vince já tinha sido visto e admirado, isso bastava.

– A gente não precisa ir agora – disse Vince. – A mesa está reservada para as oito, então só precisamos sair um pouco antes das sete e meia. – Ele parou para pensar. – Talvez sete e quinze, por via das dúvidas.

Fora a mesma coisa na outra noite; ser pontual era fundamental para ele.

– Sim, mas quero passar em casa primeiro, me trocar e retocar a maquiagem – explicou Molly. Ah, Deus, *que horror*, tinha mesmo dito aquilo? Ela nunca usara as palavras *retocar a maquiagem* na vida.

– Ah, não sabia. – Vince olhou o relógio e recalculou o tempo. – Nesse caso, vamos lá.

Amanda ergueu uma sobrancelha bem-feita, como se a lembrasse discretamente de não se empolgar e fazer sexo selvagem sem proteção. Então abriu um enorme sorriso.

– Tenham uma ótima noite. Ah, somos praticamente vizinhos agora. Deveríamos sair todos juntos! – Ela se virou para Dex. – Por que não os convidamos para jantar no fim de semana que vem?

– Parece ótimo. – Dex, tranquilo como sempre, apoiou a sugestão dela. – Por que não? Estou virando mestre em preparar torrada com queijo.

Essa era a nova obra de arte culinária dele.

– Só porque te ensinei a acrescentar molho inglês – declarou Molly.

– Lavem a boca, vocês dois. – Amanda fingiu horror. – Serei a encarregada da comida, e não vai ter nada disso. Podem acreditar, sou uma ótima cozinheira.

– É mesmo? – Dex pareceu impressionado.

– Claro. – O sorriso dela foi ao mesmo tempo brincalhão e provocante. – É só mais um dos meus muitos talentos.

Blergh, era mesmo hora de ir.

– Você não precisa fazer isso – disse Frankie quando viu Henry na pia com as mangas dobradas, os braços enfiados até os cotovelos na água, lavando todos os copos que não couberam no lava-louça.

– Não é nada. – Ele deu de ombros, dispensando os protestos dela. – Eu gosto.

Eram oito horas; a festa tinha acabado, a banda recolhera os instrumentos e os últimos convidados estavam indo embora.

– É sempre bom ver um homem fazendo tarefas domésticas. – Frankie pegou um pano de prato limpo e começou a secar os copos. – Você vai ficar aqui hoje à noite?

Achando graça, Henry indicou Dex e Amanda pela janela.

– Com os dois pombinhos? Vou ficar mais algumas horas, depois acho melhor ir para casa e dar privacidade a eles. Mas foi um dia bom, eu me diverti.

– Eu também. *Ops.*

Um copo molhado escorregou da mão de Frankie e caiu de lado na beirada do escorredor. Demonstrando reflexos rápidos, Henry o pegou antes que caísse no chão.

– Aqui está – respondeu ele, devolvendo-lhe o copo.

– Que reflexo.

Frankie sorriu; ele com certeza praticava algum esporte.

– Mãe? Estou saindo. – Amber entrou na cozinha e deu um abraço nela. – Vou dormir na Nicole e volto amanhã à tarde.

Pela primeira vez, Frankie sentiu um pouco de dúvida. Sempre confiara na filha.

– O que vocês vão fazer?

– Ah, nada de mais, só injetar drogas pesadas nas veias e virar muitas garrafas de gim. É piada, tá? – disse Amber, mantendo a paciência. – O que vamos *mesmo* fazer é pipoca caramelizada com sal e ver uns filmes de menina. E preciso estar em casa até a hora do almoço amanhã, porque tenho muita matéria para estudar e pelo menos dois simulados. Mas, se o papai perguntar, pode contar qualquer coisa, menos isso. E não entre em pânico, você não precisa se preocupar comigo. Está bem, mãe?

– Agora você está debochando de mim. – Frankie sentia uma satisfação secreta quando Amber a provocava assim. Ela relaxou e abraçou a filha. – Tudo bem, querida, vejo você amanhã. Divirta-se.

– Pode deixar. Tchau! – Amber acenou para os dois e saiu.

– O comportamento da sua filha diz muito a seu favor – disse Henry depois que ela tinha saído.

Frankie vibrou.

– Obrigada.

– E quais são seus planos para esta noite?

– Os meus? Pés para cima, uma xícara de chá, TV… vou acabar pegando no sono e derramando chá no sofá todo. – Ela fez uma careta. – Levo uma vida muito louca.

Henry enxaguou outro copo e disse, de repente:

– Se estiver com vontade de sair para beber ou comer alguma coisa, poderíamos… quer dizer, se você quiser, eu toparia…

Frankie olhou para ele, impressionada. Caramba, estava sendo convidada para um *encontro*?

– Ah, puxa, é gentileza sua, mas... nossa. – Pânico, pânico. – Olha, obrigada, mas não estou pronta para nenhum tipo de... você sabe, *rolo*.

Isso foi totalmente ridículo e patético, mas as palavras foram saindo por vontade própria, uma reação instintiva, sem nem parar para consultar o cérebro.

– Claro, claro, tudo bem. É justo. Esqueça.

Foi reconfortante perceber que Henry ficou tão ansioso para deixar a situação para trás quanto ela – aquela era uma falha que deveria ser apagada o mais rápido possível.

– Obrigada. – Frankie abriu um sorriso agradecido. – E, veja bem, não é você. Sou eu, sem dúvida.

– E eu não deveria ter perguntado.

A expressão constrangida e aliviada dele foi o que deu a primeira impressão de que Henry era bem mais tímido do que parecia.

Quem imaginaria alguém tão imponente sem muita confiança?

Um dos últimos convidados foi até a cozinha perguntar a Henry, a quem tinha pedido conselhos financeiros mais cedo, se podia pegar o contato dele. Henry secou as mãos, abriu a carteira e deu ao homem um cartão de visitas. Depois que o sujeito agradeceu e foi embora, Henry puxou outro cartão e, meio sem jeito, disse:

– Caso você precise... ou queira perguntar alguma coisa... vou deixar um, está bem? Você pode muito bem jogar no lixo assim que eu for embora.

Suas mãos se tocaram quando Frankie pegou o cartão, e ela sentiu uma onda de adrenalina quase imperceptível.

– Claro que não vou jogar no lixo.

Henry não disse nada, só olhou para ela com uma expressão indecifrável. A onda de adrenalina veio de novo, dez vezes mais forte.

Frankie desviou o olhar, sem fôlego. Caramba, de *onde* viera aquilo?

Capítulo 39

DEX E AMANDA TINHAM INSISTIDO para que ele ficasse mais, só que Henry sabia perfeitamente bem que só o amigo tinha falado com sinceridade; estava óbvio que Amanda queria Dex todo para si. Assim que Delphi foi colocada no berço, deixando-o como única vela da casa, ele se despediu e foi embora.

Eram oito e quinze, e o sol estava se pondo atrás do carro quando Henry acelerou para pegar a estrada e seguir para o leste pela M4. Que dia agitado. Quando estava indo para Briarwood, mais cedo, tinha ouvido no rádio um especialista em pensamento positivo declarando que as pessoas precisavam estimular os acontecimentos se quisessem mudar para melhor.

– Nunca se arrependa das coisas que fez – declarara o Pensador Positivo, enfático –, só das coisas que não fez.

Parecia realmente absurdo, mas a frase ficara em sua mente, dançando lá dentro e em looping, como uma música irritante que não sai da cabeça.

E o que fizera? Decidira correr o risco, partir para a ação, agir por impulso e ver se aquilo era mesmo verdade.

Ou seja, conhecera Frankie, falara com ela e descobrira que ela estava além de suas expectativas.

E a convidara para sair, todo atrapalhado.

E fora lindamente rejeitado.

Ainda assim, manteve a fé, uma fé *ridícula e absurda*, e empurrara um cartão de visitas para ela, num gesto patético e estabanado, mesmo ela tendo deixado tão claro que não estava interessada.

Que idiota. Deus, o que ela devia estar pensando ao vê-lo rondando, fazendo papel de bobo como o adolescente mais pateta do mundo? Agarrando firme o volante, Henry se torturou com a lembrança de todas as tolices que tinha dito e feito e de como Frankie lidara com seus avanços indesejados com tanta delicadeza e doçura.

E era tudo culpa dele.

Era nisso que dava seguir o conselho de supostos especialistas no rádio.

Não cometeria mais esse erro.

Silêncio. Silêncio. E mais silêncio.

Deitada no sofá, Frankie ligou a TV e ficou trocando de canal. Desligou-a e olhou para a xícara de chá. Estava fria e turva.

Como era possível que algumas noites passassem voando e outras se arrastassem como uma lesma constipada? *Alguma* noite já tinha sido tão arrastada quanto aquela? Frankie suspirou de frustração; estava em uma casa vazia, sentindo-se mais solitária do que nunca. Amber estava fora. Molly tinha saído com Vince. Joe estava em Tetbury com Christina. Em uma escala de tédio de um a dez, aquilo era um vinte. Deus, e as horas que se projetavam à frente... queria ter aceitado a proposta de Henry.

Como sempre, conseguira dizer não quando deveria ter dito sim.

E agora era tarde demais para mudar de ideia.

Não era?

Nem pense nisso. Claro que é tarde demais. Frankie se levantou do sofá, foi até a cozinha e tirou uma garrafa de vinho da geladeira.

Vinte minutos depois, o pensamento ainda vibrava em sua cabeça.

E se não fosse tarde demais?

E se não fosse?

Ao seu lado, no sofá, seu celular tocou, e ela deu um pulo até o teto. Seria Henry ligando para ver se ela tinha mudado de ideia?

Improvável, considerando que ele não tinha seu número.

– Sou eu – disse Joe. – Você falou com a Amber?

Ah, que ótimo, era disso que precisava.

– A Amber está bem. Ela não tinha usado droga nenhuma, só fingiu porque sabia que você descobriria. – Era justo contar para ele. – E está estudando muito para as provas.

– E você acredita nisso?

Frankie se irritou.

– Acredito, sim. Sou a mãe dela, sei quando Amber está falando a verdade.

– Hum. E quem era o cara com o seu roupão?

Ah, então esse era o outro motivo daquele telefonema.

– Já falei. É um amigo.

A taça estava vazia. Foi até a cozinha enchê-la.

– Vai com calma, está bem?

– Como assim?

– Você sabe. Todo mundo está de olho, esperando para ver o que você vai fazer. Não tem a menor necessidade se prestar a esse papel de boba.

Irritação nem *começava* a descrever o que estava sentindo. Frankie encarou a garrafa gelada de vinho na mão; se Joe estivesse ali, ficaria feliz da vida em dar com a garrafa na cabeça dele.

– Quer dizer que eu não tenho *mais* necessidade de fazer papel de boba, considerando que meu marido teve outra família durante os últimos vinte anos, e eu já sou motivo de piada na cidade inteira?

– Estou falando de dignidade. Estou tentando ajudar, mas você fica na defensiva – argumentou Joe. – O que mostra que estou certo.

Deus, como ela odiava quando ele usava a voz ultrarracional.

– Você é muitas coisas – disse Frankie –, mas, se eu perdesse um centavo se dissesse cada coisa que acho de você, ficaria sem dinheiro.

Ela desligou o telefone *na cara dele* e colocou mais vinho, o gargalo da garrafa tilintando na beirada da taça enquanto sua mão tremia de fúria.

Tenha dignidade. Não faça papel de boba. Fique em casa sozinha, não toque o barco e, mais do que tudo, não se divirta. Era isso o que Joe esperava que ela fizesse?

Ora, ele que se danasse. E que tudo se danasse. Frankie tomou mais vinho e ouviu o coração disparando nas costelas. Em seguida, atravessou a cozinha e pegou o cartão que Henry deixara em cima da cômoda.

Digitou o número e ouviu o sinal de que estava chamando. Aquilo não era o tipo de coisa que ela fazia.

Bom, talvez fosse hora de mudar.

Os toques pararam, o serviço de caixa postal pediu que ela deixasse uma mensagem, e Frankie se deu conta de que não tinha parado para pensar direito.

– Oi, sou eu... hum, Frankie... desculpe, eu estava pensando se você não gostaria de vir aqui, afinal, mas, se não está atendendo o telefone deve ser porque está dirigindo... a caminho de Londres... Tudo bem, não se preocupe, tarde demais. Deixa pra lá. Tchau!

Toda a coragem repentina tinha sumido. Frankie desligou e soltou um berro desesperado:

– *Ah, merda!*

Seu coração disparou mais ainda quando olhou para o celular e percebeu que *não* tinha desligado; o aparelho ainda estava gravando sua mensagem. Com um grito de "Desculpe!", apertou o botão de novo, verificou se estava mesmo desligado e escondeu a cabeça nas mãos.

Henry parou em um posto na estrada e ouviu a mensagem no celular. Seria aquela a sensação de receber um telefonema dizendo que você tinha ganhado na loteria?

Retornou a ligação.

– Alô? – atendeu Frankie, hesitante.

– Sou eu. Ainda posso ir até aí?

– É sério? – Ela falou mais alto: – Claro! Eu não sabia que você ainda estava por aqui, achei que já devia estar na M4.

A que distância estava de Briarwood? Se pegasse o retorno seguinte e voltasse correndo, quanto tempo levaria? Ele não podia dizer onde estava.

– Espere aí. – Um sorriso ridículo surgiu no rosto de Henry quando ele engrenou a marcha. – Estou a caminho.

Eram nove e meia quando a campainha tocou.

Com o coração disparado, Frankie abriu a porta.

– Você estava na M4.

– Estou aqui agora – retrucou Henry.

– Isso é maluquice.

– Eu sei. – Ele sorriu e assentiu.

– Desculpe pelo grito na mensagem. Achei que já tivesse desligado.

– Gostei do grito. Ficou mais fácil retornar a ligação. – Ele fez uma pausa. – E voltar para cá.

Frankie suspirou. Que coisa estranha. De alguma forma, as abordagens individualmente estabanadas tinham dado certo e se equilibrado. Primeiro, Henry fizera um avanço desajeitado; depois, ela também. O jogo estava empatado, as camadas iniciais de fingimento deixadas de lado.

– Onde está seu carro? Não ouvi você chegando.

– Eu não sabia se você queria que eu estacionasse em frente à sua casa. Parei na rua atrás da igreja. – Ele hesitou e acrescentou: – Eu não sabia se era tarde demais para sair. Mas podemos sair se você quiser.

– Bem, está mesmo um pouco tarde. – Ela percebeu que estava assentindo, um movimento estranho como o daqueles brinquedos com molas no pescoço. – É mais fácil a gente ficar aqui. Tenho vinho. Ou café.

Oferecer vinho insinuava que ela esperava que ele *ficasse*? Ah, Senhor, que campo minado.

Mas emocionante mesmo assim.

– Não faz diferença – disse Henry. – Tanto faz. Você decide.

Os olhos dele eram hipnotizantes. Frankie pegou outra taça de vinho no armário e ligou a cafeteira.

– Quer saber, vou preparar os dois. E aí você escolhe.

Enquanto fazia o café e enchia a taça de vinho, reparou que nunca tinha ficado tão ciente da presença de alguém atrás dela. O que ele estava pensando? Sua bunda estava grande? Henry conseguia perceber o que ela estava sentindo naquele momento?

Henry rompeu o silêncio:

– A Amber vai passar a noite fora?

– Vai.

Ele já sabia disso.

– E você não está esperando nenhuma outra visita hoje à noite? – *Ah, Deus.* Ele balançou a cabeça, desesperado. – Esse é o tipo de coisa que um assassino diria. Desculpe, desculpe. Eu não sou um assassino.

261

– Que bom. – Frankie sorriu. – E não, nenhuma outra visita. Está nervoso?

Henry assentiu.

– Muito. E você?

– Ah, sim. Aqui, tome. – Ela deu as bebidas para ele e foi na frente para a sala. – Na verdade, bote na mesa. Tudo bem se eu fizer uma coisa?

Porque, quanto mais rápido acontecesse, mais rápido tirariam o constrangimento do caminho. Frankie, com o coração em disparada, esperou que ele colocasse a taça e a xícara na mesa de centro. Em seguida, foi até ele, passou os braços por seu pescoço e lhe deu um beijo na boca.

Uau, uau... olhem só para mim, vejam o que estou fazendo.

Ah, uau de novo, isso é maravilhoso.

A campainha tocou, e eles ficaram paralisados. Ah, caramba.

O que tinha acontecido com aquela ideia de não receber nenhuma outra visita?

– Não sei quem é – sussurrou Frankie –, mas não posso deixar de atender.

– O que eu faço?

– Fique aqui. Tudo bem. Vou me livrar de quem for.

Ela fechou a porta da sala e atravessou o corredor. Quem poderia estar tocando a campainha àquela hora da noite?

– Oi – disse Lois. – Desculpe, te assustei? Você parece que viu um fantasma!

Capítulo 40

LOGO A LOIS. A MAIOR E MAIS ARDOROSA fã de Henry.
– É que eu não estava esperando ninguém. Me deu um susto. – Frankie bateu no peito palpitante; pelo menos aquilo era verdade. – O que houve?

– É a pulseira da Addy, ela deixou aqui à tarde. Tem contas turquesa e prateadas no elástico. É mixaria, mas você sabe como são as meninas. Ela pediu que eu viesse pegar.

– Não me lembro de ter visto.

Frankie balançou a cabeça; Addy era um amor, mas escolhia cada momento!

– Tudo bem, ela me disse onde está. Estava com medo de o Jovem Bert tentar pegar, então tirou e deixou dentro de casa. Está no pratinho de prata em cima da sua lareira.

– Ah, certo. Só um segundo que eu vou buscar! – Frankie estendeu as mãos como um guarda de trânsito, indicando que não era para Lois se mexer, e recuou para a sala. – Vou buscar!

Mas Lois, aparentemente alheia à linguagem corporal, estava indo atrás. Ah, não, ela não ficaria nada feliz quando visse…

Ninguém. Ninguém mesmo. A sala estava vazia. Só uma xícara de café na mesa e sem sinal de Henry em lugar nenhum. Deus, para onde ele tinha ido? Será que era um ilusionista?

– Aqui está. – Frankie pegou a pulseira e praticamente a jogou em cima de Lois. – Inteirinha. Pronto!

263

– Obrigada.

Lois parou e a observou, pensativa. *Por quê?*

– Certo! O bar está movimentado? Bom, hoje é sábado, então é claro que está! – Ela estava tentando tirar Lois da sala, mas a mulher não se mexia.

– Olha, não quero que você se sinta constrangida, mas tem uma coisa que preciso dizer, já que estou aqui. Meu pai não está interessado em... Ah, você sabe.

Atordoada, Frankie perguntou:

– Não está interessado em quê?

Lois respirou fundo e disse, solidária:

– Bom, em *você*.

Frankie engasgou e cobriu a boca.

– Como?

– Está tudo bem, não precisa ficar com vergonha. Depois de todas aquelas perguntas sobre o meu pai, entendi por que você queria saber. Então só estou dizendo que não é uma situação que... aconteceria. Mas não se preocupe, fica só entre nós. Não vou dizer nada para mais ninguém.

Depois de levar Lois para fora de casa, Frankie fechou a porta e passou todas as trancas.

De volta à sala, ela disse:

– A Lois foi embora. Cadê você?

– Bom, na chaminé que não estou – respondeu Henry. – Não sou o Papai Noel.

Com o estômago revirado, Frankie puxou a cortina da porta de vidro. Ali estava ele, parado com uma taça de vinho cheia em cada mão.

Ela sabia que ele estava ali, é claro. Não havia outro lugar para se esconder.

Henry levantou solenemente a mão direita e virou o conteúdo da taça de uma vez.

Frankie pegou a outra e fez o mesmo.

– Essa história do pai dela... – começou. – Não estou a fim do pai da Lois.

Ele assentiu.

– E você está contando a verdade, porque, se não estivesse, diria "Hum... é... olha, hã..." e ficaria toda agitada e nervosa.

Ela sorriu; Henry tinha toda razão.

– E como é que você sabe disso?

– É como eu ficaria. – Henry balançou os ombros enormes. – Somos iguais.

E ele estava certo: por baixo da aparência radicalmente diferente, eles eram iguais, sim. Daquela vez, Frankie sentiu a onda eletrizante de atração sem nem fazer contato físico... o que aumentou ainda mais seu desejo por contato.

Ao mesmo tempo, sabia que tinha que ser sincera.

– Tudo bem, preciso dizer uma coisa. O que falei antes continua valendo: meu marido me humilhou e estou só começando a me acostumar a ser solteira de novo. Não estou pronta para nenhum tipo de relacionamento. Meu Deus, o que estou falando? – Ela deu uma risadinha da própria presunção. – Como se isso fosse problema seu. De qualquer modo, só estou dizendo que não haveria nenhum... envolvimento. – Suas bochechas estavam pegando fogo. – Não acredito que estou falando isso. Desculpe.

Ele morava em Londres, pelo amor de Deus! Tinham se conhecido naquela tarde. O que dera nela para achar que ele estaria minimamente interessado em um relacionamento sério?

Henry balançava a cabeça, sem dúvida achando muito engraçado ela estar dizendo para ele não ficar com essas ideias românticas em relação a uma mulher mais velha e desmazelada cujo marido a traíra durante anos.

Finalmente, conseguindo ficar sério, Henry respondeu:

– Tudo bem. Vem cá.

E Frankie foi.

Bem, aquilo era constrangedor. Molly, vítima do próprio corpo, que pelo visto estava fazendo alguma pegadinha com ela, se esforçava tanto para não bocejar que corria o risco de deslocar a mandíbula.

– Como estão as cenouras? – Vince apontou para os legumes no prato dela.

Era para deixar claro de quais cenouras estava falando?

– Ótimas. Excelentes.

Ah, não. Conseguira segurar o último bocejo, mas agora tinha outro chegando. Era horrível, já tinha feito duas vezes; mas sempre vinham mais, totalmente descontrolados.

– Tudo bem?

Vince pareceu preocupado quando ela tentou cobrir a boca sutilmente. Pobre rapaz, o que devia estar pensando? Molly assentiu com alegria.

– Tudo ótimo!

Mas não adiantou, os bocejos ainda estavam *dentro* dela, esperando para sair. Terminou a refeição depressa, enquanto Vince falava sobre a reunião que tivera no dia anterior com um cliente novo, então empurrou a cadeira para trás e disse:

– Já volto!

Sozinha no banheiro feminino chique e espaçoso, ela soltou três bocejos seguidos. Mas será que tinham saído por completo de seu organismo? Não parecia. Bom, os bocejos aconteciam quando o corpo precisava de mais oxigênio. Portanto, fazia sentido que precisasse de exercício para ficar bem. Quando participavam de corridas nos Jogos Olímpicos, será que os atletas paravam para bocejar no meio da pista? Não. E como não havia mais ninguém ali...

Molly estava havia dois minutos dando pulinhos furiosamente quando seu telefone tocou.

Ops, tomara que não fosse Vince ligando para perguntar o que ela tinha ido fazer. Aliviada ao ver o nome de Dex piscando na tela, atendeu sem pensar direito.

– Alô.

Ah, caramba, estava sem fôlego *nenhum*.

– Molly?

– Oi?

– Estou interrompendo alguma coisa... importante?

– Não.

– Você está ofegante – insistiu Dex.

– Não estou, não.

– Está, sim. Que nem um cachorro. Tem certeza de que você e o Vince não estão...?

– Tenho certeza absoluta, muito obrigada. Eu só estava *rindo*.

– Rindo de quê?

A dúvida na voz dele sinalizava que tinha tomado a decisão certa; admitir que estava dando pulos para combater um surto de bocejos incontroláveis teria sido mais do que Dex conseguiria resistir.

– Só das histórias engraçadas do Vince... estamos nos divertindo muito.

Molly deu uma risadinha quando falou, como se a lembrança de todas as histórias divertidas estivesse ameaçando fazê-la rir de novo, levando-a à iminência da histeria.

– Ah, tá. – Dex fez uma pausa. – Bem, isso é excelente.

Pronto. Mesmo agora ele estava fazendo o que ela esperava: demonstrando certa surpresa. Com a respiração de volta ao normal, Molly perguntou:

– Por que está me ligando, Dex?

– A Amanda quer marcar um jantar para semana que vem. Ela precisa organizar a agenda do trabalho na clínica. Que tal quarta à noite?

– Não, desculpe. Não posso na quarta.

Ela podia, mas por que Amanda deveria ser a única pessoa importante com compromissos que precisavam ser marcados na agenda?

– Sexta, então?

– Espere um pouco, vou perguntar ao Vince. Sei que ele está com a semana bem ocupada.

Pelo menos os bocejos tinham parado. Molly cobriu o telefone e voltou para a mesa, onde Vince estava esperando.

– Ei, o Dex e a Amanda querem marcar um jantar. Pode ser na sexta?

– Ótimo. – Vince assentiu. – Por onde você andou? – acrescentou ele, bem-humorado. – Achei que tivesse fugido pela janela do banheiro!

Rezando para que Dex não tivesse ouvido o comentário, Molly tirou a mão do celular e falou:

– Sexta está bom para nós.

– Perfeito. – Dex parecia estar rindo. – Posso perguntar uma coisa?

Ela tentou manter a calma.

– Pode falar.

– Sua falta de fôlego era porque você estava ocupada se espremendo pela janela do banheiro?

Ele era um pesadelo. Com ouvidos de tuberculoso.

– Tchau, Dex – disse Molly, desligando.

Capítulo 41

UAU. SIMPLESMENTE... UAU.

Qualquer um que olhasse acharia que ela estava dormindo, mas, sob as pálpebras fechadas, o cérebro de Frankie nunca tinha estado tão desperto.

Naquela noite, fizera o primeiro sexo casual de sua vida, movida unicamente pela intenção de se vingar de Joe. Embora fosse improvável que ele viesse a descobrir.

Ah, mas aquele não foi o único motivo. A explosão da atração física também era um fator, surgindo do nada e a pegando de surpresa. Depois de quase vinte anos de casamento, fazia um tempo que não sentia aquilo. E, em vez de ficar tímida, manter a sensatez e insistir que nada poderia acontecer enquanto eles não se conhecessem melhor, ela ignorou deliberadamente seu eu controlado e certinho, mandou a cautela para o espaço e seguiu em frente, indo para a cama com alguém que tinha conhecido havia poucas horas.

Tinham transado, dava para imaginar?!

Tinha ficado nua (*completamente nua, minha nossa!*) e dormido com um homem lindo que *queria* dormir com ela.

E nem sabia o sobrenome dele.

Seu eu controlado e certinho ficou chocado com esse comportamento impulsivo e libidinoso. Queria que o sexo tivesse sido decepcionante para que servisse como lição.

Ah, mas a questão era essa, *não tinha sido* decepcionante. O oposto, na verdade. Tinha sido espetacular, provavelmente o sexo mais maravilhoso de sua vida.

Permaneceu de olhos fechados, mas sentiu um sorriso se abrir no rosto. Isso a tornava uma vagabunda desavergonhada e sem moral?

Tornava?

Oba!

Eram cinco e meia da manhã, e o sol já tinha nascido. Henry estava saindo discretamente da cama. De repente, o que tinha sido tão louco e maravilhoso na última noite começava a parecer menos encantador.

– Você vai embora escondido? – Frankie sorriu para mostrar que estava brincando. Mais ou menos.

– Oi. Não. – Ele balançou a cabeça. – Só estava pensando que talvez fosse uma boa sair cedo para ninguém me ver. Ontem você disse que era uma coisa de momento. Não quero que entre em pânico, se sinta presa e comece a planejar o que vai fazer para se livrar de mim. E tenho um jogo de squash marcado para as nove – acrescentou. – Então, preciso voltar.

Eram muitos motivos, disparados na velocidade da luz por uma pessoa evidentemente apavorada de se ver diante de um casinho que diz: "Sei o que falei ontem, mas mudei de ideia... Quero que você seja meu namorado, *por favoooooor*."

– Ah. Sim. – Não que ela *fosse* falar isso, mas ele não sabia. Assentindo vigorosamente, Frankie disse: – Ir embora agora é um ótimo plano, sem dúvida. Faz sentido.

– E não se preocupe, não vou contar para o Dex. Ninguém vai saber.

– Ótimo. Vai ser nosso segredo.

– Vem aqui. – Como não tinha saído da cama, Henry a puxou para perto. – A noite foi... incrível.

– Foi.

Ele era muito lindo, *muito*, mas Frankie não podia dizer isso. Os dois quiseram sexo sem compromisso, não foi? E tiveram. Quem poderia pedir mais?

– Estou feliz de ter vindo à festa ontem. – Depois de hesitar por um momento, ele a beijou na bochecha.

– Eu também.

Que constrangedor. A noite anterior fora eletrizante, de uma intimidade

269

impressionante, e agora ele a beijava na bochecha como se ela fosse uma tia solteirona.

Bem, o que mais podia esperar? O coração de Frankie parou diante da descoberta de que seu momento de Cinderela tinha passado. Henry fizera o que tinha ido fazer. Agora, era hora de dar o fora.

Henry foi embora de Briarwood pela segunda vez em menos de doze horas, com o cérebro a mil. Tinha sido um dia inacreditável. Imagine ser um adolescente apaixonado pela Beyoncé, fantasiando com a ideia de que, durante o show, ela o chamaria para subir no palco, dançaria com ele e o convidaria para uma festa mais tarde.

E imagine isso tudo se tornando realidade.

Tudo bem que Frankie não era a Beyoncé, mas conhecê-la foi *muito* importante para ele, de verdade. E terem passado a noite juntos estava além dos seus sonhos mais loucos, um milhão de vezes melhor do que poderia esperar.

Por sorte, conseguira se segurar e não a deixara apavorada dizendo isso. Imagine como ela teria se sentido.

Não, tivera a sorte de estar no lugar certo na hora certa. Como ela mesma disse – duas vezes –, Frankie não estava no momento de se interessar por nenhum tipo de relacionamento emocional.

E tudo bem, ele entendia. Assim como tivera a certeza de que o único jeito de se comportar naquela manhã era tratando a situação da maneira mais casual possível e bancando o descolado.

A verdade era que faria o que fosse preciso, qualquer coisa, para não espantá-la.

– Você por aqui! – exclamou Molly para Vince, parado na porta da casa dela no fim da tarde de sexta com uma bolsa azul-marinho na mão. Os relógios tinham sido adiantados e ninguém avisara? – Ainda são seis horas. Pensei que tivéssemos combinado às sete.

– Eu sei. Saí do trabalho e vim cedo por um motivo. – Ele ergueu a bolsa de lona: – O que foi que falei para você na semana passada sobre o seu carro?

– Não faço ideia. Ah, calma, você me disse que estava sujo.

– Exato. – Vince assentiu. – E também mostrei os arranhões e pontos de ferrugem. Lembra?

Ela demorou para lembrar; não tinha sido a conversa mais emocionante de sua vida.

– Lembro.

– E? – insistiu Vince. – Você fez alguma coisa a respeito?

– Não.

Carros não eram o ponto forte de Molly. Seu interesse ia só até ligarem e desligarem quando queria.

– Viu? Achei que você não teria feito nada. Mas essas coisas são importantes. Precisam ser feitas. Ferrugem se espalha como erva daninha – explicou Vince.

– Caramba. É mesmo?

Ele estava tão bonito. E tão sério.

– É mesmo. E, se não forem resolvidos, aqueles arranhões na tinta também vão virar ferrugem.

– Minha nossa.

– Carros precisam de cuidados. – Ele fez sinal para que Molly o seguisse pelo caminho. – Não é nenhum bicho de sete cabeças.

Molly sabia que não. Era só o tipo de coisa chata demais para fazer. Sobressaltada, viu Vince abrir a bolsa e tirar um pacote de papel-celofane com uma coisa branca. Ele abriu o pacote e tirou um macacão de papel reforçado, que colocou por cima da camisa e da calça.

– Nossa, para que isso?

– Para proteger minhas roupas.

Vince fechou o zíper e apontou para o macacão largo com elástico nos pulsos e tornozelos e um capuz que cobria a cabeça. Ele parecia um daqueles cientistas assustadores do governo no filme *E.T.*

– Certo. – Molly hesitou enquanto ele pegava vários potes, tecidos e pincéis na bolsa e os enfileirava no chão. – Bem, posso entrar e começar a me arrumar?

– Ou você pode ficar e olhar – sugeriu Vince. – Posso explicar tudo, mostrar um passo a passo e ensiná-la a fazer.

O vizinho de Frankie, Eric, que tinha mais de 80 anos, estava com dificuldade para passear com o labrador, então os moradores de Briarwood vinham ajudando na tarefa. Naquela noite, era a vez de Frankie de passear com Bamber.

Também teve a oportunidade de cuidar de uma coisa que precisava ser resolvida.

No caminho, passou por Molly e Vince em frente ao chalé dela.

– Você está parecendo um daqueles peritos na cena do crime – comentou para Vince.

– Ele está me mostrando como tratar a ferrugem no meu carro – explicou Molly.

– Caramba.

Era uma notícia assustadora.

Vince, ajoelhado perto da traseira, do lado do motorista, perguntou:

– E você? Cuida direito do seu carro?

Frankie hesitou.

– Hum, levei no lava a jato semana passada.

– E encerou depois?

– Hã… não.

Por que Molly estava olhando para ela daquele jeito pelas costas de Vince?

– Pois deveria. É importante – explicou Vince. – Se a Molly tivesse mais cuidado, o carro dela não estaria assim. É melhor prevenir do que remediar.

– Uau, vou fazer da próxima vez, sem dúvida.

Agora ela sabia por que Molly estava com aquela cara de desespero; era um sinal para ela fugir, para escapar enquanto podia.

Por sorte, tinha um cachorro para passear e uns equívocos para esclarecer. Frankie e Bamber saíram do vilarejo e seguiram pela margem do rio. Libélulas dançavam acima da superfície da água, brilhos iridescentes refletindo o sol conforme voavam de um lado para outro. Quando fez a curva junto ao rio, o trailer apareceu. Ali estava Stefan, na posição de sempre.

Quando a visse, será que ele entraria correndo no trailer?

Não precisou esperar muito para descobrir. Menos de vinte segundos depois, ele fez o que ela esperava. Da mesma forma que, no outro dia, discretamente alterara o percurso e se afastara conforme ela se aproximava do mercado, quando ele estava saindo. E como tinha passado a andar na outra direção em volta da praça para evitar passar pela casa dela.

Frankie deu um breve sorriso. Pobre homem, devia estar apavorado; será que achava que ela pularia em cima dele e declararia amor eterno?

Chegando ao trailer, ela bateu à porta e disse:

– Oi, Stefan, posso falar rapidinho com você?

Ele abriu a porta visivelmente trêmulo.

– Oi…

– Não precisa fazer essa cara. Só escute. – Falaria tudo de uma vez. – A Lois se enganou, eu não estou a fim de você, nem gosto de você secretamente. Se eu *sentisse* alguma coisa, não conseguiria estar aqui falando sobre o assunto. Pode parar o pânico, certo? Relaxe. Não precisa tentar me evitar porque não estou atrás de você. A Lois costuma acertar, mas desta vez não foi o caso.

Silêncio.

Por fim, Stefan respondeu:

– Bem, você está certa sobre não conseguir dizer se não fosse verdade.

Aquela era a lição que tinha aprendido com Henry.

– Eu sei. Faz sentido. Se eu gostasse de você, estaria toda corada e gaguejando. – Frankie deu de ombros e abriu as mãos. – E olhe só para mim! Não estou!

– Acredito em você. Bom. – Ele suspirou. – Que alívio. Com todo o respeito.

– Não me ofendeu. Além do mais, você é velho demais para mim. Com todo o respeito – acrescentou, com um sorriso.

– Foi exatamente isso que eu disse para a Lois! – Toda a tensão tinha sumido do rosto dele. O apito de uma chaleira fervendo veio de dentro do trailer. – Estou fazendo chá. Quer um pouco?

– Quero. – Frankie olhou para Bamber, que se encolhera e adormecera a seus pés.

– A agitação foi demais para o garotão. – Com um sorriso de compaixão, Stefan disse: – Deixe-o aí, ele vai ficar bem. Entre.

O interior do trailer era impecável, um milagre de organização, uma mistura de moderno e tradicional. O piso era de madeira polida coberto de tapetes feitos à mão. O fogão estava aceso. Os bancos eram revestidos de veludo vermelho, com cortinas e almofadas em cores fortes e quadros nas paredes. Havia também um banheiro, um quarto, uma estante cheia de livros e uma pequena área com uma bancada de trabalho e uma caixa de ferramentas.

– Aqui. – Stefan passou para ela uma caneca de chá e uma fatia de bolo de frutas e se sentou na banqueta à frente. – E como você está sem o Joe?

Isso que era ir direto ao ponto. Frankie deu de ombros.

– Só preciso me acostumar.

– É mesmo. – Ele assentiu. – Foi por isso que você perguntou à minha filha sobre mim?

– Mais ou menos. Bom, você vive sozinho há muito tempo. Eu queria saber como era. – O olhar dele não oscilou enquanto Frankie o fitava em busca de respostas, mesmo que a pergunta tivesse sido indireta.

– Como você falou, dá para se acostumar. Vira sua nova realidade. Depois que a minha esposa morreu, eu tinha que cuidar da Lois. Ela se tornou minha prioridade.

– E ela disse que houve outra pessoa, anos depois. Uma pessoa que você amou, mas com quem não pôde ficar. Deve ter sido horrível. – Aah, uma tática arriscada, mas poderia ser sua única chance, e não queria desperdiçá-la. – Se me permite perguntar, por que vocês não puderam ficar juntos?

Stefan voltou a atenção para a porta aberta, onde, no degrau mais alto, um melro tinha pousado. Ele jogou um pedacinho de bolo para o pássaro e o viu pular para a frente, pegar a migalha no bico amarelo e sair voando. Sem olhar para Frankie, ele respondeu, baixinho:

– Ela tinha uma reputação a zelar. Havia gente interessada na vida pessoal dela. E, profissionalmente, não teria sido bom... Esperavam mais... alguém melhor, o tipo de companheiro que ela merecia. Para resumir, poderia prejudicar sua carreira. – Ele balançava a cabeça. – E eu não tinha como carregar essa responsabilidade. Tenho orgulho de quem sou, mesmo que os outros não tenham. Eu não poderia permitir que a diminuíssem e rissem dela por escolher ficar comigo.

Frankie ficou sem palavras. Então Lois estava certa; o motivo que ele dera a Hope não era o verdadeiro. Stefan terminara o relacionamento para proteger a imagem pública e a carreira em ascensão da amada.

Só que não houvera ascensão. Hope se retirou da vida pública e nunca mais atuou. Tanto sacrifício para nada.

Aquilo que era orgulho e preconceito.

No entanto, por mais que quisesse contar tudo a Stefan, não podia. Tinha feito uma promessa a Hope e precisava honrá-la.

Ciente de que estava brincando com a sorte, Frankie perguntou:

– Qual era o nome dela?

Porque, se pudesse fazer com que *ele* dissesse... bem, seria diferente. E, claro, havia uma chance de Stefan desconfiar de que ela já sabia a resposta.

Como agora, com aqueles olhos astutos e alertas ainda sem revelar nada. Ele balançou a cabeça bem de leve.

– Não importa.

– Talvez importe.

– Shh. Se eu nunca contei para nenhuma alma, nem para a minha própria filha, por que contaria de repente a você?

A conversa chegara ao fim; uma porta metafórica tinha sido fechada de forma educada e firme na cara dela. Stefan era um homem de palavra e iria para o túmulo sem revelar o segredo de Hope.

– Faz sentido. – Frankie terminou sua fatia de bolo. – Está uma delícia, aliás. Você que fez?

Um resquício de sorriso surgiu quando Stefan acabou de tomar o chá.

– Faço coisas de madeira, Frankie. É nisso que sou bom. O bolo é da Marks and Spencer.

Capítulo 42

MOLLY MAL PODIA ESPERAR para que o jantar terminasse. Era como estar presa em um daqueles sonhos em que você está fazendo uma prova e nem chega a entender as perguntas, muito menos sabe as respostas.

Não que Amanda e Dex estivessem fazendo perguntas e rindo quando eles erravam as respostas, mas a *sensação* era essa. De estar perdida. Na defensiva. Tentando se proteger. E constrangida, porque tinha alimentado muitas esperanças em Vince e foi lindo ostentar o novo homem maravilhoso de sua vida para os amigos.

Mas não dava mais para disfarçar a tendência dele de ser meticuloso, pedante e de não ter muito senso de humor. Dex e Amanda estavam tomando cuidado de não dar nenhuma indicação direta, mas deviam estar pensando isso. A parte externa de Vince podia ser perfeita, mas a personalidade não era exatamente interessante. Claro que o sujeito tinha boas intenções, mas era chato. Beirando o tedioso. Cada vez que ele abria a boca para falar, Molly percebia que ficava tensa, rezando para que ele tivesse uma sacada deslumbrante e espirituosa, que dissesse algo capaz de fazer todos reavaliarem a opinião sobre ele.

Ah, mas não aconteceu. Nunca desejara *tanto* ser ventríloqua, só para botar palavras na linda boca de Vince.

E a comida, como prometido, estava sublime. O que deveria ter ajudado, mas só piorou as coisas, porque acentuou as qualidades de Amanda e enfatizou as diferenças entre as duas. A entrada foi de vieiras perfeitamente seladas em uma camada de lentilhas refogadas em vinho tinto. Como prato principal, ela preparara filés macios e delicados com molho de pimenta, batatas salteadas e brócolis. Até o brócolis, passado no suco de limão e na manteiga, estava delicioso.

E agora a mulher estava servindo suflê de framboesa duplamente assado com creme de uísque. Qualquer pequeno desastre no caminho seria reconfortante, mas não houve nenhum. Desastres não faziam parte do mundo de Amanda; ela era linda, superinteligente, tinha um corpo de modelo... *e* sabia preparar suflês perfeitos que não desmoronavam. Assados duas vezes.

Molly começou a comer e comentou:

– Está maravilhoso.

Não fazia sentido fingir que não estava.

Amanda sorriu.

– Sim, o Dex mencionou seu experimento com o bolo de chocolate.

Ah, que ótimo. Viva, Dex, muito obrigada. Na semana anterior, Molly descobrira uma receita de bolo de caneca feito no micro-ondas. Quando Dex e Delphi foram visitá-la, ela o preparou, gabando-se do quanto ficaria delicioso. Ainda não sabia o que tinha dado errado, mas o resultado parecia concreto de chocolate.

Nem precisava dizer que aquilo garantira a Dex *horas* de diversão.

– Até tentamos comer. – Ele sorriu com a lembrança. – Quase quebrei os dentes.

– Nossa. A Molly ainda não cozinhou para mim – disse Vince. – Agora fiquei preocupado.

Aquilo era piada? Impossível saber.

– A propósito – Vince se virou para ela –, a Muriel estava perguntando sobre você. Ela adoraria se você pudesse ir vê-la em breve. – Ele colocou a mão sobre a de Molly e acrescentou: – Ela está feliz de estarmos nos dando tão bem. Acho que quer lhe dar as boas-vindas à família.

Opa.

– Isso parece sério – comentou Dex, erguendo uma sobrancelha.

Molly estava balançando a cabeça.

– Não vamos nos *casar*...

– Eu sei, ela só quer apresentar você para todo mundo. Ela gosta muito de você. – Vince apertou os dedos dela. – E eu também.

Molly ficou vermelha, e Amanda exclamou:

– Ah, que romântico!

Mas, socorro. Não era romântico, era *errado*. Adorava Muriel, tinha sido praticamente amor à primeira vista, mas não dava para manter um relacionamento só porque o cara tinha uma avó incrível.

– Está escuro. O céu está limpo. – Vince apontou para a janela e perguntou a Dex: – Ainda gosta de ver as estrelas?

– Gosto. Você deveria tentar, não sabe o que está perdendo.

Vince, que não estava nada entusiasmado da outra vez, declarou:

– Acho que não é muito a minha praia. Mas, se quiser ir lá fora, vou ficar feliz de olhar no seu telescópio.

Quando Dex olhou para Molly, sua boca tremeu. Em resposta, ela o desafiou silenciosamente a uma fazer piada com aquilo.

– O que foi? – Vince pareceu intrigado com a gargalhada sufocada de Dex.

– Nada, nada. – Dex balançou a cabeça, pedindo desculpas. – É que eu sempre morro de rir quando penso na Molly e naquele bolo de caneca.

– Obrigada pela noite. – Depois de voltar do banheiro, dez minutos depois, Molly encontrou Dex na cozinha abrindo outra garrafa de vinho. – Foi ótimo. Mas temos que ir.

– Por quê? São só onze horas.

– Eu sei.

Ele botou a garrafa na bancada e perguntou, em voz baixa.

– Você está bem?

– Estou ótima. – Como começar a explicar logo para Dex toda a confusão se passando em sua cabeça? – Só estou... cansada.

– O Vince e a Amanda ainda estão no jardim. Mostrei meu telescópio para ele. – Os olhos de Dex brilharam. – Ele ficou bem impressionado.

– Para de tirar sarro dele.

– Tudo bem, não vou fazer isso. E você não deveria se casar com ele.

O tempo ficou mais lento. Houve um abalo emocional indefinível no ar entre os dois. Molly sentiu a garganta se contrair ao perceber que estava interpretando tudo errado. Dex estava feliz com Amanda, uma fêmea alfa, superconfiante e com a vida totalmente sob controle. Os dois combinavam, era o casal perfeito. Ele só falara aquilo porque se sentira compelido a avisá-la que Vince não era o tipo dela, para o caso de Molly ainda não ter percebido sozinha.

Em resumo: tentara encontrar um homem decente… e fracassara miseravelmente. Mais uma vez.

– Me prometa que não vai – murmurou Dex, com a cabeça perto da dela.

– Ah, por favor, por que eu me casaria agora? Nem o conheço direito – protestou Molly. – Não estou desesperada…

– Venham! – Amanda chamava do corredor. – Quanto tempo demora para abrir uma garrafa de vinho? Aí estão vocês. – Ela apareceu na cozinha e puxou Molly pelo braço. – Venham aqui para fora nos fazer companhia! O Vince está me contando *tudo* sobre a melhor maneira de tratar a ferrugem de carros velhos! Ele é um fofo, né? Um coração de ouro. – Usando outro daqueles falsos sussurros, ela acrescentou: – Você ainda não foi ao consultório, aliás. Está tudo… resolvido?

Enquanto falava, Amanda apontou o indicador de forma nada sutil para a região pélvica de Molly.

– O quê? – Dex também estava olhando. – O que houve? Você está doente?

Sinceramente, médicos deveriam ser punidos por esse tipo de conversa.

– Ela não está doente – garantiu Amanda, animada. – É só uma conversa amigável sobre certos assuntos femininos que precisam ser resolvidos. – O jeito como ela passou o braço pelo quadril de Dex e apertou a coxa na dele praticamente deixou tudo claro. – Aah, percebi agora que ainda não temos nenhuma foto. Aqui. – Ela pegou o celular e apertou alguns botões antes de entregá-lo para Molly. – Pode tirar umas fotos nossas?

Os dois pareciam glamorosos, tão harmônicos, rindo e fazendo poses enquanto o flash piscava.

– Aqui estão vocês. Não sabia para onde tinham ido. – Vince se juntou a eles na cozinha, perguntando: – Essa câmera é de oito megapixels? Aqui, a minha é de dez, vou tirar umas também.

Quando todas as fotos divertidas foram tiradas, Amanda sugeriu:

– Pronto, é a vez de vocês.

Vince ficou como um capitão do exército, as costas eretas e o braço rígido no ombro de Molly enquanto Amanda tirava as fotos.

– Agora relaxem, vamos fazer uma foto mais divertida – ordenou ela, com gestos de incentivo.

– Tudo bem, estamos bem assim – retrucou Vince.

Quando Amanda devolveu o celular, ele verificou os resultados e mostrou para Molly.

– Vou imprimir a melhor, botar num porta-retratos, e podemos dar de presente para a Muriel. Ela vai ficar muito feliz.

Molly assentiu, sorriu e quis morrer um pouco, porque nas fotos eles pareciam um par de manequins de uma loja de departamentos dos anos 1950.

Ah, socorro, não tinha mais jeito. Teria que dizer para Vince que o relacionamento não poderia ir em frente.

Capítulo 43

ALI ESTAVA, O NOME NO PORTÃO. Tinha chegado. E que lugar extraordinariamente lindo.

Frankie abriu o portão e seguiu pelo caminho sinuoso e estreito. Os acontecimentos dos meses anteriores a tinham deixado mais corajosa, mais ousada, mais proativa. Ao fazer a última curva no caminho de cascalho, ladeado de flores silvestres, viu o chalé à frente e rezou para que não estivesse vazio.

Mais precisamente, esperava que estivesse ocupado pela pessoa que tinha ido ver.

Foram menos de duas horas de Briarwood até aquele pequeno e escondido chalé em Blackdown Hills. O lugar era discretíssimo, e devia ter sido por isso que Hope achou que poderia voltar e morar na casa da falecida mãe. *Isso se ela ainda estiver aqui*, Frankie lembrou a si mesma. O endereço do remetente tinha sido escrito no pacote com o vestido de bolinhas, mas isso fora semanas antes; não havia garantia nenhuma de que ela não tinha permanecido ali.

Bateu à porta azul-clara, já que não tinha campainha.

Nada. Com o coração apertado, Frankie tentou de novo.

Então ouviu o som de passos, e uma mulher, com a voz hesitante, perguntou:

– Quem é?

Com certeza era Hope, ainda bem.

– Oi, é a Frankie Taylor. Do café. Em Briarwood.

– *O quê?* – Hope soava perplexa. – O que está acontecendo? Você está sozinha?

– Estou, juro. Não se preocupe, está tudo bem. – Frankie ouviu a correntinha ser puxada, e a porta foi aberta alguns centímetros.

Hope olhou para ela e para o vazio atrás dela.

– Você não o trouxe?

– Não! Eu não faria isso com você. Não falei nada para ele – garantiu Frankie. – Nem para ninguém.

A porta se fechou na cara dela. A correntinha foi retirada. Hope reapareceu, finalmente acreditando em Frankie.

– Ah, é ótimo ver você de novo, mas não consigo imaginar qual seria o motivo da visita.

– Eu queria contar uma coisa. Escrevi uma carta. – Frankie abriu a bolsa e tirou o envelope endereçado. – Mas eu não sabia se você ainda estaria aqui e não queria correr o risco de que se perdesse ou fosse lida por outra pessoa.

– Entre.

Hope foi na frente pelo chalé até a varanda dos fundos, com vista para o vale e para o riacho no pé de um jardim inclinado. Havia um banco desbotado de sol e uma mesa, uma jarra de limonada e um copo, um livro surrado, um chapéu de palha de aba larga e um pacote de bala de alcaçuz pela metade.

– Que vista linda – comentou Frankie, protegendo os olhos para admirar melhor a paisagem.

– Não é? Posso ficar horas aqui. Sente-se. – Hope afofou um amontoado variado de almofadas. – Vou buscar outro copo enquanto você se acomoda.

Depois, Frankie lhe entregou o envelope, para que Hope pudesse ler a carta em silêncio.

Enquanto descobria o que Stefan dissera sobre ter que terminar o relacionamento com a mulher que amava de verdade, lágrimas surgiram nos olhos de Hope e escorreram até o queixo, pingando na calça de linho cinza.

Ela secou os olhos com a parte de trás dos dedos e conseguiu abrir um pequeno sorriso.

– Obrigada. Por descobrir e me contar. Não acredito que ele fez aquilo por mim, para me proteger. Eu realmente não fazia ideia. Quanto à minha carreira... ah, querida, que perda de tempo tentar salvar *aquilo*. Acho que o

Stefan era orgulhoso demais. Será que não percebeu que ele era um milhão de vezes mais importante para mim do que uma carreira idiota de atriz? E eu não me importaria com o que os outros iriam pensar. O Stefan deveria ter *sabido* disso. Os homens são tão cegos...

– É o orgulho. – Frankie assentiu, concordando.

– Que desperdício. Ah, bom, mas fico feliz de saber.

– Não falei nada sobre você. Mas fiquei com muita vontade. Queria que você me deixasse contar.

– Não. – Hope tremeu, apontando para o próprio rosto. – Já falamos sobre isso, lembra? Eu seria uma decepção.

– Acho, de verdade, que não seria.

Como transmitir para aquela mulher insegura, deslumbrante no passado, que Stefan não era tão superficial assim? Que, quando estava criando coisas a partir de pedaços comuns de madeira, seu prazer era procurar e revelar a beleza escondida?

– Mas, se você quisesse, poderia muito bem se arrumar... – *Ah, Deus, que comentário péssimo.*

– Tudo bem, eu sei o que você está querendo dizer – interrompeu Hope, com pesar. – Mas existe um mundo de diferença entre se arrumar um pouco e fazer um transplante de face. – Fazendo careta ao olhar para baixo, ela acrescentou: – Ou melhor, transplante de face e de corpo inteiro.

No portão, depois de se despedir, Frankie esperou que sua carona aparecesse.

Era irônico que Henry e Hope não se conhecessem, mas, sem perceberem, tivessem conspirado entre si para mudar a forma como Frankie levava a vida.

Nas duas semanas anteriores, Henry estivera sempre em seus pensamentos, e ela percebeu que queria vê-lo de novo. Mas só uma promíscua tomaria a iniciativa e partiria para a ação, não era? Mesmo que já tivesse demonstrado como era promíscua.

Frankie ouviu um motor de carro ao longe e sorriu, ansiosa. Se a história de amor de Stefan e Hope tinha lhe ensinado alguma coisa, era que só se vive uma vez, e às vezes valia a pena correr riscos. Dois dias antes, enviara uma mensagem para Henry, sugerindo que ele telefonasse se quisesse se encontrar de novo. Quando ele ligou, ela perguntou abertamente o que ele achava de passarem a noite de sábado em um hotel em Devon.

Por conta dela, claro.

O resultado? Ele gostou muito da ideia.

Frankie explicou que só precisava fazer uma rápida visita a uma amiga que morava ali perto, e Henry não se importou.

Se não fosse Henry, será que teria ido visitar Hope?

Se não fosse Hope, teria tido coragem de fazer o convite a Henry?

Pelo visto, não. Provavelmente não teria feito aquilo.

E ali estava ele, indo buscá-la em uma estrada quente e poeirenta no meio do nada, para levá-la de volta ao hotel encantador onde ela fizera reserva, perto de Honiton. Frankie sentiu seu coração se expandir como um marshmallow na fogueira quando o carro parou, e a janela do motorista foi aberta.

– Oi. – Henry tirou os óculos e abriu um sorriso deslumbrante. – Você está linda. Quer passar a noite com um moreno misterioso em uma cama de dossel?

– Por acaso seria você?

– Tenho quase certeza de que sim.

– Certo. Só para confirmar. – Frankie adorava quando ele a olhava daquele jeito. – Nesse caso, sim, por favor.

– Entre, então. – Quando ela se acomodou no banco do carona, Henry apertou sua mão de leve. – Como estava sua amiga?

Frankie não tinha contado sobre Hope, e, talvez sentindo que era um assunto que exigia discrição, Henry não pedira detalhes.

– Está ótima. Foi muito bom vê-la de novo.

Frankie tinha ficado abalada ao perceber que Stefan e Hope tinham passado infinitas horas da vida sentados solitários do lado de fora de casa, observando, cada um à sua maneira, uma paisagem de flores silvestres, salgueiros-chorões e um gramado que descia até um rio... E imaginou o quanto eles seriam mais felizes e como a vista seria melhor se pudessem apreciá-la juntos.

Bem, tinha feito o melhor que podia. Talvez, com o tempo, suas palavras passassem a fazer sentido e surtissem o efeito desejado em Hope.

– Que bom. Fico feliz que tenha ido tudo bem. – Enquanto o carro seguia pela estrada ensolarada protegida por árvores que quase se tocavam no alto, Henry disse: – Eu nunca tinha vindo a Devon. Gostei.

Frankie assentiu.

– É lindo.

– Não é a única coisa linda. – Ele olhou de lado para ela quando a brisa entrou pela janela e jogou mechas de cabelo em seu rosto. A expressão dele suavizou. – Talvez eu não devesse estar dizendo isso, mas acho que vamos ter um fim de semana fantástico. Estou muito feliz de você ter entrado em contato.

Viu? Era só uma questão de ter coragem, ousar correr o risco. Frankie inclinou a cabeça para trás e sentiu a alegria plena daquele momento.

– Eu também – respondeu ela.

Capítulo 44

– BABABA... PAPAPA... MAMAMAMA... BRÉÉÉÉ!
– Não faça isso. – Dex balançou a cabeça para Delphi, que falava sem parar na cadeirinha e batia a colher na bandeja como se estivesse pontuando as frases.
– TatatataGAAAA!
Sorrindo e balançando as perninhas, ela jogou uma colherada de mingau por cima da mesa.
– Não. – Ele tirou a colher da mão dela e lhe dirigiu um olhar sério, fazendo Delphi gritar de tanto rir. – Não é engraçado, está bem?
Em resposta, ela enfiou os dedos no prato, pegou um pouco de mingau e espalhou em sua camiseta favorita do Bob, o Construtor.
– *Não.*
Dex foi pegar o prato, mas Delphi foi rápida demais com um movimento abrupto e jogou o prato, que saiu voando pela cozinha. Não teria sido tão ruim se fosse um mingau mais grosso, mas, naquela manhã, Dex tinha exagerado no leite, e a gororoba estava toda respingada na janela, na parede e no chão.
– Ha-ha-HA! – Delphi soltou um gritinho de satisfação.
Não dava para escapar; às vezes, as crianças pequenas eram um saco mesmo. Dex a tirou da cadeirinha e a segurou com os braços esticados, mas pisou em um pouco de mingau e escorregou. Para não deixar Delphi cair, acabou abraçando-a com força contra o peito, deixando os dois sujos de gororoba.
Inacreditável.

– Buuuuaaaah! – O golpe final foi ela soprando com a boca cheia de mingau na cara dele.

Ótimo.

O telefone tocou, e Dex pensou: *Deixa tocar*. Mas então viu quem estava ligando. Era Phyllis, a vizinha idosa e gentil de Laura em Londres, que lhe oferecera aquela ótima referência quando ele se candidatou a guardião de Delphi.

No momento, ele estava se perguntando por que tinha se dado àquele trabalho. Em um universo paralelo, ainda estaria levando uma vida livre de problemas, de mingau e de bebê.

Deixando o telefone longe do alcance melequento de Delphi, apertou o botão para atender.

– Oi, Phyllis. Como vai?

– Aah, minha nossa! Como você soube que era eu? – Phyllis nunca tinha se acostumado com a tecnologia do século XXI. – Oi, posso falar com o Dexter, por favor?

– Sou eu. – A voz dele ficou mais suave. – Tudo bem, é que seu nome aparece na tela do meu celular quando você me liga.

– Nunca imaginei. Parece mágica, né? – observou Phyllis, impressionada. Ela baixou um pouco a voz. – É que apareceu aqui um amigo da Laura que quer conversar com você. O pobrezinho não sabia que ela tinha morrido, querido. Então ele está chocado e muito triste.

Molly estava em Cheltenham fazendo compras, feliz da vida, em uma loja de material de artes, quando chegou uma mensagem de Dex: "Preciso falar com você. É urgente. Pode vir aqui assim que chegar em casa?"

Ela respondeu: "Estou em Cheltenham. Volto às três. Pode ser? O que houve?"

Veio a resposta: "Conto quando nos encontrarmos. Volta logo, por favor. Bjs."

Foi o *por favor* que fez a diferença? Ou o beijo abreviado? Molly sentiu um aperto no peito e rezou para que o motivo de ele precisar vê-la não fosse que Amanda tivesse lhe informado que estava grávida e eles se casariam.

Se bem que, depois de tanta falação sobre contraceptivos, até que seria engraçado – quer dizer, se fosse o tipo de pessoa que se diverte com a desgraça alheia.

Carregou o cesto até o caixa e viu a atendente registrar uma variedade de canetas, lápis, borrachas e blocos de desenho. Tinha planejado comprar algumas roupas, mas a mensagem de Dex mexera com ela; resolveu voltar imediatamente.

E, não, claro que não seria divertido se Amanda estivesse grávida; só de pensar, sentiu um arrepio. Seria horrível.

Por que esse arrepio?, sussurrou uma voz interior. *Por ciúme?*

Isso não importava. Molly dispensou a voz interior debochada enquanto passava o cartão de débito na máquina e digitava a senha.

A questão era descobrir qual era o problema, certo? Um passo de cada vez.

Dex a estava esperando. Ao parar em frente ao chalé, logo depois do meio-dia, Molly ficou preocupada ao ver os músculos contraídos e a ansiedade, controlada a muito custo, no rosto dele. Dex usava uma camisa polo azul-marinho e calça jeans, carregando Delphi, que dormia com a cabeça apoiada em seu ombro.

– Obrigado por voltar.

A expressão em seus olhos escuros era indecifrável.

Molly pulou do carro, perguntando:

– O que houve? Ela está doente?

– Não, nada disso. – Dex entrou no Chalé do Gim na frente dela e começou a andar pela sala, respirando fundo e tentando encontrar coragem para começar.

– Ela está dormindo profundamente. – Molly apontou para Delphi, roncando de modo suave no ombro dele. – Por que não a coloca no berço?

Mas Dex balançou a cabeça; ele a segurava como se não suportasse a ideia de soltá-la.

– Não quero.

– Me conte o que aconteceu. Tem a ver com a Delphi?

Molly percebeu tardiamente que estava enfiando as unhas nas palmas das mãos; a tensão dele era contagiosa.

– Recebi uma ligação da Phyllis hoje de manhã. Ela era vizinha da Laura, em Islington… Quer dizer, ela ainda mora lá…

– Eu lembro. Você me contou sobre a Phyllis. – Molly assentiu. – Oitenta e poucos anos, fazia bolo para vocês.

– Ela mesma. – Dex inclinou a cabeça e encostou a bochecha no cabelo fino de Delphi. – Uma pessoa chamada Matt apareceu na porta da casa dela hoje de manhã. Tinha tentado a casa da Laura primeiro, mas os novos moradores disseram para ele falar com a vizinha. Ele perguntou à Phyllis onde a Laura estava, e ela teve que contar o que houve.

– Coitado – disse Molly. – Deve ter sido um choque para ele. – Considerando a reação de Dex, já tinha uma ideia de qual poderia ser o assunto.

– Foi. Um choque e tanto. E ele teve um outro maior ainda – disse Dex – quando a Phyllis começou a entrar em detalhes sobre a Delphi. Pelo que parece, foi nessa hora que ele surtou. Ele não sabia que a Laura tinha engravidado.

Ah, meu Deus. *Ah, meu Deus.*

– É ele? – A boca de Molly estava seca. – Ele é o pai da Delphi?

Dex deu de ombros e continuou andando, o maxilar trincado.

– Não sei, mas há uma chance, obviamente. Ele quer vê-la. Nós conversamos pelo telefone. Ele vem aqui hoje à tarde falar comigo e conhecer a Delphi. Ai, meu Deus, fico enjoado só de pensar. Ela é minha agora. – A voz dele falhou quando ele disse isso. – Não consigo suportar a ideia de outra pessoa aparecer e levá-la embora.

– Talvez ele não queira. – O que mais podia dizer para aliviar o pavor de Dex? – Muitos homens não querem.

– Eu sei disso. Eu sei. Mas, se fosse desse tipo, ele teria ido embora assim que descobriu. Teria aproveitado para fugir. – Dex balançava a cabeça agora. – Mas ele não fez isso, né? Está vindo de Londres nos ver. A Phyllis já tinha dado o endereço. Ele está interessado.

– Certo, interessado é uma coisa, mas com vontade de criar um bebê… é outra história completamente diferente. É uma coisa *muito importante* – disse Molly. – Muitos homens não aguentariam.

Dex fechou os olhos brevemente.

– Mas e se esse quiser? Não é porque as chances são poucas que não vai acontecer.

– E você ligou para a assistente social? Perguntou o que fazer?

– Não. Não quero que ela se envolva nisso. Nunca se sabe o que ela poderia dizer.

Era como ter sintomas de uma doença séria e não ir ao médico por não querer que fosse verdade. Por mais carinhosa que fosse a equipe de assistentes sociais de Dex, eles sem dúvida diriam que Delphi tinha o direito de conhecer o pai biológico. Se aquele homem decidisse que queria ficar com a guarda dela, quem poderia impedir?

– O que o fez aparecer hoje, de repente? – perguntou Molly. – Depois de tanto tempo?

Um músculo no maxilar de Dex tremia como um metrônomo.

– Ele estava na Austrália. Está morando lá.

Austrália. Se ele ficasse com a guarda de Delphi, poderia levá-la para morar do outro lado do mundo.

– Você conversou com a Amanda?

Seus olhares se encontraram, e algo silencioso passou entre os dois. Assim como os assistentes sociais, Amanda era parte do "mundo oficial".

Ele balançou a cabeça.

– Não – respondeu Dex, hesitante. – Só com você.

O tal do Matt da Austrália chegaria às cinco horas, e o estômago de Dex estava embrulhado.

Às três, a lista com o plano de ação continha duas alternativas: fugir de Briarwood por alguns meses para se esconder ou enterrar Matt da Austrália em uma cova rasa no jardim e mandar cimentar para fazer um pátio.

Às três e meia, Dex formulou uma terceira opção. Não era do tipo que seria aprovada pelos assistentes sociais, mas o que os olhos não veem o coração não sente.

Com tanta coisa em jogo, ele faria qualquer coisa que funcionasse.

– Oi! – Tina os recebeu sorrindo. – Entrem. Desculpem a bagunça, acabamos de voltar da escola... Ei, parem de brigar e *dividam* os biscoitos.

Dex e Molly a seguiram para dentro de casa. Dex gostava de Tina, que morava ao lado do mercado e estava sempre alegre, apesar de ter sete filhos cujo nível de decibéis teria feito uma mulher qualquer começar a beber.

– Preciso de um favor – disse Dex. – Uma pessoa do serviço social vem daqui a pouco fazer uma daquelas visitas de atualização e quer ver como a Delphi interage com outras crianças. Eu queria saber se podemos pegar o George emprestado por um tempo.

– Claro que podem! Podem levar quantos quiserem! – Tina passou por cima de alguns em idade escolar, deitados no chão brincando com o cachorro e vendo TV. Ela pegou George no colo e disse: – Ei, garotão, quer ir brincar com a Delphi?

George fitou a mãe com seus olhos claros e cílios louros; quase nada o incomodava. Plácido e silencioso, desde que tivesse comida, era um menino feliz. Só uma semana o separava de Delphi, mas, enquanto ela tinha olhos escuros e era delicada, George era praticamente careca e meio gorducho como um filhote de hipopótamo.

– BRRREEEEEE! – Delphi se esticou com alegria para segurar uma das orelhas de George, numa espécie de cumprimento.

– Obrigada – disse Molly, estendendo os braços para pegá-lo no colo. – E não se preocupe, vamos cuidar bem dele. Estaremos de volta antes das sete, tudo bem?

– Sem problemas. – Tina jogou um beijo e acenou para o filho. – Tchau, garotão, a gente se vê mais tarde. Divirta-se!

– Ah, nossa. Pobre George. – Molly recuou para admirar seu trabalho. – Ele não parece estar se divertindo muito.

– Desculpe, George – disse Dex. – Não estaríamos fazendo isso se não fosse extremamente necessário.

No sofá, George olhou para eles de cara feia. O vestido de tricô rosa que era grande demais para Delphi ficava um pouco apertado nele. George usava meias brancas de babado e o cabelo claro tinha sido preso em uma chuquinha rosa. Logo em seguida, como que aceitando seu destino, ele abriu um sorriso tranquilo e examinou a renda branca na barra do vestido com interesse.

– Bom menino, George. – Dex assentiu em aprovação. – Quer dizer, *boa menina*.

Capítulo 45

MOLLY TINHA IDO EMBORA COM DELPHI. Dex observou da janela e esperou Matt chegar. Depois de comer dois biscoitos e assistir a um desenho animado, George adormeceu no pufe. Era improvável que Matt fosse aparecer exigindo um teste de DNA naquele mesmo dia, mas, se pedisse em algum outro momento, teriam que pegar George emprestado de novo. Era o único jeito.

E, sim, podia ser errado, ilegal e moralmente indefensável, mas Dex sabia que faria isso; faria qualquer coisa, *arriscaria* qualquer coisa para impedir que lhe tirassem Delphi.

Principalmente se fosse para levá-la para a Austrália.

Às dez para as cinco, um carro chegou lá fora. Com mais de 1,80 metro e ombros largos, de camiseta lisa e calça jeans, Matt saiu. Não era particularmente bonito, mas também não era feio. Cabelo castanho, algumas sardas, nenhuma semelhança imediata com Delphi... de cabelo e olhos escuros, Delphi tinha puxado Laura. Em aparência, era toda Yates.

Dex se preparou mentalmente; era como todas as vezes no passado em que tinha mentido para garotas, só que um milhão de vezes mais importante. *Pronto, é agora...*

– Dexter. Obrigado por me receber. – Matt apertou a mão dele. – Não consigo aceitar. Estou em choque. Não acreditei quando a Phyllis me contou sobre a Laura. Que tragédia. E saber também sobre o *bebê*...

– Sim. Entre. – Como tinha deixado George dormindo na sala, Dex levou Matt para a cozinha e ligou a cafeteira. – Quando você foi para a Austrália?

– Há pouco menos de dois anos. Estou trabalhando em uma fazenda de gado no interior. Em Queensland. Não sou muito bom em manter contato com as pessoas nos melhores momentos… mas, se eu soubesse que ela estava grávida… Meu Deus, eu não fazia *ideia*…

– Mas, se quisesse que você soubesse, Laura teria dado um jeito de entrar em contato. Ela simplesmente ficou feliz de ser mãe. Era tudo que ela sempre quis. E era uma mãe e tanto – disse Dex. – A Delphi está bem. Está ótima, crescendo bem. Ela mudou minha vida. Eu a amo, sou seu guardião legal, a adoção está em andamento, está tudo encaminhado, ela me chama de papai… Para a Delphi, eu sou o pai dela…

– Certo. Posso vê-la?

Matt o encarava de um jeito estranho.

– Claro que pode. – Dex percebeu que tinha falado demais e rápido demais, de tão desesperado que estava para reivindicar seus direitos. – Ela está dormindo. Venha.

Ao ouvir a porta se abrindo, George abriu os olhos azuis bem claros. Parecia mais do que nunca um filhote de hipopótamo em roupa de menina. Tomado de emoção, Matt olhou para ele em silêncio e cobriu a boca com a mão.

– Delphi. Venha aqui, querida. Venha com o papai! – Deus, como era estranho falar aquelas palavras para George. Dex o pegou no colo. – Boa menina. Olha, uma pessoa veio ver você!

Um filete brilhante de baba pendia do lábio inferior de George, e Dex o deixou lá; a única saliva que não se incomodava de limpar era a de Delphi.

– Aqui está ela. – Então se virou para Matt: – Esta é a Delphi.

George piscou e babou mais um pouco enquanto olhava para Matt com uma expressão vazia.

Matt olhou para ele por um bom tempo. A baba foi escorrendo, como uma corda prateada em miniatura.

Dex prendeu o ar.

Finalmente, Matt disse com voz firme:

– Não sei o que está acontecendo aqui, mas essa não é a Delphi.

– O quê?

– Não é a Delphi. – Ele balançou a cabeça.

– É, sim.

– Ah, para com isso. – Matt pegou o celular e mostrou a foto na tela.

Merda. Quando aquela foto tinha sido tirada? Algumas semanas antes de Laura morrer, provavelmente. Ali estava Phyllis, sentada no sofá azul--claro impecável, segurando Delphi no colo com orgulho.

A linda Delphi e suas feições de elfo, com olhos escuros cintilantes, as maçãs do rosto delicadas e o sorriso irresistível.

Phyllis, evidentemente (e com tanta boa vontade), mostrara sua preciosa fotografia no porta-retratos, e Matt tirara uma foto.

Dex ficou nauseado. Era o fim do grande plano. O que aconteceria?

– Quem é essa? – Matt apontou para George.

– É o filho de uma amiga.

– *Filho?* – Arregalando os olhos sem acreditar, Matt perguntou: – E onde está a Delphi?

– Está… na vizinha.

– Posso perguntar por quê?

– Porque ela é tudo no mundo para mim – disse Dex –, e acabei entrando em pânico. Não consegui suportar a ideia de perdê-la. Só de pensar em alguém aparecer do nada e querer levá-la para longe… – Ele sentiu um nó na garganta. – Bom, é o suficiente para levar alguém a um ato desesperado. E foi o que fizemos.

– Certo. – Matt assentiu, pensativo. – Entendo. Mas eu gostaria de ver a verdadeira Delphi, se não tiver problema. A propósito – acrescentou, quando Dex se virou para sair –, se você acha que eu sou o pai dela, se enganou.

Molly e Delphi estavam no chão, construindo uma torre de blocos de madeira, quando a campainha começou a tocar.

E tocar e tocar e tocaaaaaaar.

Com o coração disparando de pavor, Molly se levantou de um pulo e foi abrir a porta. Nunca tinha visto Dex tão feliz. Sem perder tempo, ele disse:

– Está tudo bem, está tudo ótimo, ele não é o pai.

– AAAAH!

Seu grito de alívio teria sido de estourar os tímpanos se não tivesse sido abafado pelo abraço de Dex. Todo o medo acumulado se dissipou. Molly se afastou para encará-lo, e os dois começaram a rir.

– Tanta preocupação por nada – disse ela. – Ninguém vai tirar a Delphi de... você. – Ops, por uma fração de segundo, quase tinha dito *nós*.

– Sim! – Ele balançava a cabeça, maravilhado. – Ainda não consigo acreditar. Venha aqui.

Ele a abraçou de novo, tão aliviado que nem conseguia falar. Em seguida, estavam se beijando. Foi natural, os lábios quentes dele nos dela...

– PapaPA! – Delphi veio engatinhando pelo corredor e se agarrou na perna da calça de Molly para se levantar. Puxou com força a barra da camisa e exigiu ser levantada e participar. – PapaPAPAPA.

Como o que estava acontecendo lá em cima não era uma boa ideia, acabou sendo uma intervenção no momento certo. Molly a pegou, deu um beijo em Delphi e a entregou para Dex, que fez o mesmo.

– Ah, minha garotinha! – Por um momento, seus olhos ficaram marejados enquanto ele a abraçava e era recompensado com um dedo enfiado na orelha. – Ai.

– Blapapa. – Como pedido de desculpas, Delphi fez carinho na bochecha dele.

– Também amo você – murmurou Dex, antes de se recompor. – Venha, vamos. O Matt está esperando. Ele ficou encarregado de cuidar da bebezinha George, e não sei qual dos dois está mais assustado.

– Agora sim. – Matt esticou o indicador e viu Delphi segurá-lo. – Meu Deus, ela é a cara da Laura. Esses olhos. – Ele se virou para Dex. – Ela também é parecida com você.

No canto da sala, Molly tirou o vestido e os acessórios femininos do complacente George e o vestiu novamente como menino. Ficou de fora da conversa enquanto Dex contava a Matt os detalhes da doença e da morte repentina da irmã.

Em seguida, foi a vez de Matt explicar seu relacionamento com Laura.

– Trabalhamos juntos durante anos e continuamos amigos depois. Foi graças à Laura que mantivemos contato. Não sou muito bom nessas coisas.

– Ele pareceu constrangido. – Mas sempre mantivemos uma boa relação. A Laura era ótima. Nós nos dávamos muito bem, gostávamos de participar da vida do outro. Era um relacionamento platônico. – Ele fez uma pausa. – Alguns anos atrás, a Laura falou que queria ter um filho, mas que não tinha sorte de encontrar um parceiro. Ela me perguntou se eu a ajudaria.

Dex estava imóvel.

– De que modo?

– Como amigos se ajudam. Você sabe do que estou falando – respondeu Matt. – A Laura estava satisfeita em assumir a responsabilidade e ser mãe solo. Ela só queria um doador para... bem, para doar.

– Quando foi isso? – perguntou Dex.

– Quatro anos atrás. Tentamos alguns meses, mas não aconteceu. – Matt balançou a cabeça. – Pobre Laura, ficou decepcionada. Estava desesperada para que seu desejo se realizasse. Mas então recebi uma proposta de emprego no Alasca, e foi o fim. Fiquei um ano lá. Quando voltei, nos encontramos, mas não... você sabe. Eu tinha começado a sair com uma garota, e não seria correto. Pouco tempo depois, fui para a Austrália. Quando se leva esse tipo de vida, é fácil perder contato com os amigos. Antes que a gente perceba, eles já seguiram a vida. Além disso, perdi o celular com todos os números... e deduzi que todo mundo estava tão ocupado quanto eu. – Ele fez uma pausa, perdido em pensamentos, então continuou: – Você diz para si mesmo que vai entrar em contato para botar a conversa em dia, quando voltar. Finalmente voltei para casa semana passada e pensei que seria ótimo ver a Laura de novo. Não tinha mais o número dela, então arrisquei uma visita. Mas quem atendeu a porta foi um adolescente que quase não falava inglês. Achei que a Laura tivesse se mudado, e sabia que ela sempre tinha sido amiga da Phyllis. Então fui perguntar onde a Laura estava morando. – Ele parou abruptamente, fechou os olhos e respirou fundo. – Eu não consegui acreditar quando ela me contou o que tinha acontecido. Não consegui *acreditar*. – Matt passou a mão pela testa. – Ainda não consigo. A Laura era uma pessoa tão boa.

– Eu sei. Era mesmo.

– E aí a Phyllis começou a falar sobre a Delphi. Bom, você pode entender por que eu fiquei chocado. Feliz por um lado, porque a Laura teve o bebê que tanto queria. E arrasado porque ela morreu, deixando a Delphi sem mãe. Então, se você achou que eu era o pai – prosseguiu Matt –, quer dizer que você não faz ideia de quem é.

Esse pensamento tinha acabado de passar pela cabeça dele.

– Nenhuma. A Laura disse que foi um caso de uma noite e nunca mais. De qualquer modo, vou adotá-la. – Dex foi firme. – Agora, sou tio dela. Mas vou ser o pai.

– Uau. Esse foi outro choque. – Matt balançou a cabeça. – Quando a Phyllis me contou quem estava cuidando da Delphi.

– Como assim?

– Bom, sei que não nos conhecíamos, mas a Laura falava de você. – Com uma careta como se pedisse desculpas, Matt explicou: – Sem querer ofender, mas ela me contou como você era.

Do outro lado da sala, Molly observou os dois e se perguntou como Dex reagiria a uma observação nada elogiosa como aquela.

– Tudo bem. – Delphi estava tentando tirar seu relógio; Dex o abriu e colocou no tornozelo dela, o lugar onde ela mais gostava de usar um relógio suíço de ponta que valia milhares de libras. – Eu era um… idiota. – Agora que Delphi tinha começado a imitar os sons que ouvia, teria que se policiar. – E nunca imaginei que fosse capaz de fazer isso. A primeira vez que conversei direito com a Molly foi logo depois que a Laura morreu. – Ele olhou para ela enquanto falava, e ela sentiu um nó se formar na garganta, com a lembrança daquela noite. – Falei que não conseguiria, que não havia como eu cuidar de um bebê. – Ele fez uma pausa, um mundo de emoções refletido nos olhos enquanto a fitava por um longo momento. – Foi ela que me disse que eu seria capaz.

– E eu estava certa – disse Molly. *Não posso chorar, não posso chorar.*

– Depois de um tempo. Bom, nem isso. Um dia de cada vez – disse Dex. – Mas estamos chegando lá. E vou fazer uma coisa que nunca achei que pudesse fazer. A Delphi mudou a minha vida, e eu não fazia ideia de que era possível sentir isso por alguém que não sabe nem falar. Ela é tudo no mundo para mim. Desculpe, sei que é cafona. Não estou acostumado a falar assim. – Ele se inclinou para a frente e mexeu no pé descalço de Delphi com o relógio Breitling enorme pendurado no tornozelo. – Eu a amo demais.

– Ela transformou você em uma pessoa melhor? – perguntou Matt.

Dex deu de ombros.

– Não sei. Espero que sim.

Matt se virou para Molly.

– Transformou?

Ela assentiu.

– Sim.

– Ah. Isso deixaria a Laura muito feliz – concluiu Matt.

– É verdade – concordou Dex. – E foi ela quem quis que eu fosse o guardião da Delphi. – Com um sorriso breve, ele deu um beijo na cabeça da sobrinha, cheia de cachos escuros. – Minha irmã mais velha gostava de achar que sabia das coisas.

Molly deixou os dois a sós, compartilhando lembranças de Laura. Enquanto carregava George no colo pela praça, pediu:

– Não conte à sua mãe sobre as roupas, está bem? É o nosso segredinho.

– Aqui está ele! – Tina os recebeu na porta, pegou George do colo de Molly e o cobriu de beijos. – O filho pródigo à casa torna. Ele se comportou?

– Como um anjinho.

– Ele sempre é um anjinho. E como foi a avaliação com o assistente social? Pequenas mentiras não eram um pecado tão horrível, eram?

– Foi bem. Agora é cruzar os dedos para que tudo corra bem.

Tina pareceu satisfeita.

– Ah, espero que sim, de verdade. O Dex merece. Estávamos falando dele ontem, eu e as outras mães no portão da escola.

– Ah, é?

Molly sorriu e imaginou a cena. É claro que as outras mães falariam de Dex; ele era a melhor novidade de Briarwood em anos.

– É! Estávamos falando que parece uma daquelas comédias românticas de Hollywood. Você sabe: o bonitão que abre mão da vida na cidade grande e se muda para o interior para cuidar de um bebê. – Empolgada, Tina acrescentou: – No começo, ele não faz ideia do que está fazendo, e um monte de coisas dá errado, mas, depois de um tempo, melhora… e ele acaba ficando com a garota que o ajudou em tudo!

– Minha nossa.

Caramba. Molly foi ficando vermelha ao pensar em tantas pessoas na porta da escola fofocando sobre ela e Dex.

– E há obstáculos no caminho, claro, porque *sempre* tem algum contratempo em filmes assim. Mas todo mundo sabe que eles são perfeitos um para o outro, e a cidadezinha toda torce por eles... e, no final, uma coisa *muito* romântica acontece, e é quando eles percebem que é amor de verdade e que chegou a hora do felizes para sempre...

Uau. A lembrança do beijo voltou com tudo.

– ... para o garoto da cidade, Dex – Tina fazia uma dança de "felizes para sempre" –, e a Dra. Amanda, a fantástica médica da cidadezinha.

Molly viu o carro de Matt ir embora depois das oito da noite. Momentos depois, a campainha tocou.

– Você não voltou – protestou Dex, seguindo-a até a sala.

– Você não precisava de mim. – Ela se sentou em frente à prancheta e destampou a caneta. – E eu tinha que trabalhar. De qualquer modo, acabou o pânico. Fico feliz de ter ido tudo bem. Ele pareceu legal.

– É mesmo. Conversamos sobre a Laura. E... um monte de outras coisas. Ele quer manter contato e ser meio que um tio honorário da Delphi. Você sabe, daqueles que aparecem a cada dois anos, mais ou menos, com presentes que não servem para ela. – Dex fez uma pausa. – Olha, acabei de botar a Delphi na cama. Quer ir um pouco lá em casa? Pensei em abrirmos uma garrafa para comemorar que o Matt não é o pai, de que ela ainda é nossa.

Nossa. Foi só um modo de dizer, mas acertou Molly como uma facada no coração. Ela balançou a cabeça e se concentrou no trabalho em andamento: capturar Boogie em uma prancha de surfe.

– Preciso mesmo acabar isso. Não posso perder o prazo.

– Ah. Certo.

Houve um momento de silêncio constrangedor. Ciente de que ele a observava, Molly manteve o rosto grudado no desenho.

– Agora você já pode contar para a Amanda. Não precisa mencionar a parte ilegal da troca de bebês.

– Verdade. Bom, é melhor eu voltar para a Delphi. – Dex foi até a porta. – Mas obrigado. Por ajudar na parte ilegal da troca de bebês.

– Não foi nada. – Molly sombreou com cuidado a parte de baixo da prancha de surfe. – Tchau.

Quando a porta se fechou, um nó surgiu em sua garganta, a pele se arrepiando de vergonha, e ela teve que se segurar para não cair num choro desesperado.

Ah, Deus, que idiotice...

Uma hora depois, um carro diferente parou em frente ao Chalé do Gim. Era Amanda, com seu cabelo curto reluzente e o corpo, que já era perfeito, mais perfeito ainda em um vestido verde-água e saltos combinando. Ao erguer o olhar e ver Molly se escondendo como um troll atrás da cortina do quarto, ela acenou e abriu um sorriso malicioso, como se fosse um gato que ficou com o petisco.

Basicamente, tinha *mesmo* ficado.

Molly fez uma careta depois desse pensamento mesquinho, o que certamente a tornava uma pessoa desprezível. Desde que soubera da outra notícia da tarde, deveria agir de forma mais solidária.

Deus, como queria que Tina não tivesse contado nada.

Mas esse era o problema das fofocas; depois de ouvir, não dava para apagar da cabeça.

Quando o nome de Vince surgiu na tela do celular dela às nove e meia, Molly ficou tentada a ignorar. O relacionamento não daria em nada; ele era genuinamente legal, mas ser legal não era suficiente. Seria mais correto terminar logo com aquilo.

Ou seja, deveria atender o telefone.

– Vince, oi. Olha...

– Oi, querida, sou eu, Muriel! Escute, estou aqui com o Vince... lembra que conversamos sobre o quanto adoramos *Mamma Mia!*, e você disse que tinha tentado comprar ingressos para o espetáculo aqui em Bristol, mas que estavam esgotados? Bom, devem ter liberado mais alguns, porque o Vince está no site agora e tem três ingressos disponíveis para os camarotes na noite de quinta! Mas a página tem limite de tempo e temos que reservar agora, senão vamos perder... então quinta fica bom para você?

– Hum... – Ah, Deus, ela queria *muito* ver *Mamma Mia!* no Hippodrome.

– Faltam 37 segundos – disse Muriel. – Trinta e seis... Ah, por favor, diz que sim, Molly. Vai ser tão divertido... 33 segundos para acabar...

– Sim, eu vou! – disse Molly.

Ah, droga, agora era oficialmente uma má pessoa.

– É mesmo? Oba, estou tão feliz! Vamos ter uma noite maravilhosa!

Por outro lado, ao ouvir a voz de alegria incondicional de Muriel, talvez não fosse tão ruim assim.

– Ouviu, Vince? Nós vamos – disse Muriel, com empolgação. – Ande logo, compre esses ingressos!

Capítulo 46

UM PEIXE NUNCA ESTIVERA TÃO FORA DA ÁGUA. Pobre Vince, parecia um peixe no meio do deserto de Gobi.

Um deserto lotado e barulhento. A plateia no espetáculo esgotado no Hippodrome de Bristol estava se divertindo absurdamente; todos de pé, cantando, dançando e batendo palmas. Muriel, no assento do corredor, amava cada minuto, e Molly, ao lado dela, sentia sua alegria contagiante. À sua direita estava Vince. Esforçando-se para participar e fracassando horrivelmente, ele emanava um constrangimento palpável. Ele morria de vergonha de tentar se mexer para dançar. Não conseguia relaxar, deixar as inibições de lado e se divertir.

Olhando para ele, qualquer pessoa acharia que ele dançava maravilhosamente bem.

Mas não.

Algumas pessoas não são do tipo que dança.

– Foi incrível – declarou Muriel, suspirando, quando estavam de volta à casa dela, em Downs. – Você amou?

– Amei. – Molly sorriu para ela por cima da mesa da cozinha. – Muito obrigada por me convidar.

– Querida, obrigada por vir. – Quando Vince saiu para responder a uma mensagem urgente no celular, Muriel se inclinou para a frente e falou baixinho: – Acho que não foi um programa muito divertido para o Vince, coitado.

– Reparei. – Molly fez uma careta.

– Mas não foi lindo da parte dele ir conosco, apesar de não ser o tipo de coisa de que ele gosta? Esse é o Vince, uma pessoa tão atenciosa e carinhosa… Quer um pouco? – Muriel exibiu a garrafinha de metal que tinha acabado de usar para acrescentar um pouco de conhaque no café.

– Não, obrigada. Vou voltar dirigindo.

– Não vai ficar? – Muriel inclinou a cabeça na direção do apartamento de Vince.

Eca.

– Preciso mesmo voltar para casa.

– Você não poderia pedir um namorado melhor. Ele é gentil… generoso… – Havia um toque de vendedora desesperada na voz de Muriel. – Nunca a deixaria na mão. O Vince não é daqueles que fazem besteira por aí.

Ah, droga, aquilo estava ficando estranho. E as duas sabiam.

– Sei que não – respondeu Molly, após uma breve hesitação.

– Ele paga previdência privada desde os 21 anos.

– Que… ótimo.

Muriel resolveu ir direto ao ponto:

– Pode me chamar de velha xereta, mas, na sua opinião, vocês dois têm futuro?

Ai, é agora.

– Acho que não. Desculpe – disse Molly delicadamente.

– Também acho. Porcaria. – Muriel deu um suspiro e colocou mais conhaque na xícara. – É uma pena. Mas não tem o que fazer. – Com pesar, ela prosseguiu: – Só quero ver meus netos antes de morrer. Mas isso não vai acontecer, vai? É como tentar enfiar um polvo em um pote.

Elas ouviram Vince voltando pela escada, finalizando uma ligação de trabalho. Molly terminou o café.

– É melhor eu ir.

Muriel lhe deu um abraço de despedida e sussurrou:

– Obrigada por tentar, querida. Vamos chegar lá alguma hora. Vou encontrar uma garota legal para ele, nem que seja a última coisa que eu faça.

– Pronto, resolvido. Ah, já vai? – Vince pareceu decepcionado quando Molly pegou a bolsa e a chave. – Bom, foi uma noite maravilhosa.

Não conseguiria fazer aquilo agora; seria crueldade demais. Molly decidiu deixar as coisas como estavam, só por aquela noite. Falaria com ele no dia seguinte.

303

– Foi mesmo. – Ela acenou para Muriel e saiu da cozinha com Vince. Deu um beijo rápido nele. – Obrigada de novo. Foi ótimo.

– O que está fazendo aqui? – O coração de Molly parou quando ela abriu a porta, no dia seguinte, e viu Vince. – Você não recebeu minha mensagem? Eu falei que iria até a sua casa.

– Eu sei. – Ele estava sorrindo. – Mas pensei em fazer uma surpresa. Reservei uma mesa para jantarmos no Manor House.

– Mas...

– E também vamos dar uma olhada nisso! – Ele entrou na cozinha e, com um gesto triunfal, tirou uma pilha de livretos de viagens do bolso de trás da calça. – Sem discussão, presente meu. Você disse que sempre quis conhecer Veneza, então é para lá que vamos!

Aaargh.

– Ah, mas...

– A não ser que haja outro lugar que você prefira. Florença... Paris... Timbuktu?

Ele disse *Timbuktu* com uma voz engraçadinha. Ah, socorro, lá vamos nós. Molly levantou a mão para fazê-lo parar.

– Vince, espere. Calma. Isso foi ideia da Muriel?

– Não! – Ele fez uma pausa. – Bom, ela pode ter mencionado, mas eu já tinha pensado nisso. Merecemos uma folga, não? Uns dias longe, para podermos nos conhecer melhor... – Ele parou quando viu a expressão no rosto dela.

– Me desculpe, Vince. Não posso viajar com você. – Era por isso que estava adiando; essa era a parte que Molly odiava. – Não posso mais sair com você. Você é um amor, mas não me parece certo seguir com isso.

– O quê?

Ele parecia perplexo.

– Não é você. Sou eu. – *Ah, não, ela ia mesmo usar essa frase tão batida?* – Você merece alguém melhor do que eu. Existe uma garota por aí que vai se apaixonar perdidamente por você e apreciar de verdade tudo que você fizer por ela.

Silêncio. Por fim, Vince perguntou:
– Mas não vai ser você?
Molly balançou a cabeça lentamente.
– Ah.
Ele olhou para os livretos.
– Desculpe – disse Molly.
– Mas… minha avó gosta muito de você.
Ele estava tentando partir seu coração?
– Também gosto dela. Mas você vai encontrar outra pessoa.
– Todo mundo sempre diz isso. – Ele colocou os livretos na mesa da cozinha e os alinhou. – Mas eu nunca encontro.

Vince saiu do chalé e ligou o carro. Bom, era isso. Haviam acabado as esperanças de Molly ser a pessoa certa.

E estava com sede. Tinha a mania irritante de sempre manter uma garrafa de água mineral no carro, para emergências. Mas, no dia anterior, Muriel bebera tudo enquanto voltavam para casa depois do *Mamma Mia!*, e ele se esquecera de botar outra no lugar, de manhã. Não podia voltar para a casa de Molly e pedir um copo de água.

Eram sete horas; o mercado de Briarwood estava fechado, assim como o Café da Frankie. O único lugar aberto era o Saucy Swan. Vince contornou a praça e parou o carro no estacionamento do bar.

Era um fim de tarde quente e ensolarado, e todas as mesas do lado de fora estavam ocupadas, mas lá dentro o pub estava fresco, escuro e quase completamente deserto.

– Oi! – A atendente simpática o cumprimentou com um sorrisão. – O que posso servir a você?

– Só água, por favor.

– Com ou sem gás?

– Sem gás.

Ele não gostava de água com bolhas.

– A Molly também vem?

A menção ao nome dela provocou uma careta no rosto dele.

305

– Não. Não, ela não vem.

– Ah! Está tudo… bem?

Vince olhou para a atendente e lembrou que ela era a dona do bar. Louise, era esse o nome dela? Tinham se conhecido na festa de aniversário de Delphi.

– Na verdade, não.

Ele pagou a garrafa de água e bebeu metade de uma só vez.

– Ah, nossa, lamento ouvir isso. Não foi uma decisão sua?

Vince olhou para ela. Era Lois, não Louise. Cabelo armado, brincos grandes, muito batom vermelho e rímel preto como fuligem. De repente, do nada, uma onda de emoção surgiu, e ele balançou a cabeça.

– Ei, tudo bem. Não se preocupe. – Lois colocou a mão na dele. – Não quero ser bisbilhoteira e não faço fofoca por aí.

Ele soltou o ar lentamente e prestou atenção nos olhos escuros e no sorriso compassivo. Não era de seu feitio confiar em uma estranha, mas a rejeição de Molly naquela noite tinha sido a gota d'água.

– Não é a primeira vez que isso acontece. – Vince fez uma pausa para tomar mais água e percebeu que a mão estava tremendo. – E não sei por quê. Ninguém sabe me dar uma resposta. Elas dizem que sou uma boa pessoa e que não fiz nada errado, mas que não querem mais sair comigo. Eu sou *tão* feio assim?

– Você está brincando? – Lois balançou a cabeça sem acreditar. – Você é o oposto de feio. Olhe só para você. Você deixaria o Brad Pitt complexado.

– Mas sempre fico sozinho. Eu ia levar a Molly para viajar, e ela não quis. O que é isso? – perguntou Vince, quando Lois botou um copo na frente dele.

– Uísque. Vai fazer você se sentir melhor. Por minha conta.

– Eu estou dirigindo.

– Só um não faz mal.

Vince não era de beber, mas experimentou. O uísque desceu surpreendentemente bem.

– Muito obrigado – disse, observando Lois se virar para servir outro cliente.

Ela usava um vestido preto estampado com enormes flores cor-de-rosa. A gola tinha babados e elástico e expunha os ombros bronzeados e o decote impressionante. Ela dava uma impressão exagerada e extravagante, como uma paródia de garota namoradeira, com os sapatos altos cor-de-rosa de saltos gastos. Mas estava sendo gentil, e tinha uma afetuosidade que lhe dava vontade de ficar e conversar mais.

Se fosse para casa agora, faria o quê? Nada.

Fora ter que aguentar o peso da decepção muda da avó.

De novo.

– Você terminou a bebida. – Lois voltou. O outro cliente estava saindo, deixando-os sozinhos novamente. – Quer um café?

– Não, obrigado. – Vince olhou para o copo vazio, levantou a cabeça e a encarou. – Quero outro uísque.

Capítulo 47

– ACHEI QUE ERA MELHOR LIGAR – sussurrou Lois, ao telefone. – Só para avisar.

– Ah, meu Deus. – No outro lado da linha, ela ouviu Molly dar um suspiro. – Achei que ele iria direto para casa. Como ele está?

– Um pouco bêbado. Não muito. Não está causando confusão.

– Não acredito. Ele não é do tipo que se embebeda.

– Está afogando as mágoas. Você não está interessada em vir até aqui conversar com ele?

– Não – disse Molly. – Olha, sinto muito, mas não faz o menor sentido. Acabou.

– Posso perguntar por quê?

– Nem eu sei. Na teoria, ele é perfeito em todos os aspectos. É gentil, atencioso e bonito… até cuidou da ferrugem do meu carro. Mas não é o cara certo para mim.

– Entendi – respondeu Lois, com uma voz mais suave. – Essas coisas acontecem. Ele vai sobreviver.

– Droga, ele veio de carro. Você vai ter que chamar um táxi para levá-lo para casa. Não deixe que ele dirija.

Enquanto olhava Vince pela porta, Lois disse:

– Não se preocupe, não vou deixar.

Era uma da madrugada. Lois estava acordada na cama, olhando para o teto, o cérebro em disparada.

Às onze e meia, o restante dos clientes fora embora. O táxi que pedira para Vince não aparecera. Terminou de limpar o bar e fechar o caixa, e o carro ainda não tinha chegado.

– Tudo bem, não se preocupe comigo. – Um pouco maltratado, mas não péssimo, ele disse: – Vou dormir no carro.

– Você não pode fazer isso. Olha, pode ficar no meu quarto de hóspedes.

No andar de cima, ele parou na porta e a viu abrir o sofá-cama. Lois pegou lençóis e um edredom no armário.

– Não vai levar nem dois minutos para arrumar – disse Lois. – Está com fome? Sede? O que você quiser, é só dizer.

– De verdade? O que quero mais do que tudo é que alguém me queira.

Lois se virou para ele e viu a expressão em seu rosto. Aquele rosto esculpido e maravilhoso.

E aquela expressão.

– A Molly?

– Não. – Ele balançou a cabeça. – Uau, não estou acostumado com situações assim. Você não é o tipo de mulher que eu escolheria. *Não mesmo.*

– Obrigada.

– Mas você é muito atraente… sexy… Meu Deus, desculpe, olha só o que estou falando. Eu não deveria estar dizendo isso.

O coração de Lois estava em disparada.

– Pode dizer, se quiser.

– Posso?

– Sim. Sabe, até que você não é de se jogar fora.

Aah, *que ousado.*

Eles se olharam, mutuamente atônitos. Vince estava oscilando um pouco. A boca de Lois estava seca. *De onde veio isso, do nada?*

Um segundo depois, eles se jogaram nos braços um do outro e começaram a se beijar. Assim, do nada, sem aviso. A adrenalina percorreu o corpo de Lois, e não houve como impedi-los. Do quarto vazio com o sofá-cama ainda desarrumado direto para o quarto dela…

Uma hora e meia tinha se passado. O álcool cobrou seu preço, e Vince adormeceu ao lado dela, completamente entregue. Mas não antes de terem feito duas vezes. *Duas vezes!*

No fim das contas, havia um tempo que nenhum dos dois chegava às vias de fato. O relacionamento com Molly, Vince admitira, não tinha chegado tão longe. E Lois ficou feliz por isso. Se bem que, quando contou que não dormia com nenhum homem havia dois anos, sabia que ele não tinha acreditado. Isso não foi surpresa; com sua aparência, todos supunham que se tratava de uma garota que aproveitava a vida, sempre disposta a uma farra quando alguém demonstrava interesse.

Ah, bem. Estava acostumada. Mas, na realidade, o número de homens com quem tinha dormido era tão baixo que chegava a ser risível. E não foram os mais encantadores do mundo. Ela sempre conseguia atrair os valentões arrogantes que acabavam a tratando como lixo e em mais de uma ocasião foram fisicamente abusivos. Só poucos anos antes começara a se sentir atraída por homens decentes, educados e *gentis*. O lado ruim era que, com sua imagem extravagante e jeito direto, sempre assustava os tipos decentes e gentis; assim que ela demonstrava algum interesse, eles fugiam.

Até aquela noite.

Na escuridão, Lois abriu um sorriso enorme. Que virada. Vince era o homem dos seus sonhos. E, milagrosamente, ele tinha reparado que também gostava dela. Ao menos o suficiente para passar a noite em sua cama, o que já era um excelente começo.

Ela não era burra, sabia que a situação não era ideal, com Vince tendo chegado ao bar depois de levar um fora, mas isso não importava no momento. A atração era palpável, ela sabia que eles eram perfeitos um para o outro.

Lois chegou mais perto dele, que dormia tranquilamente ao seu lado, apreciou o calor delicioso de seu corpo e, ainda sorrindo, sentiu as pálpebras se fecharem. Tinha certeza de que, aos poucos, poderia conquistá-lo.

A vida estava ficando boa.

O despertador interno de Lois a acordou, como sempre, às seis e meia. Ela saiu da cama, tomou banho, escovou os dentes, ajeitou o cabelo, passou um pouco de sombra esfumada e rímel, fez duas canecas de chá e voltou para debaixo da coberta.

Humm, até o cheiro dele é maravilhoso.

Passou os dedos com delicadeza pelo tronco dele, inclinou-se e murmurou com voz rouca em seu ouvido:

– Bom dia…

Vince abriu os olhos e se sentou abruptamente, como uma daquelas cobras de brinquedo que pulam de dentro da lata. A expressão em seu rosto quando percebeu onde estava fez Lois desejar não ter visto aquilo.

Era horror abjeto.

– Ah, meu Deus, que horas são?

– Seis e quarenta e cinco.

– Tenho que ir. Estou atrasado para o trabalho.

Não era verdade; na noite anterior, ele tinha dito que só precisava estar no escritório às nove. Também estava a um milhão de quilômetros da fantasia romântica que ela elaborara, com os dois acordando nos braços um do outro e Vince sussurrando, entre um beijo e outro: "Bom dia, *essa* surpresa não foi ótima?"

E talvez, só *talvez*, se perguntando em voz alta se não seria possível ligar para o trabalho e dizer que estava doente.

Mas uma pequena parte de sua alma murchou de vergonha quando ele pulou da cama, pegou as roupas espalhadas e gaguejou:

– D-desculpe, eu nunca tinha feito nada assim na vida.

No segundo seguinte, ele se trancou no banheiro, e Lois percebeu que Vince estava se vestindo às pressas, feito um desenho animado, mais rápido que a velocidade da luz.

Quando a porta se abriu, ela estava esperando.

– Não precisa pedir desculpas. Tivemos uma boa noite juntos, não? E ainda falta muito para você precisar ir embora. Por que não me deixa preparar um café caprichado?

– Falando sério, não – respondeu ele, incapaz de encará-la.

– Mas já fiz uma xícara de chá. Olhe, está aqui! – *Ai, meu Deus, estou praticamente suplicando.*

– Você não entende – balbuciou Vince. Ele apontou para si mesmo, para ela e para o quarto. – Não sou esse tipo de pessoa. Fiquei bêbado ontem à noite e fiz uma coisa que nunca faço. – Ele estava arfando de medo. – Por favor, não conte para ninguém.

– Não vou contar.

Lois entregou a caneca de chá para ele, forçando-o a pegá-la. A educação venceu o pânico, e ele tomou o chá de uma vez, o rosto ficando vermelho de dor quando se deu conta de como a bebida ainda estava quente.

– Bom, tenho que ir agora.

Ele procurou a chave no bolso da jaqueta e ficou aliviado por encontrá-la.

– Gostei de ontem à noite.

Foi uma frase patética, mas ela não conseguiu segurar.

– Hum, eu também, obrigado por tudo. Você é muito… legal.

Ele se adiantou e deu um beijo na bochecha dela, como um pica-pau em pânico.

Lois nunca chorava, mas teve vontade de chorar com aquilo.

– Sou mesmo. Mais do que você imagina.

Conseguiu abrir um breve sorriso para disfarçar a dor da rejeição.

– Eu sei, eu sei. – Vince, com uma vontade evidente de ir embora, perguntou: – Você não vai falar nada para a Molly, vai?

Ele estava sofrendo por ter feito papel de bobo, enchido a cara e feito sexo com o tipo de mulher que normalmente não apareceria em seu radar.

Lois balançou a cabeça.

– Não se preocupe. Não vou falar nada.

Depois que Vince saiu, ela foi acordar Addy, que dormia no outro lado do corredor. Enquanto a filha escovava os dentes e Lois fazia café da manhã, Molly telefonou.

– Acabei de vê-lo saindo do estacionamento. Está tudo bem?

– Tudo. O táxi não apareceu ontem, então fiz uma cama no quarto de hóspedes. – *Bom, isso era verdade.*

– Obrigada. – Molly pareceu aliviada. – Ele não deu trabalho?

– Não. Estava meio bêbado e um pouco chateado, mas só.

– Pobre Vince, me sinto péssima por isso. Ele é uma boa pessoa, e é sempre horrível terminar com alguém. – Parecendo resignada e ansiosa,

Molly disse: – O que odeio mesmo é quando eles não aceitam não como resposta, como o Graham, no ano passado. Lembra quando ele trouxe aquele peixe enorme?

– Não se preocupe, acho que você não vai ter esse problema com o Vince.

Depois de olhar pela janela do quarto quando ele saiu do estacionamento do bar, cantando pneu a 80 por hora, Lois foi engolida por uma onda de tristeza.

– Tenho certeza de que não vamos mais vê-lo.

Capítulo 48

AMBER GOSTAVA DE OUVIR MÚSICA no último volume, mas aquela estava tão alta que parecia estar sendo injetada diretamente em seu cérebro. As tábuas do piso vibravam sob seus pés, a cabeça latejava, alguém tinha derramado alguma bebida na parte de trás de sua blusa, e outra pessoa cambaleara para trás e pisara em cheio no seu pé.

– *Aaai!* – gritou Amber, mas ninguém a ouviu com a barulheira.

A festa estava acontecendo em uma casa que pertencia a Carter, amigo de um amigo de Beeny. Quer dizer, *pertencia* não era a palavra certa. O lugar tinha sido ocupado por ele e alguns outros, e, naquela noite, aparentemente todo mundo que eles conheciam foi convidado.

Era impossível contar quantas pessoas havia, por causa de todos os aposentos da casa; estava escuro e lotado e deixava qualquer um desorientado. Mas uma coisa era certa: ele chamara muita gente que não gostava muito de tomar banho.

Além disso, Soneca lhe dera uma bebida que não era só cerveja; quando ela começou a cambalear, perder o equilíbrio e esbarrar nas paredes, Beeny disse:

– Haha, aquilo era vodca pura!

Ela riu, porque todos estavam rindo, mas Beeny enrolou outro baseado, e quando ela balançou a cabeça, o rapaz fez uma careta e disse:

– Qual é o problema, Lady Amber? Minha erva não é boa o suficiente para você?

Beeny tinha mudado; ela não passara a gostar mais do garoto, mas ele e Soneca eram amigos, então todos eram obrigados a andar juntos.

– Cala a boca, Beeny, deixa a garota em paz. – Phil, outro novo amigo de Beeny, passou um braço reconfortante no ombro dela. – Lady Amber não precisa fumar sua erva vagabunda, cara. Não se ela não quiser.

Isso tinha sido vinte minutos antes, mas ela conseguira se perder de todo mundo que conhecia. Estava na hora de ir procurá-los. Atordoada, sentindo como se tivesse que rastejar pela fumaça que pairava no ar, Amber foi até a enorme escadaria curva. Oscilando e esbarrando na lateral do corrimão, ela murmurou "Desculpa", o que era uma coisa bem Lady Amber de se dizer. Foi Phil quem começou a chamá-la assim, aparentemente porque ela falava de um jeito arrogante em comparação aos demais. Pronto, era só subir a escada e chegar ao patamar. Uau, tantas portas, *tantas*... vamos começar com essa...

Quando percebeu o que estava vendo, Amber ficou paralisada. Não havia mobília no quarto, apenas um colchão sujo no chão, com pessoas encolhidas em volta. Phil estava ajoelhado de costas para ela. Quando ele se virou, Amber viu a seringa em sua mão. Com um olhar horrorizado, percebeu que uma das pessoas no colchão era Soneca.

Alguém gritou:

– O que está acontecendo?

Levou um momento para perceber que as palavras tinham vindo dela mesma.

Soneca estava com a manga dobrada e um torniquete no alto do braço magrelo.

– O que você está fazendo? – gritou Amber, balançando a cabeça sem acreditar no que via.

– Ah, meu Deus, alguém tira a porra da Lady Amber daqui? – Quem disse isso foi uma garota de cabelo fino com quem ela nunca falara na vida.

Soneca, porém, estava esticando o outro braço, chamando-a, a voz suave e hipnótica.

– Tudo bem, gata, está tudo bem, você precisa experimentar. É a coisa mais incrível do mundo.

– Você está louco? Isso é heroína!

– É, mas você está falando como se fosse uma coisa ruim. – Os olhos escuros brilharam com amor e afeto quando Soneca fechou os dedos nos dela. – Mas, se der uma chance, você vai entender. Vamos lá, gata, experimente. O Phil tem bastante e vai te dar um pouco se você pagar.

Então foi por isso que Soneca pegara suas últimas 15 libras... e porque nunca pagara as 20 que tinha pedido emprestado na semana anterior. Aquilo também explicava os hematomas que vira no braço dele. Ah, Deus, que pesadelo. Houvera uma menção ocasional a outras drogas antes, mas ela não fazia ideia de que tinha chegado àquele ponto. O cérebro de Amber ainda estava confuso, mas seus olhos estavam arregalados, indo de Soneca para Phil.

Phil deu um peteleco na seringa com a unha suja.

– Como é você, querida, posso fazer uma dose por 10.

Amber pulou em cima dele e bateu na seringa, jogando-a longe. Em seguida, estava sendo arrastada para trás, sentindo uma dor lancinante na orelha.

– Sua vaca idiota! – A garota de antes a puxava pelo cabelo, arrastando-a pelo chão. – Como *ousa*?

Ela era surpreendentemente forte. Atrás dela, Amber viu Phil pegando a seringa no chão e ouviu Soneca dizer:

– Vá em frente, pode usar, vai ficar tudo bem...

– *Aiiii*.

A dor na orelha de Amber foi excruciante. A porta estava aberta, e ela foi jogada para fora, batendo com a cabeça na parede em frente. A garota de cabelo fino e um garoto magrelo mas igualmente forte, com um crânio tatuado no pescoço, a empurraram na direção da escada. Uma baforada fedorenta atingiu seu rosto quando ele rosnou:

– Some daqui, porra! E vê se não volta mais.

Eram onze da noite, do lado de fora estava uma escuridão total e chovia forte. Amber seguiu pelo caminho da garagem da casa em estado de choque, segurando a orelha. Quando pegou o celular, a tela iluminada ficou manchada de sangue.

Pense, *pense*. Onde estava? A casa ficava no interior... não havia luzes visíveis em nenhuma direção. *Ah, mãe, me ajude, não quero mais ficar aqui.*

Com os dedos tremendo, Amber ligou para casa e esperou tocar. E tocar. Ah, Deus, se a mãe já estivesse na cama, talvez não ouvisse o telefone no andar de baixo.

Quando a secretária eletrônica atendeu, ela choramingou:

– Mãe? Mãe... está aí?

Nada. Encerrou a ligação, limpou o sangue e a chuva da tela e viu que tinha pouquíssima bateria. Quase nada. Aquilo era um pesadelo. Atordoada, tentou descobrir onde poderia estar. Em algum lugar entre Tetbury e Stroud? Foi até um muro, caiu de joelhos e, em desespero, escolheu um número para o qual não ligava havia meses.

Nada. O celular do pai estava desligado. E havia sangue escorrendo de sua orelha, encharcando a blusa. Piscando para afastar dos olhos a água da chuva... ou seriam lágrimas?... Amber sentiu o fim do muro áspero de pedra e o começo de um portão de madeira. Foi tateando e chegou a uma placa retangular. Levando o celular para perto da placa, leu com dificuldade as letras entalhadas na madeira. Morton... Fazenda Morton...

Só restava quatro por cento de bateria. Com as mãos tremendo, passou os números. Havia o de Shaun, anotado séculos antes e para o qual nunca tinha ligado. Mas, se ele estivesse em casa, significava que estava relativamente perto. E era *seu irmão*. A bateria diminuiu para três por cento e, choramingando de medo, ela ligou.

– Alô. – Era a voz de Shaun, que parecia surpreso. – Amber?

– Shaun? – *Graças a Deus.* Ao ouvir a voz dele, ela começou a chorar. – Você sabe onde meu pai está?

– Ele viajou, está em Londres. O que houve?

– Ah, Shaun, estou ficando sem bateria e não sei onde estou. Quero ir para casa... – Ela ouviu passos, alguém gritando seu nome.

– Me conte o que está acontecendo – disse Shaun, depressa.

– Uma f-festa na F-fazenda Morton. – As lágrimas estavam apertando sua garganta. – Não gosto dessas p-pessoas. Não gosto mais do Soneca. Você pode me ajudar? Acho que não estou longe.

– Para quem você está ligando? – Era Phil, surgindo na escuridão.

– É para a polícia? Pare com isso, Lady Amber, você não quer estragar nossa noite, quer?

– *Nããão!* – gritou Amber quando ele a segurou violentamente pelo braço.

– Ei, não se preocupe. – Phil tirou o celular da mão dela. – Está tudo certo, ela está bem. – Ele encerrou a ligação, viu o nome de Shaun na tela e relaxou, para depois desligar o celular. Empurrando-a na direção da fazenda, falou: – Vou cuidar de você. Vem comigo lá para dentro.

Frankie estava no andar de cima, mas não estava dormindo. Nem sozinha. Como Amber passaria a noite com outra amiga da escola, convidara Henry para ir até lá. E a última hora tinha sido... maravilhosa.

Agora, com ambos deitados abraçados na cama, ouviu o som distante do telefone.

– Vou ter que atender – disse, desemaranhando-se de Henry.

No andar de baixo, chegou ao aparelho antes de a secretária eletrônica atender. Quem estaria ligando àquela hora da noite?

– Alô.

– Oi, aqui é o Shaun. Hum, você teve notícias da Amber?

Shaun? A voz do garoto a atingiu como uma bola de futebol no peito.

– Não. Por quê?

– Desculpe, é que ela me ligou e parecia bem mal. Não quero que você se preocupe, mas ela estava chorando, e ouvi outra pessoa dizer que ela estava bem, mas ela não *parecia* bem, e agora o celular dela está desligado.

– Ah, meu Deus. E ela ligou para você?

– Ela estava tentando falar com o papai. Quer dizer... com o pai dela. Mas ele está em Londres, com o celular desligado.

Amber chegara a ponto de tentar falar com *Joe?* Frankie começou a entrar em pânico.

– Bom, o que eu faço? Tento entrar em contato com as amigas dela? Ela disse que ficaria na casa de Emma hoje.

Isso *obviamente* era mentira.

– A Amber está numa festa com o Soneca. Na Fazenda Morton, pelo que ela disse, mas não consigo descobrir onde fica. Ela acha que é perto de Tetbury. Minha mãe está aqui – disse Shaun apressadamente. – Ela disse que podemos sair de carro para procurá-la, se você quiser.

Frankie cobriu a boca. Henry, que desceu a escada atrás dela, perguntou:
– O que foi? O que está acontecendo?
– Agradeça à sua mãe, é muita gentileza. Mas nós vamos.
– Eu quero ajudar – disse Shaun.
– Nós buscamos você – disse Frankie.
– Está bem. O endereço é...
– Pode deixar, eu sei onde você mora.

Ela e Molly não tinham passado pela casa, usando chapéus e óculos escuros, na semana seguinte à que Joe fora embora de Briarwood?

As estradas estavam vazias. Henry, que insistiu que fossem no carro dele, dirigia como o vento. Tinham chegado a Tetbury em 25 minutos.

Quando entraram na Parnall Avenue, lá estavam eles, esperando em frente ao número 22. A outra família de Joe. Shaun e a mãe.

– Descobri. – Shaun balançou o celular para eles. – A Amber se enganou; ela achou que era Fazenda Morton, mas é Fazenda Horton... Lembro que foi ocupada ilegalmente um tempo atrás. Pesquisei no Twitter e achei uma pessoa dizendo que ia a uma festa lá hoje.

– Então vamos lá buscá-la. Este é meu amigo Henry – disse Frankie, quando Shaun entrou no carro.

– E eu sou a Christina. – A mãe dele era magra e loura, o olhar compassivo ao fitar Frankie. – Já ouvi sobre o que acontece na Fazenda Horton. Quero ir junto.

As duas eram mães. Se Shaun estivesse encrencado e Christina precisasse de ajuda, Frankie sabia que iria no mesmo minuto. Iria mesmo. Ela assentiu para Christina e sorriu brevemente para a mulher com quem compartilhara o marido por tantos anos.

– Obrigada. Sim, por que não? Vamos todos.

Capítulo 49

A FAZENDA HORTON ESTAVA DESTRUÍDA, a terra ao redor cheia de mato. A chuva caía mais forte, e não havia ninguém do lado de fora. Mas havia luzes acesas na propriedade e dava para ouvir a batida de uma música e vozes altas.

Frankie sentiu o estômago embrulhado quando ela e Shaun se aproximaram da porta. Será que tinham exagerado? Amber estaria bem e morreria de vergonha de ver a mãe na porta daquela casa? Os amigos pegariam tanto no pé dela que a menina nunca superaria tamanha vergonha?

Frankie e Shaun bateram à porta e esperaram. Finalmente, uma fresta foi aberta, e uma garota de olhar morto e cabelo sujo os observou com desconfiança.

– Que foi?

Frankie abriu um sorriso simpático e nada ameaçador.

– Oi, estamos procurando a Amber.

– Quem?

– Minha filha. Ela tem 17 anos. Cabelo ruivo-escuro cacheado.

O lábio da garota se curvou em desprezo.

– Não, não conheço – respondeu, batendo a porta na cara deles. Do outro lado, ouviram trancas sendo fechadas.

– Certo.

Quando voltaram para o carro e contaram aos outros o que tinha acontecido, Henry disse:

– Bem, tentamos pedir com educação.

Ao sentir o pavor de Frankie, Christina disse, com um tom tranquilizador:

– Não se preocupe, vai ficar tudo bem.

Mas ia mesmo? Frankie estava passando mal. *Que nada de ruim aconteça com a minha garotinha...*

Desta vez, os quatro foram até a casa. Henry os guiou pela lateral da construção até chegarem aos fundos. Encontrou uma porta e tentou girar a maçaneta. Trancada. Frankie apontou para uma janelinha quebrada.

– Vai servir. – Henry enfiou a mão no buraco no vidro e abriu a janela por dentro. – Mas é pequena demais para mim.

– Eu entro.

De jeans e tênis, Christina subiu no parapeito da janela e entrou. Em questão de segundos, tinha destrancado a porta por dentro.

– Meu Deus, que fedor.

Henry fez uma careta ao sentir o cheiro; estavam em uma despensa estreita e vazia, com pratos sujos e latas de cerveja abandonadas no chão. Abrir a porta seguinte os levaria para a casa. Girando a maçaneta com cuidado, ele disse:

– Pronto, vamos nessa.

A música estava tão alta que fazia os ossos tremerem, o ar denso de fumaça e corpos suados. Havia centenas de pessoas em vários estágios de intoxicação, algumas à beira da inconsciência. Todos se viraram para olhar para Henry, com 1,95 metro e 100 quilos de músculos caribenhos, acompanhado de um estudante arrumadinho e de duas mulheres mais velhas, que obviamente não combinavam com o ambiente.

– O que está acontecendo? Quem são vocês?

A mão imunda de alguém segurou o braço de Shaun, e ele se soltou.

– Cadê a Amber? – perguntou Frankie.

– Como é que eu vou saber? – respondeu o dono da mão.

– Não tem sinal dela aqui embaixo. – Com sua altura, Henry tinha uma visão privilegiada no meio da multidão. Ele apontou para a escada. – Vamos ver lá em cima.

– Ei, cara, fica longe daquela porta.

No alto da escada, mais duas pessoas tentaram detê-lo. Ele as empurrou para o lado sem o menor esforço e foi em frente. O coração de Frankie disparou quando ela viu os colchões imundos no chão, um deles ocupado por

Soneca. Havia seringas espalhadas, pedaços de papel-alumínio amassado, um odor desconhecido...

– Ei, saiam daqui! – gritou um homem, segurando uma seringa.

Foi nessa hora que a confusão começou. Alguém tentou bater em Henry. Mais pessoas se jogaram em cima dele. Como um urso gigante, ele se soltou e gritou:

– Cadê a Amber? Ela não está aqui...

– Venha, vamos dar uma olhada nos outros quartos. – Christina segurou o braço de Frankie e a puxou para fora. – Chame o nome dela, vamos ver se ela ouve.

– Amber? AMBER?

Shaun saiu correndo do quarto, a respiração irregular.

– Alguém acabou de perguntar se era a namorada do Soneca, a que estava coberta de sangue. Ela está em um desses quartos.

Coberta de sangue? Ah, meu Deus.

– Amber! – Shaun abriu outra porta e saiu. – Não, aqui não.

Frankie tentou a seguinte, mas o quarto estava vazio. *Ah, minha garotinha, onde você está?* Ela respirou fundo e gritou:

– *AMBER!*

Ouviram, bem baixinho, alguém sussurrar:

– Mãe...

– Ali.

Christina identificou de onde vinha a voz e apontou para a terceira porta.

Frankie tentou entrar e disse, sem ar:

– Não abre...

– Henry! – gritou Christina, e Henry saiu correndo do primeiro quarto. – A porta está trancada, e ela está lá dentro.

– Saiam da frente – ordenou Henry, preparando-se.

Em seguida, partiu a toda velocidade, deu um chute, e a porta quebrou.

Nauseada de tanto medo, Frankie cambaleou para dentro do quarto. Havia outro colchão cinza no chão, e ali, encolhida e chorando como se seu coração fosse se partir, estava Amber. Suja de sangue, mas viva. Olhando com uma expressão de desespero para eles, a menina esticou os braços para Frankie e choramingou:

– Ah, m-mãe...

Ah, que noite. Ali estavam eles, de volta a Tetbury, todos aglomerados na sala do número 22 da Parnall Avenue. Unidos pelo motivo mais peculiar, como Frankie percebeu enquanto fazia massagem nas costas da filha.

Por outro lado, podia ser peculiar, mas também era tocante. Ela e Christina choraram de alívio porque Amber estava bem.

Amber agora estava sóbria, chocada e arrependida. A argola de prata tinha sido arrancada, cortando o lóbulo da orelha, por isso a quantidade alarmante de sangue na blusa branca. Depois de telefonar para um amigo cirurgião plástico, Henry confirmou que não havia nada a se fazer sobre o assunto no momento. Quando a inflamação passasse, o ferimento seria tratado com anestésico local, então não havia necessidade de ir à emergência.

Foi um alívio para Frankie, porque no momento ela só conseguia abraçar e consolar a filha amada, rezando para que o susto tivesse sido grande o suficiente para gerar uma mudança de comportamento.

– Querem saber? – disse Shaun. – Vou voltar para o caratê. – Ele olhou para Amber. – É sério, foi incrível. O Henry parecia o Super-Homem abrindo aquela porta com um chute. Eu fazia caratê quando era pequeno, mas parei na faixa amarela. Agora vou até a preta. É útil.

– Obrigada. – Lágrimas de gratidão encheram os olhos vermelhos de Amber quando ela se virou para Henry. – Desculpe por ter dado tanto trabalho. Muito obrigada a todos vocês.

– A Christina também foi incrível – disse Frankie, porque aquilo precisava ser dito. Segurando as mãos dela, continuou: – Ela entrou por uma janelinha quebrada, *desse tamanhinho*. Se não fosse por ela, não teríamos conseguido entrar na casa.

– Ah, não, não foi nada. – Christina deu de ombros enquanto distribuía canecas com sopa de tomate. Então sorriu para Amber. – Estamos muito felizes por você estar bem.

Naquele momento, ouviram a porta da frente ser destrancada. Era uma hora da madrugada e Joe, depois de ler uma mensagem de Shaun, tinha voltado de Londres em tempo recorde.

Frankie apertou a mão da filha. Amber era a prioridade deles; era a única coisa que importava.

Joe entrou na sala, a voz falhando quando viu Amber no sofá.

– Ah, minha menina...

Mais lágrimas desceram pelas bochechas de Amber, que se levantou desajeitada, estendendo os braços como uma criança.

– Pai... ah, pai, senti *tanto* a sua falta!

– Aqui. – Christina ofereceu a Frankie a caixa de lenços. – Acho que vamos todos precisar.

Mais tarde, souberam por Amber que, a partir daquela noite, Soneca estava fora de sua vida. Nunca mais queria olhar na cara dele. Com vergonha, ela admitiu o quanto de suas economias ele gastara com drogas. Ele era egoísta, um otário sanguessuga.

– Ele pode estar em uma cela agora – disse Frankie, porque tinham ligado para a polícia depois que saíram da Fazenda Horton, para avisar o que estava acontecendo.

Com sorte, a fazenda teria sido invadida e os traficantes, presos. Amber não queria prestar nenhuma queixa, só queria deixar a experiência toda para trás e seguir com a vida.

Depois de ouvir a história, Joe perguntou a Henry:

– E como você estava presente para ser envolvido nisso?

– Ele é o novo amigo da mamãe – disse Amber. Com um leve sorriso no rosto, acrescentou: – Bom, esse é meu palpite. É isso, mãe?

Frankie olhou para Henry e assentiu.

– É, sim.

– Que bom. Fico feliz. – Amber suspirou e apoiou a cabeça no ombro de Joe. – Isso quer dizer que temos nosso próprio super-herói. Bem legal.

Mais tarde, na cozinha, quando estavam se preparando para ir embora, Christina murmurou para Frankie:

– Não tive oportunidade de falar antes, mas sinto muito por tudo. Sinceramente, eu nunca quis que acontecesse desse jeito.

Não havia ressentimento, era um milagre. Nem amargura, nem dor. Frankie assentiu lentamente.

– Sei que não. Tudo bem.

– Obrigada. E estou feliz de a Amber ter feito as pazes com o pai.

– Eu também.

– Ele sentiu muita saudade. – Christina olhou para Amber e Shaun se abraçando no corredor. – Quer saber? Ela passou um susto e um aperto danados, e nenhum de nós pode culpá-la por isso. Mas, de agora em diante, acho que vai ficar bem.

– Também acho. Parece que você a conhece.

– Sinto como se a conhecesse. – Com um sorriso carinhoso, Christina disse: – Ouvi o Joe falando da filha durante dezoito anos. Ela pode vir aqui quando quiser, se não for problema para você.

Nossa, que estranho.

– E eu digo o mesmo – disse Frankie, de coração. – Quando o Shaun quiser visitar, não tem problema nenhum. Ele é um garoto ótimo, mérito seu.

– Obrigada. E a Amber é maravilhosa – disse Christina, calorosa. – Acho que nós duas nos saímos muito bem com nossos filhos.

Logo depois, quando foram embora, Frankie não abraçou Christina; teria parecido um filme da Disney. Mas tinha a impressão de que fariam isso da próxima vez que se encontrassem.

Capítulo 50

ALGUMA COISA ESTAVA ACONTECENDO, E MOLLY não sabia se estava gostando.

Pensando melhor, não era verdade; era o fato de *estar gostando* que lhe causava tanta confusão e angústia.

Estavam no jardim do Chalé do Gim, sob a sombra dos zimbros. Fora ideia de Dex encomendar um retrato dele com Delphi. Um retrato tradicional, de tinta a óleo, não uma caricatura. E Molly ficou feliz, concordou na mesma hora, sem perceber o quanto de contato visual seria necessário e o tanto que aquilo poderia afetá-la.

Também não ajudava o fato de Dex estar se divertindo ao fazer poses sutis de astro de cinema, de vez em quando erguendo a sobrancelha, abrindo um sorrisinho, olhando para ela com o tipo de satisfação que indicava que estava perfeitamente ciente de como aquilo era perturbador.

– Pare com isso – pediu Molly, diante de mais um daqueles olhares.

– Estou fazendo minha cara de Brad Pitt.

– Não faça isso.

– Tudo bem, vamos tentar o Ryan Reynolds. – Ele mudou o ângulo do maxilar, a inclinação do queixo. – Ei, gata, como vai?

Ela balançou a cabeça.

– Está parecendo o Joey, de *Friends*.

Dex baixou parcialmente as pálpebras e assentiu devagar, à la Joey.

– Bom, pode parar – ordenou Molly. – Tenho que me concentrar, e você precisa ficar parado.

Ele parou de falar, mas, de vez em quando, na hora em que se concentrava para observar o formato preciso da boca, ele apertava os lábios de leve e jogava um beijo quase imperceptível.

Filho da mãe.

Por dentro, aquilo provocava um efeito e tanto em Molly, apesar de saber que não queria dizer nada; era só diversão, o jeito dele de passar o tempo.

Revirou os olhos.

– Nossa, como você é engraçado.

Quando ela terminou a boca, Dex perguntou, como se não fosse nada de mais:

– Falando em engraçado, como estão as coisas entre você e o Vince?

Molly se concentrou em acertar a sobrancelha esquerda. Por mais estranho que parecesse, Lois não contara a ninguém que Vince passara a noite no Saucy Swan afogando as mágoas porque o relacionamento deles tinha acabado. Os moradores de Briarwood ainda achavam que os dois eram um casal, e ela acabou por algum motivo perpetuando o mito, aceitando o que diziam.

Bom, não *por algum motivo*; sabia perfeitamente bem por que fizera aquilo. O que estava sentindo por Dex não era… adequado. E continuar fingindo que ela e Vince estavam juntos tornava a situação mais fácil de encarar. Porque Dex tinha Amanda, e os dois formavam o casal perfeito. Graças a Tina, mãe de George, Molly agora sabia por quê. E, gostando ou não, depois que se ficava ciente de uma coisa dessas, como não desejar a felicidade a eles?

Só uma pessoa totalmente sem coração iria querer separá-los.

Por isso as mentirinhas.

Podiam ser chamadas de legítima defesa.

E Dex ainda estava esperando uma resposta. Molly abriu um sorriso.

– Está tudo ótimo! O Vince foi passar umas semanas em Toronto. Está trabalhando em um hotel novo que a empresa dele está construindo. – Por sorte, essa parte era verdade.

– Que bom. Você vai sentir saudade?

– Claro que vou.

– Certo. – Dex a observou por um momento. – Posso perguntar uma coisa? Você não acha o Vince um pouco… chato?

Pelo amor de Deus, precisava ser direto assim? Dex realmente dizia o que lhe vinha à cabeça.

– Ele não é chato. Só é calado. – Com satisfação, Molly acrescentou:
– E às vezes ser calado é bom.

– Que sensível – comentou Dex.

– Talvez eu seja. – E, apesar de ela não estar mais saindo com Vince, a alfinetada ainda a incomodava. – Pessoas diferentes gostam de coisas diferentes. Alguns poderiam achar a Amanda intensa demais.

– Imagino que sim. – Recusando-se a morder a isca, ele pestanejou. – Não se irrite. Foi só uma pergunta. Não tem nada de errado em ser uma pessoa calada, só achei que você não curtia.

– Bom, talvez você tenha se enganado.

– E você? – Dex pareceu interessado. – Em algum momento já desejou ser mais franca, mais intensa? Como a Amanda?

– Não. – Molly balançou a cabeça. Era tão franca quanto queria ser. – De verdade, não mesmo. – Ela ergueu uma sobrancelha. – Você já quis ser tão bonito e inteligente quanto o Vince?

– Ah, sim. O tempo todo.

Pronto. Eram respostas assim que a deixavam dividida entre querer cair na gargalhada e dar um tapa nele.

– Papa.

Os dois se viraram para Delphi, que estava acordando de seu sono no tapete no gramado. Ela rolou de bruços, ergueu o bumbum no ar e ficou de pé. Com os braços esticados para manter o equilíbrio, deu dois passos oscilantes e parou, depois cambaleou pela grama até Molly, que estava mais perto.

– Êêê, boa menina! – Molly bateu palmas e a pegou antes que ela caísse. – Você é tão inteligente! Agora vai até o papai!

– Papapa. – Delphi abriu um sorriso e cambaleou até Dex, que a pegou e cobriu suas bochechas de beijos.

– Olá, lindinha. Vem se sentar aqui comigo para ela pintar a gente.

– Papa.

Equilibrada na perna esquerda de Dex, Delphi segurou o rosto dele e lhe deu um beijo babado na bochecha, e o coração de Molly derreteu. Os dois se amavam tanto... Botou o pincel de lado e tirou algumas fotos para ajudá-la quando Delphi não estivesse de bom humor para ficar sem se mexer.

Mas, nos minutos seguintes, Delphi ficou pacientemente onde estava, no colo de Dex, brincando com o relógio dele. Trabalhando rápido, Molly se concentrou na curva da bochecha dela, no ângulo da cabeça e no jeito como os cantos da boca se erguiam de prazer quando ela conseguia abrir a fivela do relógio.

Também estava sentindo que, enquanto se concentrava em Delphi, era observada por Dex, a atenção fixa. Cada vez que lançava um olhar para ele e encontrava seus olhos ainda nela, a adrenalina explodia em suas veias.

Com a boca seca, Molly limpou o pincel em um pano molhado com terebintina e o secou na perna da calça jeans. Se continuasse assim, terminar o retrato seria uma espécie de tortura emocional... Pintar o rosto dele querendo tocá-lo... Ah, Deus, como conseguiu se meter numa situação daquelas?

Uma abelha zumbiu preguiçosamente em volta dos pés descalços de Delphi, e Dex a espantou. Delphi devolveu o relógio para ele e começou a brincar com os botões em forma de margarida da jardineira azul-turquesa.

– Nunca vi essa jardineira. – Molly estava desesperada para mudar de assunto e acabar com aquele tormento. – É nova?

Ele assentiu.

– A Amanda que deu.

Ah. *Droga.*

– E comprou a camiseta também. Não foi? – Apontando para a camiseta amarela com um dragão verde-limão na frente, Dex disse para Delphi: – Foi presente, não foi? Da Amanda.

Delphi, com os olhos escuros brilhando e os pés descalços batendo alegremente no joelho dele, disse:

– A-*mama.*

Tomada pela tristeza, Molly teve que afastar o olhar. Era por isso que não podia interferir. Seus sentimentos por Dex talvez tivessem mudado... ou melhor, *tinham* mudado, estavam praticamente descontrolados, mas não havia nada que pudesse fazer, agora que sabia a verdade sobre Amanda.

E fora graças a Tina que tinha descoberto. Pensando no feliz acaso do encontro entre Amanda e Dex, a mulher confidenciara:

– Minha amiga Kaye me contou. Ela está tentando ter um bebê há um tempão e não consegue. Fez alguns exames no hospital e acabou descobrindo que tem um problema no útero e não pode engravidar. A Kaye ficou muito triste e caiu no choro no consultório da Dra. Carr.

– Entendi.

Molly sentiu a garganta apertar ao ouvir o nome de Amanda. Sem nem saber o que Tina ia dizer, teve a premonição de que não seria coisa boa.

– E a Dra. Carr foi incrível. Deu um abraço apertado na Kaye. Disse que sabia o que ela estava sentindo porque tinha o mesmo problema. Exatamente o mesmo. – Os olhos de Tina brilharam de compaixão. – Não foi legal da parte dela contar isso? A Kaye disse que a doutora foi tão gentil que ela acabou se sentindo melhor. E, se pensar bem, é por isso que é tão fantástico a Amanda e o Dex terem ficado juntos. Ela quer filhos e não pode ter... e o Dex já tem a Delphi! Existe final mais feliz do que esse? Mais perfeito, impossível!

Hum, para algumas pessoas, talvez...

Trazida de volta para o presente, Molly percebeu que Dex tinha acabado de falar alguma coisa e estava esperando resposta.

– Desculpe. O que você disse?

– Vocês, artistas... – Ele balançou a cabeça, achando graça. – Tão absortos no trabalho que parecem estar em outro mundo.

Molly queria estar mesmo em outro mundo; aquele era uma porcaria.

– Eu sei, desculpe. Estou ouvindo. Pode repetir.

– Você estava com uma cara meio triste, só isso. Eu queria saber no que estava pensando.

Por que os homens só faziam aquela pergunta quando você não podia dar uma resposta sincera? Queria poder contar a Dex que estava se perguntando se ele sabia que a namorada dele não podia ter filhos. Mas, se Amanda não tivesse falado nada... bem, não tinha como *Molly* contar. Já que médicos não tinham permissão de falar sobre as condições médicas dos pacientes, provavelmente o contrário também valia.

– Não estou triste. Só concentrada. – Molly chegou para trás e balançou o pincel para Delphi, para fazê-la sorrir. – Como uma verdadeira artista.

Não fazia diferença para ela que Tina e Kaye tivessem violado o acordo de confidencialidade. Ela não espalharia a notícia.

Porque, com a sorte que tinha, seria ela quem acabaria levando a culpa.

Capítulo 51

 A CAMPAINHA TOCOU ÀS SETE HORAS, e Frankie saiu correndo da cozinha para atender. Ela estava ali. O plano que nunca achou que daria certo estava em curso, finalmente. Bem, com sorte, estaria.

Quando Frankie abriu a porta, a visita retirou os enormes óculos de sol, e seu rosto, até então escondido pela aba do chapéu de palha, foi revelado. Frankie levou um susto.

Minha nossa...

– E então? O que acha? – Hope abriu um sorriso nervoso. – Vai servir?

Quatro dias antes, Frankie recebera a ligação. Depois de semanas sofrendo para ganhar confiança e arrumar coragem de agir, Hope anunciara:

– Chegou a hora.

Elas marcaram para aquele dia.

– Entre. Você está... Eu quase não a reconheci!

Frankie se perguntou qual seria o melhor jeito de lidar com a situação. Em seu esforço para impressionar, Hope tinha passado por uma transformação. E ela não estava tão segura de que tinha sido para melhor.

– Eu sei. – Com um tom autodepreciativo, Hope comentou: – Uma diferença e tanto, né? Fiz o que você falou e fui ao cabeleireiro. Pela primeira vez em não sei quantos anos!

O cabelo estava lindo, realmente fora um avanço. Ajeitado em um corte, com uma cor bonita e hidratado, estava ótimo. Da mesma forma, as roupas estavam igualmente satisfatórias, camadas elegantes de blusa de algodão, uma camisa larga por cima e uma saia longuete azuis. Hope tinha feito as unhas das mãos e dos pés, pintadas em um tom de rosa-flamingo surpreendente.

Ao notar que Frankie a observava, Hope balançou os dedos.

– E fiz as unhas! Tem uma garota no cabeleireiro que é manicure!

– Ótimo – respondeu a amiga, porque as unhas também não eram o problema.

Ah, Senhor, como ela diria isso?

– E quando falei que queria ficar com aparência melhor, menos decrépita, insistiram em fazer meu rosto também! Umas moças tão carinhosas, tão empolgadas e querendo ajudar...

Elas realmente se empolgaram. Um pouco horrorizada com a quantidade de maquiagem que tinham conseguido passar no rosto de Hope, Frankie analisou os detalhes: uma base fosca pesada, pó, blush, um iluminador cintilante *horrível*, contorno labial escuro demais, batom de cor exagerada, sombra, lápis de sobrancelha, lápis de olho, rímel...

– E... como você acha que está? – perguntou ela por fim.

– Eu? Ah, bem, eu sou um desastre ambulante quando o assunto é maquiagem. Sou um *horror*! Não uso nada desde o último episódio da série! Sempre achei que me deixava esquisita, mas todo mundo vivia falando que estava ótimo. Então agora, tantos anos depois, é normal que me sinta estranha. – Hope assentiu com determinação. – É só uma questão de costume. Quando terminaram, hoje à tarde, as garotas disseram que eu estava linda. São umas queridas.

Na verdade, ela parecia uma drag queen pequena de meia-idade incorporando a modelo Katie Price. Com hesitação, Frankie disse:

– Será que não seria melhor suavizar um pouco, talvez tirar um pouco da maquiagem...

– Aah, não, eu não poderia fazer isso de jeito *nenhum*! Aquelas pobres garotas se dedicaram *tanto*, levaram uma eternidade para me deixar assim. E a questão toda de usar maquiagem é para me dar confiança – concluiu Hope, animada. – Sem ela, eu estaria na estaca zero!

Que porcaria. A maquiagem não tinha sido malfeita, só estava exagerada demais. Frankie percebeu que teria que deixá-la maquiada e torcer para que desse certo.

– Tudo bem. Você está pronta?

– Não. – Hope respirou fundo. – Mas vou mesmo assim.

– Venha. – Frankie pegou seus óculos de sol e rezou para que as coisas não dessem horrivelmente errado. – Vamos nessa.

O sol do fim da tarde atravessava os galhos das árvores conforme elas andavam pela margem do rio. Hope estava feliz de ir na companhia de Frankie, que oferecia apoio emocional e lhe mostrava o caminho.

Mas então elas chegaram. O apoio estava prestes a acabar por ali. Quando alcançaram a beira da água, Frankie mostrou a curva no caminho estreito.

– Depois da próxima curva, você vai ver o trailer na clareira à frente.

– Acho que vou vomitar.

Hope estava com a boca seca; se alguém quisesse sentir algo um milhão de vezes pior do que o medo de palco, era só experimentar aquilo.

– Você vai ficar bem. Tire isso.

Hope obedeceu e tirou o chapéu de palha de aba larga e os enormes óculos escuros que usara no caminho até ali.

Frankie esticou a mão.

– Quer que eu leve isso para casa?

– Não.

Ela estava louca? Se Stefan a rejeitasse de cara, precisaria do disfarce mais do que nunca.

– Tudo bem. Boa sorte.

– Obrigada.

Hope viu Frankie dar meia-volta e seguir pelo caminho que tinham percorrido. Era exatamente assim a sensação de ser deixada em um colégio interno aos 11 anos.

Era hora de ser corajosa. Respirou fundo algumas vezes e espiou pela lateral dos arbustos. Viu um trailer (*meu Deus, o mesmo trailer*) virado para a água.

Cinquenta metros depois, conseguiu vislumbrar Stefan sentado no primeiro degrau do veículo. Seu coração nunca batera tão rápido. Segurando o chapéu como se fosse uma boia salva-vidas, Hope se obrigou a continuar botando um pé na frente do outro. Não fazia ideia de como ainda conseguia andar. Ah, Senhor, e ali estava ele, dava para ver claramente. O cabelo escuro ondulado penteado para trás, o maxilar definido... aquelas linhas perfeitas, entalhadas em sua memória, misteriosamente quase iguais.

O coração de Hope parou diante da ironia: ela, em comparação, tinha mudado muito.

Stefan estava de camisa vermelha e calça jeans preta e justa. A lâmina de uma faca cintilava em uma das mãos. Ele segurava um pedaço de madeira na outra, entalhando-o em um formato intrincado. Stefan tinha começado a fazer isso depois que parara de fumar, tantos anos antes, e o hábito obviamente se fortalecera.

Conforme a distância entre eles diminuía, Hope sentiu a coragem evaporar. Ele ainda não tinha olhado, não tinha erguido o rosto em sua direção. Ela ainda podia dar meia-volta e ir embora.

A outra coisa que podia acontecer era seu coração falhar e ela cair morta ali mesmo. Estava observando aquelas mãos bronzeadas e habilidosas trabalhando. Ou podia passar direto, sem parar, e manter o olhar voltado para outro lado, fixo no rio...

– Então você voltou.

As palavras, ditas em voz baixa, paralisaram Hope. Nem teve tempo de desviar o olhar para pôr o plano em prática, de tão fixada que estava em Stefan. E era por isso que tinha certeza, *certeza absoluta*, de que ele não olhara para ela.

Nem por um nanossegundo.

Nesse caso, como ele sabia?

– Como? – perguntou ela, com a voz quase inaudível.

Stefan virou a cabeça para encará-la, e o mundo parou, congelado no tempo. Seus olhos se encontraram, e Stefan falou:

– Ah, Hope, acha que eu não estava esperando por este momento?

Aqueles olhos escuros gentis de cigano eram absurdamente hipnóticos.

– Mas... mas... como você sabia que era eu? A Frankie contou?

– Frankie? Não. – Ele balançou a cabeça. – Eu simplesmente sabia.

– Como é possível? Você não olhou para mim nem uma vez.

Stefan deixou a faca e o pedaço de madeira de lado. Levantou-se e foi na direção dela, ágil e lindo como uma pantera.

– Visão periférica. Vi você vindo e reconheci seu jeito de andar. O jeito como uma pessoa se movimenta não muda.

– Ah.

– É bom ver você de novo.

O coração de Hope estava disparado no peito.

– É bom ver você também.

Stefan balançou a cabeça.

– Ah, meu amor. Você não sabe o quanto senti sua falta.

– Nem você.

As palavras saíram como um grunhido; foi só o que ela conseguiu pronunciar.

– Hope.

Ele levantou a mão e tocou com delicadeza na lateral do rosto dela com as costas dos dedos.

Ela tremeu em resposta. Que sensação.

– Você me mandou embora e disse que não podíamos ficar juntos. Mas você se enganou. Nós podíamos.

– Eu sei, sei disso agora – respondeu ele, suspirando de tristeza. – Agora que posso olhar para trás. Mas, na ocasião, achei que estivesse fazendo a coisa certa. Você tinha sua carreira brilhante... Como eu poderia atrapalhar? Eu não teria conseguido viver com essa culpa.

– E nunca passou pela sua cabeça que você era mil vezes mais importante para mim do que essa tal carreira? Da qual abri mão de qualquer modo, porque, sem você na minha vida, eu não queria mais fazer aquilo?

– Eu sei. Mas, na época, eu não acreditava nisso. Achei que estava libertando você para conquistar Hollywood. Porque sem dúvida isso não teria acontecido se tivéssemos ficado juntos. Teríamos sido vítimas de deboche, de risadas. E eu não suportava a ideia de que isso acontecesse. Com nenhum de nós dois.

Com a garganta doendo, os olhos cintilando de dor pelos anos perdidos, Hope sussurrou:

– E agora?

Stefan botou as mãos nos ombros dela e a fitou com toda a intensidade.

– Nunca deixei de amar você. Nem por um segundo. E agora você voltou. Perdemos muito tempo, Hope. Você é meu mundo, sempre foi...

Em resposta, ela passou os braços ao redor dele e encontrou sua boca, cobrindo-a rapidamente de beijos breves. Cada contato renovado a enchia de alegria; era o que sonhava fazer havia muito tempo. *Ah, Stefan, Stefan, nunca mais vou me separar de você...*

Quando enfim os beijos terminaram, e eles ficaram abraçados, ainda trêmulo de emoção, Stefan fez carinho no cabelo dela e sussurrou:

– Por que você está com tanta coisa na cara?

Ah. Então ele tinha reparado.

– Foi minha tentativa desesperada de impressionar você. De agora em diante, vou usar todos os dias. Acredite, você não ia querer me ver sem isso.

Vibrando de alegria, eufórica como se tivesse tomado três taças de champanhe, Hope ouviu as palavras saindo da boca por conta própria. Não esconderia mais a verdade; daquele momento em diante, só haveria sinceridade.

– Não envelheci bem, sabe? Toda essa maquiagem é para me dar confiança. – Ela fez uma careta. – E para você não sair correndo. Sem ela, sou um pavor.

Stefan balançou a cabeça.

– Isso é loucura.

– Mas é verdade. Estou falando, se eu viesse aqui de cara limpa, você teria fingido que não me reconheceu. Teria ficado sentado e me deixaria passar.

– Nunca.

– Teria, sim.

– Se realmente acha isso, é porque não me conhece. Pense – instruiu Stefan – em quando nos encontrávamos depois que você passava o dia filmando. Qual era sempre a primeira coisa que você fazia?

Hope lembrava, claro. Usava um creme de limpeza rosa-bebê com aroma de rosas para tirar a maquiagem. E quando a via fazer isso, Stefan dizia, com amor, que ela estava voltando a ser ela mesma.

– Mas isso foi quando eu era jovem – observou ela, fazendo um gesto que traduzia sua impotência. – Meu rosto... está diferente.

Sem falar nada, Stefan a segurou pela mão e subiu os degraus do trailer. Abriu o armário e pegou um pote com o creme rosa-bebê.

Hope arregalou os olhos ao ver aquilo.

– Não se preocupe. – Stefan abriu um sorrisinho. – Não está naquele armário há vinte anos. Eu estava mostrando outro dia à minha neta como fazer isso.

Hope pegou o pote da mão dele, abriu a tampa e inspirou a fragrância. Era exatamente a mesma receita romena que Stefan usava.

– Raiz de malvarisco, rosas silvestres e angélica.

Ainda se lembrava da ocasião em que ele contou quais eram os ingredientes.

– Isso mesmo. – Ele assentiu e entregou a ela uma caixa de lenços de papel.

Hope observou a expressão dele enquanto passava no rosto o creme com cheiro delicioso, massageando a pele e limpando-a delicadamente com o lenço. Quando os últimos resquícios de maquiagem foram removidos, sentiu o nó de medo no peito se desfazer e relaxar.

Stefan sorria para ela. Sorria de verdade. Tudo ficaria bem.

– Melhor. – Ele assentiu em aprovação. – *Muito* melhor. Voltou a parecer você.

– Velha e enrugada.

– Linda. A garota mais linda do mundo.

– Garota… – Hope fez uma careta, repetindo a palavra com descrença.

– Você sempre vai ser uma garota para mim.

Stefan fez uma pausa, tocou no lábio superior dela com a ponta dos dedos, delineou o contorno da boca. Tomou-a nos braços novamente, e Hope se perguntou se era possível morrer de alegria. Ele ainda era o mesmo; o cheiro da pele dele, como que por milagre, era exatamente o mesmo de anos antes.

Sua vida parecia ter mudado irremediavelmente, nunca mais queria ficar longe dele. Ainda bem que tinha tomado coragem de voltar a Briarwood.

Finalmente estava de volta ao seu lugar.

Capítulo 52

– BEM, ISSO VAI DAR O QUE FALAR – comentou Lois, com alegria, enquanto se acomodava no banco do carona.

No dia anterior, Dex a ouvira falar ao telefone, marcando um horário para deixar o carro na oficina, em Marlbury. Quando perguntou como ela planejava fazer o caminho de 13 quilômetros de volta e Lois disse que pegaria um táxi, ele se ofereceu para buscá-la. Agora, depois de perceber os olhares curiosos que a mulher da recepção da oficina lhes dirigia a todo instante, ele perguntou:

– Ela conhece você?

– O filho dela é da turma da Addy. Não tem nada de que ela goste mais do que um pouco de fofoca. Ela acabou de perguntar: "A Dra. Carr não se importa de vocês dois serem tão… amigos?"

Achando graça, Dex olhou novamente para a mulher que ainda os observava de forma disfarçada.

– Mas eu nem a conheço. Como ela sabe quem eu sou?

– Porque todo mundo conhece você. – Lois revirou os olhos por causa da ignorância dele. – Você é o assunto favorito nos portões da escola, não sabia? Quando veio morar aqui, todas as mães ficaram animadas porque você era solteiro, disponível e lindo, ainda por cima. Agora elas fingem que não ligam mais, estão felizes de ver você sossegando com a Dra. Carr.

Sossegando? Dex não diria isso.

– Só estamos saindo, mais nada. É algo bem casual.

Isso, principalmente, a pedido de Amanda. Era alarmante haver tanta coisa longe da verdade atribuída ao relacionamento deles.

– Ah, mas você sabe o que eu quero dizer. Está indo muito bem, não? Ela é uma ótima médica. Todo mundo quer que vocês fiquem juntos. – Lois fez um gesto expansivo com o braço esquerdo, cheio de pulseiras. – O final feliz de um conto de fadas.

– Conto de fadas? Por que seria um conto de fadas?

Lois, porém, não estava mais encarando-o; olhava diretamente para a frente, a bochecha visível surpreendentemente corada. O silêncio cresceu entre eles. Dex, que tinha passado as duas últimas semanas refletindo se estava chegando a hora do inevitável término da relação, sentiu que havia algo importante ali. Ele perguntou mais uma vez:

– Por que conto de fadas?

– Olha, falei sem pensar. Não devia ter dito nada. Sempre faço isso. – Lois deu de ombros. – A rainha tagarela.

– Me conte.

Ele não conseguia nem imaginar o que estava acontecendo.

– Você devia perguntar à Dra. Carr.

– Perguntar o quê? Pare com isso, Lois. Conta logo. – Ele desligou a ignição. – Não vamos sair daqui enquanto você não falar.

Após mais um momento de hesitação, ela tomou uma decisão.

– Tudo bem. Talvez você tenha o direito de saber.

– Acho que tenho – disse Dex. – Manda.

– É que você tem a linda Delphi e é solteiro. E a Dra. Carr também, mas não pode ter filhos. – Evidentemente ainda constrangida pela gafe, Lois acrescentou: – É por isso que seria tão perfeito vocês dois ficarem juntos e formarem uma família.

– Ela não pode ter filhos?

Dex teve dificuldade de respirar. Não porque aquilo fosse motivo para terminarem, mas pelo peso da responsabilidade que aquela revelação gerava.

– Desculpe – disse Lois.

– Como você sabe?

– Ela contou para uma das mães da escola. Todo mundo sabe. – Lois indicou a chave enfiada na ignição. – Podemos ir agora?

Dex ligou o carro.

– Não se preocupe. Obrigado por me contar.

Ela parecia chateada.

– Você praticamente me obrigou a falar. Eu seria uma péssima espiã. Costumo ser discreta.

– Você é dona de um bar. Imagino que tenha que ser.

– Então será que eu posso perguntar se você está apaixonado por ela?

– Por quem? – Por uma fração de segundo, Dex foi pego desprevenido; estava pensando em Molly, pensando se o "todo mundo sabe" a incluía. – Ah, está falando da Amanda? – *Meu Deus, claro que não.* Mas não podia falar isso. Esquivando-se discretamente da pergunta, ele perguntou: – Então quer dizer que a cidade inteira acha que deveríamos ficar juntos?

– Nem todo mundo. Eu não falei que achava. Para ser sincera, sempre achei que você e a Molly tinham alguma coisa.

Ciente do olhar dela, foi a vez de Dex voltar a fitar a estrada, enquanto percorriam o caminho de volta a Briarwood.

– Vi um tique nervoso aí. Parece uma confissão – murmurou Lois. – Vocês dois *tiveram* alguma coisa?

Ele balançou a cabeça de leve.

– Nunca aconteceu.

– Você tentou?

– Tentei.

– E?

– Ela não quis.

– Isso me surpreende. Achei que quisesse.

– Bem, você se enganou. E agora ela tem o Vince.

Vince, o perfeito, o encerador de carros…

Mais uma pausa, e Lois disse:

– Sim. Você gosta dele?

Dex estava ficando cada vez melhor em guardar sua opinião para si, em não se expor. Era sempre bom não acabar passando por idiota.

– Vince é um cara legal – respondeu. – Não sei se é a pessoa certa para a Molly, mas pelo visto ela acha que é.

Lois assentiu.

– Ah, então pronto.

Seguiram os últimos quilômetros em silêncio, cada um com seus pensamentos. Nem sempre se pode ter o que quer.

Enquanto Amanda não chegava em casa, Dex esperou a uma mesa junto à janela no Crown Inn, em Malrbury.

Aquilo não era nada bom; não estava nem um pouco ansioso pela conversa que viria, mas tinha que ir em frente. E, ironicamente, fora ali que eles se conheceram, unidos pela péssima qualidade da banda que tocava no palco.

E agora estava de volta ao mesmo lugar para terminar o relacionamento. Não era agradável, mas era o único jeito. Pelo bem dos dois.

Ali estava o carro dela, o Peugeot esporte prateado parando na porta da casa dela. Olhando pela janela quando Amanda pulou do banco do motorista e trancou a porta, Dex tomou o resto do café e se preparou para a tarefa que tinha pela frente.

A satisfação de Amanda ao vê-lo logo passou quando eles entraram em casa e ela soube o motivo da visita inesperada.

– O quê? Mas por quê?

Ela arregalou os olhos, sem acreditar.

– Porque... não é justo com você.

– Ah, por favor, não me venha com essa. É o clichê mais batido de todos. Tudo tem sido ótimo, não? Somos ótimos juntos! Você não pode dizer que o sexo não é fantástico.

– Eu sei, mas...

– Você não vai conseguir nada melhor do que eu.

Havia um tom na voz dela que fez Dex entender por que ele estava indo em frente com aquilo; uma autoconfiança natural era uma coisa, mas tudo tinha limite.

– Talvez não, mas quem vai perder sou eu. – Um sentimento de culpa fez com que ele precisasse ser gentil com ela. – E sinto muito, de verdade, mas é o melhor a fazer. Você vai me agradecer no futuro. É melhor terminarmos agora, para o seu bem.

– Você conheceu alguém?

Ali, na cozinha imaculada, Amanda foi até a pia e encheu o copo na torneira.

Dex hesitou e balançou a cabeça, se perguntando se ela jogaria a água fria na cara dele.

– Não...

– Mentira. Claro que tem outra. Você já está com a próxima na fila, pronta para tomar meu lugar.

– Não tenho, juro.

Ah, Deus, ele bem que queria ter.

– Mas nós somos perfeitos juntos!

– Na teoria, sim. Mas também tem que ser a coisa certa na prática. – Com toda a perícia que ele angariara a respeito disso ao longo dos anos, era de se esperar que se saísse melhor. Apertando a mão inconscientemente no peito, Dex disse: – Tem que ser cem por cento a coisa certa.

Ela segurou o copo.

– E não tem nada que eu possa fazer ou dizer para que você mude de ideia?

– Não. Sinto muito. Por tudo.

– Tudo bem. – O orgulho falou mais alto, felizmente. Amanda não era do tipo que implorava. Ela tomou a água e deixou o copo vazio na pia. – Nesse caso, que pena. Vou sentir sua falta. E da Delphi. Onde ela está agora? Deixa eu adivinhar: você a deixou com a Molly enquanto vinha aqui realizar essa tarefa horrível.

– A Frankie está cuidando dela. – Não pareceu adequado pedir a Molly, considerando as circunstâncias. Para ser gentil, Dex declarou: – A Delphi também vai sentir sua falta. – Só que ele achava que não. – Sei como você está se sentindo, mas não podemos ficar juntos só por causa da Delphi... Seria loucura.

– É isso que você acha? Que devemos terminar antes que a Delphi chegue a uma idade que seja traumático?

– Não foi isso que eu quis dizer – disse Dex, com compaixão. – Estou falando sobre você não poder ter filhos e a Delphi preencher o vazio e esse ser o único motivo para ficarmos juntos.

Amanda inclinou a cabeça para o lado e o observou por vários segundos.

– Como é?

– Me contaram. – Dex não ia citar nomes. – Ao que parece, todo mundo sabe.

– Todo mundo sabe o quê, exatamente?

– Que você não pode ter filhos.

– É mesmo? Que interessante. Eu achava que alguém teria me contado isso – disse Amanda. – Considerando que o útero é meu.

O quê?

– Bom, vou contar o que escutei. – Depois de ouvir Lois explicar a situação, Dex se esforçou para lembrar com a maior precisão possível. – Uma das suas pacientes foi ao consultório, triste por ser infértil, e você disse que tinha o mesmo problema, que sofria da mesma coisa. – Ele fez um gesto, sentindo-se impotente. – Foi isso. É só o que eu sei.

Amanda assentiu lentamente, a testa não mais franzida.

– Certo. Entendi. E é assim que acontece, né? O telefone sem fio percorre a cidade? Uma das minhas pacientes estava tendo dificuldade de conceber porque sofria de uma coisa chamada endometriose. Eu sofro da mesma coisa. Foi o que falei para ela. Mas a endometriose causa muitos sintomas e não quer dizer que a pessoa não pode ter filhos, só que talvez tenha dificuldades. Meu Deus, eu não fazia ideia de que ela tinha entendido errado o que falei. Então... as pessoas estão com pena de mim, é? Achando que sou infértil?

Ela abriu um sorriso de pesar.

– É o que parece – disse Dex.

– E tem você e a Delphi... Não me surpreende que todas as mães ficassem falando sobre como estavam felizes de termos ficado juntos.

– Elas disseram isso?

– Ah, sim, o tempo todo. Foi uma coisa fora do comum. Acho que agora sabemos por quê.

– Acho que sim – disse Dex.

– E foi isso que assustou você – continuou Amanda, visivelmente aliviada. – Mas não precisa ter medo. Meus sintomas são brandos, as chances de eu não conseguir conceber são muito baixas... Na verdade, a gravidez é uma das melhores maneiras de aliviar o problema! Então não há motivo para não continuarmos juntos e...

– Espere, não, desculpe. – Dex levantou rapidamente a mão para impedir que ela seguisse aquela linha de pensamento. – Eu já disse tudo... Ainda acho que devemos deixar as coisas como estão.

Com uma expressão sarcástica, Amanda retrucou, com bom humor:

– Ah, bom, valeu a tentativa. E ainda acho que você está de olho em outra pessoa. Quer que eu tente adivinhar?

Ele sentiu o embrulho no estômago.

– Não – disse Dex com firmeza.

– Tem certeza? – O sorriso de Amanda foi corajoso, mas carregado de tristeza. – Porque eu aposto que sei quem é.

Capítulo 53

O QUADRO TERMINADO ESTAVA NO CAVALETE, no centro da sala dela, coberto por uma velha pashmina lilás, pronto para a grande revelação. Molly, indo na frente até a sala, se perguntou se quem não era artista poderia ao menos imaginar o que ela estava sentindo. Sempre era um momento de nervosismo. Todas as vezes, enquanto observavam o quadro, ela analisava a pessoa em busca de sinais, às vezes microssinais, de que tinha amado o resultado ou ficado decepcionada.

– Isso é emocionante – disse Dex, com Delphi no colo. – É melhor você ter me deixado parecido com o Johnny Depp, senão vamos ter problemas.

Mais por coincidência do que por planejamento, ele estava usando a mesma camisa branca retratada no quadro, com uma calça diferente. O cabelo estava um pouquinho maior agora, o bronzeado mais forte, resultado do calor intenso dos dias anteriores.

– Ah, droga, você deveria ter avisado – disse Molly. – Acabei fazendo um visual mais príncipe Charles.

Então ela puxou a pashmina velha para revelar o quadro.

– TAAAGH!

Nem um pouco interessada no que havia na tela, Delphi soltou um gritinho animado e tentou pegar a pashmina. Molly suspirou de alívio e deixou que ela pegasse o tecido para brincar, porque deu para perceber que Dex estava feliz com o resultado final.

– Bem, tenho que dizer que o príncipe Charles nunca foi tão bonito. – Chegando mais perto para avaliar os detalhes, ele balançou a cabeça, admirado. – É sério, está incrível. Olhe só a Delphi... olhe para mim. Você nos fez mais parecidos com nós mesmos do que somos na vida real.

– Obrigada. – Passada a ansiedade, Molly apreciou a onda de satisfação, a certeza de um trabalho bem-feito. – O objetivo era mesmo fazer vocês parecerem quem realmente são. Acho que ajudou o fato de haver uma grande conexão entre vocês dois. O jeito como interagem um com o outro. É como se... desse para sentir o amor. – Pronto, melhor parar agora, isso foi meio exagerado.

Mas era verdade.

Delphi estava se contorcendo, querendo sair do colo. Dex a colocou no chão.

– Fique de olho no que ela vai fazer agora. É um truque novo.

O coração de Molly se apertou de amor quando os dois viram Delphi se sentar no tapete e se cobrir com a pashmina, como uma versão em miniatura do ET quando se aventurou a pedir doces no Halloween. Dex voltou a atenção para o quadro no cavalete e o examinou com cuidado por um tempo.

Ele finalmente sorriu para ela e declarou:

– Mas não é que você é boa nisso?

Deixando a modéstia de lado, às vezes era necessário admitir.

– Sou, sim. Fiquei bem satisfeita.

– Uaaah! – Sob a pashmina, Delphi balançou os braços para eles como um fantasminha querendo atenção.

– Obrigado. Está mais perfeito do que eu esperava. – Dex remexeu no bolso da calça. – Tome, comprei isso para você...

– Por quê? – Molly viu que ele estava lhe entregando uma caixinha de couro achatada. – Você já me pagou.

Ele insistira em pagar o valor habitual antecipadamente. Ela tinha se oferecido para fazer de graça, mas Dex, como era típico dele, recusou até que ela aceitasse.

Agora, ele estava revirando os olhos, fingindo estar desesperado.

– Você não pode me deixar lhe dar um presente sem causar um estardalhaço? É só meu jeitinho de dizer obrigado. Por ser uma boa amiga... e ajudar com a Delphi... bom, por tudo.

– Mas…

– Ei, me faça um favor. Não é nada de mais. Gosto de comprar presentes. Não me deixe constrangido, desejando não ter comprado nada.

Dex já tinha se sentido constrangido alguma vez na vida? Molly duvidava seriamente que fosse uma emoção que ele já tivesse experimentado. Ainda assim, cedeu e pegou a caixinha da mão dele.

Ela abriu a tampa e ficou sem ar.

– Dex!

Ele deu de ombros, abrindo um sorrisinho.

– Se não gostar, pode trocar por outra coisa.

– Está de brincadeira? Eu adorei. Ah, meu Deus, é incrível… é a pulseira que vi na revista semana passada, quando estávamos no café. – Ela olhou para ele sem acreditar. – Mas mostrei para a Frankie, não para você. Você estava tirando fotos da Delphi na janela. Nem viu a revista… Ah, meu Deus, que coincidência sinistra.

Dex, evidentemente apreciando a perplexidade dela, tirou a pulseira da caixinha e a abriu, indicando que ela deveria esticar o braço. Atordoada, Molly obedeceu e o viu prender a joia. A pulseira era feita de ouro rosé, montada com elos de vários formatos; alguns ovais, outros redondos, retangulares e losangulares. O resultado final era peculiar, diferente, uma mistura intrigante de moderno e antigo. Vira a joia em uma revista, no braço de uma glamorosa nadadora olímpica loura, e procurou por alguma menção da loja. Mas não havia.

– Não entendo. Como você fez isso? Como soube?

Ele pareceu satisfeito.

– Eu estava do outro lado do café com a Delphi. Não vi o que você estava olhando, mas ouvi você dizer à Frankie que adoraria ter uma. Fui lá depois e pedi para ela me mostrar que negócio era esse de que você tinha gostado tanto.

Molly ficou impressionada e comovida com a atenção que ele tinha dado à questão.

– Mas na revista não dizia de onde era a pulseira. Eu procurei.

Não que ela tivesse dinheiro para comprar.

– Eu sei. Fiz uma coisa meio telepática – disse Dex. – Você sabe, quando enviamos uma mensagem para o cosmos… tipo uma projeção astral…

e fiz a pergunta. E a resposta veio até mim. Apareceu magicamente na minha cabeça.

Ela olhou para ele com a sobrancelha erguida.

– Tudo bem – disse Dex. – Fiz contato com a nadadora pelo Twitter e perguntei de onde era. Ela me disse o nome do joalheiro. Por sorte, quando entrei em contato, ele tinha outra no estoque.

– Puxa, que esperto. Não precisava, mas amei. Então... obrigada.

Molly queria beijá-lo, mas não se atrevia. E se não conseguisse parar?

– Que bom. Fico feliz que você tenha gostado. – Dex parecia estar esperando um beijo. Como não aconteceu, ele perguntou: – Então você vai usar?

– Claro. Não vou tirar nunca!

– E o Vince não vai se importar? Ele não vai achar ruim você usar uma joia dada por outra pessoa?

– Não vai. – Uma ideia surgiu na mente de Molly. – Aah, preciso procurar uma coisa. Já volto.

No andar de cima, ela remexeu na primeira gaveta da mesa de cabeceira e encontrou o que estava procurando no meio de um emaranhado de colares e outros itens aleatórios.

Ao descer a escada, Molly disse com alegria:

– Olhe isto, vai ficar perfeito na pulseira! Sempre quis uma desculpa para usá-lo. – Ela colocou o pingente na palma da mão de Dex e o viu observar o sapo de ouro rosé em uma pá. – Não é lindo? E combinam tanto, parece que foram feitos um para o outro.

Ela viu a expressão nos olhos dele. Será que ele não tinha gostado?

– Onde você conseguiu isso?

– Bom, foi uma coisa bem estranha. Eu achei. Adivinha onde?

– Não faço ideia.

– No meu casaco! No bolso do meu casaco. – Molly fingiu enfiar a mão em um bolso imaginário. – Dá para acreditar? E eu não faço ideia de como foi parar lá.

– Eu comprei para a Laura – disse Dex.

– O quê?

– Esse pingente. – Ele estava virando a pequena joia na mão. – Comprei para ela no Natal, numa loja de antiguidades no Burlington Arcade.

Molly o encarou, estupefata.

– E ela usava em uma pulseira? Eu a vi aqui uma vez... mas...

– Não usava. Eu estava planejando trocar. Estava no bolso da minha jaqueta... e sumiu. – Ele estava franzindo a testa, tentando se lembrar de mais detalhes. – De repente, não estava mais lá...

Quando Molly enfim entendeu o que acontecera, seu coração disparou.

– Foi na noite depois que a Laura morreu! – exclamou Molly. – Quando você foi ao café após a minha aula. Fiz café para você, lembra? Viemos para cá, e você acabou dormindo no sofá. – Então completou, morrendo de medo de ele achar que ela tinha roubado: – Mas não tirei do seu bolso, juro!

Dex abriu um sorriso.

– Eu sei disso. Não se preocupe, eu não ia acusar você de roubo. E eu estava em choque naquela noite. Não consigo me lembrar de muita coisa. Só que estava uma chuva absurda.

– Bom, vamos lá. Vou repassar tudo.

Molly fechou os olhos para se concentrar; com seu olho de artista para detalhes, ela era boa em recriar cenas na mente. O tempo estava horrendo naquela noite, uma chuva torrencial. Dex estava molhado e tremendo, por isso ela insistiu para que ele tirasse a jaqueta, no café. E a pendurou perto do aquecedor, em uma cadeira... a mesma cadeira na qual o casaco dela já estava pendurado...

Ela abriu os olhos e o encarou.

– Naquela noite, você tirou o pingente do bolso quando eu estava na cozinha fazendo o café?

– Não lembro. É possível. Calma... – As engrenagens na mente dele estavam girando. – Sim... sim, tirei. Tirei.

Molly assentiu lentamente, aliviada com a solução do mistério.

– Sua jaqueta e meu casaco estavam na mesma cadeira. Você o tirou do bolso e guardou de volta no meu. Foi assim que aconteceu.

Ele olhou para o pingente de novo.

– E você o guardou desde então.

– Botei recados no café para tentar descobrir quem tinha perdido. No Swan e no mercado também. Mas ninguém se apresentou. Bom, agora está devolvido. Que bom, fico muito feliz.

– Ei, não quero de volta. – Dex esticou a mão com o pingente para ela. – O que eu faria com um sapo em uma pá? Usar como brinco? Vamos, fique com ele. É seu agora. – Ele o colocou na mão dela e declarou, dobrando os dedos dela: – Acho ótimo que o pingente tenha encontrado você.

Eles ficaram parados ali por um momento, se olhando, a mão quente dele envolvendo a dela. Molly se concentrou em manter a respiração sob controle; Dex não conseguia nem imaginar o efeito que estava surtindo na produção de adrenalina dela.

– Papa...

Delphi, com as pálpebras pesadas, tinha subido no sofá e estava pronta para tirar um cochilo. Ela apontou para a pashmina no chão e balançou as pernas, como quem diz: pega aquela coisa e me cobre para eu dormir.

Dex realizou o desejo dela, e Molly teve uma sensação aguda de perda quando ele soltou sua mão. Um caso perdido, sinceramente. Controle-se.

– Durma um pouco.

Dex mexeu no cabelo de Delphi e deu um beijo na testa dela.

– Poco... – ecoou ela.

Delphi puxou a ponta da pashmina sobre a bochecha.

– Você acha que a Amanda vai gostar do quadro?

Molly sentiu o coração doer quando perguntou. Dali a um ano, talvez Dex encomendasse outro retrato, agora dos três juntos, ele e Amanda com Delphi no meio, a família perfeitamente feliz.

Ela se virou para encarar Dex e ver por que ele não tinha respondido. Então ele declarou:

– Não estou mais com a Amanda.

O quê?

As palavras pareceram estalar como eletricidade no ar entre os dois. Molly sentiu os pelos da nuca se arrepiarem. Com a boca seca, ela perguntou:

– Não?

Dex balançou a cabeça.

– Não.

– Por quê?

– Não era a pessoa certa.

Ah, que sentimento reprovável de alívio. Mas também sentia pena de Amanda.

– Quando isso aconteceu?

– Falei com ela ontem.

– Ela ficou… chateada?

– Um pouco. Só no começo. Ela vai ficar bem.

– Mas…

Molly olhou para Delphi, dormindo profundamente no sofá. Será que deveria contar? Amanda devia ter se feito de durona na frente dele, mas é bem provável que estivesse arrasada.

Dex acabou com a dúvida ao dizer secamente:

– Então você também sabia sobre aquilo.

Opa.

– Sobre o quê?

– Fingir não é o seu forte. Sobre a Amanda não poder ter filhos. – Dex deu um meio sorriso. – Não é verdade, a propósito. Acontece que todo mundo sabia, menos ela.

Então era assim, passar por uma experiência extracorpórea? De longe, Molly o ouviu explicar como acontecera o mal-entendido. O resto do cérebro dela estava digerindo o fato de que aquele casal não era mais um casal. Na noite anterior, ela tivera um sonho horrendo em que Dex e Amanda estavam se casando na igreja local e que o vigário precisava elevar a voz toda hora para superar seu choro desesperado. E agora isso. O relacionamento tinha acabado. Amanda não era infértil. E também estava fora da jogada.

Não consigo sentir meus pés. Nem meus joelhos, pensando bem…

Que constrangedor. Dex estava falando e ela não ouvia nada.

– Desculpe, o que você disse?

– Eu disse que não vamos ter mais jantares. Não com nós quatro, pelo menos. – Ele deu de ombros. – Mas se você e o Vince quiserem ter pena de mim e me convidar para comer uns sanduíches de peixe, eu provavelmente não recusaria, considerando que sou um solteiro desesperado por companhia e sem vergonha de admitir.

Foi como se alguém tivesse enrolado elásticos no pescoço dela. Molly engoliu em seco.

– Hum… também não estou mais com o Vince.

A expressão de Dex mudou. Ele ficou imóvel.

– Não?

– Não.

Mais elásticos.

– Desde quando?

– Algumas semanas atrás. Antes de ele ir para o Canadá.

Dex agora balançava a cabeça lentamente.

– Por que você não falou antes?

– Não sei. – Molly sentiu as bochechas ficarem quentes; não seria muito apropriado dizer "porque você estava com a Amanda". – Pareceu mais fácil, eu acho.

– Eu queria que você tivesse me contado.

– Por quê?

Silêncio. Os batimentos dela aceleraram. Dex parecia prestes a dizer alguma coisa importante. Mas soltou o ar e se virou.

– Não... é só que... você deveria ter falado.

Ele foi dar uma olhada em Delphi, passou distraidamente os dedos pelo cabelo e voltou a atenção para o retrato no cavalete.

Mais silêncio. Prolongado, beirando o constrangimento. Molly se virou para olhar o quadro de novo, ciente de que eles estavam agora parados lado a lado, os braços a centímetros de distância. Se ela movesse o dela, talvez para apoiar casualmente a mão no quadril, a pele dos dois entraria em contato.

Não, pare com isso, nem pense nisso.

– Qual foi a parte mais difícil?

A voz de Dex lhe deu um susto.

Isso. A parte mais difícil é estar aqui, agora.

– Da pintura? Hum... mãos são sempre difíceis de fazer certinho.

Para ter o que fazer com as mãos, Molly esticou uma para mostrar a que parte do retrato estava se referindo. Caso ele não fizesse ideia de como eram mãos.

– E acertar os olhos. Não deve ser fácil.

– Não.

Molly observou os olhos pintados na tela, castanho-escuros com aros mais escuros em volta de cada íris, cintilando de diversão enquanto a observavam. Tinha sido um desafio encarar aqueles olhos por tanto tempo.

– Fazer a arcada dentária também deve ser difícil.

– É. Porque ela é feita de dentes.

Que idiotice. E olhar para a boca pintada no retrato a estava deixando nervosa. Molly observou o vão sombreado na base do pescoço dele para se distrair. Enquanto estava criando aquela parte na tela, como quisera passar a ponta dos dedos no pescoço de verdade e sentir o calor da pele dele. Como desejava fazer isso agora.

– Eu queria que você tivesse me contado sobre o Vince – repetiu ele.

O ar na sala estava vibrando? Parecia que sim. Tentando respirar normalmente, Molly perguntou de novo:

– Por quê?

Mas Dex balançou a cabeça.

– Não importa. Eu só… Ah, Deus, isso é loucura, não acredito que vou dizer. Só continuei com a Amanda porque você estava com o Vince. E sei como isso pode soar horrível, mas é a verdade. Eu sabia que ele não era a pessoa certa para você e ficava para morrer ao ver vocês dois juntos… Senti ciúmes, pronto. Não consigo mudar meus sentimentos, e sei que você não está interessada em mim… Sei também que não deveria estar dizendo isso agora porque só estou piorando tudo, e na última vez que tentei fiz uma besteira tão grande que as coisas ficaram constrangedoras por séculos. Só Deus sabe por que estou fazendo isso de novo, mas não consigo parar. Porque é verdade. Ah, merda, desculpe. – Ele fechou os olhos e se virou um pouco, suspirando de nervosismo. – Sou tão idiota…

Molly não falou nada. Não conseguiu. Mal conseguia pensar. Ela o puxou, segurou o rosto dele e o beijou. Delicadamente no começo, depois com mais intensidade, quando os braços dele a envolveram, e cada terminação nervosa do corpo dela formigava de alegria. Ah, Deus, era possível se sentir tão bem assim?

Por fim, após perder o fôlego e a noção do tempo, ela se afastou e olhou para Dex.

– Sim, você é um idiota. Podia ter me dito essas coisas meses atrás. Já podíamos ter feito isso há muito tempo…

– Mas eu tentei – lembrou Dex. – Você deixou bem claro que não estava interessada.

Era verdade.

– Foi naquela época. Você está diferente agora. Mas foi você que me contou sobre seu histórico com as mulheres. Eu não queria ser mais um dos seus casinhos... usada uma vez e jogada fora. Tudo bem, talvez meses atrás não fosse dar certo – admitiu ela. – Mas semanas atrás...

Principalmente nas últimas. Tinham sido uma tortura.

– Você não facilita as coisas, né? – Dex sorriu, se inclinou e a beijou de novo. – Pode ser que a gente tivesse que esperar esse tempo todo para se acertar. Meu Deus, nunca achei que fosse ter outra chance. Sermos apenas amigos estava me deixando louco, era uma tortura. Mas eu precisava dizer para mim mesmo que era melhor do que nada.

As palavras dele a estavam deixando trêmula. Molly estendeu a mão.

– Olhe para mim, estou tremendo.

– É porque está com medo? – Dex segurou e fechou os dedos em volta dos dela. – Também estou. Nunca senti isso antes. Eu te amo, Molly. – A voz dele falhou com a emoção. – E, só para você saber, eu nunca disse isso para ninguém antes. Porque nunca senti isso. Só pela Delphi – consertou. – Mas você... estar com você... é completamente diferente. Desde o dia em que nos conhecemos, quando aquele peixe voou no meu jardim, eu soube que gostava de você. Começou ali... foi crescendo... e agora a ideia de não ter você por perto é... bom, eu não suportaria. Eu te amo – repetiu ele, quase maravilhado. – Estou falando de coração.

E era verdade. Molly estava quase explodindo de alegria. Não ia dizer o mesmo, ainda não, mas já sabia que também o amava. Seria um risco enorme se envolver emocionalmente com alguém cujo histórico era o mais vasto possível? Talvez, mas era um risco que teria que correr. Porque não havia garantias na vida. Era só pensar no marido de Frankie, Joe, o homem que menos parecia capaz de decepcionar alguém.

– Todo mundo vai ficar chateado quando souber.

Ela passou os braços pelo pescoço de Dex e inspirou o cheiro delicioso da pele dele. Finalmente podia tocar no seu pescoço.

– É mesmo? Por quê?

– Você e a Amanda, bancando a família feliz, eram o casal preferido de todo mundo.

– Ah, sei que ninguém vai se importar. E, falando em família... – No ouvido dela, Dex murmurou: – Parece que calculamos meio mal este momento.

– Por quê?

– Bom, só tem uma coisa que eu queria estar fazendo agora... – Ele indicou o sofá, e Molly, ao se virar, viu que Delphi tinha acordado e olhava para eles com interesse. – Mas parece que não vamos poder fazer nada ainda.

– Babadada. – Feliz de ter atraído atenção, Delphi sorriu e ficou abrindo e fechando a mãozinha para eles.

– O contraceptivo da natureza.

Os olhos escuros de Dex cintilaram, brincalhões, quando ele apertou a cintura de Molly.

– Não importa. Levamos tantos meses para chegar até aqui... – Molly nunca tinha se sentido tão feliz e viva. Sua pele nunca tinha ficado tão sensível. Eufórica de amor e adrenalina, observou: – É sempre bom ter algo para despertar a nossa expectativa.

Quando Dexter foi lhe dar outro beijo, Delphi desceu do sofá e foi até eles. Ele sorriu.

– Sem dúvida – murmurou. – E vai valer a espera.

– PAPAPA! – gritou Delphi, jogando-se nos joelhos dele com os bracinhos estendidos. – PAAAAAAAA!

Capítulo 54

A FESTA ERA NO SAUCY SWAN. Todos estavam presentes. Ao parar por um momento para observar a cena, Molly ficou maravilhada com as mudanças que tinham acontecido na vida deles em um ano.

Ninguém mais do que Dex, cujas mudanças foram abissais. Também era bem provável que tivessem sido a melhor coisa da vida dele. No dia anterior, ele se tornara oficialmente pai de Delphi. O pedido de adoção foi avaliado na Vara de Família, os papéis foram assinados e o pedido, concedido. Tinha sido um momento emocionante para todos os envolvidos, e até um ou dois assistentes sociais secaram uma lágrima.

Mas não naquele 1º de setembro, dia da comemoração da adoção. O coração de Molly deu um pulo involuntário de alegria quando Dex reapareceu com Delphi no colo. Sem dúvida, os últimos dois meses tinham sido os mais felizes da sua vida; a cada dia só aumentava o amor que sentia por ele. O sexo valeu a espera, mas era muito mais do que isso – ela não conseguia mais imaginar a vida sem Dex.

– Olhe só você, secando seu namorado. – Frankie apareceu ao lado dela e lhe deu um empurrãozinho brincalhão.

– Prefere que eu seque o seu?

Molly apontou para Henry, que conversava com Joe e Christina. Frankie não queria se precipitar, queria ir devagar, mas Henry não tinha problema nenhum com isso: era paciente, passava os fins de semana em Briarwood e lhe dava todo o tempo necessário. Enquanto isso, uma amizade improvável e comovente se desenvolvera entre eles e a outra família de Joe. Amber, felizmente, estava de volta aos eixos. Os resultados das provas não foram tão catastróficos quanto eles temiam, e Shaun a estava ajudando a recuperar o tempo perdido de estudos. Na semana seguinte, ela começaria o último ano de escola e Shaun iria para a universidade em breve, mas o relacionamento de irmãos tinha se estabelecido entre os dois e seria duradouro. E o melhor de tudo, a antiga Amber estava de volta, alegre e motivada, vivendo com toda a intensidade. O episódio com Soneca e seus amigos sujos e drogados tinha ficado para trás.

– Adorei a Muriel, aliás. – Frankie sorriu quando a scooter de mobilidade vermelha com o cachorrinho na cesta da frente fez uma manobra no meio dos convidados. – Ficamos conversando com ela mais cedo. Que figura.

– É mesmo. Ela é fantástica.

Molly ficou feliz de ter mantido a amizade com Muriel; desde o fim do malfadado relacionamento com Vince, ela começara a trocar e-mails com a glamorosa e expansiva avó do ex. E quando ela contou a Muriel sobre a festa de adoção, foi natural convidá-la para comemorar junto com eles.

Frankie apontou para o salão, dizendo:

– Rá, olhe a Addy dançando com o Stefan e a Hope!

As duas observaram. Hope estava morando com Stefan no trailer, irradiando felicidade e apreciando as boas-vindas à vida do vilarejo. Um jornalista, ao saber sobre o romance, apareceu em Briarwood e tentou transformar o improvável casal em notícia. Diante da educada recusa em cooperar, vinda de… bom, de todo mundo, ele foi obrigado a desistir e voltar para casa. Quem sabia do relacionamento ficou feliz pelos dois. E Addy adorava a nova amiga do avô.

– A Lois a chama de Madrasta Malvada – disse Molly. – A Hope adora. Elas estão se dando muito bem. Na verdade, a Lois está linda, não acha?

Havia um brilho em Lois. Os cachos escuros lhe caíam pelos ombros e estavam presos de lado por uma enorme rosa de seda. O corpo curvilíneo era ressaltado por um vestido vermelho e branco florido, com um decote generoso que exibia o colo bronzeado e espetacular.

– Gostei do vestido que ela está usando. – Frankie fez uma pausa e disse, hesitante: – Lembra quando a Lois tirou uns dias de folga na semana passada? Olha, pode parecer besteira, e não que ela precisasse, mas não parece que ela botou silicone?

– Pode me botar para correr se eu estiver invadindo sua privacidade, mas posso fazer uma pergunta?

Lois tinha acabado de se sentar para descansar os pés por cinco minutos. Não fazia ideia de quem era aquela senhora na scooter de mobilidade além do fato de que parecia ser amiga de Molly. Enquanto engolia um pedaço do sanduíche de presunto com tomate, ela encarou a mulher, com aquele olhar vibrante, e respondeu com bom humor:

– Manda bala.

– Você está grávida?

– O quê?

Lois quase engasgou com o sanduíche. Teve que cobrir a boca.

– Ops, desculpe. É que eu sempre quis ter um quê de Miss Marple, a superobservadora que repara nas pistas que ninguém mais viu. E reparei como você estava olhando para os sanduíches. – A mulher indicou os pratos na mesa à frente. – Você deixou de fora os que tinham maionese e queijos cremosos.

– Pode ser que eu não goste de maionese e queijos cremosos – retrucou Lois.

– E está tomando suco de laranja.

Por sorte, não havia ninguém por perto para ouvir aquela conversa. Embora não conseguisse esconder a verdade por muito tempo. E a velha senhora tinha sido uma boa observadora mesmo. Lois suspirou.

– Sim, estou grávida. A senhora deve ser vidente. Mas ninguém sabe, então eu ficaria agradecida se fosse discreta.

– Pode deixar, querida, discrição é meu nome do meio. Na verdade, não é – disse a mulher –, é Anthea. – Ela esticou a mão, com unhas feitas e cheia de anéis. – Meu nome é Muriel, a propósito. E parabéns.

– Obrigada – respondeu Lois, meio constrangida.

– Ah, caramba. Não foi planejado?

– Podemos dizer que não.

– E o pai?

– Não sabe. Nunca vai saber. – Na verdade, era um alívio poder falar sobre a situação que tomava conta da sua mente havia semanas. Ironicamente, era mais fácil conversar a respeito com uma estranha. – Tudo bem. Vou ficar bem. Vamos nos virar. Já fiz isso antes. – Ela indicou Addy, agora dançando, cheia de energia, com as amigas. – E sei que consigo fazer de novo. É que parece que não sou muito boa em avaliar os homens.

– Que pena. Como era o pai da sua filha?

– Um peso morto. Preguiçoso, egoísta e agressivo quando bebia. Isso fez com que eu parasse de tentar por um tempo. Sei que pareço do tipo que gosta de farra. – O sorriso de Lois foi pesaroso. – Mas a verdade é que raramente me divirto.

– Que triste – disse Muriel. – E esse último? Como ele era?

Por mais ridículo que fosse, Lois sentiu um nó na garganta; os hormônios da gravidez estavam descontrolados.

– Sinceramente? Era maravilhoso. Achei que fosse o homem perfeito, cultivei muita esperança… Foi só uma noite, mas achei mesmo que podia ser o começo de algo extraordinário. – Ela fez uma pausa para se recompor e disse, séria: – Até a manhã seguinte, quando ele foi embora correndo. Foi quando me dei conta de que tinha me enganado de novo. Ele fugiu, e nunca mais o vi.

– Ah, querida, coitadinha... Os homens são uns porcos às vezes.

Ouvir Muriel dizer essas palavras a fez sorrir.

– Mas ele não era um porco. Essa é a questão: ele era mesmo um cara legal. Mas parece que eu assusto os homens bons.

– Mas você teria como encontrá-lo, se quisesse?

– Teria. – Imagine pedir a Molly o número de Vince. Ah, céus. – Mas não vou fazer isso. Ainda me resta algum orgulho.

– Bem, se serve de consolo, acho que ele é louco. E quem perde é ele. – Muriel se inclinou e deu um tapinha no braço dela. – Você me parece uma ótima pessoa. Queria que meu neto conhecesse alguém como você.

Achando graça, Lois imaginou por um momento como seria o neto de Muriel.

– Só que estou fora do mercado mais ou menos por um ano, né? A senhora teria que pedir para ele esperar.

A festa ainda estava animada às seis, quando Lois reparou que Muriel estava com dificuldades para vestir o casaco.

– Me deixe dar uma mãozinha. Pronto.

– Obrigada, querida. É muita gentileza sua. – Muriel ajeitou as lapelas do casaco elegante de veludo marfim. – Já tomei alguns gins, o que não ajuda. Mas você pode me fazer outro favor, se quiser. Meu neto vai chegar a qualquer momento para me buscar, mas disse que vai esperar lá fora. Você se importaria de ser um anjo e carregar minha bolsa, para eu poder me concentrar em dirigir essa máquina sem virar?

– Claro. – Apesar de tudo, Lois estava intrigada para conhecer o neto de Muriel. Pegou a enorme bolsa de couro e foi andando ao lado da senhora, que ia dirigindo a scooter na direção da porta. – Vai se despedir de alguém antes de ir?

Muriel apontou para o outro lado do salão, onde Molly e Dex conversavam com os assistentes sociais da equipe de acolhimento e de adoção.

– Não vou incomodá-los agora que estão conversando com os amigos. Prefiro sair discretamente e mandar um e-mail para Molly depois. Ops, cuidado, Wilbur! Se segure!

Do lado de fora do bar, eles não precisaram esperar muito. O carro apareceu ao longe, contornando a praça.

Lois ficou pálida quando viu quem estava ao volante do veículo impecável e sem ferrugem.

Vince também ficou perplexo.

Ah, Deus, então era por isso que o neto de Muriel estava tão determinado a esperar no carro.

– Chegou bem na hora, querido. Nós nos divertimos muito – declarou Muriel. – Agora, escute, não sei como aconteceu, mas você vai ter que tomar cuidado para me tirar dessa coisa, porque estou um pouquinho embriagada. E não peça ajuda a essa linda moça, porque ela não pode fazer esforço físico. – Muriel olhou ao redor para ver se não havia alguém por perto e sussurrou alto: – Ela está grávida, sabe?

Vince parecia ter levado um choque. Sua surpresa era visível e palpável.

O olhar foi do rosto de Lois para os seios mais amplos que o habitual e a barriga ainda lisa.

Bem, não completamente lisa. Briarwood podia não ter visto ainda, mas havia o comecinho de uma curva que ficaria mais evidente nas semanas seguintes.

Lois sentiu as bochechas queimarem diante da situação inesperada. Por outro lado, toda a cor sumiu do belo rosto de Vince.

Ele enfim perguntou, sem emitir som, só com o movimento dos lábios:

– É meu?

Ah, bem, já que ele fez a pergunta... Sentindo-se um pouco tonta, mas mantendo-se firme, Lois respondeu da mesma forma:

– É.

– Com licença, mas o que está acontecendo aqui? – perguntou Muriel. – Por que vocês estão se olhando assim? Perdi alguma coisa?

– Ela sabe? – A voz de Vince estava rouca de choque, o olhar grudado em Lois. – Você contou para ela sobre...?

– Não – disse Lois, na defensiva. – Não contei.

– Ah, não é possível – anunciou Muriel quando a ficha caiu. – Posso ter 93 anos, mas não sou idiota. – Ela se virou no assento para encarar o neto. – Então foi você, meu rapaz? Passou a noite com essa garota maravilhosa e fugiu correndo de manhã? Vincent, qual é o seu problema? Ela achou que você era a pessoa certa! Por que você faria isso?

– Ah, por favor, não faça isso – suplicou Lois, envergonhada. – Não importa. Eu não era o tipo dele...

– Mas deveria ser! Vocês seriam perfeitos um para o outro! – exclamou Muriel. – Anote o que estou dizendo, eu sei dessas coisas e estou sempre certa. O Vince precisa de alguém como você. Ela segurou o acelerador da scooter e girou de qualquer jeito, fazendo um gesto distraído quando ela e Wilbur, com as orelhas voando, dispararam para o bar. – Bom, vamos voltar para beber alguma coisa. Vocês dois se resolvam.

A situação estava oficialmente horrenda. Quando Muriel sumiu, Lois declarou:

– Está tudo bem, não se preocupe. Meu Deus, sua avó é constrangedora.

– Eu sei. Me desculpe. Mas... você deveria ter me contado. – Vince fez um gesto desolado para a barriga dela.

– É mesmo? Para você explodir de felicidade? Pare com isso, somos adultos. Você acordou na minha cama e nem conseguiu olhar para mim.

– Mas não foi por sua causa. Fiquei com vergonha do que fiz, você não entende? Eu nunca tinha feito nada parecido na vida. Fiquei em pânico, não acreditei que tinha feito uma coisa tão chocante e... vergonhosa. Não foi por sua causa, eu juro.

Lois deu de ombros, sem acreditar que seria capaz de falar.

– E depois não consegui parar de pensar em você – prosseguiu Vince. – Eu queria ver você de novo. Mas era tarde demais, e disse para mim mesmo que não havia como *você* querer *me* ver...

Aquilo era verdade? Ele estava falando sério? Novamente na defensiva, Lois cruzou os braços.

– Não importa, você não precisa fazer nada. Eu me viro, consigo cuidar disso sozinha.

Vince, no entanto, olhava para ela com atenção, já balançando a cabeça.

– Está brincando? Você vai ter um filho meu. Eu não fujo das responsabilidades.

O jeito como ele olhava para ela fez seu coração disparar. O jeito como ele falou a fez pensar que talvez pudesse ser verdade. Depois de um momento, Lois disse:

– Então o que a gente faz agora?

– Bom, primeiro preciso levar minha avó intrometida para casa.

Para casa, em Bristol.

– Para mim, parece que você está fugindo da responsabilidade. Bom, fugindo de carro – disse Lois.

– Depois eu volto. Umas oito horas, está bem? – Vince pegou a mão dela. – Prometo.

– Promete? – disse, dessa vez apenas um grunhido.

– Prometo. Ei, estou sentindo você tremer. Pare com isso.

– Acho que não consigo. – Até a voz dela estava trêmula. – Estou com medo. E eu *nunca* tenho medo.

– Não tenha. – Havia um calor nos olhos dele; Vince estava relaxando. – Quer saber? – disse ele, abrindo lentamente um sorriso. – Isso pode acabar sendo... exatamente o que eu sempre quis.

Capítulo 55

ERA POSSÍVEL SE SENTIR MAIS FELIZ do que naquele momento? Era a manhã seguinte à festa de adoção. Ao ouvir as barras de madeira vibrando, Dex foi para o quarto de Delphi e a tirou do berço. A menina, que sempre acordava muito animada, estava agora sentada no meio da cama *king-size*, cercada de montes de edredom fofo.

– Te amo, Delphi.

Ele bagunçou o seu cabelo escuro e fino e lhe fez cócegas nas orelhas.

– Papapa. – Ela abriu um sorriso radiante para ele.

Ela estava dizendo aquilo havia semanas. Finalmente tinha virado verdade. Dex era oficialmente o pai dela. Cada vez que pensava no assunto, Dex sentia como se fosse explodir de orgulho.

Mas, de verdade, que ano tinha sido aquele? Ao mesmo tempo o pior e o melhor da sua vida. A morte de Laura o derrubara, e tudo mudara daquele dia em diante. Mas quem poderia prever a quantidade de alegria que resultaria disso? A vida livre de solteiro chegara ao fim, assim como a carreira de sucesso, o carro de luxo e o apartamento caro. O fluxo infinito de garotas na cama dele também...

O dinheiro não duraria para sempre; em uns dois anos, teria que pensar em voltar a algum tipo de trabalho. Mas, no momento, Delphi era sua prioridade.

E estava perfeitamente satisfeito com as garotas que ocupavam sua cama no momento.

– Vai dar um beijinho na Molly? – Dex indicou a forma ainda adormecida embaixo da outra metade do edredom branco bagunçado.

Com cuidado, Delphi tirou o cabelo de Molly da cara e lhe deu um beijo molhado na bochecha.

– Ah. – Molly abriu os olhos, sonolenta. – Que jeito maravilhoso de ser acordada. – Sua pulseira tilintou e brilhou ao sol quando ela virou e puxou Delphi para seus braços. – Bom dia, amorzinho. Que cheiro gostoso.

– Obrigado – disse Dex.

– Eu estava falando com a sua filha. – Molly tirou a perna de baixo do edredom e o cutucou com o pé. – Se você está atrás de elogios, uma xícara de chá pode ajudar.

Ela estava tão linda, deitada na cama, as bochechas coradas do sono, os olhos brilhando, o cabelo louro espalhado nos travesseiros… E Delphi deitada no peito dela. Dex sabia, sem a menor dúvida, que Molly era a mulher certa para ele. Amava tudo nela. Ela o tinha ajudado a se tornar uma pessoa melhor, e estar com ela já era o suficiente para que quisesse melhorar ainda mais.

Enquanto a observava, Dex sentiu aquela onda interior de alegria mais uma vez. Não tinha contado isto para ela porque ser meloso tinha limite, mas a cada dia que acordava a amava mais do que no dia anterior. E todos os dias agradecia a Deus por não ter aparecido um outro sujeito antes para ficar com ela. Só em pensar que poderia tê-la perdido…

– Hã-ham. – Outra cutucada brincalhona. – Ainda estou esperando aquela xícara de chá.

Virado para baixo na mesa de cabeceira, o celular de Molly começou a tocar.

– Deve ser um dos seus outros namorados – disse Dex.

– Que ótimo! Pode pegar para mim? – Ela esticou o braço. – Tem um bebê no meu colo.

Quando pegou o celular, Dex começou a rir ao ver o nome na tela.

– É um dos seus outros namorados.

Ela tirou os dedos de Delphi de dentro da sua boca.

– O quê? Quem?

– Vince.

– Sério? Meu Deus, espero que não tenha acontecido nada. – Preocupa-da, Molly pegou o telefone. – Alô? Está tudo bem com a Muriel?

Dex observava enquanto ela ouvia a resposta e começava a relaxar. Molly assentiu para ele e sussurrou:

– Ela está bem.

Mas Vince disse alguma coisa que a fez arregalar os olhos.

– Espere um pouco. Desculpe, o telefone caiu... Pode repetir? – Sem conseguir acreditar, Molly colocou no viva-voz para que Dex pudesse ouvir.

– ... bem, estou aqui em Briarwood, no bar. O Swan. Com a Lois. – Vince parecia estar lendo um comunicado previamente preparado. – Me desculpe por estar ligando tão cedo, mas eu precisava contar antes que você soubesse pela minha avó indiscreta. E achei que você merecia saber a verdade antes que o restante da cidade descubra. – Ele limpou a garganta e continuou: – Naquela noite em que você terminou comigo, eu acabei dormindo aqui. A Lois está grávida, e eu sou o pai. Obviamente, isso não estava nos nossos planos, mas tivemos uma longa conversa e... bem, vamos ver se conseguimos fazer as coisas darem certo. Então, é isso. A situação é essa. Espero que esteja tudo bem por você.

Dex olhou para Molly, que olhou de volta para ele, atônita. Finalmente, exclamou:

– Meu Deus, Vince, claro que está tudo bem! Isso é... incrível! Seu danadinho!

– Eu sei. Não é muito a minha cara. – Vince parecia meio surpreso. – Mas às vezes as coisas acontecem por um motivo.

– E a Muriel já sabe?

– Sabe, descobriu ontem.

– Ela está animada?

O tom de Vince foi seco.

– Animada é o eufemismo do ano.

– Nesse caso – disse Molly –, também estamos. Parabéns. Para vocês dois.

Claramente aliviado, ele respondeu:

– Vou falar para a Lois. Obrigado.

– Além do mais, diga para ela que finalmente entendi por que os peitos dela estão tão fantásticos.

– Certo. – Depois de um momento de hesitação, Vince respondeu, não muito convicto: – Vou passar esse recado para ela também.

Quando ela desligou, Dex pegou o telefone.

– Agora ele vai achar que você é lésbica.

– Mas você reparou? Estão lindíssimos. – Molly imitou o contorno voluptuoso dos seios estupendos de Lois e sorriu, balançando a cabeça. – Ora, ora, quem diria... Lois e Vince. Não é todo dia que a gente acorda com uma notícia dessa, né? As coisas que acontecem neste vilarejo tranquilo... – Os olhos dela cintilaram de malícia quando olhou para ele. – Ainda assim, ele vai ter que se acostumar conosco. Assim como você.

Dex se deitou na cama ao lado delas, enquanto Delphi brincava com o pingente de sapo na pulseira de Molly.

– Nunca vou me acostumar com a ideia de ter você do meu lado. Você tem brilho próprio. Mas acabei de pensar em uma coisa.

Molly se esticou para outro beijo.

– O que é?

– Se essa coisa do Vince e da Lois der certo e ele acabar vindo morar em Briarwood – a boca de Dex tremeu –, você sempre vai ter alguém por perto para cuidar das suas manchas de ferrugem.

Molly arqueou uma sobrancelha brincalhona.

– Humm, eu tinha esperanças de não enferrujar mais, agora que tenho você.

Agradecimentos

DEVO UM ENORME AGRADECIMENTO a Helen Roberts, uma amiga do Twitter e brilhante assistente social que se ofereceu, com toda a generosidade, para me ajudar com a questão de guarda e adoção para este livro. As informações que ela me deu foram maravilhosas e úteis, e sou grata por seu conhecimento e entusiasmo. Obviamente, qualquer erro que haja neste livro é exclusivamente meu.

CONHEÇA OS LIVROS DE JILL MANSELL

Onde mora o amor

Desencontros à beira-mar

Para saber mais sobre os títulos e autores da Editora Arqueiro, visite o nosso site. Além de informações sobre os próximos lançamentos, você terá acesso a conteúdos exclusivos e poderá participar de promoções e sorteios.

editoraarqueiro.com.br